드
라
이
아
이
스

드라이아이스

홍지화 단편 컬렉션

작가와비평

이 책은 "문화체육관광부"와 "한국문화예술위원회"의 지원을 받아 제작되었습니다.

문단에 등단한 지 올해로써 딱 20년이 되었다. 강산이 두 번쯤 바뀔 20년을 소설가로 살았다. 혜성같이 문단의 주목을 받으며 등단하고 싶었으나 그러지 못했다. 그것이 한동안 콤플렉스가 된 적이 있었다. 소설을 쓰기에는 많이 미숙했고 너무 많이 어린 나이였다. 더구나 나는 그 새파랗게 어린 나이에 시건방지게 겁도 없이 원고지 1,500매가 넘는 장편소설로 등단했다. 지금 생각해도 참 어처구니없는 일이었다. 당시에 절박한 그 무엇이 나를 서툴지만 열정 하나로 그 처녀작을 쓰게 했다. 그러나 단편으로 문장의 기틀을 완벽히 닦기에 앞서 장편을 끌고 갔으니, 그 후에 올 수밖에 없는 혼란과 공백은 너무도 당연했다.

불혹이 지나고, 세상 이치를 어렴풋이 깨달은 후에야 진정한 소설을 쓸 수 있다는 선배 작가들의 고언을 위로 삼아 마음 속 깊이 새긴다.

등단 20년이라는 계기를 통해 내 소설은 터닝 포인트를 찍고 지금부터 다시 시작될 것이다. 조금 더 성숙한 시선으로 개인의 일상적인 이야기보다는 상처받고 소외된 자들인 '을'과 '병'을 대변하는 작가로 거듭나려 한다.

·

굼벵이의 구르는 재주처럼 글쓰기는 내 삶의 구원이었고 숙명이었다. 글을 쓰면서 생의 기쁨과 환희를 느끼고, 동시에 좌절과 절망도 느낀다. 작가여서 행복했고, 작가여서 행복할 수 없었다.

글쓰기란, 내게 일종의 십자가 같은 것이다. 양어깨가 부서질 것처럼 무겁게 짓누르고, 때로는 긁히고 짓무른 상처에서 피와 진물이 나기도 하지만, 그것을 버리고 내가 살아갈 수는 없다. 누군가에게 대신 지고 가 달라고 생떼를 쓸 수는 더더욱 없다. 글쓰기란 내게 그런 것이었고, 앞으로도 그럴 것이다.

작가가 되지 않았더라면 나는 무엇이 되었을까? 그 질문에 몇 날 며칠을 생각해봐도 마땅한 답이 떠오르지 않는다. 초등학교 때부터 내 꿈은 작가였다. 작가가 뭘 하는 사람인지 구체적으로 알지 못했지만, 그 때도 내 꿈은 작가였다.

·

개인 창작집을 출판하는 것은 모든 작가들의 로망일 것이다. 더욱이 요즘처럼 창작집 출판이 하늘에서 별따기만큼이나 어려운 일인 순수문학 작가들한테는 더더욱 꿈같은 이야기다.

내 첫 창작집 또한 출판이 쉽지만은 않았다. 몇 년의 기다림 끝에 세상의 빛을 보게 되었는데, 요즘 같은 시대에 어쩌면 참 둔하고 영악하지 못하게 20년 동안 한 길만 걸었던 소설가로서의 내 삶과 생각의 흐름이 9편의 작품 안에 그대로 녹아 있다. 집필한 지 몇 달 안 되는 따끈따끈한 신작부터 20여 년 전 중앙 신춘문예 등단이라는 목표를 이루고자 룸메이트의 눈치를 봐가며 학교 기숙사 방에서 날밤을 세워 쓴 작품에 이르기까지, 말하자면 이 창작집 한 권에 내가 20년 동안 소설가로 고민하며 살아온 모든 부스러기들이 들어 있는 셈이다.

●

나는 다작(多作)을 하는 작가가 아니다. 그래서 20년이라는 햇수에 비하면 작품의 수가 턱없이 적다. 그 까닭은 무엇보다 내가 참 많이 게으른 탓이겠지만, 한편으로는 사회여건상 작가들의 다작을 반기고 독려하지 않는다는 이유도 있다.

글이란, 모름지기 독자들에게 읽히기 위해 존재하는 것이다. 읽히지 않는 글이란, 존재의미를 상실하기 마련이다. 그러나 작가들이 처한 현실은, 사하라 사막보다 더 냉혹하고 척박하다. 일부 베스트셀러 작가들과 해외 작가들한테만 몰려 있는 독자들의 시선으로 말미암아 인지도가 없는 작가들은 작품을 발표할 기회조차 얻지 못하는 게 현실이다. 물론 독자들을 탓하는 것은 아니다. 다만 상대적으로 인지도가 낮을 수밖에 없는 비인기 순수문학 작가들의 글에도 더 많은 관심과 응원을 보내주십사 부탁드리는 것이다. 가난과 고독에 시름하며 쓴 99%의 비인기 작가들의 글도 관심

어린 시선으로 봐달라는 것이다. 작가는 독자들의 사랑과 응원의 힘으로 살아가는 생명체이기 때문이다.

·

여러모로 많이 부족한 작품들이다. 이 작품들을 통해 소외당하고 외로운, 그래서 상처뿐인 현대인들의 가슴앓이를 그리려 했다. 가족이 있거나 없거나, 사랑하는 사람이 있거나 없거나, SNS 친구들이 많거나 적거나 현대인들은 모두 고독하다. 모두들 애정결핍증 환자들이다. 하지만 치료도 스스로 해야만 한다. 스스로 치료하지 못하면 결국 극단적으로 치달을 수밖에 없는 게 고독한 그들이다. 그래서 누군가는 살인을 꿈꾸고, 누군가는 자살을 꿈꾼다.

·

소설을 쓸 때마다 나는 왜 이것밖에는 못쓰는 것일까, 늘 갈증과 허기를 느꼈다. 마치 발가벗은 채로 세상 한복판에 서 있는 것 같은 기분도 들었다. 하지만 그런 좌절과 절망 뒤에는 언제나 위로가 함께 따랐다. 소설로 내 삶을 위로 받았으니 소설가로 살아갈 수 있음에 감사하다. 앞으로의 20년은 더욱 강건하고, 독자들의 마음을 따뜻하게 위로하는 진정성 가득한 소설을 많이 쓰겠다.

·

감사한 분들이 많다. 먼저 소설가로서 20년 동안의 삶을 되돌아보고 이 책을 출판할 수 있도록 지원해준 문화체육관광부와 한국문화예술위원회의 관계자들 및 작가와비평 대표님을 비롯하여 관계자들께 머리 숙여 감사의 마음을 전한다.

그리고 한참 부족한 졸작에 흔쾌히 추천사를 써주시어 영광을 더해주신, 존경하는 선배님이자 나의 문학적 롤모델이신 박범신 선생님께도 진심어린 감사를 드린다.

늘 변함없이 물심양면으로 작가 딸을 보필해주시는 부모님께도 이 자리를 빌려 감사와 죄송함을 전한다. 남들처럼 평범하게 살지 못해서 연로하신 부모님께 걱정과 염려만 끼쳐 늘 죄송할 따름이다. 내가 두 분께 효도할 때까지 건강히 오래오래 곁에 계셨으면 좋겠다.

사랑하는 가족들을 비롯해 어디선가 누나를 응원해줄 동생 성훈이, 그리고 내 소중하고 귀한 벗들한테도 고마움을 전한다. 모두들 감사하다.

2015년 햇볕 좋은 어느 가을날 서재에서
베토벤의 교향곡 제5번 〈운명〉을 들으며

작가는 그리움이 많은 사람이다. 그런 점에서 홍지화 작가는 천생 '작가'이다. 글쓰기가 '구원'이고 '숙명'인바, 얼마나 많은 순간 그는 내적으로 상승과 추락을 거듭해왔겠는가. 여기 실린 작품들은 뱀처럼 온몸을 땅에 대고 낮은 포복으로 통과한 작가의 치열하고 눈물겨운 기록이라 할 만하다. 그가 지나온, 지나가야 할 땅은 현실적 고통에 따른 눈물과 그리움의 심지를 겨냥한 에로스 사이의 어두운 골짜기다. 작가 스스로 '글쓰기란 일종의 십자가'라고 말하고 있지 않은가. 단지 자신의 삶을 짊어져간다는 의미의 협소한 '십자가'가 아니라, 작가가 그려낸 인물들의 소외와 상처까지 기꺼이 함께 짊어져 가려는 자기헌신의 '십자가'일 것이다. 문학판조차 자본주의적 메커니즘에서 자유롭지 않다고 회자되고 있는 이런 시대에, 문학을 구원이라고 여기고 그 상처투성이 전사의 길을 오롯이 가고자 하는 작가 홍지화의 진정성이 경이롭다.

2015년 9월
박범신

왕년의 한 스타의 죽음

　　　　　내가 뜬금없이 걸려 온 그 전화를 받은 것은 늦추위가 한창 기승을 부리던 3월의 어느 날이었다. 그날 아침, 남편은 출장용 캐리어를 끌고 나갔으나, 나는 그것이 출장 가는 길이 아니라는 걸 알았다. 반세기에 이르도록 살아온 여자의 직감이란, 꼭 이렇게 불쾌하고 이렇게 불미스러울 때에만 더듬이를 세워 제 앞으로 다가오는 불행을 감지하곤 했다.

　수화기 너머의 남자는 대뜸 아주 고압적인 목소리로 말했다.

　"이정아 씨세요? 고양 경찰서입니다. 지난주에 김후민 씨가 숨진 채로 발견됐습니다."

　나는 '경찰'과 '숨진 채'라는 단어를 듣자마자 덜컥 겁부터 나 그의 말을 알아듣지 못했다.

　"예? 김수민? 암튼 난 그런 사람 몰라요. 전화 잘못 거셨어요."

　막 끊으려는 찰나, 그러나 수화기 속 남자는 물러설 기색 없이 말을 서둘러 보태었다.

"김수민이 아니고, 김.후.민. 영화배우 김후민 씨 몰라요? 거기가 그 사람 팬클럽 회장으로 돼 있던데."

"영화배우 김후민이요?"

나는 순간 당황해 잠시 할 말을 잃었다. 김후민이라… 나는 아득해지려는 정신줄을 겨우 붙잡고 낯설고도 어쩐지 낯익은 그 이름을 기억 속에서 더듬대며 찾았다. 그러자 얼핏 얼굴 하나가 떠오르긴 하였다. 내가 배우 김후민의 팬클럽 회장이라고? 까마득한 옛일이라 전혀 기억나지 않았다. 벌써 30년도 더 지난, 오래전의 일인 것 같았다.

수화기 속 남자는 김후민이 팬클럽 회장인 나한테 유서와 유품을 남겼다고 말했다. 나는 마치 술인지도 모르고 얼얼한 보드카를 한 잔 입안 가득 털어 넣기라도 한 것처럼 얼떨떨했다. 대체 그 사람이 나한테 왜? 아무리 생각해도 납득이 되지 않았다.

나는 몇 번을 극구 거절했지만, 팬클럽 회장으로서의 의무를 마지막까지 다해야 되지 않겠느냐는 남자의 집요한 설득에 더는 거절할 명분이 없었다. 남자와 언제 어디서 만날 것인지 약속을 정하고, 김후민이 마지막 여생을 보냈다는 서울 근교의 한 마을로 향했다. 얼마나 구석진 곳인지 내비게이션에도 나오지 않아서 근처 상점에 물어물어 겨우 찾았다.

왕년의 꽃미남 배우가 생을 끝마친 곳은 뜻밖에 아주 초라하고 허름한 쪽방촌이었다. 마치 이상의 소설 〈날개〉의 무대였던 33번지 유곽을 연상케 했다. 나는 나를 그곳까지 가게 한 남자한테 서

너 번이나 되물었다. 여기가 그 꽃미남 배우 김후민 씨의 거처가 맞느냐고.

남자는 응대가 귀찮았던지 김후민의 주민증을 보여주었다.

"봐요. 7년 전부터 여기 살았네. …안 믿기죠? 그 김후민이 이런 누추한 데에서 살다가 혼자서 죽다니. 우리 학교 다닐 때 김후민을 모르면 간첩으로 의심받을 정도였잖아요."

나는 충격이 적지 않아서 맞장구를 칠 여력이 없었다.

"내가 경찰밥 먹은 지 20년이 다 되는데, 진짜 허무하네 인생이."

남자는 안방으로 들어서면서 정말 말처럼 허무한지 시선을 허공으로 던졌다. 나는 다 스러져가는 슬레이트 지붕을 떠받치며 곧 앞으로 넘어질 듯 위태롭게 붙어 있는 출입문 앞에서 잠시 멈칫했다. 그 문이 사라진 김후민을 대신해 뭔가 긴요한 이야기를 하고 있는 것 같았다.

김후민! 내 청춘의 아이콘이자 한때 내 지독한 열병의 주인공이었던 그 남자의 불행을 꼭 내 눈으로 이렇게 확인해 보고 싶어서 여기까지 온 것일까? 나는 문 앞에서 갈등했다.

"들어오세요. 먼저 회장님 앞으로 쓴 김후민의 유서를 확인해주시면 되고요."

남자의 재촉에 나는 마지못해 발을 안으로 들이밀었다. 단출한 주방으로 이어진 현관과 방 사이는 다섯 걸음도 채 되지 않았다. 나는 김후민의 행적을 쫓듯 그가 남기고 떠난 세간에 시선을 두었다. 방 안의 한쪽 구석 벽에 걸린 작은 액자 속에서, 젊은 시절 모두가 열광했던 꽃미남 배우 김후민이 활짝 웃으며 나를 맞았다. 30여 년 만의 해후였다.

나는 여전히 구름 위를 걷듯, 하시시라도 피운 듯, 꿈의 일부분인 듯 의식이 몽롱했다. 남자는 내게 흰 봉투를 건넸다.

"김후민이 회장님 앞으로 남긴 유서입니다. 천천히 보세요."

내가 그것을 받자마자 그는 쌩하니 밖으로 나갔다. 나는 그의 유서를 읽는다는 게 썩 의미 깊거나 감격스럽지는 않았다. 솔직히 털어놓으면, 예전에 중학생 때, 동네에 새로 이사 온 무당집 할머니가 엄마와 같이 놀러오라면서 손에 쥐어준 말랑말랑하고 뜨뜻미지근한 백설기 한 조각의 느낌과 흡사했다. 백설기는 옆집 개 순돌이가 대신 맛있게 먹어주었으나, 김후민의 유서를 이웃집 개한테 던져줄 수도 없는 노릇이었다.

마치 기이한 걸 바라보듯, 나는 그것을 우두커니 바라보다가 한참의 망설임 끝에 봉투 속 그의 유서를 꺼냈다. 종이 안 글씨는 한참 전성기 때의 그의 이목구비처럼 흐트러짐 없이 반듯했다.

이정아 회장님, 먼저 저의 무례함을 용서하십시오. 오래간만에, 정확하게는 28년 전, 러브체인 후사모 팬미팅 때 회장님을 마지막으로 뵈었지요. 그동안 면목이 없어 안부도 못 여쭈다가 이리 뜬금없이 연락을 드리네요. 팬미팅 때 함께 찍었던 사진이 제 앨범 어딘가에 있을 겁니다. 오랫동안 제 팬으로 남아주셔서 참 고맙습니다. 지금은 보잘 것 없이, 초라한 늙은이에 지나지 않지만 누군가에게는 내가 멋진 배우로 기억되었으면 좋겠습니다. 이제 모두들 혼적 없이 자취 없이 떠나버렸지만, 회장님은 영원한 제 팬클럽 회장님이십니다. 나를 사랑해주신 사람들한테 빚만 지고 갑니다. 제 일생에서 가장 값지고 소중한 유일한 것, 30년 전 대종상영화제 남우주연상 황금트로피는 회장님께 드리는 제 감사의 뜻입니다. 부디 받아주시어 제가 마음의 빚을 조금이라도 털고 떠날 수 있었으면 좋겠습니다. 그때가 가장 행복했던 순간이었습니다. 사랑받은 만큼 계속 좋은 모습을 보여드리지 못해 많이 죄송합니다.

2014년 3월 10일. 러블리 앙드레 김후민 올림.

불현듯 가슴 밑바닥에서 큼지막한 바위 하나가 쿵, 내려앉았다. 합판으로 된 얇은 벽을 타고, 어디선가 가사마저 아주 또렷하게 들리는 조용필의 '허공'이 이명처럼 귓속을 파고들었다.

'러블리 앙드레'는 김후민의 별명이었다. 앙드레는 만화 '캔디'의 테리우스처럼 그 당시 인기 일본 애니메이션의 남자주인공이었는데 순수하고도 정의로우면서, 사랑스러운 이미지가 당시 소녀들의 마음을 설레게 했다. 김후민이 그를 닮았다 해서 팬들이 붙여준 별명이었다.

그는 진짜 딴따라였다. 머리부터 발끝까지 젠틀한 이미지였지만, 한편으로는 연예인의 끼가 넘쳤다. 그가 갑자기 연예계에서 사라졌을 때 모두들 카메라 앞의 배우가 아닌, 무대 위의 가수가 아닌 김후민을 상상할 수 없었다. 그는 언제나 스포트라이트의 한 가운데에 있어야만 하는 사람이었다. 그런 그가 만우절 날 개구쟁이 친구의 거짓말처럼, 자취 없이 흔적 없이 사라졌다. 그리고 정확히 28년이 지나 내 앞에 또 거짓말처럼 불쑥 나타났다. 산 자가 아닌 죽은 자의 모습으로.

나는 차 안에서 그가 유품으로 남긴 대종상 트로피를 되도록 보고 싶지 않아서 가급적 눈에 띄지 않는 곳에 처박아 두었다. 김후민의 손길과 그의 입맞춤이 닿은 것이라고 해서, 그가 나를 특별히 기억해 남겨준 그의 마지막 유품이라고 해서 특별히 눈물나게 감사하거나 감흥이 새롭지도 않았다. 불행히도 나는 지금 그만을 생각하고, 그의 관심을 목말라했던 열아홉 살 소녀가 아닌, 남편의 속옷에서 나는 여자 향수 향 하나까지도 놓치지 않으려세탁기 앞에서 코를 있는 힘껏 쿵쿵대고 딸의 국영수 성적에 신경이 늘 예민하게 곤두서 있는, 인생이 게임 아웃된 사십 대 후반의 아줌마였다. 여자의 것처럼 매끈하게 잘 빠진 그의 손을 잡아보는게 소원이었고, 어쩌면 그의 하룻밤 사랑을 고대했을지도 모를 나는, 그러나 안타깝게도 20여 년이 지난 지금 그가 끼어들을 자리라곤 없었다. 20여 년이 지나간 시간의 틈이 그리 쉬 메워질 리없었다.

하지만 설거지를 하다가도, 깍두기를 담그려고 무를 반듯반듯하게 썰다가도 문득문득 그가 기억의 밑바닥에서 자맥질했다. 그는 왜 그런 모습으로 살았던 것일까. 아니 그보다 20여 년을 세상과 담을 쌓고 은둔자처럼 살아왔던 그가 갑자기 왜 그런 식으로 다시 세상에 노크를 했을까. 아니 그보다 왜 하필 그는 마지막 유품을 나에게 전하려 했을까?

국과수 부검 결과 그의 사인은 타살도 자살도 아니었다. 사망한 지 한참 지나서 발견된 탓에 시신의 부패 정도가 심각해 사인을 분명하게 가려내기 어렵다는 게 경찰 측 소견이었다. 외부인의 침입 흔적이 없고, 목 졸림이나 구타 등 결정적인 타살 정황도 발견되지 않았다고 했다. 다만 지병인 고혈압이 악화되어 갑자기 뇌졸중이 발생하지 않았나, 추측했다. 또 시신 주변에서 수면제 등 약병이 발견된 점 등으로 미루어보아 약물 과다복용으로 사망했을 가능성도 배제할 수 없다고 했다. 그는 외부와 철저히 단절된 생활을 했던 것으로 알려졌다. 7년 동안 이웃들과 일면식조차 없었고, 생필품을 사러 가끔씩 저녁에 나가는 게 고작이었다고 한다. 또, 현재 통장 잔고도 오백만 원이 채 되지 않는다고 한다. 25년 전 연예계 은퇴 이후, 그의 행적에 대해 아는 사람을 별로 찾을 수 없었다고 수사의 고충을 토로했다. 톱스타 김후민한테 대체 어떤 일이 일어났던 것일까. 나 또한 시간이 지남에 따라 그것이 궁금했다.

"그 작자가 너 좋아했던 거 아니야?"

거울을 보며 넥타이를 매던 남편이 유리파편 같은 한마디를 툭 내던진다.

"너도 좋아했다며? 얼마나 좋아죽겠으면 팬클럽 회장님까지 했겠어. 혹시 잠도 같이 잤냐? 끝내주게 잘하게 생겼던데? 잘 꼬셔서 결혼까지 하지 그랬어. 그랬으면 나도 너 안 만났을 테고, 너도 배우 와이프로 폼나게 살 텐데. 좀 아깝네 그치?"

남편은 이죽거리며 짓궂게 히죽히죽 웃는다.

"뭐? 같이 자? 우리가 당신이랑 동급인 줄 알아? 발등을 도끼로 확 찍고 싶은 건 나라고. 싸가지 말아먹은 당신 말고 그 사람 인생이나 구제해줄걸, 갑자기 후회되네."

나는 순간 울컥해 침대를 정리하던 걸 멈추고 쏘아붙였다.

"뭐? 우리? 동급은 무슨. 니들이 소고기냐? 네가 그 모양이었으니까, 애가 사생팬질이나 하고 저 모양이지. 피는 못 속인다고 어째 그런 몹쓸 건 잘도 닮아서. 좋은 말할 때 그 망측한 물건 갖다버려라. 재수 없어. 미친 똘아이새끼. 살다보니 별별 일이 다 있어. 네 새끼 단속이나 잘해."

남편은 나를 향해 사납게 눈을 흘기고는 방을 홱, 나가버린다. 나는 홧김에 손에 잡히는 쿠션 하나를 집어 남편의 뒤통수를 향해 냅다 던지지만, 쿠션은 남편의 뒤통수에 닿기도 전에 맥없이 방바닥에 떨어진다.

돌연 연예계를 은퇴한 후, 김후민이 마지막으로 세상에 근황을 알린 건 20여 년 전, 그의 결혼소식이었다. 당시 30대 후반이었던 그는 늦깎이 결혼을 했다. 그 전부터 모 탤런트와 동거 중이라는 둥, 나도 몇 번 본 적 있는 사생팬 Y와 그렇고 그런 사이라는 둥 팬들 사이에서 사실이 확인되지 않은 스캔들이 꼬리를 물고 이어졌다. 제아무리 회장이라고 하더라도 내가 그의 사생활까지 모두 파악하기는 불가능했다. 그는 연예계 은퇴와 동시에 누구도 예상치 못한 한 일반인 여성과 조촐하게 비공개 결혼식을 올릴 예정이라고 한 신문에 보도되었다. 귀동냥으로 얼핏 전해 들었던 이야기로는, 신부가 내로라하는 집안의 딸자식이라서 결혼 후 연예계 활동을 반대했다고 한다. 이미 톱스타 반열에서 밀려난 연예인의 결혼소식이란 사람들한테 단물 빠진 풍선껌처럼 더 이상 흥밋거리가 되지 못했다. 팬클럽 회원들은 나의 무능함을 호되게 질타했다. 그가 후사모 회원들한테 따로 은퇴와 결혼소식을 알리지도 않았고, 더군다나 후사모 회원들만이라도 결혼식에 참석하는 게 마땅했지만 매니저는 그가 가까운 가족들만 모여서 조촐하게 식을 올리고 싶어 한다는 말로 우리를 무력하게 만들었다. 몇몇 회원들은 수소문 끝에 겨우 알아낸 정보로 새벽부터 그의 결혼식이 있을 교회 앞에서 진을 쳤지만 수십 명의 경호원들에 둘러싸여 차에서 내리는 그와 신부의 뒷모습만 아주 멀리서 가까스로 봤을 뿐이라고 했다.

그런 일이 있은 후, 후사모는 빠르게 해체되었다. 더 이상 김후민이 없는, 어쩌면 김후민한테 버림받았을지도 모르는, 응원과 찬사를 보낼 주체가 사라진 팬클럽은 더 이상 존재가치가 없었다. 그의 전성기 때 5백여 명에 달하던 회원들은 그렇게 다 하나 둘 사라졌다. 지금처럼 인터넷 카페가 활성화된 것도 아니었다. 그 시절 나는 하이텔과 천리안을 주로 이용해 공지를 내보냈다.

그로부터 20년 후, 김후민은 남루한 한 쪽방촌에서 고독사로 생을 마감했다. 아무도 그의 죽음을 알지 못한 채였다. 요 며칠 새 언론에서는 8, 90년대의 청춘스타가 쪽방에서 외로이 독거사를 했다며 그의 반전인생을 이슈화하기에 바쁘다.

어느 때처럼 늦은 아침을 대충 챙겨먹고 TV에 습관적으로 시선을 두던 나는 불현듯 어떤 감정을 느낄 겨를도 없이 등줄기로 소름이 오소소 돋는다. 문득 혼자가 아닌 것처럼 집안 공기가 묘하게 켕긴다. 나의 체온과 피의 농도, 심장 박동 수 하나조차, 근육의 이완과 수축마저 내 몸 안의 모든 환경과 모든 감각이 부자연스럽다. 마치 내 주위를 맴돌던 어떤 버림받은 영혼이 당신에게 꼭 해야 할 말이 있다며 내 귀에 무언가를 속삭이는 것 같다. 나는 가빠진 숨을 천천히 고른다. 비위가 확 상하면서 참을 수 없는 메스꺼움이 올라와 기어이 헛구역질을 하고야 만다.

28년 전 그의 생일날 S회관 대강당에서 있었던 팬클럽 모임에서 그와 나눈 악수와 가슴 떨리는 포옹, 그의 보드라운 손의 감촉과 뜨거운 가슴의 열기가 마치 바다 속에 오래 담가둔 그물을 끌어올린 듯 모두 끌려 올라와 욕실 거울 앞에 널브러져 있다. 누구에게나 그런 한 시절이 존재한다. 대책 없이 뜨겁고, 대책 없이 누군가를 맹목적으로 사랑하고, 대책 없이 그 사람과의 아름다운 로맨스를 꿈꾸고, 대책 없이 비운의 주인공이 되고 싶고, 대책 없이 반항 끼가 넘치거나 사소한 일에도 내 모든 감정을 긁어 쏟아 붓고 싶은, 그런 한때가 있는 것이다.

엄마는 그런 나를 이해하지 못했다. 그래서 곧잘 나한테, "아이고, 저 미친년, 미칠 거면 곱게나 미칠 것이지. 저건 자식이 아니라 애물이여, 애물"이라며 온갖 막말과 손찌검을 우수수 쏟아냈다. 나는 내 엄마 같이 몰상식한 엄마가 되고 싶지 않아서 아이돌그룹의 한 멤버한테 자신의 누드와 성기 사진을 보냈다는 이유로 학교에서 부모 호출과 일주일 간 정학 처분이 떨어진 딸을 나무라지 않았다. 나를 대신한 것인지, 나에 대한 억한 감정 때문인지 남편은 딸이 입고 있던 옷을 막무가내로 찢고서 그래도 분이 안 풀려 아이의 머리를 그 옛날 코미디 프로의 영구스타일로 듬성듬성 잘랐다. 딸아이는 사흘간 식음을 전폐하고 침대 안에서 울기만 했다. 나는 딸아이한테 길고 멋진 가발을 선물했다. 남편은 그런 나를 도저히 이해할 수도 없고, 부모로서 자격도 없다며 이혼을 요구했다.

그 직후, 나는 여자로서의 의미를 상실했다. 딸이 부모와 입을 처닫고 실어증환자처럼 지내기 시작한 다섯 달 전부터 내가 여자라는 사실을 한 달에 한 번씩이라도 일깨워 주던 그것마저 이별을 해왔다. 달력을 보며 아무리 기다려도 그것은 오지 않았다. 폐경을 맞기에는 너무 이르고 너무 잔인한 나이였다. 밤마다 하의가 빨갛게 흥건히 젖는 꿈을 꾸었다. 혹시 남편과의 의무적이고도 강압적인, 마치 종속된 창부처럼 애정 없는 관계에 의한 임신 가능성을 배제할 수 없어 병원에도 가봤다. 의사는 내게 호르몬 치료를 권했으나, 내 안에 인위적인 호르몬 따위는 집어넣고 싶지 않았다.

나는 소파에 누워 지그시 눈을 감는다. 다시 30여 년 전 김후민을 생각한다. 여자의 것처럼 매끈하고 뽀얀 살결, 짙고도 긴 눈썹, 깊고 그윽한 눈매, 미켈란젤로의 다비드상처럼 잘생긴 코, 적당히 도톰한 입술, 마르고 늘씬한 몸매, 미소년처럼 해맑은 눈웃음. 웃는 게 너무 예쁜 사람은 한순간 너무 환하게 빛이 나, 그때가 지나면 한없이 쓸쓸하고도 고독하다고 했던가.

나는 문득 내 앞에 서 있는 그의 머리를 쓰다듬고 싶어진다. 문득 처녀시절에 가지고 있었던 앨범에 그와 팬미팅 때 함께 찍었던 사진이 있을 것만 같다.

나는 남의 집에 들어간 도둑처럼 정신없이 장롱 안을 헤집는다. 버린 기억이 없으니 어딘가에 처박혀 있을 것이다. 있다! 내 기억 그대로 그는 앨범 안에서 웃고 있었다. 나도 그의 옆에서 온 세상을 다 가진 듯 해맑게 웃고 있다. 어른이 된 이후로 이렇게 신나게 웃어본 게 언젠지 기억조차 남아 있지 않다. 사진 속에서 웃는 이들을 오래도록 보고 있으려니 웃음인지 눈물인지 모를 게 얼굴 위로 슬며시 흐른다. 그가, 30년 전 내 마음을 도둑질해 간 그가, 한때 내 전부였던 한 남자가 다시금 가슴 밑바닥에서 자맥질해 오른다. 가슴이 쎄, 하니 아리다. 그도 세상에서 버려졌고, 나도 세상에서 버려졌다.

"엄마는 나를 이해해줄 거라 생각했어. 왜? 엄마니까. 아빠가 아니고 엄마니까."

딸은 이 한마디를 남기고 집을 나가버렸다. 나는 딸을 붙잡으려 했지만, 소용없었다. 더 이상 제 아버지와 한 집에서 살고 싶지 않다는 완강한 고집을 꺾을 수 없었다. 남편은 어제부터 내게 새로운 의심을 품었다. 혹시 딸아이의 생부가 자신이 아니고, 김후민이 아니냐고 물었다. 공교롭게도 그 말을 딸아이가 들었다. 남편은 내 심기를 건드리려 그냥 툭, 내뱉은 말이었지만, 어렸을 때 아빠 사랑을 넘치도록 받았던 딸이기에 충격과 상심이 제법 컸을 것이다. 어떻게든 나를 유책배우자로 만들어 위자료 문제에서 자유로워지겠다는 그의 꿍꿍이속을 모르지도 않았다.

나는 딸한테 이번 중간고사에서 국영수가 평균 80점 아래로 떨어지면 곤란하다고 으름장을 놓았다. 더 이상 착하고 이해심이 무궁무진한 소녀 같은 엄마로만 살지 않겠다는 나름의 선전포고였다. 무엇보다 아이의 장래가 걱정되기도 했지만, 남편이 가정에 대한 기본적인 도리와 책임조차 무시한 채 밖으로만 도는 결정적인 이유가 가장으로서의 보람과 재미가 없어서일 지도 모른다는 생각이 들었다. 그건 나도 마찬가지였기에 유일하게 그와 공감하는 부분이었다. 딸아이는 그렇게 집을 뛰쳐나갔다. 다행히 제 친구네 집에서 머물고 있음을 확인했다. 이번이 처음도 아니었다.

남편은 오늘 아침에도 일본 본사로 출장을 간다며 캐리어를 끌고 나갔다. 그러나 휴대폰 위치 확인 결과, 그의 행선지는 일본이 아니었다. 제주도였다. 나는 그에 대해 아무것도 개의치 않을 것이다. 내 울타리는 그가 아니다. 나는 단골 인테리어점에 전화를 걸어 새 인테리어를 주문한다. 가구도, 조명도 모두 새로 갈아치울 것이다.

"6개월도 안 됐는데 또 체인지하시게요? 가을쯤에 하셔도 될 텐데."

공손한 매장 매니저의 말이 군소리처럼 들려 신경이 문득 날카로워진다.

"내일 당장 공사 시작하세요. 되도록 심플하게. 내 스타일 알죠?"

나는 그녀의 대답을 듣기도 전에 통화를 종료한다.

나는 딸에게 전화를 건다. 몇 번을 다시 걸었지만, 그러나 신호음만 귓속을 메울 뿐이다. 나쁜 계집애. 부아가 울컥 치민다. 이어 음성메시지 안내음이 들린다. '내가 뭘 그렇게 너한테 잘못했냐'라는 말이 입 밖으로 금방이라도 뛰쳐나오려는 것을 가까스로 침을 삼키며 목 안으로 꾸역꾸역 밀어 넣는다.

"딸, 엄마가 우리 딸 좋아하는 랍스터 사 왔어. 치즈 올려서 오븐에 맛있게 구워 놓을게. 저녁에 와서 먹고 가. 아빠는 오늘 일본 출장 갔다. 엄마 너 올 때까지 기다릴 거야."

전화를 끊고, 나는 조금 전 수산시장에서 사온 랍스터를 장바구니에서 꺼낸다. 도마에 올려놓고 물을 끼얹자, 죽은 듯했던 녀석이 갑자기 꿈틀거린다. 까맣고 징그러운 비주얼의 괴물이 삶을 구걸이라도 하듯 꼼지락거리며 넙죽 엎드려 있었다. 그것은 흡사 때때로 내게 사랑을 구걸하던 남편의 비루한 몸과도 같았다. 더 이상 진화하지 못한.

나는 어떻게든 그것의 숨통을 끊어놓아야만 한다. 더 이상 내 앞에서 꼼지락대지 못하게끔 녀석의 생명줄을 잘라야 하는 것이다. 칼집에서 가장 잘 드는 칼을 꺼내 녀석의 목에 꽂는다. 녀석이 다시 꿈틀, 한다. 나는 다시 칼을 뽑아, 이번에는 다리를 절단한다. 녀석이 다시 꿈틀, 한다. 나는 도마 위에 한 번 더 물을 끼얹는다. 녀석은 이제 더 이상 미동하지 않는다. 나는 딱딱한 껍질에 둘러싸인 녀석의 몸통에 칼집을 내어 세로로 이등분한다. 소금물에 잠시 담갔다가, 레몬즙과 소금, 후추로 밑간을 하고 그 위에 모짜렐라 치즈를 솔솔 뿌린다. 언젠가 남편은 랍스터를 손질하는 내가 때로는 소름 돋을 때가 있다고 농담조로 말했다. 그 말에 나는 씩, 웃으며 칼끝을 위로 세우고, '당신도 내 말 안 듣고 딴 짓하면 알지?'라고 대꾸했다. 조만간 남편의 식탁에 생(生)랍스터 사시미라도 다시 떠 놓아야 할까.

손질이 모두 끝난 랍스터를 오븐에 구우려고 오븐 도어를 열었더니, 며칠 전 남편의 눈을 피해 안에 숨겨뒀던 김후민의 대종상 트로피가 바닥으로 툭 떨어진다. 남편은 그 트로피를 재수 없는 흉물 보듯하면서 당장 갖다버리라고 날마다 우격다짐을 했다.

나는 다시 김후민을 생각한다. 며칠째 그는 내 머릿속을 잠식하고 있다. 나는 오븐 안에서 랍스터가 익는 동안 소파에 누워 골똘히 그를 생각한다.

남편의 지저분한 상상대로 정말 김후민과 내가 특별한 인연으로 엮였더라면 우리 인생이 지금과는 달랐을까? 그도 나도 지금보다는 그래도 덜 불행하지 않았을까? 부질없는 생각일랑 집어치우라고 스스로 나무라며 나는 허공에 쓴웃음을 픽, 터뜨린다.

내일이면 인테리어 공사가 시작될 것이므로 나는 트로피를 꺼내 핸드백 안에 쑤셔 넣는다. 부질없는 잡념을 떨쳐보려 딸의 방 컴퓨터 앞에 앉지만, 시작 화면이 펼쳐진 지 한참 시간이 지났는데도 알츠하이머환자처럼 내가 무얼 하려 했는지 기억나지 않는다.

한동안 백지 상태로 비워졌던 뇌가 다시 가동을 시작한 것은 포털사이트 화면이 눈에 들어오면서였다. 나는 무의식적으로 '김후민'을 검색한다. 그러자 최근 기사들과 함께 제법 많은 그의 사진들이 뜬다. 최근 그의 미스터리한 죽음과 연계된 게 대부분이었다.

그런데 어쩐지 낯이 익는 동영상 하나가 올라와 있다. 동영상을 클릭하자, 한창 전성기 때의 김후민의 얼굴이 클로즈업 되면서 엄청난 잡음이 들린다. 펑, 펑 터지는 수십 대의 카메라 라이트 앞에서 그의 얼굴은 땀과 눈물로 번들거린다. 30년 전, 그러니까 1984년 대종상 남우주연상 시상식 장면이었다. 그는 영화 〈뜨거운 남자〉로 그해 남우주연상을 받았었다.

화면 속 김후민은 기뻐 어쩔 줄 모르는 얼굴로 연거푸 감사하다는 인사를 하며 트로피에 입을 맞춘다. 카메라가 객석을 비추자, 미친 듯이 환호하고 있는 소녀군단 속에서 그 시절의 내가 보인다. 흰 점퍼차림에 얌전하게 머리를 두 갈래로 땋아 내린 나는, 두 손을 모아 입에 대고, 오빠, 오빠, 하며 괴성을 거푸 내지르고 있다. 정말 내가 맞나, 싶을 정도로 낯설어 다시 리플레이해 보지만 몇 번을 다시 돌려도 그 시절의 내가 맞다. 불현듯 누가 볼세라 밀려드는 민망함에 얼굴이 확 달아오른다.

그런데 바로 그 순간 눈에 띈 게 동영상을 최초 게시한 사람의 아이디다. 어쩐지 낯이 익다. 'youngjin7'! 영진 세븐이라… 영진이라… 나는 모든 감각의 날을 예리하게 곤추세워 기억의 가장 밑바닥에서부터 더듬거린다. 문득 어떤 실마리 하나가 파르르 떨며 기억의 수면 위로 떠오른다. 최영진? 혹시 김후민의 매니저 최영진? 나는 갑자기 그가 맞을 거라는 확신이 들면서 가슴이 뻐근하다. 최영진, 그라면 어쩌면 모든 것을 알고 있을지도 모른다. 80년대 황태자 김후민이 왜 밑바닥까지 추락할 수밖에 없었는지를. 설사 은퇴 후 김후민의 미스터리한 행적을 다 알진 못한다 하더라도 일부라도 알고 있을 것이다. 그가 연예 활동을 하는 동안 두 사람은 실과 바늘처럼 가장 가까운 사이였으니까.

나는 한동안 모든 기능이 정지되어 있었던 몸 안으로 이윽고 산소가 들어오고 피가 구석구석 도는 것 같은 명료한 기분이 든다. 우선 내 간단한 소개를 붙여 '혹 김후민 씨의 전 매니저인 최영진 씨가 아니냐'며, 동영상 게시자의 아이디로 쪽지를 보낸다. 무턱대고 기다려야 하는, 어쩌면 영영 오지 않을 지도 모를 화답을 기다려야 하는, 그 기다림의 시간이 초조하다. 무슨 암시와도 같왔던 김후민의 마지막 영화 '굿바이 내 청춘'에서처럼 세상에서 잊히고 버려진 그를 내가 다시 찾는 것이 무슨 사명감 같았다면 부질없는 미련일까.

창밖으로 부슬부슬 비가 내린다. 나는 오후에 있는 중요한 약속 때문에 샤워를 한다. 쌓인 피로가 풀리기에 딱 알맞은 온도의 욕조 물에 몸을 눕히고 내 몸을 내려다본다. 배에 지방이 쌓이고 젖가슴도 탄력을 잃기 시작했지만, 그래도 한 마리 짐승으로는 아직 꽤 쓸만해 보인다.

남편은 잠자리에서, 내게 상한 우유처럼 역한 쉰내가 난다면서 샤워는 누구 만나러 나갈 때만 하는 것이냐며 타박했다. 그럴 때마다 나는 늘 같은 대답을 했다. 귀찮아, 그냥 자.

오늘 아침에 남편은 화장대에 합의이혼 서류를 놓고 나갔다. 그의 도장이 지울 수 없는 문신처럼 선명히 찍혀 있었다.

아이디 'youngjin7' 내 추측대로 김후민의 전 매니저 최영진이었다. 나는 오늘 그를 만나기로 했다. 김후민이 연예계를 돌연 은퇴하고 나서 그와도 자연스레 연락이 끊겼다. 나는 외출 준비를 서두른다. 봄비가 부슬부슬 내리는 날, 그를 만나는 건 어쩌면 내가 도저히 열 수 없었던 판도라상자의 열쇠를 받으러 가는 길과 같다는 생각이 얼핏 스쳤다. 나는 판도라상자의 열쇠를 얻을 수 있을까. 아니, 그것을 열어젖히면 무엇이 나올까.

나는 최대한 겉모습에 신경을 쓴다. 설사 김후민이 아니더라도,

그 누구라 해도 상대에게 아무것도 들키고 싶지 않다. 내 내면의 외로움의 털끝조차도.

그새 백발이 성성한 최영진은 나를 보자 반색한다. 어릴 적 얼굴 그대로라며 너스레를 떤다. 그리고 누가 먼저랄 것도 없이, 아니 정확하게는 그가 먼저 김후민의 이야기를 꺼낸다. 나는 내가 가질 물건은 아닌 것 같다며 대종상 트로피를 그에게 건넨다. 그는 감회가 새로운 듯 트로피를 손에서 내려놓지 못한 채 한참을 물끄러미 바라본다.

"그 자식이 그랬다면 이건 정아 씨 거예요. 가지셔도 돼요."

"예? 그래도 어떻게 제가…"

"후민이한테 사실 정아 씨는 팬 이상이었어요."

그 말에 나는, 김후민이란 배우를 처음 보았던 열일곱 소녀처럼 가슴이 쿵, 내려앉는다.

"십 년 넘게 극단 단역, 엑스트라로 무명시절을 보냈는데 처음 팬레터라고 받은 게 정아 씨 편지였어요. 후민이는 자기를 알아봐준 정아 씨가 성공하고 나서도 내내 고마웠을 겁니다. 후민이는 원래 그런 사람이었으니까. 게다가 팬클럽도 만들고, 클럽 일도 도맡아 해주고 해서 사실 정아 씨한테 많이 고마워했어요. 한 번은 정아씨 어머니가 저희를 찾아오셨어요."

최영진의 갑작스러운 말에 나는 소스라치듯 깜짝 놀라 그를 뚫어져라 바라본다.

"어머니가 그러셨어요. 당신도 배우로 김후민을 좋아한다고, 그런데 우리 딸이 이제 고3인데 제발 정 뚝 떨어지게 해서 집으로 보내달라고. 그러면 평생 고맙게 알고 살겠다고."

나도 모르는 사이 그런 일이 있었구나. 우리 엄마가 그랬었구나. 불현듯 불에 덴 듯 가슴이 화끈거린다. 어느 땐가 밤늦게 숙소 앞에서 그를 기다리다가 겨우 만난 김후민이 내가 건넨 선물을 집어던지며 불같이 화를 낸 일이 있었다. 나는 그를 한동안 이해할 수 없었다. 성공하더니 사람이 달라졌다고 생각했다.

"그 일에 대해 후민이가 정아 씨한테 굉장히 미안해했어요. 사람 마음을 가지고 그렇게 한다는 게. 그 후로 정아 씨가 가끔 안보이면 혹시 무슨 일 있나, 걱정도 했고."

나는 갑자기 콧등이 싸하면서 울컥한다.

"그런데 김후민 씨는 어쩌다가…"

"자세한 건 나도 몰라요. 원래 이 바닥이 실체 없는 소문만 무성하잖아요. 갑자기 어떤 사람 소개로 그 여자를 만나면서 은퇴하고, 결혼하고 나서 나와도 연락이 끊겼어요. 정아씨도 그 여자 보면 기억할 거예요. 정말 거머리처럼 쫓아다녔으니까. 나는 그 여자 인상이 별로라서 둘의 결혼을 어떻게든 말리고 싶었어요. 근데 일이 너무 이상하게 돌아가서 내가 끼어들 틈이 없었어요. 그 여자가 후민이에게 병적으로 집착해서 주변인들을 굉장히 경계했으니 우리 사이도 멀어질 밖에요. 결혼하고 나서 한 달쯤 지나 처가가 있는 미국으로 아예 이민 갔다고 들었어요. 걔가 외아들인데, 부모랑도 생이별했죠. 암튼 그 악마 같은 여자에 순진한 애가 실컷 이용만 당하고 늙고 병들고 단물 빠지니 내쳐져 무일푼으로 한국에 돌아왔다는 이야기를 얼마 전에 들었어요…"

최영진은 목이 타는 듯, 속이 타들어가는 듯 물 한 컵을 벌컥벌컥 들이마신다.

"미국에서 후민이와 사업상 가끔 연락하고 지낸 친구가 있는데 얼마 전에 걔를 만났어요. 미국 가서 굉장히 힘들어 보였답니다. 우울증으로 병원도 다니고, 그동안 벌어놓은 걸 주식으로 날리고. 사업도 잘 안 됐고요. 자기가 꿈꾼 남자, 여자가 아닌데, 갖고 싶어서 구걸하듯 한 결혼인데, 낡고 지루하면 자연히 버려지겠죠. 결국 이혼하면서 위자료로 다 주고 몸만 나왔다고 하더군요. 얼마나 지긋지긋했으면. 그 자식 자존심에 누구한테 아쉬운 소리할 주변도 못되고, 혼자 끙끙 앓다가 저리 됐겠죠. 나한테라도 연락했더라면, 한편으론 그 자식한테 많이 서운하네요. 우리 사이가 고작 그것밖에 안 됐는지…"

그랬군요… 나는 탁자 위 트로피에 시선을 고정시킨 채 넋두리하듯 속으로 몇 번이고 되뇌었다. 당신도 그리 고단하게 지냈군요… 나는 눈물이 무릎 위로 텀벙, 떨어지려는 찰나 가까스로 시선을 허공으로 돌린다.

"후민이가 워낙에 돈 욕심도 없고 순둥이라서 그래요. 서로에 신뢰나 사랑 없이 호기심으로만 한 결혼이라서 언젠가는 깨져도 깨질 줄 알았는데, 후민이의 결벽증적인 면이 제 몰락을 앞당긴 것 같아요. 세상 살아보니 그렇잖던가요? 때로는 가식도 위선도 필요하지요. 너무 곧으면 부러지죠."

최영진은 김후민의 몰락이 제 몰락인 것만 같아요 며칠 꿈자리가 사납다고 한다. 그때 그 결혼만 말렸어도, 아니 연예계 은퇴만 극구 말렸어도 김후민과 제 인생이 이렇게 낭떠러지 아래로 처박히진 않았을 것이라고. 그의 눈에는 눈물이 그렁그렁하다.

그와 나는 다음을 기약하지 않고 쓸쓸히 헤어진다. 김후민의 몫까지 열심히 살자는 말 따위는 서로에게 하지는 않았다. 그를 만나러 올 때처럼 돌아갈 때도 비가 부슬부슬 내린다. 너무 일찍 꽃을 피운 까닭일까. 봄비에 떨던 꽃잎들이 하르르 낙화해 휴지조각처럼 발에 밟힌다.

이름 모를 작은 꽃이 핀 화분을 하나 사들고 아파트 현관에 들어서자, 마침 엘리베이터에서 내리던 옆집 여자가 왜 그리 자주 인테리어 공사를 하느냐며 말을 건넨다.

"하루에 수천 번도 더 갈아치우고 싶은 남편 갈아치울 수 없고, 내 맘대로 안 되는 자식도 갈아치울 수 없으니 만만한 인테리어 갈아치우는 걸로 대신하는 거죠 뭐."

"맞네 맞아. 여자들 다 그래. 그것도 돈이 있어야 하지. 예지 엄마, 부럽네."

내 대답에 여자는 깔깔 웃으며 맞장구를 친다.

우편함에 딸의 학교에서 온 공지문이 꽂혀 있다. 중간고사 성적표였다. 며칠 전, 딸은 랍스터를 먹으러 오지 않았다. 제 아버지를 싫어하지만 쇠심줄처럼 질긴 고집부터 해서 고약한 제 아버지를 꼭 빼닮은 딸이 때로는 아주 밉상이다. 그래도 제 친구 집에서 잘 지내나 싶어서 평소 안면이 있는 그 집 엄마한테 전화를 해보지만, 아침부터 계속 전화를 받지 않는다.

집에 와보니 몇몇 인부들에 의해 거실 인테리어 공사가 한창이다. 나는 담당 매니저한테 이것저것 요구사항을 전달하고, 복도로 다시 나와 딸 성적표를 확인한다. 국어 69점, 영어 60점, 수학 54점. 다른 기타 등등의 과목은 눈에 들어오지도 않는다. 순간, 누군가 뒷덜미를 억세게 와락 낚아채는 것 같다.

나는 딸한테 전화를 건다. 몇 번을 해도 받지 않아 별수 없이 음성 메시지로 남긴다.

"한예지, 네가 지금 엄마 뒤통수 쳤어? 난 네가 별 미친 짓을 다하고 다녀도 믿었어. 믿고 참았어. 근데 네가 나를 엿 먹여? 너는 자식이 아니라 전생에 애물덩어리야. 네 아빠고 너고 다 똑같아. 나중에 더도 덜도 말고 딱 너랑 똑같은 딸 하나만 낳아서 키워봐. 나도 이제 지쳤다. 너한테서 손 떼련다."

나는 마치 막힌 하수도가 뻥, 뚫리듯 그간 켜켜이 쌓인 울분을 터트려 악다구니를 쓴다. 내 말소리가 복도에서 쩌렁쩌렁 울리자, 집안에서 일하던 인부들이 힐끔힐끔 쳐다본다.

나는 휴대폰을 신경질적으로 내던진다. 문득 그 옛날 내 엄마가 생각나 금세 눈시울이 뜨거워진다. 내가 속을 썩일 때 내 엄마도 언젠가 같은 말을 했다. 나는 계단에 주저앉아 훌쩍이다가 오만가지 감정에 북받쳐 마침내 서럽게 오열한다. 어떤 상황에서도 딸한테 막말을 하지 않으려 참고 또 참고, 또 참았다. 딸이 제 아버지와 사사건건 마찰을 빚고 엇나가기 시작할 때부터 수년간 인고의 세월을 보낸 까닭은 분명했다. 그 옛날 나를 이해해주지 않는 엄마가 참 많이도 야속했기 때문이었다. 불과 몇 시간 전까지만 해도 야속했다. 그러나 지금 이 순간만큼은 아니다.

나는 화분을 들고 밖으로 나간다. 비는 그 사이 멎어 있다. 나는 인생을 다 비워버린 80대 노파처럼 화단에 쭈그리고 앉아 한참 동안 김후민의 대종상 트로피를 바라본다. 그에게 내가 첫 팬이었던 것처럼 나한테도 마찬가지였다. 나는 맨손으로 축축한 땅을 파헤친다. 손에 힘을 주어 되도록 깊이 헤집는다. 그리고 트로피와 화초를 나란히 함께 묻는다. 흙 범벅이 된 손으로 자리를 몇 번이고 다독인다. 나는 마치 최면이라도 걸 듯 혼잣말을 한다.

"당신도 내 꽃이었어요. 내년 봄에도 우리 어여쁜 꽃이 되어 다시 만날까요."

비에 젖은 흙을 잠시 만졌을 뿐인데, 불현듯 아래가 축축하다. 내 몸 안에서 무언지 모를 액체가 아래로 아래로 흥건하게 흐르는 것 같다. 나는 걸음을 재촉해 다시 집안에 들어선다. 오늘 공사는 끝났는지, 집은 현관문이 닫힌 채 텅 비어 있다. 집에 아무도 없음을 확인하고 나는 하의를 내린다. 속옷이 벌겋게 물들어 있다. 그러고 보니, 오전에 샤워를 할 때에도 아랫배가 묵직했다.

나는 기쁨인지 슬픔인지, 이유모를 눈물이 다시 볼 위로 흐른다. 저녁 어스름이 내려앉아 거실과 주방에 조명을 밝힌다. 남편

도, 딸도, 김후민도 모두모두 떠났다. 그러나 나는 이 자리를 지킨
다. 나는 이혼서류에 온 힘과 열을 다해 도장을 꾹, 눌러 찍는다.
핏물 같은 인주가 주홍글씨처럼 선명하게 찍혀 있다. 이제 막 피
어난 붉은 백일홍 같다.

드라이아이스

　　　　　안면도의 후미진 이슥한 모래사장 위에 주차
된 차량에서 두 구의 남녀 시신이 발견된 것은 성탄절 연휴가 막
지난 월요일 새벽녘이었다. 새벽녘에 고기잡이를 나가던 어부에
게 발견됐고, 곧바로 신고가 들어왔다.

　김 형사는 필터까지 타 들어간 담배꽁초를 모래밭에 던져 구둣
발로 짓이겼다. 구두코가 사르륵 모래밭에 파묻히며 꽁초는 흔적
도 없이 사라져버렸다.

　이윽고 뭔가 단서가 될 만한 걸 찾아냈는지 장 형사가 사건현장
에서 조금 거리를 두고 서 있는 그를 향해 걸어왔다.

　"과장님, 외견상 타살 흔적은 없는데요. 아무래도 동반 자살인
것 같습니다."

　장 형사는 가죽장갑을 낀 손으로 마른 콧물을 쓱, 훔치며 말했다.

　"그래? 신분증이나 유서 같은 건 발견되지 않았고?"

　"예. 유서 같은 건 없었고, 남자 시신에서는 아무것도 나오지

않았습니다. 다만 여자의 지갑에 운전면허증과 가족사진 한 장, 현금이 얼마 들어있었습니다. 특정 아이스크림 가게 쿠폰 몇 장도 들어 있었고… 숨지기 직전까지 둘이 소주랑 아이스크림을 나눠 먹은 것 같은데, 뭐 대충 필이 오죠."

장 형사는 그렇게 대답하고, 한 손에 들고 있던 진공 팩에 싸인 가족사진과 지갑 등을 보여주었다. 비닐 팩 안에서 단란해 보이는 한 가족이 흐릿하게 미소 짓고 있었다. 새벽녘에 싸늘한 주검으로 발견된 여자로 추정되는 긴 머리의 소녀는 사진 속에서 두 팔로 중년사내의 어깨를 다정하게 감싸 안고 환하게 웃고 있었다. 어쩐지 낯이 익는 얼굴이었다. 김 형사는 문득 스치는 전율 같은 느낌에 머리를 갸우뚱했다.

"상당히 낯이 익는데? 어디서 봤더라… 두 사람의 신원부터 먼저 파악해서 주변인물을 찾아내고, 지금으로서는 자살로 섣불리 단정 짓기도 어려우니 국과수에 부검 의뢰해. 그리고 과학수사팀에도 차량 정밀감식 요청하고."

장 형사는 그러겠다고 대답하고, 다시 사건 현장으로 뛰어갔다. 팀원들은 사건 차량 주변에 접근금지 바리케이드를 치고 있었다.

한 해가 저물 무렵, 겨울바다의 칼바람이 도둑처럼 집요하게 옷새를 비집고 스몄다. 김 형사는 어깨를 잠깐 움츠렸다가 폈다. 입에서는 단내가 났다. 그는 입맛을 쩝쩝 다시며 조금 전에 보았던 사진 속 소녀의 얼굴을 떠올렸다. 알싸한 추위 때문인지 문득 코끝이 시큰했다.

"민트 스트로베리 봉봉 싱글콘 하나 주세요."

언제나처럼, 그녀가 왔다. 언제나처럼 그 시간에, 언제나처럼 강아지를 품에 안고, 언제나처럼 민트 스트로베리 봉봉 싱글콘을 주문했다. 그리고 언제나처럼 창가에 자리를 잡고 앉았다. 다만 어제와 다른 점이 있다면 오늘은 멍하게 앉아 창밖을 바라보는 대신 A4용지 두 장쯤 돼 보이는 인쇄물을 볼펜으로 체크까지 하면서 아주 꼼꼼히 읽고 있다는 것이다.

민재는 그녀가 주문한 아이스크림을 와플콘 위에 넉넉히 스쿠프로 떠서 후딱 갖다주었다.

"맛있게 드십시오. 고객님."

그는 입을 거의 벌리지 않은 채 속삭이듯 우물우물 말하고, 카운터로 돌아왔다. 공무원시험 예상문제집을 뒤적이던 그는 종종 그녀의 옆모습을 흘끔거렸다.

그녀를 본 지도 어느새 한 달이 지났다. 거의 매일 같은 시간에 이루어지는 강아지와의 산책길의 마무리 코스로 그녀는 아이스크림 가게에 들르는 것 같았다. 한 달이 지나도록 매번 같은 아이스크림만 먹는, 입에 물려 다른 메뉴를 한 번 먹어보고픈 생각이 들 법도 한데, 그녀는 식성이 조금 별난 것 같았다. 일체의 변화를 거부하는 완고한 사람, 혹은 조금 오버하면 자폐적인 성향이 있는 외곬 같아 보였다. 또한 저처럼 말수가 적은 소심한 사람 같기도 했다.

이따금씩 자기 좋을 대로 불시에 들이닥치는 아이스크림 가게 사장은 그녀와 마주칠 때마다 못마땅해 미간을 찌푸렸다. 단골인 그녀가 못마땅하기보다, 그녀가 품에 안고 있는 강아지가 못마땅해 인상을 험하게 구겼다.

"먹을 것 파는 가게에 개새끼를 데려오면 어쩌자는 거야. 하여튼 요즘 젊은것들은 생각이란 게 없어요. 머리는 장식품으로 달고 다니는지."

얼마 전에도 강아지를 안고 가게 안으로 들어서는 그녀를 보자, 사장은 아이스크림 진열대를 등지고 가자미눈을 하고서 투덜거렸다. 그러다가 아이스크림에서 개털 나왔다고 인터넷 게시판에 떠서 강제 폐업당할까 봐 요즘에는 잠도 안 온다나?

사장은 오늘은 기필코 그녀한테 충고를 해야겠다며 갈 시간이 지났는데도 일부러 가게 안에서 뭉그적대며 그녀를 기다렸다.

"이군아, 오늘은 네가 가서 말 좀 해라. 개털 날려서 다른 손님들이 싫어하니까 다음부터는 제발 강아지 좀 데려오지 말라고."

민재는 사장한테 등을 떠밀리다시피 해서 그녀 옆에까지 걸어갔지만 결국 한마디도 못 꺼내고 머쓱하게 카운터로 되돌아왔다. 그런 민재를 보고 사장은, 앞으로 세상을 어떻게 살 지 안 봐도 비디오라며 혀를 끌끌 찼다.

"라임아, 내일 오디션은 꼭 합격하는 거야. 그렇지? 내일은 언니 합격할 수 있겠지?"

그녀는 제 가슴에 머리를 비비적대는 강아지를 내려다보며 들릴 듯 말 듯 나직이 말했다. 그리고는 민트 스트로베리 봉봉을 강아지 앞에 들이댔다. 그러자 강아지가 때를 기다렸다는 듯이 아이스크림을 날름 핥았다. 그것을 본 사장의 몸이 갑자기 부르르 떨렸다.

"내 이것들을 그냥. 아무리 단골이지만 개새끼가 우리 아이스크림을 처먹는 꼴은 못 본다."

잔뜩 벼른 사장은, 주먹을 불끈 쥐고 그녀 앞으로 뚜벅뚜벅 걸어갔다. 여자는 여전히 종이에 시선을 주고 있었다.

"저, 고객님, 항상 저희 가게를 찾아 주셔서 감사합니다. 그런데 한 가지 부탁드릴 게 있어서요. 우리 가게는 보시다시피 식품을 판매하는 데라서 애완동물의 출입을 엄격히 제한하고 있습니다."

종이에서 시선을 거둔 여자는, 순간 당황한 빛이 역력해 사장 얼굴을 멀거니 올려다봤다.

"다음부턴 강아지를 데려오지 말아 주셨으면 합니다. 다른 손님들이 싫어하시니까요."

사장은 여자의 눈치를 적당히 살피며 사정조로 말했다.

"우리 라임이는… 우리 라임이는, 그런 걱정 안 하셔도 되는데…"

여자는 금방 울음이라도 터뜨릴 것처럼 울상이 되었다. 가게 안 사람들의 시선이 모두 자기한테로 향하자, 긴장해 말조차 더듬거렸다.

"고객님 다시 한 번 부탁드리겠습니다. 다음부터 강아지를 데려오면 안 돼요."

사장은 머리를 조아리며 정중히 부탁을 하고서 돌아섰다. 그녀는 몇 초간 멍하니 앉아 있더니, 먹다만 아이스크림을 테이블 위에 내려놓고 슬그머니 바깥으로 나갔다. 민재는 눈으로 그녀의 뒤를 쫓았다. 그녀가 앉았던 테이블 위에서 빨간색 지갑이 보였다. 얼결에 급히 뛰어나가느라 지갑도 깜빡 잊은 모양이었다. 민재는 지갑을 낚아채듯 손에 쥐고 서둘러 그녀를 쫓았다.

"저기, 잠깐만요… 고객님… 고객님…"

딴생각 중이어서 민재의 목소리를 듣지 못한 것인지 그녀는 뒤도 돌아보지 않고 땅만 응시한 채 착실히 걸어갔다. 간신히 그녀를 따라잡은 민재는 그녀의 팔을 잡아 세웠다.

"잠깐만요. 고객님. 여기 지갑을…"

하며 민재는 그녀에게 지갑을 건넸다. 지갑을 받은 그녀는 무표정한 얼굴로 고맙다고 말한 뒤, 다시 냉랭히 돌아섰다.

"저기… 강아지 데려 오셔도 돼요. 점심시간 지나면 손님들도 없고, 사장님도 안 계세요."

멀어지는 그녀의 뒷모습에 시선을 준 채 잠시 망설인 민재는 두 손을 나팔모양으로 모으고 소리쳤다. 순간 그녀는 걸음을 멈칫했다. 잠깐 돌아볼 듯하더니, 그냥 그대로 못들은 척 가버렸다. 민재는 잠시 그녀의 뒷모습을 망연히 바라보았다. 외모로 보아, 제 또래나 됐을까? 아니면 한두 살 어리거나 많거나 할 것 같았다. 그는 사람의 나이 같은 걸 가늠하는 데 영 소질이 없어 종종 실수를 하곤 했다. 대학생 때 저보다 한참 연상인 선배한테 말을 놓아

서 얻어터지는 바람에 입술이 터진 적도 있었고. 노안이 제법 **빠**
르게 진행 중인 동네 초등학생한테 존댓말을 써서 비웃음을 산
적도 있었다.

　그런데 저 여자, 젊은 여자답지 않게 고개를 푹 떨구고 걷는 폼
이 왠지 보기에 안쓰럽다는 생각이 바람처럼 스쳤다. 언제 어디에
서든 무서우리만큼 당차고 똑똑한 척을 하는 요즘 젊은 여자들답
지 않게 사장한테 제대로 말대꾸 한 번 못하고 도망치듯 가게를
빠져나가던 그녀한테서 왠지 제 그림자를 보는 것 같았다. 민재는
문득 가게 창문 너머로 보이는 그녀의 환영에 가슴이 쿵, 내려앉
았다.

　"가게 비우고 어딜 갔다 오는 거야. 사장 체면이 있지, 내가 아
이스크림 떠서 갖다주리? 그러려고 내가 너 고용한 줄 알아?"

　민재가 사장의 눈치를 힐끔 살피며 가게 안으로 들어서자, 사장
은 잔뜩 골이 나서 다시 가자미눈으로 핀잔을 늘어놓았다.

　"참, 방금 전에 집에서 전화 온 것 같더라."

　핸드폰 화면에는 '부재중 전화 2통, 할머니'라고 찍혀있었다. 혹
시 할머니한테 무슨 일이라도 생겼나, 싶어 가슴이 조마조마했다.

　할머니가 병원에 입원하신 지도 꽤 여러 날이 지났다. 작년 겨
울, 유독 눈이 많이 내렸던 날 아침, 폐지를 수집하다가 그만 동네
내리막길에서 헛발을 디뎌 미끄러졌다. 결국 할머니는 그날 이후
대퇴부골절로 다시 일어서지 못했다. 요 근래 부쩍 통증이 심해져
서 병원에 갔더니 의사는 부러진 **뼈** 조각이 신경을 누르고 바깥으

로 뚫고 나오고 있어 수술이 불가피하다고 말했다. 빨리 수술을 하지 않으면 안 된다는 의사의 말에 그의 가슴팍은 더욱 작게 오그라들었다.

민재는 서둘러 할머니한테 전화를 걸었다.

"할머니, 왜? 아파? 무슨 일 있어?"

급한 마음에 민재는 숨 쉴 틈도 없이 속사포로 말했다. 사장은 그런 민재를 보고 혀를 끌끌 차며 뒷짐을 지고 바깥으로 나갔다.

"아니, 아가 너 점심밥 잘 챙겨 묵었나 혀서. 할무니 괘안찮타. 걱정 말기라, 아가."

할머니는 어린 손자한테 걱정을 안 끼치려고 애써 밝은 음성으로 말했다. 그것을 빤히 알고 있는 민재는 병원 침대에 종일 누워 진통제나 맞고 있을 할머니 생각에 저도 모르게 눈시울이 붉어졌다.

"할머니도 참. 밥 먹었지. 지금이 몇 신데. 할머니는 진지 드셨어?"

"암만, 묵었지. 것도 죄다 돈인디 악착같이 묵어야제. 싹싹 다 긁어묵었다."

민재는 순간 울컥했다. 하지만 목소리만은 애써 씩씩하게 냈다. 아주 잠깐이지만 깔깔 웃기도 했다. 그런데 가슴은 마치 찬밥덩이를 씹지 않고 꾸역꾸역 넘긴 것처럼 답답하고 자꾸 목이 메어왔다.

"잘하셨어, 할머니. 새벽에 일 끝나고 갈게. 손님 들어온다. 끊어 할머니."

민재는 전화를 서둘러 끊고, 돌아서서 숨을 골랐다. 이 답답함이란.

그는 마른세수를 쓱쓱 하고, 빈 테이블을 행주로 닦았다. 마치 세상에 제가 할 일이라곤 그것밖에 없는 것처럼 온 힘을 다해 닦고 또 닦았다. 천장에서 물이 샐 일도 없는데, 테이블 위로 물방울 하나가 텀벙 떨어졌다.

"아부지, 나도 같이 가. 아부지."

그러나 아버지는 마치 지옥에서 온 저승사자와도 같이 빳빳하게 굳은 얼굴로 민재의 손을 완강하게 뿌리치고 돌아섰다.

"아부지…"

테이블 위에 턱을 괴고 꾸벅꾸벅 졸고 있던 민재는 입술을 달싹이다가 팔꿈치가 미끄러지는 바람에 화들짝 놀라 잠에서 깼다. 얼결에 일어서서 가게 안을 둘러보았다. 다행히 가게 안에는 아무도 없었다. 안심하고 다시 앉는데 눈가가 축축하게 젖어있음을 느꼈다. 이십 년이 지났다. 강산도 두 번 바뀌고 남을 세월이고, 당시 여섯 살이었던 꼬맹이는 이제 스물여섯 살 청년이 되었다. 이십 년이나 지났는데 지금까지 종종 그런 꿈을 꾸다니 참 징글징글하다. 이십 년 전에 새파랗게 어린 자식새끼를 길에서 주운 봇짐처럼 노모 품에 버리고 갔던 그 아버지한테 무슨 미련이 이토록 징하게 남아서, 그새 문둥병이라도 걸려 두 손이 모두 뭉그러졌는지 안부전화 한 통 없었던 그 생물학적 아버지한테 무슨 정이 이리도 많이 남아서 그 가슴 시린 기억을 머릿속에서 지우지 못하고 자꾸

되새김질하는 것일까. 민재는 그 기억을 밖으로 떨궈내려는 듯 머리를 격하게 흔들었다. 머릿속이 정리가 안 된 서랍처럼 어수선했다. 온통 뒤죽박죽인 생각의 서랍 속에서 불쑥 생각 하나가 정면으로 튀어나왔다. 그는 서둘러 전화를 걸었다.

"사장님. 저 민잰데요. 지난달 월급이랑 이번 달 월급 좀 땡겨주심 안 될까요? 할머니가 편찮으셔서 당장 수술을 받으셔야 하는데 수술비 준비가 안 되어서요."

그러자 밤에 아르바이트를 하는 편의점 사장은 요즘 자기네도 불황이라 어렵다, 조금만 더 기다려달라는 말을 끝으로 서둘러 전화를 끊었다. 전화기에 녹음된 음성을 듣는 것처럼, 그와 똑같은 말을 일주일 전에도 들었다. 삼일 전에는, 얼굴도 모르는 이들이 서로 입이라도 맞춘 듯 아이스크림 가게 사장도 똑같은 말을 했다. 순간 불끈 화가 치밀었지만 민재는, '아니 이 사람들이, 사정 좀 봐주지 진짜 너무들 하네'라고 말했을 뿐이다. 것도 밖으로 소리 내어 말할 수 없어서 속으로 꾸역꾸역 삼켰을 뿐이다. 어떤 때는 남한테 싫은 내색 한 번 못하고 사는 자기가 참 바보 같다는 생각에 확 혀 깨물고 죽고 싶을 때도 있었다. 스물여섯 해 동안 세상에 참가해 살면서 제 의지대로 뭘 한 적도, 그렇게 된 적도 없었다.

민재는 가방 속에 있던 통장을 꺼내 물끄러미 쳐다봤다. 잔고가 얼마 남지 않았다. 이 달 월세마저 빠져나가고 나면 공과금 내기도 빠듯할 지경이었다. 단돈 백만 원만, 더도 말고 딱 백만 원만

여윳돈이 있었으면. 민재는 자꾸 코너로 몰리는 기분에 손으로 머리칼만 헝클어뜨렸다.

뭔가 끙끙거리는 인기척에 그는 정면을 응시했다. 그녀다. 그녀가 왔다. 언제나처럼 강아지를 품에 안고. 오늘따라 그녀의 품안이 답답한지 강아지는 자꾸만 끙끙거렸다.

"민트 스트로베리 봉봉 싱글콘 하나 주세요."

여자는 강아지 머리를 쓰다듬으면서 시무룩하게 말했다.

민재는 멋쩍어 배시시 웃으며 엉망이 된 머리칼을 손가락으로 대충 쓸어 넘겼다.

"아… 오셨어요? 자리에 앉아 계세요."

여자는 언제나처럼 창가 가까이에 있는 지정석에 앉아 창밖에 시선을 고정시켰다. 옆얼굴이 무표정했지만 어쩐지 우울해 보였다. 그는 마치 그녀의 일용할 양식 같은 민트 스트로베리 봉봉을 스쿠프로 푸짐하게 떠서 갖다주었다. 그는 다시 카운터로 돌아와 점심시간에 보다 만 공무원시험 예상문제집에 집중하려 애썼다.

늦가을, 도심의 창밖은 유리성처럼 차게 느껴졌다. 낙엽조차 남지 않은 벌거벗은 가로수들은 지난겨울 초호화 빌딩의 외벽에 기대어 얼어 죽은 한 노숙자의 인생처럼 스산했다.

민재는 책에 시선을 두고 있었지만, 책 속 글자가 제대로 들어오지 않아 같은 문장만 몇 번이고 반복해서 읽었다. 할머니의 수술비 걱정에 머릿속이 복잡해 다른 생각이 끼어들 틈이 없었다. 내 나이에, 내 앞가림하기에도 바쁠 이 나이에 나는 왜 이런 걱정까지 떠안고 살아야 할까. 대개의 그 또래가 그렇듯, 취업 준비나 하면서 아이스크림 가게에 여자친구와 손잡고 와서 데이트를 즐기는 그저 평범한 젊은 청년의 하루를 살아보고도 싶었다. 하지만 애초 그런 건 자기 것이 아닌 모양이라고, 대신 다른 무언가가 있겠지, 애써 자위했다. 요즘은 그런 자위마저도 자주 절망으로 모양새를 달리했다.

어디에선가 들릴 듯 말 듯 나직이 훌쩍이는 소리가 들렸다. 민재는 소리가 나는 쪽으로 시선을 돌렸다. 그녀가 울고 있었다. 고개를 숙인 채로 아이스크림을 핥으며 훌쩍훌쩍 울고 있었다. 놀란 민재는 그대로 얼음이 되어 몇 초간 그녀를 멍하게 바라봤다. 가서 왜 우냐고 물어볼 수도 없는 노릇이고. 그냥 모르는 척 놔두기도 뭣했다. 여자는 여전히 아이스크림을 고양이처럼 천천히 핥으면서 울고 있었다. 민재는 잠시 모르는 척 그대로 놔두기로 했다. 십여 분이 지난 후, 그녀의 감정이 어느 정도 추스러진 것 같아 민재는 그녀의 테이블 위에 냅킨과 초코아이스크림이 담긴 조그마한 샘플컵을 두고 제자리로 돌아왔다.

"저… 초콜릿을 먹으면 기분이 좋아진대요."

민재는 쑥스러워서 들릴 듯 말 듯 한마디 툭, 건넸다. 여자는 냅킨으로 얼굴을 닦아내고 코를 풀고 난 후, 천천히 초코아이스크림을 스푼으로 떠먹었다. 한참 동안 두 사람은 말없이 잔뜩 찌푸린 하늘이 보이는 창 너머에 시선을 주었다. 가끔 그녀의 강아지가 내는 원시의 소리 말고는 주위는 아주 고즈넉했다.

"오디션에 떨어졌어요. 아흔아홉 번째."

여자는 창밖에 시선을 준 채 누구에게랄 것도 없이 불쑥 말했다. 그녀의 볼 위로 한 줄기 눈물이 주르륵 흘러내리는 게 어렴풋이 보였다. 민재는 뭐라 대꾸할 말이 쉬 떠오르지 않아 잠자코 듣고 있었다.

"이번이 마지막일 거라 생각했는데…"

여자의 음성은 마치 바람결에 멀리멀리 날아가는 풍선처럼 헛헛하게 들렸다.

"나는 9급 공무원시험에 사 년째 떨어지고 있어요."

민재도 창밖에 시선을 준 채 남의 말하듯 무심하게 말을 이었다.

"이번에도 보나마나 또 떨어질 거예요."

여자의 입가에 잠시 희미한 미소가 떠올랐다. 그녀는 초코아이스크림을 한 스푼 떠 입으로 가져갔다.

"우린 둘 다 실패자들이군요."

여자가 한참 뒤에 쓸쓸하게 말했다. 민재도 쓸쓸하게, "그렇네요"라고 대답했다.

수술을 하지 않고서는 할머니의 병세가 호전될 수 없다는 게 주치의의 판단이었다. 더욱이 환자가 연로하고 병약한 까닭에 수술 후 경과가 좋을 것이라고도 장담할 수 없다고 했다. 원무과에서는 이달 말까지 입원비를 완납하지 않을 시에는 강제 퇴원시키겠다고 변변히 으름장을 놓았다. 이제 정말 막다른 골목이다! 더 이상 도망칠 곳도, 그렇다고 해서, 그래 이 더러운 세상 이판사판 공사판이라며, 세상과 맞짱 뜰 엄두는 더더욱 나지 않았다. 그렇게 그는 막다른 코너에 지금 서 있었다.

맥없이 앉아 지역신문지를 뒤적이던 민재의 눈에 며칠 굶은 노루새끼처럼 폴짝폴짝 뛰어 들어오는 것은 '무담보 대출'이란 빨간색 글자들뿐이었다. 민재는 볼펜으로 그 글자에 동그라미 회오리를 마구마구 쳤다.

출입문에 매달린 풍경이 울리자, 한 여자가 꼬마아이의 손을 잡고 들어왔다. 그들은 진열대 앞에서 무슨 아이스크림을 먹을 것인지 서로 의견을 교환하며 고민에 빠졌다. 이건 맛이 어떻고, 저건 너무 달아서 이가 썩을 것이라는 둥. 어쩌고저쩌고. 민재는 그만 지루해져서 절로 하품이 났다. 드디어 두 사람은 오랜 토론 끝에 서로 의견일치에 합의해 다섯 가지 아이스크림을 고르는 데 성공했다. 아이엄마로 보이는 여자는 녹지 않게 포장해달라고 했다.

"예. 고객님. 근데 댁까지는 시간이 얼마나 걸리세요?"

민재의 질문에 아이엄마는 고개를 슬쩍 갸웃대더니, '우리아이 걸음으로 한 이십 분쯤 걸릴걸'이라고 대답했다.

"예. 고객님. 그럼 그렇게 알고 포장해드리겠습니다."

그는 다섯 가지 아이스크림을 순서대로 통에 담고, 아이스박스를 열어젖혔다. 갑자기 박스 안에 산소가 유입되자, 마치 예전에 봤던 드라마 '전설의 고향'에서 어느 한 맺힌 무덤의 관 뚜껑이 열렸을 때처럼 기포가 올라왔다. 민재는 급속 냉동된, 마치 네모

나게 찍어낸 하얀 눈과자 같은 드라이아이스 조각에 손을 가져갔다. 순간 아차, 했지만 이미 때는 늦었다. 그는 저도 모르게 그만 비명이 입 밖으로 흘려 나왔다.

"앗, 차거."

민재가 화들짝 놀라 정신을 차렸을 때는 드라이아이스에 그의 오른손 엄지손가락이 눌어붙어 있었다. 살점이 타들어가는 듯 아렸다. 그는 엄지에 추처럼 드라이아이스 조각을 매단 채로 재빨리 옆 싱크대로 자리를 옮겨 수도꼭지를 틀었다. 드라이아이스가 물에 닿자. 기포가 무섭게 올라왔다. 마치 유명 톱 가수의 하이라이트무대를 바로 앞에서 보고 있는 듯해 눈이 시큰했다. 포장된 아이스크림을 기다리던 아이와 엄마는 놀라서 눈을 둥그렇게 치켜뜨고 그 광경을 지켜보고 있었다.

"아저씨, 괜찮아요? 그거 장갑 끼고 만져야 된다던데. 안 그럼 화상 입는다던데. 일 시작한 지 얼마 안 되나 봐."

아이엄마는 마뜩찮은 듯 입술을 약간 비뚜름하게 틀고 말했다.

그의 엄지에 −78도의 드라이아이스가 남긴 흔적은 대단했다. 처음에는 얼음을 손에 쥔 듯이 차츰 감각이 무디어지고 얼얼했던 게 문득 불구덩이에 손을 통째로 집어넣은 것처럼 뜨거워졌다. 그리고 결국 그의 엄지에는 화상자국이 동그랗게 남았다. 그저 얼음처럼 차가운 성질의 것에 잠깐 손을 댔을 뿐인데, 염산이라도 들이부은 듯 이글거리고 아렸다. 드라이아이스. 그것은 마치 무색의, 무취의 까맣게 타들어가는 청춘의 양면성 같았다. 뭐든 할 수

56

있을 것 같지만, 그러나 정작 아무것도 할 수 없는, 개미지옥에 갇혀 허우적대는 개미처럼 현실의 갈증에 갉아 먹히는 제 청춘 같았다.

그는 다시 텅 빈 가게에 우두커니 앉아, 드라이아이스가 남긴 흔적을 뚫어져라 한참을 바라봤다. 데인 상처는 그새 물집이 잡혀 이글거리고 진물이 났다. 볼펜도 쥘 수 없이 쓰리고 아렸다.

출입문 풍경 소리가 들리자, 그녀가 들어왔다. 민트 스트로베리 봉봉 그녀가. 그런데 오늘은 강아지가 보이지 않았다. 민재는 그녀의 일용한 양식을 갖다주면서 강아지의 행방을 물었다. 저녁에 백 번째 오디션을 보러 가는 길이어서 강아지는 집에 두고 나왔다고 대답했다. 민트 스트로베리 봉봉을 먹고 가면 이번에는 꼭 합격할 것 같은 예감이 든다고 그녀는 말했다. 뜻밖의 말에 민재가 배시시 웃으며 돌아서는데 문득 그녀의 시선이 그의 손가락에 머무는 게 느껴졌다.

"손을 다치셨나 봐요."

여자는 조심스럽게 물었다.

"…뭐 조금. 포장하다가. 드라이아이스에."

민재는 얼른 다친 손을 뒤로 숨기며 얼버무렸다.

"드라이아이스에?"

여자는 뜨악한 얼굴로 민재를 올려다봤다.

"가끔 그래요. 딴생각하다가 장갑 끼는 걸 잊어버려서."

민재는 다시 어색하게 배시시 웃으며 머리를 긁적였다.

카운터로 돌아온 그는, 창가에 시선을 둔 그녀의 옆얼굴을 흘끔거렸다. 그다지 예쁜 얼굴은 아니었다. 하지만 어딘지 모르게, 왠지 모르게 묘하게 끌리는 얼굴이었다. 라디오에서는 3시 뉴스를 하고 있었다. 산소마스크를 착용한 한 여자가 차 안에서 사체로 발견됐다는 아나운서의 멘트가 이어졌다. 그녀의 가방 안에서는 살인 계획서가 발견됐고, 부검 결과 사인은 드라이아이스 물질로 의심되는 이산화탄소에 의한 질식사로 추정된다는 뉴스였다. 민재는 뉴스를 그냥 흘려들었다. 문득 그녀가 말했다.

"드라이아이스로도 사람이 다치거나 죽을 수도 있군요."

민재는 그저 입가에 주름을 만들고 작게 미소 지었을 뿐, 아무 대답도 하지 않았다.

아이스크림을 다 먹은 그녀는, 밖에 나갔다가 어쩐 일인지 다시 들어왔다. 그녀는 한 손에 약국 봉투를 쥐고 있었다. 그녀는 봉투에서 연고와 밴드를 꺼냈다. 그리고는 민재의 다친 손을 갑자기 자기 쪽으로 끌어당기더니, 상처에 연고와 밴드를 조심스레 발라주었다. 민재는 손이 잡힌 채 알딸딸한 기분으로 그녀를 바라보았다. 짧지만 꽤 끈끈한 침묵이었다.

제 할 일을 다한 듯 그녀는 덤덤히 그의 손을 놓고 다시 밖으로 나갔다. 민재는 오래도록 그녀의 뒷모습에서 시선을 거두지 못했다. 그녀의 모습이 점이 되어 보이지 않을 때까지. 아직도 그의 손에는 그녀 손의 온기와 작지만 매끄러운 감촉이 그대로 남아 있었다. 지금껏 다친 상처에 약을 발라준 사람은 할머니 외에 세상 어느 누구도 없었다. 오로지 그녀가 처음이라고 그의 기억은 속삭였다. 백 번째 오디션에 꼭 합격하라고 말해주어야 하는데… 그는 그 자리에 못이라도 박혀버린 듯 우두커니 서 있었다.

할머니의 병세가 위중하다는 사실은 어제 오후 병원에서 온 전화를 받고서야 알았다. 주치의 말로는 폐에 물이 찼다고 했다. 해서 당분간 숨쉬기도 고통스러울 거라고 했다. 새벽에 잠시 짬을 내어 할머니를 보고 왔는데, 숨소리가 고르지 못했다. 쉑쉑, 마치 무슨 액체가 끓어오르다가 넘치는 듯, 매우 소란하고 불안정한 숨소리였다. 진통제 기운에 의탁해 잠든 할머니를 보며 민재는 그저 눈물만 뚝뚝 흘렸을 뿐이다. 제가 할 수 있는 일이라고는 오롯이 그것뿐이었다.

무슨 이유에서인지 며칠째 사장은 가게에 얼굴도 안 비쳤다. 민재가 전화를 해도 받지 않았다. 하루에 한 번, 별일 없는지, 매상은 얼마나 되는지 물어보는 정도의 짧은 전화만 자기가 일방적으로 해올 뿐이었다. 민재는 오늘 하루 내 사장의 전화를 기다렸다. 할머니를 큰 병원으로 옮기려고 하니, 그동안 밀린 3개월치 월급을 내일 중으로 꼭 입금해 달라고 사정해볼 참이었다. 하지만 사장은 민재의 그런 속내를 훤히 꿰뚫듯 끝내 전화를 하지 않았다. 민재는 몇 년 동안 묵혀 두었던 칼집에서 칼을 뽑아드는 심정으로 마음을 굳게 먹고 용기를 내어 사장의 집에 전화를 했다. 사장은 집에 있지 않았다. 가사도우미는 결혼기념일을 맞아 사장 가족이 3

박 4일로 해외여행을 떠났다고 말했다. 아마 모레나 되어야 돌아올 거라고 덧붙였다.

민재는 말없이 전화를 끊었다. 피가 거꾸로 끓는다는 게 어떤 느낌인지 이제야 비로소 알 것 같았다. 우리 할머니는 병원비가 없어서 죽어가고 있는데, 그런 사정을 빤히 아는 사장은 내 월급을 3개월치나 떼먹고 팔자 좋게 해외여행 중이라고? 그는 더 이상 참을 수 없었다. 참을 필요가 더는 없었다. 이대로 더 참는다는 건 할머니에 대한, 그리고 나름 최선을 다해 착하게 살았노라 자부하는 제 인생에 대한 모독인 것만 같았다. 그는 으스러져라 두 주먹을 불끈 쥐었다. 주먹에 분노의 힘이 가득 고였다. 문득 그의 얼굴에 석양녘 불그레한 번뜩임 같은 게 떠올랐다가 사라졌다. 분명 사장한테도 그만의 사정이 있었을 것이지만, 지금 이 순간 민재는 분노와 증오와 혐오감을 뛰어넘은 그 어떤 미묘한 감정이 가슴속을 넘치듯 채웠다.

이제야 처음으로, 사람으로 태어나서 비로소 처음으로 내 의지대로 뭔가를 실행해야 할 때가 왔다고, 지금이 바로 그때라고 그는 생각했다. 문득 그의 발그레한 얼굴에 환하게 웃음이 번졌다. 싸늘한 조소 같기도 하고, 정말 기쁨에 겨워 짓는 웃음 같기도 했다. 한참을 허하게 깔깔 웃다가 문득 웃음이 눈물로 번져 시야를 가렸다. 그는 소매 끝으로 눈을 쓱쓱 비볐다. 그리고 힘껏 캐쉬박스를 열어젖혔다. 사장이 출근하지 않은 3일 동안의 현금매출액이 은행에 입금되지 않았으니까 오늘 것까지 합하면 제 두 달 월급 정도는 될 것 같았다. 그는 돈을 세어보지도 않고 곧바로 가방 안에 쑤셔 넣었다. 제가 하는 행동이라고는 좀체 믿어지지 않을 만큼 스릴이 넘쳤다.

그때였다. 그를 꾸짖으려는 듯 전화벨이 사납게 울린 것은. 가뭄에 새까맣게 타들어가던 뿌리만 앙상하게 남은 식물이 설령 오염된 물이라도 단숨에 빨아들이듯이 딴생각을 전혀 할 수 없었던 민재의 손이 전화벨에 순간 멈칫했다. 다리가 후들거렸다. 마치 뇌가 오랜 수면 상태에서 깨어난 듯 의식이 제자리로 돌아오는 게 느껴졌다. 방금 전까지 그가 그곳에서 무슨 짓을 하고 있다는 걸 알기라도 하듯 전화벨은 오래도록 울렸다. 누굴까? 사장일까? 혹시 외국에서 CCTV라도 보고 있는 걸까? 정말 그런 것일까? 그는 겁에 질려 머리 위 CCTV를 올려다봤다. 전화벨은 좀체 멈출 기미를 보이지 않았다.

그는 목이 바짝바짝 타들어가는 갈증을 느끼며 침을 꼴깍 삼켰다. 안절부절못한 채로 한참을 갈등하던 그는 천천히 전화기로 손을 가져갔다. 굳이 받지 않아도 되었으나, 어쩐지 받지 않으면 안 되는 전화처럼 벨이 조급하게 울렸다.

그는 수화기를 든 채로 상대방의 동향을 살폈다. 잠시 수화기는 침묵 속에 있었다. 막 내려놓으려는 찰나, 수화기에서 흐느낌 비슷한 게 들렸다. 어쩐지 귀에 익는 흐느낌이었다. 민재는 기억을 빠르게 더듬어나갔다.

"…저예요."

어쩐지 낯익은 여자음성이다. 일단 사장의 목소리가 아니라는
데에 민재는 안도했다. 하지만 상대가 누군지는 짐작이 가지 않았
다. 그는 아무 대꾸 없이 그대로 상대의 기척에 귀를 기울였다.

"저라고요… 민트 스트로베리 봉봉."

순간 민재는, 아, 하고 짧은 신음 소리를 몸 밖으로 흘렸다. 그녀
였다. 민트 스트로베리 봉봉.

"근데 무슨 일로…?"

민재는 쫓기듯 조급한 마음에 서둘러 물었다.

여자는 그의 물음을 일부러 외면하듯 대답하지 않았다. 그저 흐
느낌의 기척만이 느껴졌다. 한참 만에 여자는 축축한 음성으로 힘
겹게 대답했다.

"우리 라임이가 죽었어요."

라임이? 라임이가 누구더라? 아, 그 강아지 이름이 라임이였지.
민재는 잠시 가볍게 미간을 찌푸렸다.

"아저씨, 나 술 좀 사줄 수 있어요?"

수화기 속 여자는 깊은 한숨을 몰아쉬었다. 세상에서 가장 길고
좁은 해협을 지나 전해지는 것 같은, 그녀가 수화기 저편에서 토
해낸 숨결이 좁고 긴 전선을 지나 민재의 귀 속에 뜨겁고도 탁한
바람을 일으켰다. 어쩐지 거절할 수 없을 것 같았다. 그는 잠시
다녀올 곳이 있으니, 두 시간 후에 근처 공원 앞에서 만나자고 말
하고 서둘러 전화를 끊었다.

민재는 메모지에, '사장님, 죄송합니다. 하지만 이건 밀린 제 월

급입니다. 저를 원망하진 마십시오'라고 써서 캐쉬박스에 붙였다. 그러고는 돈 가방을 챙겨 가게를 빠져나갔다. 정신없이 달려가는 데, 바람결에 생각 하나가 문득 떠올랐다. 그는 온 길을 되돌아 다시 가게 안으로 뛰어 들어갔다. 서둘러 장갑을 낀 손으로 익숙하게 민트 스트로베리 봉봉을 가장 큰 사이즈 통에 가득 퍼 담고, 아이스박스를 열어 드라이아이스를 손에 잡히는 대로 집어 아이스크림이 녹지 않도록 단단히 포장했다. 그는 제법 묵직해진 아이스크림박스를 손에 들고 다시 밖으로 나왔다.

성탄전야였다. 도심의 거리 곳곳마다 캐럴송이 요란하게 울리고 트리는 오색찬란한 빛을 발했다. 세상 어딘가 천국이 있다면 이럴까? 이렇게 아름다운 곳일까? 이천십일 년 전 오늘밤에 태어났다는 예수는 인간으로 사는 동안 행복한 순간이 얼마나 됐을까? 그는 붐비는 인파 속을 헤치며 달리고 또 달렸다. 그의 어깨에는 돈 가방이 매여 있었고 한 손에는 아이스크림박스가 들려 있었다. 난생 처음, 꽤 풍족한 크리스마스이브라는 생각에 픽, 헛웃음이 났다.

이십여 분을 달리고 달려, 그가 도착한 곳은 할머니가 입원한 병원이었다. 그는 원무과에서 밀린 입원비를 계산했다. 그리고 할머니를 병원 응급차에 태워 근처 대학병원으로 옮겼다. 할머니는 여전히 숨이 고르지 못한 채로 힘겹게 말을 했다.

"아가, 니가 할미 땜시 고생이 많다. 내 어서 뒈져야 하는디 이래 쓰잘데없이 목숨줄만 질겨서 니 못할 짓만 시켜 할미가 미안혀."

할머니의 늙은 거북의 등처럼 거칠고 뻣뻣한 손을 꼭 쥔 민재는
그만 울컥 눈물이 쏟아졌다. 눈물이 뺨을 타고 흘렀다.

"할머니, 그런 말씀 마. 할머니가 내 목숨줄이야. 힘드니까 말하
지 말고, 얼른 기운 차려서 어서 일어나셔. 알았지?"

민재는 분수처럼 위로 솟구쳐 터지려는 울음을 간신히 참았다.
목이 답답하게 메었다.

"아유, 불쌍한 내 강아지를 워쩔꼬."

할머니는 뻣뻣하고 거친 손으로 민재의 볼을 쓸어주었다. 할머니
의 볼 위로 한 줄기 눈물이 흘러 내리는 것을 그는 놓치지 않았다.

"할머니, 나 사장님 심부름으로 며칠 지방에 갔다 와야 하거든.
이 돈으로 우선 검사받고 입원비로 써. 몇 푼 안 돼. 나머지는 내가
다녀와서 해결할 테니까. 내 걱정 말고. 알았지?"

민재는 할머니 손에 전 병원에서 입원비를 계산하고 남은 돈을
봉투째 쥐어주었다.

"니 워데 가는데? 지뱅 워델? 갔다가 원제 오는긴데?"

할머니는 불안한 듯 그의 손을 덥석 움켜쥐며 묻고 또 물었다.
민재는 억지로 과장되게 웃고는, 며칠 출장을 다녀오는 것뿐이라
며 걱정 말라고 할머니를 안심시키고 병원을 서둘러 빠져나왔다.
병원 앞 벤치에 앉아 잠시 하늘을 올려다보았다. 눈물이 그렁그렁
한 시야 사이로 찹쌀가루 같은 흰 눈이 푸슬푸슬 바람에 날리고
있었다.

민트 스트로베리 봉봉. 그녀는 재킷 주머니에 손을 찌른 채 공원 벤치에 앉아 '글루미 선데이'를 흥얼거리고 있었다. 어쩐지 제목처럼 음산하고 우울하고 청승맞은 노래였다. 눈발 날리는 크리스마스이브날 밤, 그녀가 부르는 '글루미 선데이'는 더욱 더 그랬다.

그녀는 민재를 보자 아이같이 손을 흔들며 반갑게 쌩긋 웃었다. 그런 모습을 그녀에게서 보는 것도 오늘이 처음인 것 같았다. 저 여자가 저렇게 밝고 예쁘게 웃을 줄도 아는구나, 싶어 잠시 걸음을 멈추고 멀거니 바라봤다. 여자는 소주 두 병을 양손에 나눠 들고 높이 흔들어보였다. 민재는 그녀 옆에 앉았다. 그녀는 벌써 조금 취해 있었다.

"술이 고픈데, 술 없인 오늘밤을 보낼 수 없을 것 같은데, 함께 마실 사람이 아저씨밖에 생각 안 났어요."

그녀의 말에 그는 아무 대꾸도 하지 않았다.

"우리 라임이가 죽었어요. 백 번째 오디션에서 떨어지고 오니, 우리 라임이가 죽어 있지 뭐예요. 소름끼치게 무서웠어요."

여자는 얼굴을 손으로 가리고 울먹거렸다. 한참 후, 손을 내려 감정을 추스르려는 듯 하늘을 올려다봤다. 사위가 너무 고즈넉하여, 우리 눈에는 보이지 않는 천상의 모래시계의 모래알들이 스르륵 떨어지는 소리가 어디선가 들릴 것만 같았다.

"아빠가 떠나면서 저한테 준 마지막 선물이 라임이였는데… 라임이가 성견이 되면 꼭 다시 오겠다고. 해서 아빠 만나려고, 나한테 꼭 돌아오게 하려고 반짝반짝 빛나는 스타도 되고 싶었는데.

내 꿈은 단지 그것뿐이었는데. 아빠랑 다시 함께 사는 것."

여자는 곁에 둔 소주 마개를 힘껏 돌렸다. 그리고는 종이컵에 부어 한 모금 마시고는 숨을 거칠게 몰아쉬었다.

"그럼 그 쪽이 먼저 찾아가서 만나지 그래요. 그렇게 그립고, 좋은 아버지라면."

민재는 무심하게 대꾸했다. 아빠라는, 아버지라는 말이 그에게는 묘하게 귀에 거슬렸다. 여자는 또 한참을 말없이 소주만 조금씩 홀짝였다. 그리고는 마치 공이 튕겨 오르듯 대뜸 벤치에서 일어서서 힘차게 소리쳤다.

"우리 안면도 갈래요? 시원한 바닷바람 쐬러."

민재는 순간 조금 당황했지만, 귀가 솔깃했다. 생전 처음으로 제 의지로 한 짓이 고작 도둑질이었다는 게 스스로 자괴감이 들어 괴롭고 마음이 불편했던 터였다. 바닷바람을 쐬는 것도 나쁘진 않겠구나, 싶었다. 안면도에서 돌아오면 어떤 식으로든 일이 정리되어 있으리라. 내 거취도, 내 마음도.

그는 아직 대답도 안 했는데 그녀는 벌써 차에 오르고 있었다.

"아차, 오늘 단속 심할 텐데, 까짓 것 딱지 떼라면 떼라지 뭐."

그녀는 씩씩하게 운전대를 잡았다. 민재는 왠지 마음 한 구석이 켕겼다. 하지만 그녀의 제안을 뿌리칠 수 없었다. 아마도 드라이아이스에 데인 상처에 약이 발라질 때, 그녀가 제 손을 잡고 있을 때, 바로 그때부터 마음 한 조각을 그녀에게 빼앗긴 모양이었다.

그는 조수석에 올라탔다. 여자는 운전을 하며 내내 '글루미 선데이'를 낮은 콧노래로 흥얼거렸다.

"안면도가 우리 세 사람이 마지막으로 여행 왔던 곳이에요. 이 차를 타고."

여자는 민트 스트로베리 봉봉을 안주 삼아 소주를 찔끔찔끔 마셨다. 바깥에는 한겨울 매서운 바닷바람이 세상을 집어삼킬 듯 휘몰아쳤지만 히터바람으로 데워진 차안은 알맞게 따뜻했다.

그녀의 음성은 마치 늙은 신부 앞에서 고백성사를 받듯 무겁고 먹먹했다. 두 사람은 서로 무언의 약속이라도 한 듯 일부러 시선을 외면했다.

"엄마한테는 정말 미안하지만, 그 사람을 많이 사랑했어요. 새 아빠가 아닌 남자로서. 그래서 그렇게 많이 아픈 엄마가, 암세포에 온 몸이 먹혀 죽어가는 엄마를 보면서도 차라리 엄마가 어서 빨리 그 사람 곁에서 사라져 주길 바랐죠. 엄마를 지극정성으로 간호하는 그 사람을 보는 게 더 고통스러웠으니까요."

민재는 그녀의 고백을 잠자코 듣고만 있었다.

"근데 엄마가 죽고 나니 그 사람도 며칠 후에 내 곁을 떠났어요. 가족이라곤 라임만 남겨둔 채 떠났어요. 이 년, 삼 년이 지나도 그 사람은 다신 돌아오지 않았어요. 난 보고 싶어서 하루가 일 년 같았는데. 그래서 곧 죽고 말 것만 같은데. 아무렇지도 않게 예전에 아빠와 딸이었을 때처럼 생일날이면 어김없이 전화를 해요. '수인아, 잘 지냈니? 어디 아픈 덴 없고? 생일 축하한다. 못 가봐서 미안해.' 그렇게 다정하게 말하죠. 정말 아무렇지도 않게."

이름이 수인이구나, 그는 속으로 그 이름을 몇 번이나 되뇌었다.

그러나 지금 그 옆에 있는 수인은 현실이 아닌, 자물쇠가 굳게 채워진 과거의 어느 다락방에 머무는 것 같았다. 그녀는 지금 여기 안면도 겨울 바닷가가 아니라, 시계의 초침이 멈춰버린 채 박제된 과거의 어느 날을 떠도는 것 같았다. 그 마음은, 상처로 얼룩져 저 혼자 치유해야 했을, 아니 언젠가 어느 틈엔가 자연치유 되기를 기다렸을, 그러나 여전히 프로메테우스의 간처럼 날마다 새로이 덧나 너덜너덜해진 상처를 매일매일 끌어안고 아파해야 했을 그 마음은 벌써 오래 전에 어둡고 축축하고 좁은 다락방 안에 갇혀버린 듯했다.

"내가 나쁘다는 것 잘 알아요. 엄마의 남자를 탐했으니까요. 돌에 맞아 죽어도 싸지요. 그런데, 그런데 아직도 이렇게 멍청하게, 바보같이 그 사람을 기다려요. 혹시나 그 사람도 나를 아주 조금은 여자로서 봐주지 않았을까. 아주 쬐끔은 사랑하지 않았을까. 혹시라도 내가 유명한 스타가 되면 다시 나한테 돌아오진 않을까."

민재는 묵묵히 그녀 이야기를 듣고 있다가 그만 속이 답답해져 잘 마시지도 못하는 소주를 숨도 쉬지 않고 벌컥벌컥 마셨다. 입 안이 쓴 지, 목이 타는지도 무감각했다. 차창밖에는 여전히 성탄의 축복처럼 눈발이 날렸고, 성난 파도는 포악하게 제 몸을 뒤척였다. 바닥에 팽개쳐진 드라이아이스는 어느새 흔적도 없이 사라져버렸다.

"이제 라임이도 없으니 정말 이 세상에 나 혼자뿐이네요. 아저씨, 나 혼자서 잘살 수 있을까요? 날 버린 그 사람 보란 듯이 잘살 수 있을까요? 고작 엄마 딸과 엄마 애인이라는 것 밖에 우리 사이엔 아무것도 없었는데 내가 너무 오래 그 사람을 붙잡고 있었나 봐요. 이제 그만 놓아주려구요. 우리에게서 훨훨 날아갈 수 있게. 나도 다른 곳을 향해 훨훨 날 수 있게."

그녀는 차에 오른 후, 처음으로 고개를 돌려 민재의 눈을 똑바로 쳐다봤다. 세상에 혼자 남겨진 어리고 여린 짐승의 눈빛이었다. 민재는 그 눈빛을 애무하듯 바라보았다.

민재는 말없이 그녀의 머리를 제 가슴팍으로 와락 끌어당겨 가만히 쓰다듬었다. 그녀는 그의 가슴팍에 얼굴을 묻고는 소리 죽여 울고 있었다.

아침이면 이 지독한 어둠과 눈보라가 걷히고 밝은 햇살이 다시 저 수평선 위로 떠오르겠지. 그러면 우리의 쓰라린 상처도 조금씩 아물기 시작할까? 우리도 다시 새롭게 뭔가를 시작할 수 있을까? 그의 손은 오래도록 수인의 머리를 쓰다듬었다. 그는 문득 몸의 감각이 나른해지며 잠의 수렁으로 서서히 빨려드는 것을 느꼈다. 어느 멋진 영화의 대사처럼, 그래, 내일은 내일의 태양이 다시 떠오르리라.

"결론적으로 이 사건의 전말은 자신의 처지와 생활고를 비관한 두 남녀의 동반 자살로 사건 종결이 되었습니다. 이민재와 박수인, 두 사람 모두 결손가정 출신이었고, 배우지망생이던 박수인이 최근 잇따라 오디션에 낙방하면서 심한 좌절감과 우울감에 시달렸던 것으로 보입니다. 이민재도 공무원 시험에 매번 떨어져 생활고로 힘들어했고요. 박수인이 사망 전날 한 인터넷사이트를 통해 묻지마 거래로 청산가리를 은밀히 구입했고, 소주도 구입했다는 증거가 입수되었습니다. 실제로 국과수의 감식 결과 소주병에서 청산가리성분 0.5밀리그램이 발견된 점으로 미루어보아 이미 계획된 동반자살로 추측됩니다. 그리고 차 안에서도 드라이아이스 물질로 추정되는 이산화탄소가 다량 검출되었습니다. 부검 결과, 두 남녀 모두 사인은 청산가리와 일산화탄소 중독에 인한 사망입니다. 다만 이민재는 애인 박수인의 자살 계획을 모르고 있었을 가능성도 있으나, 할머니한테 지방출장을 간다고 말했던 정황상 뭔가 알고 있었을 가능성도 있습니다. 평소 성실하기로 소문난 그가 아르바이트를 하던 가게에서 절도 후, 극도의 절망감과 처벌을 회피하고자 박수인과 자살 공모를 하지 않았나, 추측되는 대목입니다. 이상입니다."

김 형사는 수사종결 브리핑을 마치고서 뒷마무리를 장 형사한테 넘기고 회의실 밖으로 나왔다. 다리가 후들거려, 순간 몸이 앞으로 꺾어질 듯 휘청했다.

"전형적인 88만 원 세대의 좌절로 인한 동반자살로 봐도 되겠습니까?"

닫히는 문틈 사이로 한 기자의 질문이 날이 선 창처럼 날아와 귀에 꽂혔다.

김 형사는 참을 수 없이 가슴이 먹먹했다. 금방이라도 저도 모르게 목 안에서 꺽꺽 울음소리가 터져 나올 것만 같았다. 지난 이십여 년 동안 존재사실을 전혀 알지 못했던 딸의 죽음. 수사가 진행될수록 그의 가슴도 새까맣게 타들어갔다. 딸아이는 그의 기억 속에서 아스라이 박제된 열아홉 살 제 어미의 모습을 그대로 닮아 있었다. 비록 길지 않았던 만남이었지만 오래도록 잊지 못했던 그녀가 꼭 이렇게, 이렇게 슬픈 모습으로 다시 내 눈앞에 나타나야만 하는 건가?

그는 사건 현장에서 발견된, 수인의 지갑 속에 들어있었던 가족사진을 호주머니에서 꺼냈다. 본능적으로 자신이 한때 사랑했던 여자와 자신의 딸임을 알아보았던 그날 아침처럼, 수인은 사진 속에서 여전히 활짝 웃고 있었다. 마치 살가운 딸이 아버지를 바라보듯 그렇게 다정하게 미소 짓고 있었다. 해맑게 웃고 있는 수인의 얼굴 위로 눈물방울 하나가 텀벙, 떨어졌다.

배빌로니아 연가

건물 로비에 서면 카페 '바빌로니아'로 향하는
나선형 계단이 보인다. 고급스러운 골든 카펫이 깔린 그 계단을
오르는 동안 문득 내 머릿속에는 어떤 신비한 영상으로 채워진다.
그 계단을 통해 나는 지금 다른 세계로 이동 중이다. 이 통로의
어디쯤엔가 눈에 보이지 않는 타임캐슬이 있어 나는 현재가 아닌,
지금으로부터 약 4천 년 전으로 거슬러 올라 기원전 20세기로 순
간이동을 한다.

나는 계단의 중간쯤에 이르러 마리의 노래하는 여인의 좌상 앞
에서 걸음을 잠시 멈춘다. 그러면 어떤 놀라운 사차원적 힘이 내
차림새를 감쪽같이 변화시키는 것 같다. 어디에선가 건듯 불어오
는 바람에 옷자락이 펄럭인다. 어느새 나는 드레이퍼리가 강조된
직선적이고도 대담한 실루엣의 튜닉 차림이 돼 있다. 사프란색 반
소매 튜닉에는 연꽃문양이 금사와 구슬로 장식돼 있고 안에는 하
얀색 맨틀을 입고 있다. 나의 새까맣고 긴 머리에는 금사로 올리

74

브 문양을 수놓은 자색 두건이 착용돼 있고 발은 금줄로 엮어진 샌들과 비슷한 걸 신고 있다. 나는 이 야릇하고 오묘한, 현기증 이는 느낌을 한참 동안 즐긴다.

나는 다시 좁고도 조금 가파른 통로의 마지막 계단을 천천히 오른다. 고대 도시였던 메소포타미아의 수도 바빌로니아의 공중 정원으로 향하는 계단도 이처럼 비밀스럽고 가파른 길이었을까? 아무한테나 함부로 자신을 드러내지 않겠다는 듯 도도한 여인의 자태다. 하긴, 사물이든 사람이든 쉽고 헤프면 빨리 싫증이 나는 법이다.

비로소 계단이 끝나고, 카페 안으로 들어서면 가장 먼저 나를 맞아주는 여인이 있다. 그녀의 이름은 '이슈타르'. 테라코타로 제작된 이슈타르 여신은 신들의 천사답게 금방이라도 하늘로 훨훨 날아오를 듯 날개를 활짝 펴고 누군가를 기다린다.

사랑과 전쟁의 여신인 그녀는 한 손에는 채찍과 다른 한 손에는 회초리를 들고 서 있다. 그녀의 사랑을 받은 인간은 가혹하고 그 독한 열정으로 말미암아 짐승과 같은 잔인한 운명을 살게 된다고 했던가? 그녀의 사랑이 그토록 혹독했나보다.

살이 제법 올라 둥글넓적한 배와 곧게 뻗은 매끈하고 튼실한 두 다리, 육감적인 몸매의 그녀의 곁을 지날 때마다 나는 그녀의 풍만한 젖무덤을 애무하고 싶어진다.

그는 아직 도착하지 않았을 것이다. 나는 바빌로니아의 영토를 횡단하듯 카페 안 깊숙이 걸어 들어가 우리가 항상 앉던 그 자리에 앉아 아직 오지 않은 그를 기다린다. 이 카페는 시내의 중심부에 있으나, 아는 사람만 아는 곳이어서 그런지 늘 인적이 뜸했다. 처음 이 카페를 발견하고, 우리는 기쁨에 겨워 최고급 와인을 나누어 마셨던가?

나는 푹신한 소파 깊숙이 엉덩이를 묻는다. 혹시나 했지만, 늘 그렇듯 그는 오늘도 늦는다. 어쩌면 오지 않을지도…

어느새 우리의 지정석이 된 이 자리는 고개를 옆으로 돌리면 길쭉한 창 너머로 건너편 패스트푸드점이 환하게 내다보이는 구조다. 입안 가득 햄버거를 쑤셔 넣고 힘겹게 우물거리는 배고픈 사내의 두 볼과 목의 움직임조차도 너무나 리얼하게 보여 가엾고도 천박하게 여겨질 정도다. 하지만 그들은 나를 볼 수 없다.

까만색 두건과 깔끔한 디자인의 유니폼을 입은 웨이터가 다가와 내게 주문할 것을 암묵적으로 청한다. 나는 코코아를 주문한다. 그 당시에도 코코아가 존재했는지 확실치는 않지만 카페 '바빌로니아'에서는 왠지 따끈하게 데워진 진한 코코아를 민무늬토기에 가득 담아 두 손에 쥐고 호호 불며 마셔야 할 것 같다. 만일, 그 시대에, 그 유랑의 메소포타미아 시대에 코코아가 아직 존재하지 않았다면 뭔지 모를 달콤 쌉싸래한 열매차라도 모래바람 이는 황량한 사막 벌판에 서서 마셔야 할 것만 같다.

오늘도 그는 오지 않는 것일까? 그를 보지 못한 지 벌써 보름이 훨씬 지났다. 나는 습관적으로 건너편 패스트푸드점에 시선을 고정시킨다. 조금 전에 싱글 좌석에 앉아 햄버거를 꾸역꾸역 입안으로 밀어 넣던 배고픈 사내는 이제 보이지 않는다.

문득 나는 오늘 아침에 보았던 신문기사를 머릿속에 떠올리고 그것을 되새김질하듯 몇 번이고 천천히 곱씹는다. 어쩐지 께름칙하다. 도대체 요즘 그에게 무슨 일이 일어나고 있는 것일까. 아니, 그보다 조간신문의 기사가 사실일까. 만일 그렇다면 우리는? 우리는…

나는 아찔함에 그만 눈을 질끈 내리감는다. 그가 그럴 리가 없다.

때마침 웨이터가 쟁반을 들고 내 테이블 쪽으로 걸어온다.

"찬 물수건 좀 몇 장 갖다주실래요? 좀 많이요."

어쩌면 웨이터가 나를 이상한 여자로 오해할지도 모르겠지만, 그것은 일종의 내 오래된 습관이다. 무엇인가가 머릿속에서 실타래처럼 제멋대로 뒤엉키고 설키는 듯한 느낌이 들면 나는 으레 두 손을 몇 번이고 반복해서 씻거나 닦아내야 직성이 풀린다. 그러기 전에는 아무것도 할 수가 없다. 찌든 때 같은 생각들이 고스란히 내 머릿속 웅덩이에 고여 썩고 있는 것 같아 더 이상은 견딜 수가 없다.

아침나절, 무심결에 보았던 불쾌한 신문기사로 인해 나는 지금 열다섯 번째 손을 닦는다. 그것도 손가락 사이사이까지 세세히, 아니 거의 집요하게 박박 문지르다시피 하고 있다. 어떤 때는 내 손을 도끼로 내리찍고 싶어진다. 엄마는 이런 나를 보고 결벽증 환자라고, 그래서 내 깔끔과 완벽주의에 숨이 막혀 더는 같이 못 살겠다고 한바탕 지청구를 늘어놓곤 한다.

꽤 넓은 평수의 아파트, 그러나 오롯이 둘만 사는, 집 같지도 않은 집이라서인지 엄마의 짜증은 본래의 부피보다 몇 곱절 더 부풀어져 내 귀로 곤두박질치며 달팽이관에 쾅쾅 부딪힌다. 그 폭음으로 내 고막에서는 성분을 알 수 없는 액체가 줄줄 흘러내리는 듯하다.

이렇게 침묵 속에서 우두커니 앉아 그를 기다릴 때마다 언젠가부터 견디기 힘든 환청과 환각이 나를 괴롭혔다. 내 유년을 떠올리면 유일하게 떠오르는 그 기억. 비좁은 철조망 닭장 너머로 보이던, 일 년에 몇 번 오지도 않는 '아버지'라는 사람을 위해 죽어야 했던 닭들의 비명소리와 푸드득거림, 잔인하게 닭의 목을 꿰, 비틀어 꺾는 엄마의 날랜 손놀림.

그 옛날 우리 집에서 기르던 닭들은 엄마 손에 닿기만 해도 제가 죽는다는 걸 본능적으로 알았던지 그렇게도 필사적으로 날지 못해 푸드득거리며 펄펄 날뛰었다. 그러나 엄마는 발목까지 치렁치렁 감기는 월남치맛자락을 부여잡고 녹초가 될 때까지 놈들을 쫓아 닭장 구석구석을 누비며 닭들과의 한판 술래잡기를 결국 승리로 이끌었다.

이윽고 엄마는 의기양양하게 개선문을 통과하듯 닭장에서 나와 아버지란 사람에게 바칠 제물의 모가지를 사정없이 비틀어 쥐었다. 도마 위에는 닭의 피가 낭자하였다. 엄마의 야만성에 아연실색한 나는 미닫이문을 방패 삼아 눈을 치뜨고서 숨도 제대로 쉬지 못한 채 그 광경을 지켜보고 있었다. 그때 나는 엄마의 둥글넓적한 저 손에 언젠가는 내 목도, 뽀송뽀송한 내 살갗도, 저렇게 비틀어지고 벗겨져 그 사람의 밥상에 오르기 위해 뜨거운 가마솥 안으로 내던져질지도 모른다는 생각을 했다. 내 팔에는 닭 껍질처럼 소름이 오소소 돋았다.

나는 다시 몇 번이고 손을 닦아낸 다음, 코코아잔을 두 손 가득 쥔다. 코코아는 너무 달착지근하면 맛이 없다. 하지만 이 카페 '바빌로니아'의 코코아 맛은 거의 완벽에 가깝다. 그것이 커피광인 내가 이곳에서 만큼은 코코아를 마시는 두 번째 이유다.

그는 아직 오지 않았다. 이제 나는 여기서 한 시간 만 더 그를 기다릴 것이다. 그 이상은 기다리지 않을 것이다. 딱 한 시간 만, 육십 분 만, 삼천 육백 초 만.

스무 평생을 하루처럼, 한나절처럼 기다렸지만 끝내 오지 않는 사람을 나는 보았다.

어렸을 때, 엄마는 언제나 화장을 곱게 하고 있었다. 그래서 엄마가 나를 이웃집 곰보할머니한테 맡겨놓고 내가 알지 못하는 곳으로 꼭꼭 숨어버리지나 않을까 노심초사해 항상 엄마의 치맛자락을 붙잡고 졸래졸래 따라다녔다.

"엄마, 엄마는 왜 자꾸 맨날맨날 얼굴에 하얗게 화장을 해?"

"왜? 엄마가 화장 하는 게 싫어? 은아는 엄마가 예쁜 게 싫어? 아빠가 오늘 우리 은아 보고 싶다고 오실지 모르니까 은아도 예쁘게 하고 있자. 오늘은 무슨 색의 원피스를 입을까?"

엄마는 그렇게 '아빠'라는 이름의 누군가를 기다렸다. 끼니때가 되면 새로 지은, 김이 모락모락 나는 쌀밥을 정성스럽게 사기그릇에 담아 뜨듯한 아랫목 담요 밑에 묻어 두었다. 나는 그것을 발로 툭툭 건드려도 보고, 행여 엄마한테 심술이라도 나 있을 때에는 그것을 꺼내어 손가락으로 깊은 구멍을 몇 개씩 숭숭 파놓기도 했다. 그때마다 엄마는 숨이라도 넘어갈 듯 질겁하며 나를 발가벗긴 채 마당으로 내쫓은 뒤 안채 문을 걸어 잠갔다. 함박눈이 펑펑 쏟아지는 한 겨울에도 그랬다. 나는 그때 눈의 여왕한테 기도했던가? '아빠'라는 그 사람이 제발 우리 집 근처에 얼씬도 못하게 해달라고, 엄마의 마음속에서 이제 그만 그를 몰아내 달라고, 그 자리를 대신 내가 메우게 해달라고.

그가 이 세상에서 사라져주기를 바라는 마음은 어쩌면 나 자신이 후딱 어른이 되어 그의 영향권에서 벗어나고 싶다는 욕망의 다른 이름이었으리라. 모습조차도 흐릿하게 기억나는 인물이었으나, 그의 그림자는 우리 모녀의 목덜미와 가슴 안에 끈덕지게 달라붙어 마치 긴긴 여름날을 지나는 고목의 매미처럼 도무지 떨어질 기미를 보이지 않았다. 그의 모습은 보이지 않았지만, 우리의 일상은 그의 그림자와 함께했다. 그가 세상에서 완전히 사라질 때까지 그는 우리의 중심이었다.

거리에는 무차별적으로 4월의 봄빛이 쏟아지고 있다. 마개를 금방 딴 사이다 방울 같은, 그 화창한 봄빛에 눈을 가늘게 뜨고 안국역을 빠져나온다. 점심때라서 그런지 도로변의 차들이 가다

서다를 반복한다. 멀리 '지혜사'라는 간판이 시야에 맺힌다.

나는 건물 안 엘리베이터에 올라타면서 가방에서 휴대폰을 꺼내 1번 버튼을 길게 누른다. 단축으로 저장된 집 전화번호다. 그러나 아무도 받지 않는다. 다시 시도를 해보지만 이번에도 마찬가지다. 지금쯤 수화기는 냉장고 속이나, 장롱 속 어딘가에 처박혀 저혼자 울고 있을 것이다. 굳이 눈으로 확인하지 않아도 빤하다. 주방 안에서는 내가 집을 나오기 전, 엄마가 가스레인지에 올려놓았던 속옷더미가 지독한 냄새를 풍기며 타고 있을지도 모른다.

화장품 외판원을 해서 우리 모녀의 생계를 책임질 만큼 똑 부러졌던 엄마가 예전의 총기를 잃고 건망증에 시달린 것은 어제오늘의 얘기가 아니다. 그것은 벌써 여러 해 전부터 우리 모녀 사이를 멀어지게 했고 급기야는 단절시킨 주원인이다. 모든 사물이 제자리에 있지 않으면 심적으로 안정되지 않는 나로서는 도저히 이해할 수 없는 방만함이었다.

나는 신경질적으로 휴대폰의 1번 버튼을 다시 누르지만 그래도 역시 받지 않는다. 어느새 내가 들어가야 할 출판사의 출입문 문 앞에 바짝 다가와 있다. 나는 휴대폰을 가방에 아무렇게나 쑤셔 넣고서 안으로 들어간다.

서글서글한 인상의 박 전무는 뭐가 그리도 좋은 일이 많은지 오늘도 싱글벙글이다. 나는 편집된 원고 뭉치를 가방에서 꺼내 그에게 건넨다. 그는 앉아서 천천히 커피라도 한 잔하라면서 원고 뭉치를 받아 대충 훑는다.

그러나 나는 조금 전에 집을 나오면서 보았던, 가스레인지에 빨래대야를 올려놓던 엄마의 뒷모습이 자꾸 눈앞에서 어른거린다. 마치 삼키지 못한 채 목에 걸려버린 생선가시처럼 찜찜한 기분을 내내 지울 수 없다.

박 전무는 오케이 싸인을 보내며 만족의 미소를 얼굴 가득 띄운다. 일단은 안심이다. 학교 취업정보과의 소개로 알게 된 이 출판사에서의 아르바이트는 그런대로 재미 삼아 할 만한 일이었다. 역사서적 전문 출판사인 그곳에서 내가 맡은 분야는 편집과 감수인데 내 전공을 살릴 수 있다는 장점은 있었지만, 벌이는 겨우 내 용돈 정도밖에 되지 못했다. 애초에 돈벌이가 목적은 아니었으므로 그 일에 대해서 불만은 없었다.

나는 다음 주까지 감수, 편집할 새 원고를 받아서 출판사를 나온다. 이미 4천 년 전에 멸망한 옛 고대국가에 대한 역사서 전집의 편집 일을 맡은 후부터 이 출판사로의 출입은 더욱 잦아졌다.

4월 27일, 오늘은 그의 결혼식이 있는 날이다. 아마도 지금쯤이면 그는 화려한 스포트라이트를 받으며 피로연을 하고 있을 것이다. 그는 세간의 소문대로 자기보다 아홉 살이나 연하인 미모의 탤런트이자, 명문대 교수의 딸을 아내로 선택했고, 이 따스한 봄날에 웨딩마치를 울렸다. 바로 며칠 전에 나는 그 사실을 TV의 한 연예오락 프로그램에서 확인할 수 있었다. 소문만 무성했던 사실이 그런 공개적인 자리를 통해 확인됐을 때, 그러나 나는 스스로도 놀랄 만큼 무덤덤했다. 가슴이 쓰리지도, 화가 나거나 분해

미칠 것 같지도 않았다. 그에 대한 내 마음이, 우리가 함께했던 그 시간이 고작 이런 것이었던가, 의문스러울 정도로 나는 지나칠 만큼 침착하고 냉정했다. 그저 그가 내게 남기고 간 과제를 어떻게 풀어야 하나, 그 과제를 풀려면 얼마만큼의 시간과 노력이 소요될까 하는 계산만 머릿속으로 내내 했을 뿐이다. 나를 스쳐간 '그'라는 한 남자를 내 머리와 몸의 기억 속에서 깨끗이, 말끔히 지워버리는 것이 나한테 떠넘겨진 과제인 셈이었다. 그의 싸한 스킨 향과 그의 성격과 습관, 그의 은밀한 곳의 흉터와 점 하나까지도, 그의 입술자국이 보이지 않는 주홍글씨처럼 남은 내 육체의 구석구석들, 그리고 그 느낌들을 모두 저장하고 있는 내 메모리를 모조리 파괴해야만 그를 잊을 수 있을 것 같았다.

그날 저녁, 엄마는 나한테 바보등신 같은 년이라며 핏대를 세웠다. 네 팔자가 뭐가 되려고 그러냐고. 엄마는 나대신 분해하며 울고 있었다. 나는 그런 엄마가 보기 싫어 내 방으로 건너가면서 들릴 듯 말 듯 낮은 음성으로 한마디 툭 던졌다. 엄마 닮아서 그래.

4월의 푸짐한 햇살로 뒤척이는 거리의 고층건물마다 박혀 있는 유리창은 보석처럼 예쁘게 반짝인다. 갑자기 허공이 핑, 돌며 현기증이 인다. 내 몸뚱이가 자꾸만 사이다 거품처럼 허공 위로 떠오를 것처럼 부피감이 느껴지질 않는다. 바빌로니아, 그, 엄마, 바빌로니아, 그, 엄마, 바빌로니아, 그, 엄마…

나는 속으로 몇 번이고 그렇게 되뇌인다. 그, 엄마, 바빌로니아, 그, 엄마, 바빌로니아, 그, 엄마, 바빌로니아… 그에게 나는 어떤 존재였는가. 또 그는 나에게 얼마나 의미 있는 존재였는가, 또 엄마에게 그 사람은, 그 사람에게 엄마는 어떤 의미였는가, 내게 바빌로니아는 어떤 의미인가.

나는 멈추지 않는 현기증에 그만 근처 벤치에 풀썩 주저앉는다. 갑자기 비위가 뒤틀리며 입안에 침이 고인다.

나는 다시 휴대폰을 꺼내 집에 전화를 한다. 그러나 역시 받지 않는다. 옆집 전화번호를 저장해둔 게 문득 생각나, 저장된 목록을 확인한다. 아래로 내리다가 문득 '명현 오빠'란 글씨가 시야에 들어오자, 무언가에 데인 것처럼 뜨끔하다. 순간, 정신이 육체에서 빠져나가는 듯 아득하다. 김명현, 그는 정말 이제 나와는 아무 상관도 없는 사람이 돼버린 것일까? 이제 우리는 서로에게 그 누구도 아닌, 어떠한 의미도 부여할 수 없는, 그저 잠깐 곁을 맴돌다 간 여러 명의 남자, 여자들 중 한 사람일 뿐일까. 그저 그것뿐일까. 더 이상 함께 걸어갈 길이 없는 것일까.

나는 삭제 버튼을 누르려다가 잠시 갈등한다. 누를 수가 없다, 도저히. 어쩌다 몇 번 만난 소개팅 남자처럼 그렇게 간단하게 버튼 하나로 지울 수 있는 존재가 아니다. 그래. 내가 그 사람의 전화번호쯤 간직한다 하더라도 돌을 맞지는 않을 것이다. 세상에 '명현 오빠'는 수없이 많을 테니까. 갑자기 내 어딘가에 그런 비밀이 있다는 것만으로도 힘이 나는 것 같다. 이 또한 내 스스로를 기만하는 행위라 할지라도 지금 당장은 이 기분 그대로 간직하고 싶다.

나는 가까운 지하철역에서 내려 집을 향해 종종걸음친다. 몹시도 피로한 외출이다. 현관문을 여는데, 매캐한 탄내가 얼굴로 확 덮친다. 순간, 거친 숨소리와 빨라지는 피돌기를 느낀다. 거무스름한 연기 때문에 앞이 잘 보이지 않는다. 나는 손수건을 꺼내 코와 입을 대충 틀어막고 주방으로 황황히 뛰어들어간다. 아니나 다를까! 내 예감은 빗나가지 않았다. 새빨갛게 위로 치솟은 불덩이는 하마처럼 입을 벌리고서 찌개 냄비를 탐하고 있다. 냄비는 제 살갗을 까맣게 태우는 것도 모자라 저를 그런 몰골로 만든 이에게 복수라도 하겠다는 듯 숨을 쉴 수조차 없을 정도의 지독한 매운 연기를 뿜어낸다. 나는 서둘러 행주에 물을 흠뻑 적셔서 냄비 위에 던지고 나서, 가스레인지의 밸브를 잠그고, 불붙은 냄비 위에 물을 끼얹는다. 집안의 모든 문들을 모두 활짝 열어젖힌다.

엄마는 보이지 않는다. 나는 가슴속에서 화덩어리가 울컥 치받친다. 만일 내가 지금 들어오지 않았더라면, 내가 지금 이 자리에 없었더라면 무슨 사달이 났을 것이다. 순간, 다시 가슴이 먹먹하다.

나는 그만 기진맥진해 무너지듯 소파에 털썩 주저앉아 숨을 고르며 끊어지기 일보직전의 고무줄처럼 팽팽하게 당겼던 짜증과 부아를 내 식대로 정리한다. 한 십 분이나 지나서였을까. 현관문 밖에서 인기척이 느껴진다. 엄마다. 다시 노여움 같은 게 치받쳤지만 나는 지금 당장은 참기로 하고, 새로 받아 온 원고 뭉치를 뒤적거린다.

"언제 들어왔냐? 문을 왜 죄다 열어 놨어?"

너무나도 태평한 저 음성! 나름의 판단력과 잣대를 갖기 시작했을 때부터 그동안 수도 없이 내 비위를 거스르고, 화를 돋우었던 순간이 오늘도 아무렇지 않게 다시 되풀이되고 있는 것이었다. 나는 속으로 찌든 분노를 삼킨다. 엄마는 늘 그런 식이었다. 엄마에게 일상이란 너무 쉬운 것이거나 관심 밖의 것이었다. 가장 친한 친구한테 전 재산을 모두 사기당했을 때도 그랬다. 돈이야 다시 벌면 되지 뭐.

지금도 엄마는 자기가 올려놓고 나간 냄비 따위는 까맣게 잊은 것이다. 목이 쎄한, 집안을 가득 채운 이 매운내조차도 못 맡는 것일까. 나는 답답함에 그만 한숨이 배시시 흘러나온다. 엄마를 혼자 두고서 내가 집을 떠나 어디를 간다는 게 대체 가능한 일이기나 할까. 나는 엄마와 이어진 끈이 이 세상에서 사라지기 전까지는 그곳에 갈 수도, 내 자유의지대로 할 수 있는 게 아무것도 없을 것만 같다.

"지금 이 냄새가 안 나?"

나는 낮고 냉랭한 목소리로 톡 쏘아붙인다. 그럴 만큼 화가 바짝 오른 순간도 지났건만 나도 모르게 생각보다 날카롭게 튀어나왔다.

"무슨 냄새? 다른 집 딸들처럼 좀 서글서글해 봐라. 너는 어쩨… 그러니까 명현이가, 애그, 내가 말을 말자, 말을 말어."

나는 마뜩찮아서 엄마의 뒷모습을 사납게 노려본다. 그것은 엄마가 지난 이십여 년간 써먹은 나에 대한 가장 결정적인 불만이었다. '정 없는 년'이라는 내 사람 됨됨이에 대한 그녀의 평은 언제나 내 정곡을 찌르기에 충분했다. 제아무리 정을 떠먹이려고 턱받이 밑에 들이밀어도 오히려 도리질하며 한 걸음 뒤로 물러서는 애늙은이 같은 내 성미를 탓하는 것이다.

에그머니… 주방에서 짧은 비명소리가 들린다.

"요놈의 정신머리 좀 봐. 내 이 깜빡거리는 정신머리를 어떡혀냐, 까마귀고기를 통째로 구워 먹었나… 출출해서 점심 겸 저녁으로 라면 하나 삶아 먹을까 하고 물 올려놓고 라면 사러 갔는데… 오다가 그놈에 여편네만 안 만났어도…"

엄마는 주방 안에서 자발스럽게 혼자 구시렁거린다.

"너도 라면 먹을래? 오다가 은실이네 엄마를 만났는데 자기 딸과 사위 자랑을 배출지게 하더라. 은실이랑 사위가 함께 있는 것만 봐도 배가 부르다나? 썩을 여편네."

엄마는 설레발을 떤다. 엄마의 저런 가벼움이 이제는 그다지 신경 쓰일 것도 없지만 현재의 패배감과 남자와 세상에 대한 피해의식 때문인가? 엄마의 이야기를 듣는 순간, 나는 발끈해 불에 구운 인두에 덴 것처럼 가슴이 따끔하다. 나도 모르게 얼굴이 험하게 일그러진다.

"엄마도 그런 잘난 딸 낳지 그랬어. 재산이라고는 이 집 하나 달랑 남은 것도 못 태워 먹어서 안달 났어? …어휴, 어휴 지겨워"

나는 여태껏 속에 꾹꾹 뭉쳐두었던 감정을 돌돌 말아 냅다 소리치고 내 방으로 건너가 문을 쾅 닫아버린다.

내가 아는 엄마는 그랬다. 다른 사람의 아픔이나 상처 따위는 전혀 배려할 줄 모르는, 오로지 당신의 편리와 상처만 자로 잴 뿐이었다. 성숙하지 못한 인격은 늘 다른 누군가에게 크고 작은 생채기를 되풀이해주기 마련인 것처럼 그녀도 그랬다. 돌이켜보면 한때 엄마의 연인이었던, 나의 '아버지'라는 그 사람의 죽음을 겪은 후부터 그런 성향은 더욱 두드러졌다. 엄마는 그 남자의 사망 소식을 그가 죽은 지 두 달이 지나서야 알게 되었다. 그것도 그의 변호사를 통해.

그의 가족들은 철저히 침묵과 모르쇠로 일관했고 그가 묻혀 있는 묘소의 위치까지도 우리 모녀한테는 마치 무슨 일급 기밀사항이라도 되는 양 쉬쉬했다. 그는 한때의 과거, 아니 정확히 말하면 자신의 헤픈 정을 적절히 간수하지 못하고, 방사의 대상을 잘못 선택한 것에 대해 일말의 책임감과 후회를 통감한다는 뜻에서였는지 우리 모녀를 그의 유서에서 빠뜨리는 실수를 저지르지는 않았다.

그가 죽은 후, 우리 모녀의 재산분할 문제로 한동안 그의 가족들과 변호사와의 관계가 험악할 지경에까지 이르렀으나, 변호사는 결국 그의 유서대로 일을 처리하기로 마음을 굳혔다고 했다. 5년 전 어느 날, 우리를 찾아온 변호사는 현금 2억 원이 예금된 통장을 내 손에 덩그마니 쥐어주고 갔다.

그러나 대학에 갓 입학한, 아직 세상 물정에 어두웠던 나로서는 그 모든 일들이 쉽게 받아들여지지가 않았다. 어릴 적, 나에게는 분명 아버지가 없었고, 세상에는 엄마와 나, 그렇게 둘뿐이었다.

얼굴도 몇 번 보지 못한, 이제는 기억조차 흐릿한 자가 우리 몫으로 남긴 억대 유산이라니. 내게는 그것이 마치 있는 건 돈뿐인 팔자 좋은 독지가가 내놓은 불우이웃 돕기 성금처럼 껄끄럽고 이물스러웠다. 엄마는 그 사람이 이제 다시 올 수 없다는 사실에 비탄과 그가 남긴 돈으로 무얼 할지 일주일간 넘게 고민하며 자리보존을 했다.

내 흐릿한 기억 속에 남아 있는 그는 고작 그런 인물에 불과했다. 나를 품안에 안아 보고 싶어 무진 애를 썼지만, 그러나 그는 나를 한 번도 마음껏 안아 보지 못했을 것이다. 제아무리 큼지막한 종합선물세트를 손에 쥐어줘도, 커다란 곰인형을 코앞에 들이밀어도 나는 결코 그가 내 곁으로 가까이 다가오는 것을 허락지 않았고, 엄마의 치마폭에 숨어 그의 눈치만 살폈다.

"고 녀석, 누구 딸내미 아니랄까 봐서 고집 한번 세네. 커서 한가락 하겠어. 마음에 든다."
며, 허허 웃던 그의 모습이 아주 가끔씩 뇌리를 스칠 뿐이다.

엄마는 그가 유품으로 남긴 통장에 대해 무슨 큰 빚이라도 진 것처럼 두고두고 고마워했다. 그리고 그에 대한 내 부정적인 언사에 괴로워하며 매섭게 질타했다. 그날 이후부터 엄마는 지금까지 해마다 그 남자의 기일이면 손수 제사상을 차려 바치고 있다. 나는 그녀의 그런 감상적인 일련의 행동들을 도저히 이해할 수 없었다.

"그 사람 살아서도 두 집 살림으로 바쁘더니 죽어서도 두 집 제사상 받으러 다니느라 정신없겠네. 상대의 자책이나 배려를 애정으로 착각하면 스스로 불쌍해지는 거야."

비아냥 섞인 내 핀잔에도 엄마는 전혀 아랑곳하지 않았다. 서로 이해하지 못할 게 뻔한데 이해해보려고 노력하는 건 어쩌면 위선이 아닐까.

모든 만물을 깨우는 싱싱한 아침, 막 뜯어낸 이슬 맺힌 클로버, 달리는 가축들의 발길에 아사삭 짓밟히는 샐비어이파리, 부풀어지지 않은 누룩 없는 납작한 빵, 나뭇가지가 타는 연기.

멀리 마르듀크 신전이 보인다. 사람들은 튜닉자락을 모래바람에 펄럭이며 불가에 모여 서서 두런거린다. 아카드어지만 나는 그들의 말을 알아듣는다. 그들은 마르듀크의 신의 완전한 대행자인 바벨론의 왕을 새로 뽑아야 한다고 말한다. 어느 틈엔가 신전 앞으로 싱싱하고 빛깔 고운 탐스러운 지중해 과일과 야채가 수레에 실려 온다. 그 향긋한 향기에 입안 가득 침이 고인다. 그들은 민무늬토기를 두 손 가득 움켜쥐고 차를 마신다.

지구라트 성전과 공중정원으로 이어진, '신성한 길'이 시작되는 천연 아스팔트길로 한 무리의 사람들이 지난다. 발에 흙과 모래가 전혀 묻지 않는 길. 사람들은 그 길을 천국의 길이라 말했다. 그걸 증명하듯 마리의 공중정원으로 향하는 계단이 안개에 싸여 더욱더 신비스럽게 보인다. 그곳에는 올리브 나무와 울긋불긋한 야생화가 만발하다. 그 진한 꽃향기에 흠뻑 취해 정신마저 몽롱해진다.

그가 내 옆에 서 있다. 그는 페르시아의 귀족복장을 하고 있다.

품이 넉넉한 로브형식의 진홍색 캔디스는 그에게 꽤 잘 어울린다. 그는 사람들에 둘러싸여 연설을 하고 있다.

나는 문득 그의 머리를 쓰다듬고 싶어 미칠 것 같은 묘한 욕정에 가슴이 조마조마하다. 그의 예민해 보이는 손가락에 입을 맞추고 싶은 유혹. 그는 나의 반대파이므로 견제하지 않으면 안 된다. 하지만 나는 가끔씩 그에게 매혹 당하곤 한다. 남자에 대한 남자의 매혹. 이 불가사의하고도 끈적끈적한, 미묘한 감정의 타액들을 어떻게 설명할 수 있을까. 사람들은 마르듀크 신을 찬미하고자 탑을 쌓고자 돌을 운반한다. 수레 가득 흙과 구운 벽돌, 그리고 갈대들이 실어지고 비워지고를 반복한다. 자신들이 다시는 흩어지지 않기 위해, 분열되지 않기 위해, 신의 가호 속에서 다시는 이민족의 침입을 받지 않고 가장 강력한 국가를 만들고자 부지런히 탑을 쌓아올린다. 그들의 튜닉자락이 샛바람에 자꾸만 펄럭인다.

메소포타미아의 수도 바빌로니아의 저녁은 황금빛 노을이 서편 하늘을 짙게 물들이며 한 올의 명주실처럼 부드럽고도 조용히 시작된다. 해가 가장 일찍 지는 곳. 이제 다시 하루가 시작되고 있다. 냉기를 품은 모래바람이 춤추는 무희처럼 살랑댄다. 거친 바람의 울부짖음은 어둠의 모래언덕을 타고 오는 까닭에서인지 더욱 황량하게 들린다. 깊은 어둠에 잠긴 티그리스 강 하류를 가로지르는 메마른 강 와디. 나는 그 사막의 강을 낙타를 타고 건넌다. 지친 낙타는 아주 천천히, 조심조심 발을 뗀다. 멀리 보이는 그는 이스라엘에서 팔려 온 노예들을 향해 혹독하게 채찍질을 가했고 '신의 문'은 여전히 고고한 자태를 드러내고 그 앞에 서 있다. 그는 이제 더 이상 나를 바라보지 않는다.

무슨 징조였을까? 우르르 쾅 쾅! 순식간에 바벨탑 너머에서 모든 것을 삼켜버릴 듯 천둥소리가 들리더니 거센 돌풍이 휘몰아친다. 밤안개에 휩싸여 잘 보이지 않던, 아름답고 중후한 모습으로 차곡차곡 쌓아 올라가던 신의 문 바벨탑마저도 그 검은 회오리바람에 휩쓸려 눈 깜짝할 한순간에 한 줌의 먼지로 사그라져버린다. 분열과 갈등의 시작을 알리는 폭음과 함께 순식간에 아수라장이 되어 사람들은 동으로 서로 북으로 남으로 황망히 흩어져버린다. 이제 그들은 서로 아무것도 동일하지 않다. 이제 그들은 서로에 대해 아무것도 기억하지 못한다.

거실에서 실팍한 음향으로 괘종시계가 운다. 설핏 눈을 뜨니, 커튼을 치지 않은 창가에는 광목처럼 새하얀 햇볕이 걸려 있다. 그 환한 빛다발에 눈을 제대로 뜰 수조차 없다. 괘종시계가 제 소임을 마친 듯 다시 조용해지자, 방 안은 외부와 단절된 채 모든 것이 죽어버린 듯 아무 소리도 들리지 않는다. 유일하게 외부와 연결되어 있는 전화기조차도 입을 꾹 다문 채 깨뜨릴 수 없는 정적에 잠겨 있다. 마치 폐허가 된 고대도시 바빌로니아에 나 혼자만 존재하는 것 같다.

꿈을 꾸었다. 꿈속의 나는 여자가 아닌, 바빌로니아의 남자였고, 그는 나의 친구였다. 행여 내가 남자가 되고 싶어 하는 걸까? 내가 남자였다면 그와 좋은 친구가 되었을까? 그렇게라도 그를 내 옆에 붙들어 두기를 소망하는 것일까?

어쩌면 그건 꿈이 아닐지도 모른다. 내 오랜 열망이 빚어낸 허상일지도. 꽤 오래 전부터 그것은 내가 잠 속으로 함몰되어갈 때면 마치 해질녘의 노을처럼 스멀스멀 기어 나와서 뇌리 전체로 번져나갔다. 바빌로니아. 그것은 대체 내게 어떤 의미일까. 석, 박사 졸업논문의 중심 테마 이상의 그 무엇이란 말인가. 아, 삼백 년 동안 가장 영화로웠던 바빌로니아, 갈등과 분열의 나라, 물질과 악과 쾌락의 나라.

귀찮고 너절한 생각들이 나를 나태의 이불 속에서 오래도록 뒹굴게 한다. 나는 이불을 머리끝까지 끌어올리고 조금 더 잠을 청해보지만 잠이 쉽게 올 것 같지 않다. 책상 위의 시계는 벌써 정오를 훌쩍 넘어서고 있다. 다시 잠들기를 단념하고 거실로 나갔더니, 엄마가 소파에 쭈그리고 앉아 담배를 피우고 있다. 마치 인생을 다 살아버린 탑골공원의 노인네들처럼 엄마는 어깨를 잔뜩 움츠린 채 어느새 짧아진 필터를 엄지와 검지 사이에 끼고 연기를 내뿜는다.

"학교 안 가냐?"

나를 보자 엄마는 심드렁하게 한마디 툭 던진다.

"오늘 강의 없어. 거 담배 좀 끊으면 안 돼?"

나는 까칠하게 대꾸하며 주방으로 가 커피메이커에 커피를 두어 숟갈 붓고 원두를 뽑는다.

"내가 이 맛으로 사는데 어떡하나? 자식보다 더 좋은 게 요건데."

엄마는 필터를 보며 힘없이 허허 웃는다.

집안 가득 절은 담배 냄새 위로 진한 원두커피향이 새벽녘 물안개처럼 조용히 덮친다.

아직 마른 햇볕이 남아 있는 나른한 오후다. 오늘처럼 밖에 외출하지 않는 날이면 나의 오후는 하루보다 길고 섣달 그믐날 밤처럼 지루하다. 이런 오후를 보내고 나면 어떤 날에는 갑자기 내가 엄마보다 몇 곱절 더 늙어 어느 틈에 꼬부랑 할머니가 돼버린 것 같다.

어느덧 거실의 괘종시계는 오후 다섯 시를 알리는 멜로디를 띄운다. 시계는 십 분이 빨랐다. 그러니까 이제 딱 십 분이 남은 셈이다. 나는 갑자기 가슴이 쿵탕쿵탕 뛰기 시작한다. 이것은 지난 일년 동안 평일 저녁 다섯 시면 내 가슴의 가장 밑바닥에서부터 울리던 소리다. 팀파니의 저음과도 같은, 둔탁하고 무거운 심장박동 소리. 긴장과 불안, 설렘이 묘하게 뒤엉키고 교차하는 그 단단하고도 무미건조한 소리는 이제 나의 일부가 돼버렸다.

나의 시선은 TV화면을 향해 좁게 모아진다. 나는 마치 TV화면을 뚫고 안으로 들어갈 것처럼 눈도 깜빡이지 않고 집요하게 응시한다. 귓속에서는 내 심장소리와 비슷한 팀파니 소리가 울린다. 두웅둥. 두웅둥. 아주 무겁고도 둔탁하게.

난타전을 방불케 하는 광고가 끝나고 드디어 오후 다섯 시를 알리는 시그널이 끝난다. 그의 얼굴이 화면 가득 비쳐진다. 그의 이름 석 자가 화면 하단에 명조체로 또렷이 새겨져 나온다. 김명현 앵커. 갑자기 입안의 침이 마른다.

프롬프터를 응시하는 그의 눈과 내 눈이 얇은 유리판을 사이에 두고 정면으로 마주한다. 서글서글하고 총명해 보이는 인상만큼이나 언제나 명쾌하고 안정적으로 뉴스를 진행하는 그는 그래서인지 인지도가 꽤 높았다. 곧 소속 방송사의 간판 뉴스 프로그램의 메인앵커로 승진할 것이란 소문도 있었다. 이제 그는 유부남 특유의 평안함과 중후함까지 풍긴다. 한때는 내 연인이었으나, 이제는 이렇게 TV에서나 볼 수 있는 사람이 돼버린 그. 우리는 정말 헤어진 것일까.

불현듯 온몸의 피가 얼굴로 확 몰려들어 화끈 달아오른다. 신경이 바늘 끝처럼 첨예하게 날카로워진다. 입안 가득 시큼한 침이 고이면서 속이 메스껍다. 나는 욕실로 달려가 토악질을 한다. 하지만 내 위는 더 이상 아무것도 비워내지 못한다. 어쩌면 그의 뉴스를 보는 것도, 가시지 않는 체증처럼 내 마음에서 그를 비워내지 못하는 것도 모두 자학에 가까운 것일지도 모른다. 상처가 얼마나 깊은지 스스로 확인해보고 싶어 생살을 요리조리 헤집어보는. 어쩌면 나는 나에 대해 너무 잘 알고 있는 한 친구의 말대로 사디즘 증후군 환자일지도 모르겠다.

화면 속 그의 왼쪽 눈썹이 날카롭게 위로 잠깐 치켜진다. 그는 분명히 프롬프터의 문장 순서를 뒤바꿔 읽었거나 한 마디를 놓쳤거나 다른 실수를 했을 것이다. 그의 법적 와이프도 이런 사실을 눈치챘을까? 그렇지는 않을 것이다. 이렇게 세밀한 부분까지도 그에 대해 모조리 알고 있는 사람은 세상에 그 자신과 나 뿐이다.

약간 위로 치켜진 그의 왼쪽 눈썹을 보자, 내 안은 이상한 욕정으로 스멀거린다. 이제 나는 정말 혼자란 말인가. 저 사람은 이제 나와는 아무런 관계도 아닌 사람인가. 나는 그의 도톰한 입술이 닿았던 내 입술을 손가락으로 더듬는다. 그의 혀가 내 입안에서 부드럽고도 미끈하게 감겨오던 기억들이 떠오르자 갑자기 그가 곁에서 내 성감대를 자극해 아랫배가 참을 수 없이 조이는 것 같다.

나는 화면 속에서 영민하게 빛나는 그의 눈을 애무한다. 그와 얼결에 첫 키스를 했던 대학 캠퍼스의 호숫가가 내 눈앞에 슬라이드처럼 펼쳐진다. 그곳에 가면 그를 만날 수 있을까. 자맥질하듯 머리를 내미는 것은 단지 기억뿐만이 아니라, 그때의 느낌과 그 이후의 느낌까지도 오롯이 다가온다. 그 가슴 찡한 사랑의 시간들.

내가 그를 처음 본 것은, 유난히 따사롭던 어느 봄날, 교내 신문사였다. 낯가림이 병적으로 심할 정도로 내성적이었던 나는 성격을 바꿔볼 양으로 교내 신문사 기자를 자원했고 간단한 테스트에도 별 어려움 없이 합격을 했다. 그는 신방과 3학년 복학생이었고, 나보다 2년 선배였다. 그는 모든 사람들한테 친절했으며 그래서 내성적인 나는 그에게 자연스럽게 끌렸다. 그 시절, 그는 나의 우상이었고 살아가는 이유였다. 숨을 쉬면 내 가슴 안에는 언제나 그가 있었다.

그와 내가 소위 연인 사이로 발전하게 된 것은 그로부터 한 학기가 지난 후, 양수리로 동아리 엠티를 간 직후부터였다. 술에 취해 곯아떨어진 그는 얼결에 나를 부둥켜안고 잤고, 나 역시 술에 강하진 못한 터라 그걸 깨달았을 때에는 이미 사람들이 다 깨어난 아침이었다. 그 후, 나는 사람들의 시선이 부담스러워 어쩔 수 없이 신문사를 나와버렸다. 그와 그림자처럼 늘 함께했던 대학시절이 마치 응축된 시간의 용액처럼 오로지 하나의 아득한 느낌으로만 추억된다. 그 모든 것, 이제 그곳에 있을 수 없게 된 그와 나, 우리는 정말 서로를 사랑했을까.

그의 결혼 소식이 세상에 알려졌을 때 이미 잡자는 소문이 돼버린 우리 두 사람의 이야기가 동기들의 술자리에서 소소히 오갔을 것이다. 그들 중 누군가는 그럴 줄 알았다며 나를 비웃거나 동정할 것이다.

나는 미간을 좁히고 다시 화면 속 그를 응시한다. 내 시선 안에 갇힌 그에게 당장이라도 달려가 묻고 싶다. 그래서 너는 지금 행복하냐고. 나를 진정으로 사랑했던 순간이 단 한순간이라도 너의 기억 속에 존재하느냐고. 가슴이 풍선처럼 부풀어 한 번만 더 숨을 쉬면 그대로 터져버릴 것 같다.

그의 결혼식 전날, 나는 그를 마지막으로 만났다. 늦은 밤, 함을 주고 왔다며 피곤한 기색이 역력한 몰골로 그는 나를 찾았다. 나한테 정말 많이 미안하다고, 나를 사랑했고, 나와 결혼해 행복하게 잘 살고 싶었지만 어머니의 뜻을 정녕 져버릴 수가 없었다고, 다음 세상에서 나와 인연이 다시 된다면 이 세상에서 진 빚을 갚겠다고 말했다. 그리고 내 뺨에 묻어나던, 마지막 그 깊은 껴안음 뒤에 남겨지던 그의 싸한 향기.

하지만 나는 그런 그를 이해할 수 없었다. 떠나가는 이들은 곧 잘 남겨지는 이에게 사랑했다는 말을 한다. 그것도 가장 고통스러운 순간에 말이다. 더구나 현재진행형이 아닌, 과거형으로. 즉 과거 한때에는 온 마음을 바쳐 사랑했지만, 지금은 더 이상 사랑하지 않는다는 것이다. 그 남자도 엄마한테 그랬을 것이고 희대의 바람둥이 괴테도 떠나가면서 수많은 여자들한테 그 말을 남발했을 것이다.

그러므로 사랑했다는 그 말은 이별 가해자가 피해자에게 베푸는 일종의 교활한 위로 행위에 지나지 않는다. 그의 그런 말은 편의점 소주팩만큼도 나를 위로해주지 못했다. 단지 그의 모습이 바로 앞에 서 있는데도 불구하고 흑백으로 퇴색해 보였을 뿐이었다. 나와 그를 과거로, 사랑으로 연결시켰던 최후의 끈은 그렇게 끊어졌다. 그러나 그럼에도 불구하고 여전히 봉합되지 않은 채 주르륵 흘러내리며 너덜거리는 내 기억의 창자들. 나는 정말로 매일 밤 입에 칼을 물고 주문이라도 외워 이슈타르 여신이라도 불러들여야 할까. 그녀를 불러들여 내 사랑의 대가로 그가 짐승처럼 혹독한 운명을 살기를 바라며 굿판이라도 벌여야 할까? 아니면 내 순진한 감정을 유린한 그에게 철저히 바빌로니아 식대로 함무라비 법을 적용해 복수해야 할까.

나는 화면 속 그에게 말한다. 나에게 사랑을 구걸하게 한 건 너였지만, 그런 너를 절대로 용서하진 않아. 그러니까 나한테 미안해하거나 나를 동정하지는 마.

그는 이제 화면 속에서 불특정 다수에게 작별인사를 고한다. 때마침 안방에서 엄마가 문을 열고 나온다. 순간, 나도 모르게 발끈해 TV를 얼른 꺼버린다.

"쓸개 빠진 년."

엄마는 나를 노려보면서 냅다 소리친다. 나는 엄마에게 눈길도 주지 않고 굼뜨게 일어서서 내 방으로 가려 했으나 엄마가 내 팔을 낚아채듯 꽉 붙잡는다. 엄마는 나를 막무가내로 거실 바닥에 꿇어 앉혔으나 나는 일부러 딴전을 피우며 엄마의 매운 시선을 피한다.

"이 등신 같은 것아. 내가 너를 생각하믄 숨이 목구멍에서 턱턱 막혀 갑갑해 죽겠다. 요샌 잠도 안 와. 남의 것 빼앗아 갖고도 아들딸 낳고 억수로 잘만 살더라. 너는 니 것 하나도 간수 못해 그 불여쉬 같은 년한테 뺏겨? 도대체 너를 어쩌면 좋냐 응? 이것 좀 봐. 눈이 있으면 이것 좀 보라고."

엄마는 어제 날짜 신문을 내 앞으로 툭, 내던진다. 그의 결혼식 사진이 실린 연예면 톱기사다.

"그 기집년과 오 년 전에 학교 동아리 선후배 관계로 만나 캠퍼스 커플이었다는 게 말이 되냐? 그럼 넌? 사람들이 어쩜 이렇게 잔인하다냐…"

어느새 엄마의 얼굴은 억지로 무언가를 찾고 있는 듯 빳빳하게 굳어 있다. 나이테 같은 주름살이 제 무게를 이겨내지 못한 채 축 늘어져 있는 목에 톡 불거져 나온 성대가 노여움에 발발 떨린다.

"바보등신같이 이러고 있지만 말고, 당장 방송사에 가서 그 놈 멱살이라도 잡고, 뺨이라도 후려쳐. 네가 못한다면 내가 간다… 어쩌자고 나이도 얼마 안 먹은 게 벌써부터 속엣것 감추고 삭이는 애늙은이 같은 심성부터 먼저 생겼냐 응? 이 불쌍한 것아…"

엄마는 내 등을 몇 번이고 맥없이 쳤다. 조금도 아프지 않았다. 분노와 원망에 찬 엄마의 음성이 목 메이듯 바르르 떨린다.

나는, 다 엄마 때문에 그래, 하고 말이 튀어나왔지만 목 안으로 꾸역꾸역 눌러 삼켜버린다. 살점이 패일 정도로 아랫입술을 콱, 깨물고서 신문기사를 읽는다. 기사 속 내용의 여주인공은 분명 엊 그제 결혼한 그의 법적 아내가 아니라 바로 나였다. 그는 왜 자신의 와이프를 과거 속 나로 치환해버렸을까. 또 그의 아내는 이런 거짓된 현실을 왜 받아들였을까. 머릿속에서 생각이 실타래처럼 엉켜 현기증이 날 것 같다.

나는 신문을 바닥에 던지고 욕실로 달려가 오래도록 손을 박박 문질러 씻는다. 그래, 그와 그의 어머니라면 충분히 그럴 수 있다. 그들은 나와 다른 인간들이었으니까. 자신들에 관한한 무엇이든 완벽하고 아름답게 그럴듯한 상품으로 포장해 세상에 드러내 보이고 싶어 하니까. 그런 부류들한테 진실은 오히려 거추장스러울 뿐이다.

"많이 배우면 뭐 해? 옆에 있는 제 밥도 못 찾아먹는데, 바보등신 같은 것, 헛똑똑이."

엄마는 먼 산을 보며 낮고 침중한 음성으로 뇌까렸다. 한없이 이어지는 고시랑거림에 나는 문득 조금 전에 꾹 삼킨 화가 다시 울컥 치민다. 옛말에 여자는 늙을수록 쓰잘데기 없고 영양가도 없는 욕심만 목젖까지 차올라 입부터 되바라진다더니 우리 엄마도 별 수 없는 건가, 싶다. 나는 허공을 노려본다. 물이 제 온도를 가누지 못하고 끓어 넘치듯 여태껏 참았던 부아가 한꺼번에 밖으로 돌진한다.

"엄마가 알긴 뭘 알아? 그 사람 엄마가, 내가 첩의 딸이라 주변이 너무 더럽고 구질구질해서 죽어도 싫대. 자기는 평화로운 집안에서 사랑받고 구김 없이 자란 사람이 좋대. 자기 아들이 나와 결혼하는 즉시 자기 송장부터 치워야 할 거래. 그런대도 이 결혼 하겠냐고 물어보는데, 내가 그런 사람 앞에서 뭘 어떻게 했으면 좋겠어? 엄마라면, 예 그러셔도 좋습니다, 저를 며느리로 받아 주십시오, 하고 밤낮으로 매달릴 수 있을 것 같아? 죽어도 아니라잖아, 죽어도. 나는 엄마만 아니면 진짜로 살고 싶었을 거야."

내 말이 열 개, 스무 개가 되어 와글와글 들끓으며 다시 내게로 날아와 꽂힌다. 숨넘어가는 듯한 닭의 비명소리가 내 머리 안을 다시 구석구석 헤집어 놓는다. 귀에서는 닭똥 같은 성분의 액체가 줄줄 흘려 내리는 듯 질척거린다. 순간, 엄마의 놀란 눈길이 갈피를 잡지 못한 채 갈팡질팡한다.

그랬다. 그가 나와의 결혼계획을 처음으로 제 엄마한테 비쳤을 때, 그녀는 철부지 아들을 밤낮으로 부지런히 설득했다. 그러나 별 소용이 없자 그 불똥은 곧 나한테로 튀었다. 어느 날, 그녀는 불쑥 학교로 나를 찾아왔고 그와 내가 왜 결혼할 수 없는지 예까지 들먹여가며 지독하고 끈질기게 설명했다. 나는 그녀 앞에서 포식자의 먹이가 되어 목 안으로 넘기기 좋도록 잘게 씹히는 것 같았다. 그리고 결론에 이르러서는 그에게 잘 어울리는 다른 여자가 생겼으니 이제 그만 그를 단념해달라는 것이었다. 그건 그녀의 일방적인 통고에 지나지 않았지만 나는 그만 뻐근하게 목이 메어 아무런 반박도 할 수 없었다. 내 두 손은 땀으로 흠뻑 젖었고 두 발은 운동화 속에서 세상에 막 태어났을 때보다 더 조그맣게 움츠러들었다. 끝내 나는 아무 대답도 하지 못한 채 순응도, 거절도 아닌 어정쩡한 태도를 보였을 뿐이다.

나는 바보처럼 늘 그랬다. 어려서부터 정작 내 앞에 중요한 일이나 특히 모욕적인 상황에 휘말렸을 때 머릿속이 온통 새하얗게 비워져 아무 생각도 할 수가 없었다. 그 상황이 지나간 후에야 비로소 상황이 정확하게 인지되어 가슴을 치며 분해 했다.

첩의 딸, 내가 첩의 딸이었지. 그래. 그렇구나. 우리 엄마는 그 남자의 내연녀였지.

나는 '첩의 딸'이라는 말이 그토록 내 인생에 있어 치명적인 알레르기를 일으킬 줄 몰랐다. 결국 나는 조금의 반항도 없이 그녀 뜻대로 그녀의 아들을 곱게 놔둘 수밖에 없었다.

방음벽에 걸러져 들려오는 엄마의 흐느낌은 그대로 내 가슴에 와 투석질을 한다. 아마도 내가 했던 말의 충격이나 상처보다도 자신으로 인하여 별로 오래 살지도 않은 딸자식의 삶에서 점점 진하게 풍겨 오는 실패와 불행의 예감이 훨씬 더 견디기 힘들었을 게다. 정말로 딸은 엄마의 팔자를 닮는 것일까.

어쩌면 사람은 누구나 평생토록 누군가의 볼모로 살아야 할지 모른다. '아버지'란 이름의 그 남자와 엄마 사이에서 볼모였던 나, 나와 그의 어머니 사이에서 볼모였던 그. 그래서 서로가 서로에게 영원한 가해자이거나 피해자일 뿐이다.

엄마는 자신의 볼모였던 나한테 처음으로 미안하다는 말을 했다. 그 말이 낯설어서 나는 몇 번이고 달팽이관 안에서 곱씹었다. 그때서야 비로소 엄마와 나 사이에 가로놓인 벽을 보았다. 너무나 투명해서 눈에 보이거나 만져지진 않지만 서로 뛰어넘거나 통과할 수 없을 만큼 높고 견고하게 쌓아올려진 유리벽이 오랫동안 그녀와 나 사이를 가로막고 있었다. 마치 마르두크 신을 향해 착실히 쌓인 바벨탑처럼.

어쩌면 나는 엄마를 등진 채 나 자신의 탑을 쌓아올리고 있었는지도 모른다. 내 관심이 그와 바빌로니아로 집약된 순간부터 그 탑은 착실히, 더욱 견고히 쌓아졌을 것이다. 언제부터인가 엄마는 내 세상 밖의 외부현상일 뿐이었다.

나는 욕실로 가 다시 손을 씻는다. 늘 그렇듯 나의 아침은 정오를 훨씬 넘긴 오후쯤에서 시작된다. 안방 문을 살며시 열어 보았으나 엄마는 낮잠이라도 자는지 다친 벌레처럼 벽 쪽을 향해 모로 누워 있다.

나는 다시 발코니로 나와 아파트 앞뜰을 바라본다. 가끔 자전거를 타거나 킥보드를 탄 아이들이 지나갈 뿐, 인적이 드물어 그 자리에는 대신 초여름 날의 따가운 햇볕만 이불 홑청처럼 널찍하게 깔려 있다. 발코니 안으로 넘치도록 밀려들어 온 햇살이 새의 깃털처럼 내 목덜미를 간질인다.

나는 언제쯤 그곳으로 떠날 수 있을까. 옛 고대제국 바빌로니아의 발자취를 찾아 떠나는 날, 나는 비로소 나를 억압하고 얽어맸던 그 모든 것들로부터 잠시나마 자유로워질 수 있을까. 엄마와 그와 내 아버지라는 이름의 그 남자로부터 받은 상처와 흉터에서조차도.

바빌로니아, 바빌로니아. 바빌로니아, 바빌로니아…

"일어났냐?"

가까이에서 엄마의 목이 쉰 듯한 음성이 들려온다. 엄마는 분무기를 들고 난 화분이 놓여 있는 곳에 어정쩡하게 구부린 자세로 서 있다. 그녀는 난의 가느다란 잎새마다 물을 뿌리고 다칠세라 조심조심 행주로 잎을 닦아준다. 나도 말이 없었고 엄마도 말이 없었다. 우리 모녀는 침묵 속에서 꼬물꼬물 시간을 죽인다.

엄마는 거실 소파에 엉거주춤 쭈그리고 앉아 담배를 핀다. 그녀의 후-하는 한숨 소리가 몇 발자국 떨어져 있는 내 귀에까지 또렷이 들린다. 깊고 무거운, 그래서 가슴 한편이 푹 꺼질 듯한 깊은 한숨이다. 그녀의 옆모습은 마치 시든 배처럼 물컹물컹해 보인다.

불현듯 코끝이 싸해 나는 시선을 발코니 밖으로 돌린다.

"은아야."

나는 내 방으로 가려던 걸음을 멈춘다.

"일로 와서 앉아봐. 할 얘기가 있으니."

나는 엄마와 조금 거리를 두고 멀찍이 앉는다. 철이 들고 내 주변의 여러 상황을 하나씩 깨닫기 시작할 무렵부터 엄마와 나의 거리는 늘 그 정도에서 멈춰 있었다. 좀처럼 가까워지지 않았다. 엄마는 무슨 말인가 하려고 뜸을 들인다.

"은아야. …너한테 못할 짓을 해서 미안하구나. 네 아빠 만난 죄밖에 없는데 그게 결국은… 이 못난 애미가 너한테 진 빚이 너무 많아…"

엄마는 금세 눈이 발개져 목멘 소리를 한다.

"…엄마, 난, 난 정말 괜찮아. 아무렇지도 않아. 정말이야. 그러니까 엄마 탓이라고 생각하지 마. 엄마 때문이 아니야."

나는 되도록 침착하고 담담하게 말하려고 했으나 가슴이 후드득 떨린다. 자의든 타의든, 야물지 못한 탓에 이런 상황을 만든 내가 싫을 뿐이다. 불현듯 엄마는 내 앞에 통장 같은 걸 건넨다.

"나는 무식해서 잘 모르겠다마는 너 학교 졸업논문 쓰려면 아랍인가 어딘가에 가서 현장답사하고 와야 한다며? 에미가 너한테 해줄 건 없고 너 시집갈 때 주려고 한 푼 두 푼 모아뒀는데 아마 거기 갔다 올 노자돈은 될 게다. 에미 걱정인양은 말고, 깜빡깜빡하는 정신머리는 똑바로 정신 차리고 살면 될 테고. 걱정일랑 붙들어 매고 퍼뜩 댕겨와라. 거기 위험하다니까 몸조심하고. 그리고 명현이 이제 그만 용서해주자."

용서라는 말이 나오자, 문득 나는 가슴속에서 무언가가 갑갑하게 콱 메여 눈시울이 따끔거렸다. 용서? 내가 그를 용서할 일이 있을까? 엄마는 그 남자를 하루아침에, 혹은 단 며칠 만에 용서한 것일까?

"이게 다 내 더러운 팔자고, 네 팔자인데 뭘 어쩌겠냐. 그 놈도 편한 잠 못 잘 거고… 너도 나이 먹어보면 알겠지만 사람 세상살이란 게 그렇더라. 온전히 자기 것인 게 아무것도 없어. 세상에서 가장 가깝다 믿은 사람한테도 뒤통수 맞고 살고. 간도 쓸개도 다 **빼**주고 사는 게 요 빌어먹을 세상살이더라. 그래도 정신 나간 년처럼 실실거리며 살아야 하는 것도 세상살이더라."

엄마는 다시 담배 한 개비를 꺼내 입에 문다. 그 담배연기가 마치 그동안 쌓이고 쌓였던 그녀의 심연의 눈물까지 풀어내는 것 같다. 엄마는 무릎걸음으로 내게 바짝 다가와 통장을 내 손에 쥐어준다. 그녀의 따스한 체온이 손끝에 전해지자, 고여 있던 눈물이 뺨을 타고 흘러내린다.

우리 모녀는 다시 침묵 속에서 한참을 앉아 있다. 그사이 발코니로 보이는 조각난 하늘에는 오렌지빛 노을이 곱게 물들어진다.

엄마와 나, 우리 모녀, 세상에서 단 둘뿐인 유일한 혈연관계. 언젠가부터 나는 그 긴밀함이 오히려 부담스러웠다. 정확하게 말하면, 완전히 모든 것을 공유하고 온전히 의지했던 사람이 이 세상

106

에서 사라져버렸을 때의 그 고독과 공허와 상처를 극복할 자신이 없었다. 그것을 깨달았을 때부터 나는 그녀를 내 탑의 바깥세상에 두었다. 그런데도 누군가 엄마라는 말만 꺼내도 가슴에서 무엇이 찰지게 뭉클거렸다.

나는 그만한 돈은 나한테도 있다며 통장을 엄마한테 돌려주고, 이틀 밤을 꼬박 엄마에 대해 생각한다. 내가 기억하는 한, 우리가 단 둘이 여행을 떠나본 일이 지금까지 단 한 번도 없었다는 것을 문득 깨닫는다. 나는 자리에서 박차고 일어나 거실로 나간다. 거실은 어둠에 잠겨 있다. 시간을 확인해보지 않아 지금이 밤인지, 새벽인지 분간할 수 없다.

나는 안방 문을 연다. 엄마는 형광등을 켠 채, 고단한 하루를 보낸 날짐승처럼 모로 누워있다.

"…엄마, 우리… 여행 갈래요? 생각해보니 엄마랑 여행을 한 번도 못 가 봤어."

나는 엄마가 자는지 어떤지 알 수 없어 문을 닫으려는데, 엄마가 내 쪽으로 몸을 돌렸다.

"여행? 자다가 갑자기 무슨 봉창 두들기는 소리야."

하지만 뜻밖의 나의 제의에 형광등 아래에 비친 엄마의 표정이 조금 밝아진 것 같다. 제가 쌓은 탑에 갇혀서 살던, 무뚝뚝하고 정 없는 딸한테 처음으로 듣는 살가운 말일 것이다.

"엄마… 미안해."

"뭐가?"

엄마가 뜨악한 표정을 지으며 묻는다.

"모든 게 다."

나는 내 방으로 건너와, 컴퓨터 앞에 앉아 터키 여행 정보를 검색한다.

엄마. 그래요. 뿌리가 깊이 내린 나무는 제아무리 거센 돌풍이 휘몰아친들 함부로 쓰러지거나 마르지 않겠죠. 단지 오래된 잎들만 떨굴 뿐이죠. 그리고 새 봄이 되면 그 나무에는 새 가지들과 새 잎사귀들로 풍성해지겠지요. 우리가 첫 여행을 하는 동안, 다른 모녀들처럼 또 몇 번은 티격태격하겠지요. 하지만 집으로 돌아올 때쯤엔 우리 사이에 놓인 거리가 좁혀지거나 아예 사라져 세상에서 가장 좋은 친구가 돼 있을 거예요. 엄마, 내 곁에 있어줘서 고마워요.

영숙이가 돌아왔다

"아주메, 겁나게 오래간만이네유. 그간 잘 지냈쥬?"

그녀가 부엌 쪽문 밖에서 헤벌쭉 웃고 있다.

"아니, 너 영숙이 아니니?"

김 여사는 김칫거리를 씻다가, 낯익은 음성에 놀라 엉거주춤 일어나서 영숙을 반긴다.

"어쩐 일이야? 친정에 다니러 왔어?"

김 여사가 다정하게 영숙의 손을 잡으며 물었으나, 영숙은 아무 대답도 없이 피식피식 웃기만 한다.

"저번에 시장에서 어머니를 만났는데 부잣집으로 시집 잘 갔다고 좋아하시던데."

영숙은 자신의 속을 꿰뚫어 보는 듯한 김 여사의 시선을 쑥스러운 듯 피한 채 아무 대답도 하지 않는다. 속을 알 수 없는, 피식피식 웃는 그 웃음이 되레 쓸쓸하고 측은해 보여 김 여사는 문득 콧등이 시큰하다. 김 여사는 영숙의 악어등처럼 거칠고 투박한 손등을 오래오래 쓰다듬는다. 이십 대 중반 한창 나이의 숙녀 손이랄 것도 없었다. 물에 퉁퉁 불린 밀가루 반죽 같은 그것은, 차라리 선생질로 이십여 년을 산 제 남편의 손이 그것보다 훨씬 여성스럽고 고왔다.

"아주메, 나 오늘 하은이네 집에서 자고가도 되유?"

"좋지. 근데 어머니한테 말은 하고 왔어?"

영숙은 또 대답이 없다. 누가 시키지도 않았는데 마치 제 일인 양 김 여사 곁에서 김칫거리 씻는 것을 거든다. 낡고 닳아 해진 바지자락 밑으로 보이는 스산한 종아리와 발이 온통 상처투성이다. 그러고 보니, 옷에도 군데군데 피처럼 거무스름한 게 묻어 있고, 슬리퍼도 한 짝뿐이다. 도대체 무슨 일이 있었던 것일까. 하지만 굳이 무슨 일이냐고 물어보지 않는다. 또 많이 힘들고 상처받았겠구나. 영숙이 네 인생이 이제 더 이상 고단하지 않기를, 이제는 더 이상 상처받지 않기를.

김 여사는 목이 콱 메는 것을 참고 일부러 큰소리로 너스레를 떤다.

"아이고, 됐어. 오늘은 우리 집에 온 손님이니 일 안해도 괜찮다. 언니네 집 놀러 온 셈치고 푹 쉬었다가 가."

"손님이유? 아주메가 울 언녀유? 참말루?"

"그래. 간만에 왔으니 영숙이가 우리 집 귀한 손님이지. 근데 신발 한 짝은 오다가 배고파서 엿 바꿔 먹었어?"

김 여사는 얼른 여분의 슬리퍼 한 켤레를 영숙에게 건넨다.

"우선 그 칙칙한 옷부터 갈아입자. 마침 내가 백화점 세일 때 예쁜 꽃무늬 원피스를 한 벌 샀는데, 입어 보니 나한테 좀 크더라. 드디어 그 옷이 임자를 만났네."

김 여사는 얼른 안방으로 가 서랍 속 깊이 넣어둔 폭이 넓은 임부복 한 벌을 꺼내온다.

영숙은 일을 하지 않아도 된다는 말에 신났는지, 꽃무늬 원피스가 예뻐서 기분이 좋은지 또 입을 반쯤 벌리고 헤벌쭉 소리 내어 깔깔 웃는다. 겉절이를 버무리는 김 여사의 깊은 한숨 사이로 영숙의 긴 하루 같은 노곤한 해가 서편하늘로 저문다.

영숙이 하은이네와 인연을 맺은 것은 지금으로부터 칠 년 전쯤으로 거슬러 올라간다. 지방 어느 소도시에서는 군사 독재 정권에 항거해 민주화 항쟁이 일어났고, 무고한 시민들이 무자비한 권력과 폭력에 희생되었다는 소문이 흉흉하게 나돌았다. 소나무 그늘 아래 세 명이 앉아 시시껄렁한 담소를 나누고 있어도 잡혀가 취조를 당할 만큼 정부의 감시가 칼끝처럼 매서웠던 시절이었다. 모든 게 적이 아니면 동지, 이분법적으로도 단순하게 나눠 있었다.

당시 영숙은 십대 후반이나 이십대 초반쯤 돼보였다. 늦은 임신으로 인해 젖먹이와 아직 어린 아이들 때문에 집안일이 버거웠던 김 여사는, 그러나 빠듯한 남편의 선생 월급으로는 제대로 된 가정부를 구할 수 없었다. 마침 동네 마당발 여자가 소개해준 게 바

로 영숙이었다. 나이는 열일곱 살, 갈래머리 땋은 여고생이어야
할 나이였지만, 영숙은 또래들과는 달리 학교 대신 제 어미를 따
라 날품팔이를 하러 다녔다. 충청도 어느 외딴 산골마을이 고향이
라던 모녀는 사투리가 꽤 일품이었다.

보기에는 떡 벌어진 어깨에 살집도 좋아서 힘깨나 쓰게 생겼지
만 실상은 그렇지도 못했다. 무엇보다 지능이 예닐곱 살 정도에
지나지 않았기 때문에 동네 여자들은 품삯이 싼 맛에 일을 부렸
다. 혹을 떼려다가 혹을 되레 붙이는 격이었지만, 그래도 김 여사
는 젖먹이를 안 다치게 살뜰하게 돌봐주고, 가게 심부름도 곧잘
해주는 것만으로도 어디랴 싶어 그냥 영숙을 몇 달 데리고 있기로
했다.

"아주메는 맨날 하은이만 이뻐혀. 맨날 승질만 부리는 쟈가 뭐
시 이쁘댜."

당시 여섯 살이었던 딸 하은에게 간식을 주고, 무릎에 앉혀 동화
책을 읽어주는 것조차 서운하다며 하루에도 열두 번씩 입을 삐쭉
거리는 영숙의 변덕을 달래는 것도 김 여사의 일상 중 하나였다.

더욱 기가 찰 노릇은, 걸핏하면 찾아와 온갖 말도 안 되는 트집을
잡아서 생떼와 행패를 일삼고, 선금을 요구하는 영숙 엄마의 몰염
치한 태도였다. 그런 안하무인격 행동은 이미 동네 사람들 사이에
서는 모르는 사람이 없었다. 그는 동네 사람들한테 제 가족이 인간
이하의 취급을 받는다는, 끔찍한 피해의식에 사로잡혀 있었다.

어느 날엔가는 대뜸 딸을 시집보내야겠다며 무작정 끌고 가버

렸다. 그것이 영숙의 나이 열일곱 살에 이루어진 첫 결혼이었다. 그녀의 첫 남편은 이웃 동네에서 작은 족발집을 하는 오십대 재혼 남이었다. 그러나 신혼의 단꿈 같은 건 애초에 그녀에겐 허락되지 않았다. 부부라는 명분하에 그 남자와 함께 산 지 고작 서너 달 만에 그녀는 특유의 유쾌함과 명랑함은 온데간데없이 사라지고, 걸핏하면 두들겨 맞아서 황폐해진 거지몰골로 친정 동네에 모습을 드러내곤 했다.

그때도 영숙은 김 여사를 찾아왔었다. 온몸에 파란구렁이를 칭칭 감기라도 한 듯 시퍼런 멍 자국이 선명했다.

"그 아재비 무서유. 나 또 그 집구석에 가기 싫어. 여기서 하은이랑 같이 살문 안 되유?"

영숙은 김 여사와 함께 있는 시간 동안 이 말을 몇 번이나 되풀이했다. 그해 봄은 꽃샘바람도 없이 볕이 제법 따뜻했다. 그러나 영숙은 그렇게 옷을 두껍게 껴입고도 마치 시멘트 바닥에 내동댕이쳐진 기형 금붕어처럼 몸을 파르르 떨었다.

잠시 동안의 휴식마저도 그녀한테는 허용되지 않았다. 영숙 엄마는 김 여사네 집 대문을 부숴버릴 듯 박차고 들어와 다짜고짜 삿대질을 해대며 악다구니를 썼다.

"인권? 넋빠진 소리 지껄이고 자빠졌네. 선상 부인이라고 고상한 티 내나 본디. 인권이 우리 식구 밥 맥여줘? 우리 막내 핵교 보내준댜아? 댕신이 이 가시나 인상 평상 책임질 것 아니믄 감놔라 배놔라 상관 말어. 기여. 나 무식한 년이라서 바보딸년 몸 팔아

116

묵고 산다. 워떨겨?"

　그날 영숙은 제 엄마의 억센 손에 머리채가 잡힌 채로 족발집으로 다시 돌아갔다. 김 여사의 뒤에 숨어 제 엄마와 실랑이를 벌이며 한사코 가기를 거부했지만, 김 여사는 아무것도 할 수 없었다. 당시 이런 일은 '집안 내에서 쥐도 새도 모르게 조용히 해결해야 할 문제'로 치부되어 경찰 신고조차 우스운 일이었다. 영숙이 그 사내에게 쓸모가 다해 버림받기를 기다릴밖에 별 도리가 없을성싶었다.

　영숙은 그에게 새로운 여자가 생겨서, 버려질 때까지 낮에는 그의 족발집에서 아침부터 밤늦게까지 중노동에 시달렸고, 밤에는 그의 육체적 욕망을 채워주는 쾌락의 도구로 그에게 무조건 복종과 헌신을 해야 했다. 부부관계라기보다, 주종의 관계에 가까웠기에 반항하거나, 잠자리를 거부하거나, 마음에 들지 않는 행동을 하면 그 즉시 영숙에게 날아오는 것은 엄청난 강도의 폭력의 세례뿐이었다. 그의 발길질로 첫아이가 유산돼 소파수술을 하고 온 날 밤에도 그는 관계를 요구했었다. 아팠다. 몸도, 마음도 모두 그가 파고드는 대로 예리하게 날이 선 칼날에 갈기갈기 찢겨 나가는 것 같았다. 언젠가 교회 목사님한테 얼핏 들었던 그 무서운 지옥이 있다면, 바로 여기가, 남편과 함께하는 여기가 바로 그 지옥일 것이라고 영숙은 생각했다. 꿈인지 생시인지 분간할 수 없었지만 언젠가부터 그 옛날 할머니네 방에서 봤던 텔레비전 만화 속 악마가 보였다. 자기 힘으로 그를 힘껏 밀어 내동댕이쳐버릴 수도 있었지만, 엄마는 그가 신랑이니까 그러면 안 된다고 했다. 그 사람의 눈 밖에 나면 우리 식구는 길거리에 나앉고 굶어죽는다고. 그래서 아파도, 싫어도 참아야 한다고 엄마와 손가락 걸고 약속했다. 영숙은 엄마와 막내의 얼굴을 떠올리며 참고 또 참았다.

"깨끗이 속까지 박박 씻고 와, 다시는 임신 같은 것 할 생각 말고."

남편은 팬티를 올리고서 휙, 영숙을 등지고 돌아누우며 짓씹듯 말을 씹어뱉었다. 그리고 몇 분이 채 지나지 않아 드르렁드르렁 코를 고는 소리가 요란했다.

그가 제 몸을 범할 때마다 제 어미의 말처럼, 혹은 드라마 속 남자와 여자처럼, 이 사람이 나를 사랑하는구나, 내가 예뻐서 이러는구나, 생각했었다. 하지만 좋아하고 사랑한다면, 왜 자꾸 때리고 등신, 멍청한 년이라고 소리를 꽥꽥 지를까.

그녀의 첫 번째 남편 장대식은 그런 속물이었다. 이윽고 언젠가부터 장대식에게 새 여자가 생겼다. 그녀는 같은 동네에 사는 과부였다. 영숙은 밤마다 더 이상 남편이 지분거리지 않아서 무엇보다 좋았다. 일 년도 채 안 되어 영숙은 그의 여자로서 생명력을 다한 셈이었다. 근처 시장에서 돌팔이 의사가 하는 마취도 없는 네 번의 인공유산을 경험한 후였다.

그러나 아직 장대식에게 영숙은 그런대로 쓸모가 있었다. 일꾼으로서 영숙은 제법 쓸만했기에. 그래서 그의 새 연인 과부댁과 교대로 영숙을 철통감시하며 절대로 바깥 세상으로 내보내주지 않았다. 낮에는 거의 온종일 족발을 씻는 일 등 식당일에 메였고, 틈틈이 과부댁 집의 온갖 잡일에도 동원되었다.

"자기야, 저런 돼지랑 그동안 어떻게 살았어? 우리 자기 인내심도 참 대단해용."

밤이면 과부댁의 콧소리가 온 방 안을 마치 발정기의 바퀴벌레처럼 스멀스멀 기어다녔다. 가게에는 방이 하나뿐이었기에, 영숙은 그들과 한 방에서 잠을 잤다. 한쪽 윗목에서 몸을 최대한 웅크린 채 시집올 때 엄마가 유일하게 해준 혼수인 얇은 이불과 담요만을 의지한 채. 겨울에는 난방이 윗목까지 되지 않아 입김마저 싸늘히 얼어붙어버렸다.

영숙은 항상 배가 고팠다. 배만 고프지 않았다면 그런대로 참고 견딜 만했을 것이다. 마치 제 위가 음식물 쓰레기통인양 손님들이 남긴 족발 뼈다귀며 음식들을 모두 걸신들린 것처럼 손으로 싹싹 긁어 삼키기 바쁘지만 언제나 영숙은 허기지고 배가 고팠다. 그녀의 남편과 남편의 새 연인은 테이블을 정리하며 입안 가득 꾸역꾸역 몰아넣는 그녀를 보는 즉시 혐오와 경멸이 뒤섞인 눈초리로 날카롭게 쏘아보았다.

과부댁은 곧잘 영숙을 보면서 무슨 징그러운 짐승이 지나다니는 듯 특유의 코맹맹이 소리로 듣기 싫게 비명을 질러댔다.

"아유, 저 뼈다귀 뜯는 것 봐. 저건 사람이 아니야. 저 물건 좀 제발 치워. 구역질 나 죽겠어."

"그럼 일은 누가 하냐? 니가 할래? 저것 친정에 쏟아 부은 돈이 얼만데. 본전 뽑기 전엔 어림 반푼어치도 없지. 낸들 데리고 있고 자파서 저것 붙들고 있는 줄 알아?"

"바보, 천치도 이쁜 애들도 많더만. 쟤는 생긴 게 뭐 저래? 자기 취항도 참 거시기해."

"일은 쪼깐 하잖아. 야, 말은 바로 하자. 일 잘하고 이쁘기까지 해봐라. 내가 뭐가 불만이겠냐? 니 코막혀 맹맹거리는 소리 안 들어도 되고 좋지. 너, 저것 소가지나면 무섭다. 니 못난이 얼굴 지 엉덩이에 깔고 박박 뭉갤지도 몰러."

"자기, 지금 말 다했어? 이발관 김 사장은 내 목소리 섹쉬하다던데."

장대식은 카운터에서 돈을 만지작거리며 깔깔댔다. 과부댁은 눈에 모를 세우고, 약 올리는 그를 실컷 노려보며 보기 싫게 입을 삐쭉 내밀었다.

그러던 어느 날이었다. 영숙이 비로소 그 집에서, 그들로부터 해방된 것은. 이유는 예상외로 간단했다. 영숙이 배탈이 난 장대식을 대신해 한겨울에 배달을 나갔다가 그만 빙판길에 미끄러져서 팔목인대가 끊어진 것이었다. 몇 달 동안 일을 부릴 수 없을 뿐만 아니라, 병원비까지 꼼짝없이 뒤집어쓰게 생긴 상황이었으므로 그들이 영숙을 더 이상 잡고 있는 것 자체가 부담스러웠다.

그래서 그들은 영숙을 친정으로 돌려보냈다. 혼인신고 같은 것도 하지 않았으니 이혼 절차 같은 복잡한 법적 절차는 필요치 않았다. 그저 등만 돌리면 끝인 관계였다.

남편한테 소박맞은 것도 기막힐 일인데 팔까지 못쓰게 된 딸의 말할 수 없이 초라한 몰골에 영숙 엄마는 억장이 무너졌다.

"딴 여자가 있든 말든 니가 상관할 거시 아니란 말여. 너보다 천 배 만 배 똑똑한 여자들도 다들 챔고 살어. 늬 아부지도 수백 번이여. 뒈질 때는 여 와서 뒈지드만. 니가 뭐시 잘내서, 뭐시 그리 특별내서 그 발모가지로 뛰쳐나와? 나가란다고 나와? 여자는 한 번 시집을 가면 죽든 살든 그 집 귀신이 돼야 하는겨. 잘난 건 쥐뿔도 없는 거시 왜 지랄이여. 어여, 가. 어여."

영숙 엄마는 또 우악스레 영숙의 머리채를 휘어잡고 족발집으로 향했다. 대낮부터 장대식과 과부댁은 발정 난 짐승들처럼 엉겨 붙어 있었다.

방문이 벌컥 열리자, 장대식은 깜짝 놀라 겁에 바짝 질린 짐승의 눈으로 영숙 모녀를 멀거니 바라봤다. 과부댁은 악, 소리를 질렀다.

"지미 씨발, 왜 왔어, 왜? 뭐 놓고 갔어? 왜 도로 와?"

장대식은 방바닥에 널브러진 팬티를 서둘러 주워 입으며 악다구니를 썼다.

장대식이 바지를 주워 한쪽 다리를 넣던 찰나, 그때였다. 바로 그때였다. 영숙 엄마가 그 앞에서 스르르 무릎이 꺾이면서 꿇은 것은.

"이 가시나가 많이 모잘라고 지대로 할 줄 아는 것이 하나도 업수야. 암. 내가 알지. 자네 답답하고 속 터지는 거 내 다 알어. 알고 말고. 내가 딸년이라고 워데서 저런 천하에 바보천치를 낳아

놔서. 기래도 이 집에서 살게만 해줘. 나중에 이 집 귀신만 되게 해줘. 장 서방이 뭔 짓을 하든 하나도 상관 안 할겨구만."

영숙 엄마는 울먹거리며 사정했다. 장대식은 잠시 어안이 벙벙해져 옷을 입다말고 장모를 멀뚱히 바라만 보았다. 꽤 난처한 얼굴이었다.

"장 서방이 아녀믄 우리 영숙이 누가 거두겠냐. 나 죽어번지면 이것 거둘 사람이 세상천지에 워딨어."

영숙은 그런 제 엄마를 보고 가슴이 아팠다. 서러운 감정이 무엇인지는 알 리 없지만, 가슴에서 울컥 북받치는 게 서러움이라면 그 서러움에 가슴이 아리고 목이 메고 눈물이 핑 돌았다. 저런 나쁜 사람한테 우리 엄마가 무슨 잘못을 해서 잘못했다고 무릎을 꿇고 빌까? 엄마를 자꾸 만류하고 싶었지만 또 야단만 맞을까봐 두려워 가만있었다.

"지미 씨발, 인자 그것도 지겹다니까. 내가 왜 쟈를 평상 책임져야 되는디? 막말로 내가 쟈네 아부지여? 아니면 내가 쟈 인생을 망쳐놨어? 당최 나한테 왜 이러는 거여?"

"기래도 자네 마누라 아닌감?"

"마누라는 개뿔이. 그만 하고 어서 애 데리고 가. 꼴도 뵈기 싫으니."

그는 방바닥에 침을 퉤, 힘주어 뱉고 돌아섰다.

"장 서방, 기러지 말고 한 번만 봐주어. 우리 딸년 꽃다운 열일곱에 자네헌티 시집와서…"

"이봐. 아줌씨, 말 한번 잘했네. 나도 어지간하면 불쌍해서라도 데리고 살려고 했지. 나도 자식 일곱이나 딸린 몸인데 남의 딸 데려다가 피눈물 빼면 천벌받는다는 것쯤은 안다고. 근디 어지간혀야 혀묵지. 이건 뭐 여자가 아니라, 어린애를 하나 키우는 셈이더라고."

"기래도 여태 큰소리 없이 잘 데리고 살지 않았나? 장 서방 자네가…"

영숙 엄마의 말에 그는 기가 차 펄쩍펄쩍 뛰었다.

"뭐? 잘 데리고 살어? 이 양반이 아주 웃기시네. 나도 참을멘큼 참았거든요. 솔직히 인정상 이 말만은 안 하려고 했는데 거머리작전으로 나오시니…, 막말로 처녀도 아니더만. 어디서 날로 굴러먹던 계집년을 나보고 평생 책임지라면 말이 되냐고요. 이 한심한 사람들아."

그는 그렇게 말하면서 영숙 모녀의 시선을 피했다. 영숙 엄마는 잠시 아연실색했으나, 곧 무슨 말인지 알겠다는 듯 체념에 가까운 표정으로 하염없이 눈물만 흘렸다.

"그 일은 영숙이가 열 살 먹었을 적에 동네…"

"됐고. 내가 알 바 아녀. 구구절절한 사연 궁금하지도 않어. 그간 내가 돈 부쳐준 것 도로 토해내란 소리 안 헐 터니 많이 봐준 걸로 알고 고맙게 생각하슈. 볼일 마쳤음 인자 여기서 나가 주시지들. 얼렁들 꺼져."

영숙 엄마는 무슨 말인가를 하려고 입을 달싹였으나, 그의 제지로 할 수 없었다. 결국 영숙 모녀는 장대식의 완력에 의해 밖으로 떠밀려 나오고야 말았다. 그는 다시 오면 죽여버리겠다는 으름장도 잊지 않았다. 집으로 돌아오는 내내 영숙 엄마는 서럽게 흐느껴 울었다.

"이 가시나야, 내 니를 워턱허문 좋은겨. 워턱허문 나가 편히 눈 깸고 갈까. 엄니 뒈질 때 니도 깷이 가자."

영숙은 아픈 팔을 엄마가 자꾸 손으로 툭툭 치자, 아프다며 버럭 소리를 질렀다.

동네 제과점 앞을 지나치자, 영숙은 마치 무엇에 홀린 듯 빵이 전시되어 있는 쇼윈도 앞에서 꿈쩍도 않고 서 있었다.

"이 웬수야, 얼렁 가자고."

영숙 엄마는 딸의 팔을 잡아끌었다. 하지만 영숙은 그 자리에 못 박힌 듯 미동조차 하지 않았다.

"엄니, 나 저 곰보빵 하나만 사주문 안 되아? 배고파 죽겄어라. 곰보빵 사줘. 응 엄니?"

영숙은 엄마 옷자락을 부여잡고 다섯 살짜리 꼬맹이처럼 생떼를 썼다. 영숙 엄마는 문득 다리에 힘이 스르르 빠져나가 그 자리에 털썩 주저앉아 곡이라도 하고 싶은 심정이었다. 곰보빵, 그 치가 떨리는 곰보빵을 먹겠다고? 제 속으로 낳은, 쳐다보면 어느 자식보다 더 마음 짠한 자식이지만 그 순간만큼은 영숙이 정말 미웠다. 영숙 엄마는 영숙을 사정없이 쥐어박았다.

"당최 너가 사람새끼여? 니 오래비 잡은 그 곰보빵을 니가 또

처먹겠다고? 이 쓸개 빠진 것아. 이 넋 빠진 것아."

"아야, 아프단 말여. 엄니는 왜 나만 보믄 맨날 소리지르고 때려."

영숙은 엄마나 남편이나 모두들 왜 나만 미워하고 욕하고 때리냐고, 착하고 예쁜 아주메네 집 딸 하은은 공주처럼 예쁨만 받는데, 왜 자기는 이렇게 사람들한테 맞고 살아야 하는 거냐고 엄마한테 속 시원히 묻고 싶었다.

"신랑이나 엄니나 다 나뻐. 나뻐처묵었어."

영숙은 흙바닥에 주저앉아 곡하듯 소리를 내어 서럽게 울었다. 주위를 지나던 사람들이 그들 모녀를 번갈아 힐끗댔다.

기어코 그 일이 수면 밖으로 고개를 내미려 하고 있었다. 영숙 엄마는 말할 수 없이 불길하고 불안하고 착잡했다. 자기가 어떻게든 무덤 속까지 꼭꼭 싸안고 가려고 했었던 그 일, 차라리 아무것도 기억하지 못하는 걸 다행이라 생각하고 영숙이 본인한테조차 비밀로 부쳐두었던 그 일이 하필 가장 비밀로 해 두고팠던 영숙의 남편 장대식한테 먼저 들통이 나버린 것이었다. 그가 어떻게 알았을까? 순간 아차 싶었지만, 언젠가 한 번은 맞닥뜨릴 일이었다. 영숙 엄마는 그때 그 일을 생각하면 십 년이 다 된 지금도 가슴이 발발 떨리고, 자면서도 종종 가위에 눌렸다.

그해 여름은 유난히 장마가 길고 지루했다. 종종 낮에는 쾌청하다가도 저녁이 되면 언제나 무섭게 비가 내렸다. 당시 영숙네는 충청도 어느 작은 마을에 살았다. 그 무렵 영숙의 나이는 열 살이었지만 또래들보다 한참 지체되어 사리분별을 정확히 가릴 수 없는 상황이라 영숙 엄마는 늘 마음이 조마조마했다. 영숙의 아버지는 본래 장돌뱅이인데다가 계집질에 정신이 팔려 행방이 묘연했고, 엄마는 내리 세 아이를 먹여 살려야 하는 가장된 몸이었기에 시장에 생선 장사를 나갔다. 억수같이 퍼붓는 비를 맞으며 새벽에 집을 나서면 땅거미가 내린지 한참 후에야 집에 돌아와 온종일 배를 곯았을 아이들에게 따끈한 저녁을 챙겨먹이곤 했다. 가난했지만, 그러나 화목한 가족이었다.

영숙 엄마는 큰아들 영도한테 시시때때로 당부했다. 네가 이 집의 가장이니까 동생들을 잘 보살펴야 한다고, 막내는 야물어서 별로 걱정 안 해도 되지만 물가에 둔 세 살배기 어린애와 똑같은 영숙이한테 신경을 더 쓰라고. 학교에서 돌아오면 한시도 네 눈에서 떼지 말라고.

그 전 날 저녁에도 영숙 엄마는 밥상머리에서 장남 영도한테 똑같은 말을 했다. 그는 걱정 말라며 순하게 고개를 끄덕였다. 성품도 온순한데다가 공부까지 잘해 학교에서 내로라하는 우등생이었던 영도는 엄마의 유일한 삶의 위안이자 기쁨이었다. 엄마는 영도가 어서 학교를 마치고 좋은 대학에 들어가 사법고시를 패스해 판검사가 될 날만을 꿈꾸며 고단한 삶에 휘는 허리를 힘껏 곧추세울 수 있었다.

꿈이 차곡차곡 쌓여가던 즈음, 기어코 일이 터졌다. 인간의 평화 따위는 절대 두고 볼 수 없는 악마의 짓궂고 잔혹한 장난처럼.

영도와 막내가 학교에 가고 나면, 학교에 다닐 수 없는 영숙은 옆집에 홀로 사는 할머니한테 맡겨졌다. 그런데 그날따라 할머니가 감기몸살기가 있어서 영숙을 제대로 돌볼 형편이 아니었다. 어느새 할머니도 잠이 들고, 말벗도 장난감도 없던 열 살짜리 꼬마 영숙은 오후가 되자 무료함에 더 이상 견딜 수가 없었다.

"엄니가 바깥에 나다니믄 나쁜 아재비들이 잡아간닸는디 워쩐댜?"

영숙은 몇 번이나 대문 안팎을 서성거렸다. 그녀가 대문 밖 세상에 경계심을 내려놓은 채 쭈그리고 앉아 흙장난을 하던 그때였다. 그들이 나타난 것은.

"오매, 너가 영도 동상이구만. 겁나게 이쁘게 생겼구만이야."

"…"

"거시기 우리는 영도 친구들이여. 허벌나게 친한 친구들이구만. 꼬마 아가씨, 오래비들이 맛난 것 사줄기여. 갈겨? 곰보빵 좋아햐? 영도 동상은 이쁘니께 세 개 사줄거구만. 세 개."

수많은 빵 중 왜 하필 곰보빵이었을까? 단팥빵이었다면 영숙은 그들을 따라가지 않았을 지도 모르는데. 그랬더라면 영도는 지금쯤 장남 노릇을 멋지게 하고 있을지도 모르는데.

어쨌든 그 일은 그렇게 일어났다. 곰보빵을 사주겠다던 영도의 친구들은 빵집에 가기도 전에 골목 어귀에 있는 빈집으로 영숙을 안고 들어가서 닥치는 대로 때리고 옷을 벗겼다. 그리고 해서는 안 될 짓을, 저질러서는 안 되는 죄를 저지르고야 말았다. 영숙은 저한테 무슨 일이 일어나고 있는지 명확하게 깨닫지도 못한 채 고통스러워했지만 그들은 마치 게임을 즐기듯 킥킥, 웃으며 차례차례 영숙을 범했다.

마침 학교를 마치고 빈집 옆을 지나던 영도는 가까운 곳에서 아주 짤막한 괴성이 들린 것 같아 잠깐 자전거를 세우고 무심결에 안을 들여다봤다. 처음에는 사내들의 엉덩이가 보여서 그냥 가려고 눈을 돌리려던 찰나, 눈에 익은 옷가지들이 시야에 맺혔다. 그건 바로 영숙의 옷이었다. 그날 아침까지만 해도 동생이 입고 있었던 바로 그 옷들이 마치 뱀의 허물처럼 흙 밭에 여기저기 흩어져 있었다. 갑자기 눈앞이 아득해졌다. 머릿속이 완전히 투명하게 비워졌다. 영도는 자전거를 내동댕이치고 그대로 안으로 돌진했다. 영숙은 발가벗겨져 우악스럽게 입이 틀어 막힌 채로 정신을 잃은 상태였다. 아랫도리로 선홍색 피가 흥건했다.

"어…"

영도가 들이닥치자, 녀석들은 깜짝 놀랐으나, 이내 무슨 일이 있었냐는 듯 태연자약했다.

"우리가 니 바보동상 갖고 잼깐 재미 쪼깐 봤댜. 미안햐. 울 학교 우등생."

"늬 동상 곰보빵이나 사주랴."

영도의 어깨를 툭 치며 천 원짜리 한 장을 던진 녀석들은 킥킥거리며 옷을 대충 주워 입고 담뱃불을 붙이며 나갔다. 누군가 휘파람을 불었다.

"…이 개자슥들."

영도는 분노로 얼굴이 처참하게 일그러졌다. 불현듯 제 몸 어딘
가에 블랙홀이라도 생긴 듯 힘이 스르르 빠져나가며 무릎이 탁,
꺾였다.

"영숙아… 영숙아…"

영도는 무릎걸음으로 영숙에게 다가가 허둥지둥 옷을 입히며
안타까이 울부짖었다.

"오래비가 늦어서 미안햐. 참말 미안햐. 인자 암도 너 해꼬지
못하게 오래비가 지켜줄겨. 참말 미안햐."

영도는 의식 없는 영숙을 꼭 끌어안고 한참을 오열했다.

그로부터 며칠이 지났다. 마을 사람들은 그 사건에 대해 대부분
알고 있었지만, 모두들 쉬쉬했다. 일은 이미 벌어졌고, 잘잘못을
따져봐야 피해자의 멍울만 더 깊어진다는 생각에서였는지, 단순
히 남의 딸에게 일어난 불행쯤으로 치부해버리는 것인지 아무도
그 일에 대해 거론하려 들지 않았다. 그냥 '몹쓸 놈들의 몹쓸 짓'으
로 조용히 묻어주자는 생각들인 것 같았다. 더구나 당시는 비상계
엄이 선포된 직후였으므로 하루하루 살얼음판 위에 서 있는 것
같은 분위기에서 나름 입단속을 철저히 하지 않으면 안 되었다.

다행히, 아니 해괴하게도 영숙은 그 일에 대해서 전혀 기억하지
못했다. 그저 오빠친구들이 와서 맛없는 단팥빵을 먹으러 가자고
해서 따라가지 않았다는 식으로 기억했다. 육체적 상처는 읍내 의
원에서 응급처치를 받았다.

그러나 그 사건은 거기에서 마무리되지 않고 엄청난 일로 다시 새끼를 쳤다. 무엇보다 영도에게 치명적인 정신적 후유증을 남겼고, 한동안 좌절과 패닉상태에 빠져 지냈다. 가해자들이 제 친구들은 아니었지만 평소 저를 못마땅해 하던 문제아들이었다. 내가 재수 없었으면 나한테 태클을 걸지, 왜 아무 죄도 없는 우리 영숙이한테 그런 몹쓸 짓을 했는지 도저히, 도저히 그들을 용서할 수 없었다. 전교생의 집에 밥 수저가 몇 벌인 것까지 훤히 드러나는 바닥이 좁은 시골 학교에, 게다가 그들은 그에 합당한 대가도 치르지 않고 여전히 저와 함께 학교에 다녔다. 어떤 때는 영도한테 개구지게, "행님, 지랑 정을 통한 바보동상은 잘 있쥬? 전번에 못 새준 곰보빵 사주려믄 다시 가야쓰겠는디"라며 그 일을 모험담처럼 떠벌리고 다니기 일쑤였다. 이제 고작 열 살밖에 안 된 어린아이를 그렇게 무참히 짓밟아놓고는 그들에겐 참회의 기미라고는 눈곱만큼, 털끝만큼도 없었다. 그런 그들을 바라보는 영도는 시간이 갈수록 더욱 치가 떨리는, 세상의 모든 걸 불살라버릴 것 같은 증오심밖에 남아 있지 않았다. 영숙 엄마는 그런 장남 영도가 영숙보다 더 위태위태했다.

　　"개자슥들, 법이 못하믄 내가 다 쓸어버릴거여."

　　며칠 후 이른 새벽길, 학교 앞 공터에서 피투성이가 된 채로 쓰러져 있는 영도를 청소부가 발견해 신고했다. 무자비한 폭력에 의해 얼굴이며 몸이며 성한 구석이 한군데도 없었다. 뇌를 다쳤는지 간질발작까지 일으켰다. 영숙 엄마는 사흘 밤낮을 물 한 모금 삼키지 못하고 무참히 죽어가는 아들 곁을 지켰다. 영도는 그렇게 떠났다. 한겨울밤 소리 없이 날리는 눈발처럼 외롭고도 시리게. 동생을 지켜주지 못했다는 미안함을 목숨으로 대신했던 것일까? 검붉은 피로 얼룩진 그의 옷 주머니에는 영숙이 해맑게 웃고 있는 사진 한 장이 반이 접힌 채 들어 있었다.

영도의 육신을 대천 앞바다에 훨훨 날려주고 왔던 날, 영숙 엄마는 영숙과 막내를 앉혀놓고 힘없이, 그러나 비장하고 단호하게 말했다.

"우리 이것 묵고 느 오래비 따라가자."

영숙 엄마 앞에는 농약이 한 병 놓여 있었다. 막내는 엄마를 붙들고 한참을 울었다.

"엄니, 요거시 뭐여? 먹는 거여? 배고픈디 먹어도…"

영숙은 헤벌쭉 웃으며 농약을 향해 손을 뻗었다. 순간, 막내는 영숙에게로 몸을 돌려 농약을 사납게 낚아챘다. 그리고 앙칼지게 소리쳤다.

"이것 처묵고 혼자 뒈지려고? 참 잘 생각했네. 이게 죄다 니 때문이여. 등신 같은 니년 땜시 울 불쌍한 오빠가 죽은 거라고. 이 바보야. 니만 없었으면 우리가족 행복했을 거여. 니 혼자 나가 뒈져."

나 때문이라고? 나 때문에 영도 오빠가 죽었다고? 오빠가 죽었다고?

"그라믄 오빠도 아부지처럼 인자 우리 집에 안 오는겨?"

영숙은 갑자기 슬퍼져서 입을 크게 벌리고 울음을 터뜨렸다. 마치 곡이라도 하듯 한참을 그렇게 울어재꼈다. 그러나 그 어떤 것도 확실하게 와 닿지 않았다. 이제 다시는 오지 않을 거라는 큰오빠는 날이 어두워지면 학교에서 돌아올 것만 같았다. 영숙아, 심심하냐? 오빠가 자전거 태워줄까? 하면서 자기를 앞에 태우고 신나게 동네 한 바퀴를 씽씽, 돌아줄 것만 같았다.

그날 밤, 늦도록 꼬마 영숙은 오래오래 대문 밖을 서성였다.

영도가 세상을 떠난 후, 집안은 풍비박산이 났다. 어머니는 행상도 집어치우고, 하루하루를 술로 목숨을 연명했다. 아무도 돌보지 않은 영숙은 그야말로 동네 거지나 다름없었다. 배가 고프면 남의 집 쓰레기통도 마구 헤집기를 주저하지 않았다. 옆집 할머니의 보살핌 덕분에 그나마 영숙 자매의 아사를 면했다고 해도 과언이 아니었다. 그러기를 6개월, 어느 날 막내가 학교에서 쓰러져 급히 병원으로 실려 갔다. 소아결핵이었다. 고작 아홉 살밖에 안 된 아이가 결핵이라니.

영숙 엄마는 그때서야 오랫동안 혼란스러웠던 머릿속이 깨어나는 듯했다. 무슨 일이 있어도 막내만은 제대로 키워야 영도한테 덜 미안할 것 같았다.

과거를 지우듯, 아무도 자기네들을 알지 못하는 새로운 곳으로 야반도주하듯 이사를 갔다. 충청도가 아니라면 어디든 상관없었다. 그때부터 영숙의 날품팔이 역사가 시작된 것이었다.

"엄니는 인자 물팍이 아작나서 암것도 못혀. 니 잘난 오래비 잡아묵고 니 팔자가 이리 사내운 거를 워쩌겄냐. 니도 시상 살라믄 밥벨이를 혀야지. 힘들어 죽겠어두 이빨 꽉 악물고, 누가 지랄방귀를 뀌어도 못들은 척하고. 일이 곧 우리 밥줄이니께."

그렇게 영숙은 열다섯 살 때부터 남의 집 일을 다녔다. 졸지에 엄마와 동생의 생계가 영숙의 두 어깨에 달려 있었다. 영숙의 하루는 늘 숨이 가빴다. 그녀는 먹기 위해 일했고, 일하기 위해 먹었다. 내가 왜 이렇게 힘들게 살아야 할까, 집에서 막내처럼 놀고 싶고, 자고 싶었다. 예쁜 옷 입고 학교에도 가고 싶었다. 하지만 엄마가 무서웠다. 그래서 영숙은 죽을 만큼 힘들었지만 엄마한테 싫은 소리 한마디할 수 없었다.

"우리 엄마 최고!"

하루 내 고된 노역에 시달렸어도, 집에 돌아가는 길에서 파는 맛없는 핫도그와 호떡 하나만 쥐어주면 환하게 웃음을 짓는 영숙, 엄마는 그런 딸을 볼 때마다 가슴이 아리고 아려, 언젠가부터 그 아픔에도 무디어졌다. 그저 문득 서산 너머로 지는 해를 보면 한동안 막혀버린 눈물샘이 뚫린 듯 저도 모르게 눈물이 주르륵, 흘러내렸다.

그러던 어느 날, 영숙 엄마는 한 동네 여자한테서 제법 귀에 솔깃한 이야기를 들었다. 이웃동네에서 족발집을 하는 사내가 재혼할 젊은 처녀를 찾고 있다는 것. 첫째도 둘째도 자기 말에 순종하고 착하면 된다는 조건이 붙어 있었다. 마침 막내의 고등학교 등

록금이 필요했던 영숙 엄마는 이제 고작 열일곱 살인 딸을 애가 줄줄이 딸린 홀아비의 후처로 내준다는 게 기막힐 노릇이었지만, 그것 말고는 다른 길이 보이지 않았다.

"영숙아, 그 집에 시집가믄 니가 환장하는 되아지괴기 마니 묵을 수 있을겨."

"참말이여, 엄니? 막 먹어도 되는겨? 나 배 터지게 먹어야 쓰갔다. 엄니도 같이 가. 막내 너도."

"신랑이 하라는 대로 햐. 신랑 말 안 듣고 울고 그라믄 못써. 장 서방 좋은 사람이라니께."

"야, 엄니. 나 신랑 말 진짜 진짜 잘 들을거구만."

첫 남편의 집으로 떠나기 전날 밤, 영숙 엄마는 천진난만하게 잠든 영숙의 손을 꼭 쥔 채 눈물만 하염없이 흘렸다. 딸아, 미안하다. 정말 미안해.

첫 결혼에서 파경을 맞은 영숙은 몇 달 친정에 머물면서 동네에서 날품팔이를 하다가, 친정에서 한참 떨어진 시골로 다시 시집을 갔다. 그녀의 두 번째 신랑도 전남편과 크게 다르지 않았다. 다리 부상으로 퇴역한 군인 출신에, 알코올중독자였다. 거기에 독한 시어머니까지 이종종합세트였다. 시어머니가 영숙을 들인 이유는 아들의 아내, 즉 며느리로서가 아니었다. 그저 늘그막에 손자 하나 안아보는 게 눈감기 전 마지막 욕심이었다. 노친네는 비록 지능은 한참 떨어져도 영숙의 복스러운 관상이 꽤 마음에 들었다.

튼실한 손자만 얻으면 돈 몇 푼 쥐어줘 다시 친정으로 돌려보낼 생각이었다. 두 번째 신랑은 밤낮으로 술에 절어 인사불성이 돼 있었고 술에서 깨면 영숙을 지분거리다가 제 뜻대로 안 되면 집기들을 손에 잡히는 대로 집어던지며 나가라고 소리를 질렀다. 시어머니는 부부관계까지 사사건건 간섭했다. 영숙이 시집온 지 일 년여가 다 되어가는데도 아직 반가운 소식이 없자, 시어머니는 영숙을 시내 종합병원 산부인과로 데려갔다. 검진 결과 의사는 세균간염과 잦은 인공유산의 후유증으로, 영구불임을 판정했다. 시어머니는 얼굴이 새하얗게 질려 곧 쓰러질 듯한 얼굴로 진료실 문을 열고 나왔다. 그녀는 잠시 가쁜 숨을 몰아쉬며 말을 잇지 못하다가, 마침내 겨우 입을 열어 소리쳤다.

"이 창녀, 쓰레기 같은 년."

시어머니는 이를 부득부득 갈았다. 그리고 영숙을 진료실 앞에 그대로 세워둔 채 택시를 타고 가버렸다. 이튿날 밤, 관할 경찰서에서 보호 중인 영숙을 다시 친정으로 데려온 건 엄마였다.

"나가 또 뭘 잘못헌겨? 난 혀라는대로 혀고 말도 잴 듣고 기렸는디… 근디 엄니, 그 뭐시더라 창녀가 뭐대유? 저짝 엄니가 나더러 창녀에 씨레기래. 씨레기는 뭔지 알겄는디 창녀는 뭐신지 모르겄어야. 경찰 아재비들한테 물어봤는디 기냥 웃고 안 갈켜주더만."

영숙은 그게 얼마나 모욕적인 말인지, 얼마나 나쁜 말인지 알 까닭이 없었지만 영숙 엄마는 금세 눈에 핏발이 섰다. 속이 시꺼멓게 타들어갈 듯 분했다.

"영숙아, 인자 시집 같은 것 안 가도 되아. 엄니랑 같이 사는 겨."

"참말이레? 나 인자 신랑한테 안 가도 되아? 엄니랑 막내랑 여기서 같이 사는 겨?"

영숙은 방바닥이 울리도록 펄쩍펄쩍 뛰면서 좋아했다.

"인자 너 암대도 안 보낼거구만. 죽으나 사나 엄니 옆에 붙어 있는겨."

"그럼 나 애기 안 낳아도 되아?"

"니는 애기 같은 거 못 낳아. 배 아파서. 그러니께 엄니랑 있어."

엄마 말이 끝나자, 막내는 책상을 주먹으로 쾅, 내리치며 자리를 박차고 일어섰다.

"장 서방 이 개자식을 확. 어떻게 애를 저 지경으로 만들어 놔? 내가 경찰만 돼봐라, 그 자식을 쥐도 새도 모르게 죽여 버리던지, 아니면 감옥에 처넣어 평생 콩밥 먹인다."

막내는 밖으로 휭, 나가버렸다. 영숙 엄마는 분함에 그저 눈물만 삼켰다.

영숙은 자신의 배를 한참이나 멀거니 내려다보았다. 내 배가 아프다고? 그래서 아가도 못 낳는다고? 그러고 보니. 배가 살살 아픈 것 같기도 했다.

하은네 집에서 하룻밤을 달게 잔 영숙은 몸이 가뿐하다. 이제는 배도 아프지 않은 것 같다. 영숙은 제 배를 또 멀거니 내려다본다.

136

"영숙아, 네 옷 다 말랐다. 방에 들어가서 갈아입어."

"저기, 애기를 낳으면 어쩌유, 매음이? 좋아 죽겠어유?"

김 여사는 뜬금없는 영숙의 질문에 당황스럽기는 했지만, 곧 미소를 짓는다.

"마음이? 음… 아, 나도 이제 누구의 엄마구나, 정말 훌륭하게 잘 키워야겠구나, 그런 책임감도 들고. 솔직히 정말 애 키우기 힘들어. 애가 울고 나를 힘들게 할 때는 딱 뛰쳐나가고 싶다. 근데 왜? 영숙이도 엄마 되고 싶어?"

영숙은 아무 대답도 하지 않는다.

김 여사가 출근하는 남편 최 선생을 배웅하고 돌아서자, 기다렸다는 듯이 건장한 사내 둘이 그녀 앞을 막아선다.

"경찰입니다."

순간 김 여사는 얼굴이 허옇게 질린다. 우리 집 선생님이 또 전교조에서 불법 서클모임을 주도했나? 그런 적이 한두 번이 아니라서 이번에 또 그런 일이 발생하면 지검에 근무 중인 큰오빠도 더 이상 도와줄 길이 없다고 했다. 순간, 등줄기로 식은땀이 흐른다.

"여기 오영숙 씨 있죠?"

김 여사는 제 남편과 관련된 게 아니라는 것에 일단 안도의 한숨을 내쉰다.

"예. 있어요. 근데 무슨 일로…?"

그러자 키가 큰 사내들의 뒤에 있어서 보이지 않던 영숙 엄마가 모습을 드러낸다. 손수건으로 입을 틀어막고 오열한다.

"글씨, 영숙이가… 우리 영숙이가 칼로 사람을 찔러 죽이려 했대지 뭐유?"

"예…?"

김 여사는 깜짝 놀라 제 귀를 의심한다. 잘못 들은 것 같다. 영숙이가, 다른 사람도 아닌 영숙이가 그럴 리 없다. 그런 짓을 할 수 있는 사람이 아니지 않는가.

"지를 마니 괴롭혔다고, 그래갖고 애기주머니에 문제가 생겨분져서 죽을 때까정 애기도 못 낳게 했다고. 기런 나쁜 놈은 죽어도 싸다고 매칠 전부터 한 번씩 구시렁거리더라고."

영숙 엄마는 몸을 파르르 떤다. 그래서 어제 옷이 그렇게 피투성이였구나! 형사들은 금방이라도 김 여사를 밀치고 안으로 들이닥치려는 기세다. 얼결에 김 여사는 그들을 막아선다.

"정말인가요? 혹시 뭘 잘못 아신 것 아니에요?"

"그건 조사를 더 해봐야 알겠고요. 피해자는 아직 의식이 혼미해 정확한 진술이 어렵고. 다만 오영숙씨가 사고 당일 손에 뭔가를 들고 족발집 앞을 왔다 갔다 배회했다는 목격자 진술이 나왔어요. 오영숙씨 인상착의를 아주 잘 알고 있는 걸로 보아 신빙성이 높아 보여요. 그리고 상점에 현금이 그대로 있다는 점, 문손잡이에서 지문 두 개가 나왔는데, 하나가 오영숙 씨 것이에요. 여러 정황상 가장 유력한 용의자입니다."

한 사내가 미간을 좁히며 사무적으로 대꾸하자, 김 여사는 문득 아득해진다.

"설사 그렇대도 조금만 기다려주세요. 오랜만에 온 손님이니 밥이라도 따뜻하게 먹고 가게. 삼십 분이면 될 거예요. 아시잖아요. 잔꾀 같은 것 부릴 줄 모르는 아이라는 것."

형사들도 수긍이 되는지 담배를 입에 문다. 김 여사는 얼른 안에 들어가 무릎담요를 가져와 영숙 엄마의 어깨를 감싸준다.

"저것 인상이 불쌍혀서 워떡혀…"

영숙 엄마는 오열한다. 때마침 영숙이 안채에서 나온다. 형사들도 영숙을 발견하고 담뱃불을 서둘러 발로 비벼 끈다. 한 형사가 영숙 앞을 막아서며 주머니에서 영장을 꺼내 보인다.

"오영숙 씨, 당신을 장대식 씨 살인미수혐의의 유력한 용의자로 긴급 체포합니다. 조사에 성실히 응해주셔야 합니다. 당신은 묵비권을 행사할 수 있고…"

영숙의 손목에 수갑이 찰칵, 채워진다. 고작 일곱 살 꼬마 아이의 생각을 가진 그녀는, 그러나 덤덤하게 그 상황을 받아들인다. 마치 제게 일어난 일이 아닌 것처럼.

"고마와유, 언니. 잘 있어유, 언니. 하은이… 하은이헌티…"

시야에서 멀어지기 전, 영숙은 자꾸 뒤를 돌아보며 안타까이 외친다. 김 여사의 눈에 눈물이 그렁그렁하다. 김 여사는 하늘을 올려다본다. 문득 영숙이 사라진 길의 하늘 끝에 무지개가 걸려 있다. 어렴풋하지만, 그건 분명 무지개였다. 김 여사는 눈을 감고는, 십자성호를 긋고 두 손을 반듯하게 모은다. 어디에선가 비의 냄새를 품은 바람이 건듯 불어온다.

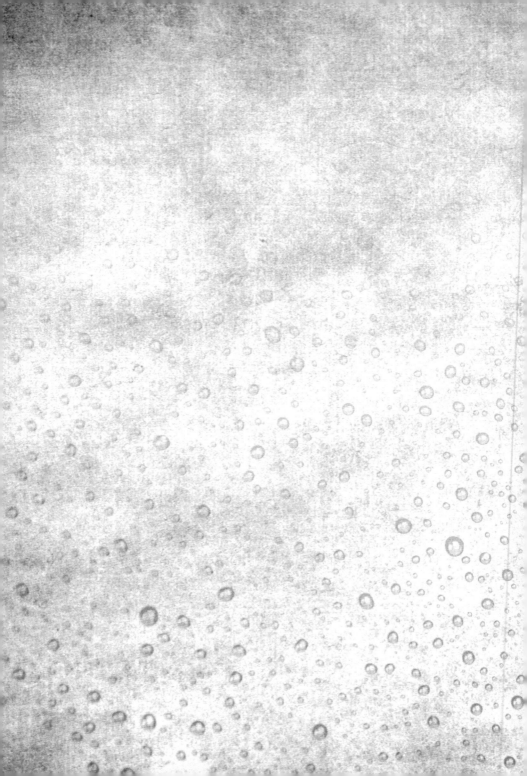

사라귀, 그녀의 사랑법

　　　　　　그녀는 지금 8층 건물의 옥상에 서 있다. 얼굴
은 뽀얀 화장액과 눈물 콧물 따위의 분비물로 뒤범벅이 된 채 시
선은 허공을 향하고 있다. 그녀는 웨딩드레스 자락을 손으로 힘껏
움켜쥐고 기어이 난간에 올라선다. 그녀가 내려다본 세상은 마치
사람들도, 차들도, 건물들도 모두 장난감 도시의 일부 같다. 웨딩
드레스의 밑단이 발에 밟혀 앞으로 휘청, 몸이 쏠린다. 이대로, 내
가 이대로 여기에서 떨어져 죽는다면, 순백의 웨딩드레스가 나의
핏물로 검붉게 물든다면 저 장난감 도시의 사람들은 나에 대해
뭐라 지껄일까? 결혼식 날, 하마터면 남편이 될 수도 있었던 남자
한테서 버림 받고 처지를 비관해 스스로 8층 건물에서 뛰어내린
이 세상에서 가장 가엾고 한심한 여자가 돼 있겠지. 아니다. 그들
이 뭐라 지껄이든 상관없다. 내게 지금 가장 중요한 사람은 그다.
내가 여기서 스스로 삶을 버린다면 그는 다시 돌아올까? 프랑스
로 가던 길을 되돌아와서 나를 품에 안고, 울먹이면서 마지막 인

사라도 정답고 따뜻하게 해줄까?

어디에선가 에디뜨 피아프의 '장밋빛 인생'이 환청처럼 아련히 들려오는 것 같다. 정말 사랑이란, 인생이란 장미빛처럼 화려하고 아름다운 걸까. 그 노래를 그렇게 멋들어지게 불렀던 피아프 본인은 자신의 인생이 노래처럼 아름답고 마음에 들었을까?

맞은편 건물의 유리창에서 반사되는 빛줄기에 눈이 시리다. 눈꺼풀을 가만히 내려감았더니 마치 몸 안에서 슬픔의 엑기스가 농축돼 흐르듯이 눈물이 뺨을 타고 흐른다. 이제 내 인생은 취소된 것일까. 취소된 사랑, 취소된 결혼식, 취소된 아파트 전세 계약, 취소된 혼수품 배달, 취소된 정기적금 통장, 취소된 취직자리… 취소, 취소, 취소. 온통 '취소'뿐이다. 취소된 인생이다.

유희는 다시 장난감 도시를 내려다본다. 잔인한 4월, 그래. 어느 해보다 잔인한 4월이다. 너무나 잔인하고 혹독한 4월 7일 오후 2시, 사이다 방울 같은 햇살에 유희의 육신이 투명하게 분해된다. 문득 양 겨드랑이가 간질간질하다. 마치 겨드랑이 안에서 날개가 돋는 것 같다. 80년 전 어느 소설 속 주인공처럼. 그래. 나도 날자, 날자. 한 번만 날아보자꾸나. 나도 한 번만 더 날자꾸나. 날개야, 어서 돋아라.

유희는 마치 최면이라도 걸 듯 입안으로 주문을 외운다.

어릴 적 그녀의 엄마는 새 연필을 짝꿍한테 빼앗기고 온 유희에게 그렇게 말했다.

"네 것을 세상 아무한테도 빼앗기지 마. 그러면 너는 바보가 되는 거야. 어느 상황에서든 네 것을 지켜. 누구한테도 지면 안 돼. 넌 내 딸이니까."

엄마, 하면 유일하게 떠오르는 기억이 그 말이었다. 그래서 엄마는 나를 떠나버린 것일까? 자꾸만 무엇을 잃어버리거나 빼앗기고 오는 나를 계속 지켜보기가 속상해서? 그리고 그도 엄마처럼 그녀의 곁을 떠났다. 결혼식 날 아침에.

"자기들 그거 알아? 내가 어제 우리 딸내미 책 읽어주다가 봤는데, 사마귀라는 곤충 있잖아. 걔네들은 암컷이 수컷이랑 교미 후에 그냥 수컷을 냠냠 잡아드신대. 좀 어마무시하지 않아? 말하자면, 걔네는 완전한 모계사회지."

"수컷은 아예 씨가 마르겠네."

동료 간호사들은 피자를 한입 베어 물고는 모두 까르르 웃는다.

"유희씨, 피자 안 먹어? 밤샘 근무하고 시장할 텐데, 한 조각 먹고 가지 그래."

동료 간호사의 말에 유희는 그저 풀썩 웃어 보인다. 그날 이후, 그녀는 그 어떤 것도 입에 당기지 않는다.

"먼저 가보겠습니다."

"눈이 휑하네. 어서 들어가서 쉬어. 자기 요즘 어디 안 좋아? 처음보다 부쩍 말랐네?"

왕 간호사의 말에 그녀는 다시 풀썩 힘없이 웃는다. 그녀에게 살짝 목례만 하고 나온 유희는 주사실로 들어가서 무언가를 주섬

주섬, 재빨리 핸드백 안에 쑤셔 넣는다. 그리고 주사실을 조용히 나와 병원 로비를 나선다. 순간적으로 며칠 동안 느낄 수 없었던 내면의 평화가 가슴을 덮는다.

통장의 잔고가 얼마 남지 않았다는 것은 썩 유쾌하지 않은, 어쩌면 불행의 징조 같은 일일지도 모른다. 가지고 있는 돈이 얼마 없다는 것은 사람이 상황에 따라서는 비굴해질 수도, 비참해질 수도 있다는 일종의 적색 신호이다. 유희는 자신의 어두운 앞날이 눈앞에 그려져 더 이상 견딜 수가 없다. 최악의 경우, 다시 한 평 남짓한 고시원 생활을 해야 할지도 모른다.

아직도 그는 그녀의 가슴 안에서 살고 있다. 같은 음악을 들으며, 아침마다 비좁은 욕실에서 같이 샤워를 하고, 같은 걸 먹으면서 살고 있는 그. 때로는 그런 생활이 지루하다며 아이처럼 투정을 부리고 불평을 하는 그. 그의 가슴 안에 그녀도 아직 살아 있을까. 유희는 그것이 궁금하다. 그렇다면, 만일 그렇다면 그냥 말없이 끊겨도 좋으니 전화 한 통쯤은 해줄 수 있지 않을까. 미안하다는 말 따위는 필요 없다. 그런 것을 그에게 기대했다면 그를 과거 어딘가쯤에 버려두었을 것이다. 펄펄 끓는 물을 들이부어도 절대 녹지 않을 것 같은 그의 빙하 같은 차가움이 결국은 두 사람을 파경으로까지 치닫게 하고야 말았지만 그를 원망하거나 증오하지는 않는다. 그로 하여금 아무것도 잃지 않아서라기보다는 그냥 그러고 싶지 않다. 한때나마 그로 하여 자신의 하루하루가 빛이 나고 태어난 이래 가장 행복했던 순간들이었으니까. 그러나 문득 그를 사랑했던 지난 시간들을 떠올리면 그 안의 자신이 눈물 나게, 참을 수 없이 불쌍해졌다.

병원 현관문을 막 나가려는데 이번에 새로 입사한 정은이 맞은 편에서 걸어온다. 그녀는 출근이 늦어 시계를 보면서 종종걸음친 다. 유희는 본능적으로 어떤 불안감에 핸드백을 고쳐 맨다. 목이 희고 가늘며 눈매가 갸름한 그녀는 한 번도 다른 사람을 시기하거 나 미워해 본적이 없을 것 같다. 언젠가 그의 그림책에서 보았던 모딜리아니의 그림 속 여인처럼 슬프고도 고고해 보이기까지 하 다. 정은이 유희와 시선이 마주치자, 활짝 웃으며 인사를 한다. 유 희는 적당히 답례하며 아침인사를 건넨다.

"굿모닝. 늦었네."

"예. 언니, 버스를 30분 넘게 기다렸지 뭐예요. 원장님 출근하셨 어요?"

"아니, 아직. 오전에 예약 손님도 없는데 뭘."

"아, 그렇구나. 다행이다. 들어가 쉬세요, 언니."

유희는 고개를 끄덕인다. 몇 발자국 걸어간 정은이 다시 돌아보 며 말을 건넨다.

"언니, 반지 예쁘네요. 커플링이이에요? 디자인이 참 독특해 요."

순간 유희는 난감해서 응? 으응, 하며 얼렁뚱땅 얼버무려 버린 다. 그리고는 자신의 손을 맥없이 바라본다. 아직도 이것을 버리 지 못했구나.

유희는 마치 자기 것이 아닌 걸 하고 있는 것 같은 겸연쩍음에 서둘러 반지를 다른 손으로 가린다. 그가 다시 돌아올지 모른다는 미련이나 집착 때문이었을까. 아니면, 그를 완전히 자기 사람으로 만들지 못했다는 피해의식에서 비롯된 억지일까.

웬일인지 관자놀이 부근이 바늘로 찌르듯 콕콕 쑤셔 손끝에 힘을 주어 눌렀더니, 문득 그 안에 내내 고여 있던 것들이 그대로 흘러나오기라도 하듯 눈물이 주르륵 흘러내린다.

저녁나절, 인사동거리는 사람들로 붐빈다. 특별히 가야할 이유도, 약속도 없었지만 인사동은 그녀에게는 말하자면 단골 재즈 바와도 같은 곳이었다. 그곳에 있는 것만으로 그녀는 마음이 편안해진다고 하면 지나친 감정의 과잉일까? 대학 시절, 그녀는 이곳에서 아르바이트를 했다. 그리고 속된 말로 운명처럼 그를 만났다. 그는 편의점에서 상품의 바코드를 입력하는 그녀에게 꽤 진지하고 점잖은 눈빛으로 수줍게 말을 건넸다.

"바쁘신데 죄송합니다. 뭐 하나 여쭤보려 하는데요. 혹시 이 근처에 명화 복사판, 그러니까 고흐나 김홍도의 그림 복사본 구매 가능한 상점이 없을까요?"

그때까지 발부리에 차일만큼 널려 있는 편의점의 여종업원에 불과했던 유희에게 그토록 정중하고, 세련된 매너로 말을 건넸던 사람은 없었다. 그랬다. 그때부터였다. 자기도 어쩔 수 없이 감정의 포로가 된 것은.

그날도 오늘처럼 이렇게 봄빛이 화창한 날이었다. 그래서 유희는 그와의 사이가 냉랭해지면서부터 이렇게 볕이 눈이 부실만큼 화창하고 맑은 날이면 스스로를 송두리째 파괴하고 싶어졌다. 머리에서 발끝까지 깔아뭉개고 으깨고 싶어졌다. 유희에게 가시광선은 아주 치명적이었다. 빛줄기가 참을 수 없을 만큼 강렬하게 내리쬐면 생리가 막 시작되기 직전처럼 그녀는 왠지 초조하고, 무언가에 쫓기는 사람처럼 마음이 산만해졌다. 마치 자신이 가느다란 줄에 몸을 맡긴 채 위태위태하게 서 있는 재주꾼 같았다.

그가 유독 사랑했던 고흐는 고갱과의 언쟁에서 지자, 배신감을 느껴 자신의 한쪽 귀를 잘라 신문지에 돌돌 말아서 고갱에게 선물로 보냈다는데, 그렇다면 나는 내 신체부위 중 어떤 것을 잘라 프랑스에 있는 그에게 국제택배로 보내야 할까? 고흐처럼 귀? 아니면 그가 유일하게 좋아하던 내 신체부위인 적당히 도톰하면서도 도드라진 입술? 아니면 그가 스킨십에서 늘 불만족해 했던 그리 풍만하지도 않은 젖가슴? 그것도 아니라면 그 모든 것을 조합하여 하나의 엽기적인 오브제로 만들어 보내는 건 어떨까.

유희는 그만 쓴웃음을 킥, 터뜨린다. 헛된 말장난 같은 이 망상은 좀처럼 머릿속에서 지워지지 않고 자꾸만 새끼를 쳤다. 만일 내가 그와 몸을 섞었더라면, 그래서 덜컥 아이라도 생겼더라면 그는 나를 떠나지 않았을까. 차라리 그렇게라도 했더라면, 그때는 왜 그런 것을 예비하지 못했을까? 아니다. 애초에 그 따위 짓은 불가능했다. 그는 자신의 인생이 타인으로 말미암아 어질어지고 더렵혀지는 걸 절대로 용납할 수 없었을 테니까. 프랑스로 가는 길을 결코 멈출 수는 없었을 테니까. 그는 그런 사람이었다. 3년 가까이 한집에서 동거를 했지만 그들은 매일매일 각자의 방에서 잠을 잤다. 집주인 아주머니는 두 사람을 오누이로 생각했다.

그는 유희가 자기 속옷을 세탁하는 것조차 허락하지 않았다. 그녀가 두 사람 사이에 가로놓인 벽을 뛰어넘기란 처음부터 불가능한 일이었다. 그런 것들로 인해 그녀에 대한 그의 감정을 확신할 수는 없었지만, 그러나 그녀는 이미 제 감정에 깊이 중독된 상태였다. 바보처럼, 다시는 누군가에게 버림받지도, 제 것을 누구한테 빼앗기지도 않겠다고 다짐하였다. 15년 전, 엄마와 엄마의 사랑을 그녀에게서 잔인하게 앗아간 씨 다른 동생 미주가 세상에 등장했을 때와 같은 상황을 두 번 다시 반복하고 싶진 않았다.

생각이 자꾸만 실타래처럼 엉킨다. 자신이 그제부터 아무것도 먹지 않았다는 사실을 깨닫자, 불현듯 있지도 않은 아이라도 생긴 듯 몹시 허기가 진다. 마침 앞에 낯익은 도넛가게 간판이 눈에 띄어 허겁지겁 들어가 도넛과 커피를 주문해 단숨에 먹어치운다. 꾸역꾸역 몰아넣은 도넛은 포만감을 채 느끼기도 전에 속이 더부룩하다. 그녀가 기억하는 한, 그는 도넛을 한 번도 먹지 않았다. 아침 식사로 버터에 구운 크루아상을 매일 먹었지만, 설탕의 단맛밖에 나지 않는다며 도넛에는 묘한 거부감을 드러내곤 했다. 말하자면 두 가지 다 한낱 빵에 지나지 않지만, 도넛에는 식품의 철학 같은 게 부족하다는 게 이유였다. 하지만 유희는 식품의 철학 따위는 관심이 없었다. 식품의 철학? 대체 그게 뭔데? 맛있고 배부르면

됐지.

하지만 이 순간, 문득 이깟 싸구려 도넛 몇 개에 배가 부르다니, 그 옛날 그녀의 엄마가 그녀에게 늘어놓던 지청구처럼 입맛마저 허름하고 하찮게 느껴진다. 자신을 둘러싼 그 모든 게 하찮아서 견딜 수가 없다. 그래서 엄마도, 그도 나를 떠났을까? 설탕과 바닐라 맛밖에 안 나는 도넛을 제일 좋아하고, 도넛 몇 개에도 쉽게 감동해 행복해하고, 덜컥 상대에게 마음부터 내미는 내가 하찮고 아무것도 아니어서?

유희는 금방이라도 꺽꺽 울음을 터뜨릴 것 같은 일그러진 표정으로, 물고 있던 도넛을 쟁반 위에 던지듯 내려놓는다. 그리고 창밖에 시선을 두고 우두커니 인사동 거리를 바라본다. 엄마가 미국으로 떠나기 전날 밤에 그랬다.

"여자는 도도해야 한단다. 스스로 자기 인생을 고급스럽게 만들어야 해. 인생도 제 하기 나름, 가꾸기 나름이야. 넌 내 딸이니까 그런 멋진 인생을 스스로 개척하며 살 수 있을 거야. 엄만 널 믿어. 이제 너는 다 컸으니까."

이튿날, 그녀의 엄마는 새아버지가 있는 시카고로 쿨하게 떠났다.

그도 유희에게 말했다.

"나는 최고가 아니면 아무것도 안 할 거야. 우선 프랑스로 가서 미학 공부를 더 하고 싶어. 네가 나를 정말 사랑한다면, 내 곁에 있기를 원한다면 내 수준에 맞게 최고가 되어줘."

몇 달 후, 결혼식 준비가 막바지에 이르자 그는 작별 문자 한 통만을 남긴 채 떠났다.

유희는 갑자기 체증을 느껴, 한숨을 깊이 내쉰다. 세상 한 귀퉁이가 푹 꺼져 들어가버릴 듯한 한숨소리였다. 세상에서 가장 무거울 것 같은 한숨 소리에 같은 싱글 좌석의 옆 자리에 앉은 남자의 시선을 직감한다.

옆 좌석의 남자는 도넛을 커피에 찍어 먹으며 노트북에 무언가를 부지런히 타이핑하고 있다. 그는 깔끔한 푸른색 난방과 캐주얼한 베이지색 면바지를 입고 있었고 그리 잘생기지는 않았지만, 묘하게 끌리는 인상이었다. '순하고 성실해 보인다'가 그의 첫인상이었다. 그리고 묘하게도 결혼식 날 아침 프랑스로 떠난 그 나쁜 남자를 떠올리게 했다. 특히 기다랗고 가는 목에 유난히 도드라진 아담의 애플이 그랬다. 그것을 보자, 유희는 불현듯 그것을 만지고 싶다는 뜻밖의 충동에 사로잡힌다. 언젠가 유희는 옛 연인의 아담의 애플에 손가락을 가만히 댄 적이 있었다. 잠든 그의 고요한 입술에 제 입술을 밀착시키며.

갑작스런 도둑키스가 싫었는지, 목을 더듬는 타인의 손가락의 느낌이 불쾌했는지 그는 눈을 번쩍 뜨고 일어나 버럭 화를 냈다.

"무슨 여자가…. 넌 너무 헤퍼. 아주 일방통행이야."

그의 그 말들이 가슴에 닿자, 피라도 토하고 죽을 듯이 아팠다. 하지만 유희는 바보처럼 그때도 미안, 하며 씩 웃었다. 바보등신처럼 그랬다. 우츄프라카치아라는 과민한 식물처럼 그도 내 손길에 길들여질 시간이 더 필요한 거야, 유희는 그렇게 생각했다.

유희는 한참을 옆 좌석 남자의 아담의 애플을 바라본다. 남자도 유희의 시선을 느꼈는지 고개를 옆으로 돌려 그녀를 바라본다. 두 사람의 시선은 허공에서 부딪힌다. 남자는 멋쩍었는지 머리칼을 손으로 쓸어 넘기고는 시선을 다시 노트북에 고정시킨다. 남자의 손가락은 여자의 것처럼 길쭉하고 매끈하게 잘 **빠졌다**. 매우 섬세해 보이는 손이다. 화가 지망생이었던 그도 그렇게 섬세하고 예민해 보이는 손을 가지고 있었다. 유희는 그 두 손에 반했고 그 두 손에 모든 걸 내던지고야 말았다. 옆 좌석의 남자도 미술이나 음악 관련 일을 하지 않을까, 그녀는 문득 생각한다.

"그 반지, 제 것과 비슷하군요. 그런 디자인이 흔치 않던데."

유희는 창밖으로 시선을 돌리며 낮고 무심하게 한마디 툭 던진다. 남자의 시선이 그녀의 손에 잠시 머물렀다가 다시 창밖으로 향한다. 그러게요 비슷하네요, 하며 남자도 무심하게 피식 웃는다. 바보처럼 어리석지 않은, 착한 웃음이다. 저렇게 선한 웃음을 가진 사람을 다시 볼 수 없을 거라 생각했는데…

그의 웃음을 마주한 유희는 문득 가슴 밑이 싸하다. 그리고 어떤 싱싱한 예감이 감각을 스친다. 마치 여러 시간을 헤매다가 마침내 향기로운 꿀샘을 찾아낸 일벌의 촉각처럼 그녀는 모든 감각이 예민하게 깨어나는 것 같다. 유희는 그에게 묻고 싶다. 당신의 그녀, 그 반지를 함께 나눠 낀 당신의 그녀는 아직 당신 곁에 있나요? 유희는 잠시 그의 반지를 물끄러미 바라본다.

"저 혹시… 그러니까… 문득 미치도록 외로워본 적이 있으세요?"

남자는 대답대신 유희를 멀뚱히 쳐다본다. 이 여자가 왜 이래? 우리가 언제 그런 이야기 할 사이였나? 속으로는 그렇게 말하고 싶을지도 모르지만, 지금 이 순간 그는 내면의 어떤 감정도 스미지 않은 지극히 평화로운 눈빛이다. 그는 잠시 유희를 쳐다보다가 다시 시선을 노트북으로 옮기면서 들릴 듯 말 듯 나직이 뇌까린다.

"있죠."

"사람은 누구나 외롭고 아픈 거겠죠."

유희도 나직이, 푸념하듯 말했다. 그렇게 말하고 나니, 정말 세상에 그와 자신, 둘뿐인 것 같아서, 이 서울 한복판에 오로지 자신들만 존재하는 것 같아서 더 외롭게 느껴진다.

그는 딱히 시간에 쫓긴다거나 누구를 기다리고 있는 것 같지도 않았다. 그런 예감에 유희는 문득 마음 한편이 따뜻해진다. 오늘만큼은 같은 곳을 바라보며 도란도란 이야기를 나눌 수 있는 사람이 단 한 사람이라도 있었으면, 하고 생각할 뿐이다. 서럽게도 단지 그뿐이었다. 혼자서는, 그 외로움이 자신을 단숨에 삼켜버려, 이 세상에서 아무도 모르는 곳으로 사라져버릴 것 같았으니까.

남자는 일어서서 매신저백 안에 노트북을 집어넣고 밖으로 나간다. 그는 유희가 정물처럼 앉아 있는 유리창을 지나친다. 멍한 시선으로 그를 쫓던 유희의 관자놀이를 한 자락의 회오리바람이 툭 친다. 유희는 갑자기 어떤 생각이 떠올라 겉옷과 백을 주섬주섬 챙겨들고 밖으로 달음질친다. 그를 붙잡아야만 한다. 그에게 아직 할 이야기가 남았다. 그에게 물어보고 싶은 게 한 가지 있다.

주변을 서둘러 둘러보지만, 그의 모습은 인파에 묻혀 보이지 않는다. 순간, 그녀는 뭐라 형언할 수 없이 난감하고 아주 고약한 기분에 사로잡힌다. 잃어버린 애완동물이라도 찾듯 한참을 두리번거렸지만, 그는 세상에서 영영 사라진 듯, 외로움이 그녀를 대신해 그를 삼켜버리기라도 한 듯 자취를 감추었다.

유희는 실망해서 그만 단념하며 돌아선다. 바로 그때였다. 그의 모습이 얼핏 멀리서 보이는 것 같은 환각을 본 것은. 그녀는 사람들 속을 헤치고 정신없이 남자를 향해 달린다. 그녀의 추측은 빗나가지 않았다. 푸른색 남방 차림의 그가 거기 있었다. 유희는 두 발자국쯤 사이를 두고 그의 등을 바라보며 따라 걷는다. 유희는 그의 등을 집요하게 직시한다. 금방이라도 그의 등에 자신의 몸이 닿을 것만 같아 위태위태하다. 그녀는 자꾸 아슬아슬한 느낌에 이마에 한 손을 얹은 채 걷는다. 남자는 묵묵히 앞만 보고 걷고 있다. 결혼식 날 아침 프랑스로 자취 없이 사라진 남자처럼 그도 산만하지 않고 냉철한 사람처럼 보였다. 유희는 마침내 커브 길에서 그와 어깨를 살짝 부딪치며 그의 옆에 선다.

"또 보네요."

남자는 놀란 듯, 의아한 눈길로 유희를 바라본다. 그 눈빛은 어루만지고 싶을 만큼 부드럽고도 너그럽게 느껴진다. 마치 영화 '냉정과 열정사이'의 타케노우치 유타카처럼. 저 사람은 생판 모르는 사람도 저렇게 따뜻하고 선한 눈길로 바라보는구나, 하며 유희는 작게나마 감격했다.

두 사람은 사람들에게 떠밀리듯이 한동안 말없이 걷는다. 서로에게 무신경하기로 무언의 약속이라도 한 것처럼 걷는 데에만 온 심혈을 기울여 집중하고 있는 것 같다.

유희는 그게 누구든, 누군가와 나란히 함께 걸을 수 있다는, 충족감을 조금만 더 느끼고 싶다. 프랑스로 떠나버린 남자는 그녀에게 이런 행복조차 부여하지 않았다. 그는 늘 무언가로 공사다망했다. 결혼 준비도 물론이고, 웨딩드레스도 그녀 혼자 입어보고 선택했다. 마치 결혼 상대도 없이 혼자 결혼하는 것 같았다. 그는 그녀와 함께일 때보다 친구들과 함께일 때가 더 유쾌해 보였다. 그래서였을까? 그게 이유였을까?

결혼식 날 아침, '오늘 나 일곱 시 비행기로 떠나'라는 그 한 통의 그가 보낸 문자를 보았을 때, 시간은 일곱 시 삼십 분을 넘어서고 있었다. 전화는 먹통이 되어 있었다. 그녀는 혼자 텅 빈 방 안에 남겨진 채 다음 날 새벽까지 그의 베개에 얼굴을 묻고 목이 부어오르도록 서럽게 울었다. 그때 그녀가 할 수 있는 일이라고는 고작 그것 말고는 아무것도 없었다. 지금 생각하니 그때의 자신이 눈물겹도록 불쌍하다. 너무 불쌍해서 다시금 코끝이 시큰하다. 금세 눈에서 눈물이라도 텀벙 떨어질 것 같아 황급히 옆의 남자에게로 시선을 돌린다. 당신은 나를 이해할 수 있을까요? 나를 이 모습 그대로 사랑해줄 수 있는 사람이 이 세상 어딘가에 단 한 사람이라도 존재한다면, 그게 당신이었으면 좋겠어요. 설사 내가 당신에게 실망을 주고, 어떤 몹쓸 짓을 하더라도 당신만은 끝까지 나를 잊지 않고 기억해주었으면 좋겠어요. 엄마도, 그도, 모두 다 나를 잊었지만, 당신만은 제발.

유희는 잠시 그를 멀거니 쳐다본다.

"왜 나를 자꾸 따라와요? 무슨 할 말이라도?"

드디어 남자가 그 선량한 눈을 치뜨고서 유희에게 제동을 건다.

"이런 말… 그래요. 이상하게 들리겠지만, 오늘 하루만 저와 같이 있어주세요. 그저 오늘 하루만."

유희는 짐짓 무덤덤하게 말했으나 그녀의 말에는 절박한 무엇이 담겨 있었다.

남자는 어이없어서 쓴웃음을 지으며 껄껄 웃는다.

"거 참… 내가 어떤 놈인 줄 알고… 내가 그렇게 한가한 놈팡이로 보여요?"

그녀는 그의 말을 황급히 낚아챈다.

"그 쪽이 바쁘든 한가하든, 놈팡이든 수도승이든 나는 관심 없어요. 당신의 이름조차 전혀 궁금하지 않아요."

남자는 놀란 눈을 더욱 치뜬다. 눈에 힘이 바짝 들어가 있다. 유희는 그의 눈길을 적당히 피하며 딴전을 피운다. 그는, 대체 너 뭐야?, 하며 금방이라도 버럭 소리를 내지를 것 같은 단호한 표정으로 그녀를 쏘아본다.

"원 나잇 스탠드 상대가 필요하면 클럽에 가보는 게 낫겠네요. 나와는 영 거리가 멀어서."

"당신이 아니면 내겐 의미가 없어요."

그랬다. 그가 아니고서는 그 누구도 아무 의미가 없었다.

"도대체 나한테 왜 이러는 겁니까? 아까 잠시 본 게 초면이잖아요. 근데 대체 왜 그래요?"

어느새 남자의 음성은 반감이 적잖게 배어 항의조로 들린다.

"제가 좀 전에 그랬죠? 확 죽어버리고 싶도록 외로운 날이 있느냐고. 제가 오늘 바로 그날이에요. 이해하겠어요? 그쪽이 내 부탁을 거절하면… 방법은 하나밖에 없어요. 가방 안에 들어 있는 청산가리를 물과 함께 꿀컥 삼키고 죽는 일밖엔. 못 믿겠어요?"

유희가 핸드백을 열고서 약봉지를 꺼내 흔들어 보이자, 남자의 얼굴은 금세 사색이 되어 딱딱하게 굳어진다. 당혹함과 두려움, 서서히 치미는 부아 등 난처한 환경에 처했을 때 인간을 비롯해 동물이 느끼는 여러 가지 복잡 미묘한 감정들이 마치 실놀이하듯 얽히고설키는 표정이다.

"지금 나를 협박하는 거예요? 햐, 별 이상한 여자 다 보겠네. 그쪽이야말로 지금 정상이 아니에요. 병원을 가보던지, 다른 데 가서 찾아보고, 나는 이만 볼일이 있어서 가봐야겠어요."

유희는 가려는 남자의 팔을 낚아채듯 붙잡고는, 한마디 한마디 강조하듯 힘주어 말한다.

"거듭 말하지만 나는 오늘 하루만 같이 있어줄 누군가가 필요해요. 재수 없게도 그쪽이 그 누군가라면 좋겠어요. 오늘 처음으로 본 사람이 불행히도 그쪽이니까… 오늘이 지나면 난 그쪽을 말끔히 잊을 겁니다. 그쪽이 설사 내 평생에 다시 못 만날 최고의 남자라 해도 내게 있어서 그쪽의 생명은 오늘 단 하루뿐입니다. 나 또한 그쪽한테 그런 존재였으면 하고요. 그쪽이 어떤 사람이건, 애 몇 딸린 유부남이건, 순결이 목숨인 수도자이건, 음란 퇴폐영업단속 경찰이건, 남파 간첩이건 내겐 조금도 중요하지 않아요. 난 그쪽에게 아무 것도 묻지 않을 테니까 그쪽도 내게 아무것도, 정말 이름조차 궁금해 하면 안 돼요. 어떤 상황에서도 우리에게 내일은 없으니까."

남자는 어처구니없는 표정을 지으며 다시 한 번 껄껄 웃는다. 그의 웃음에 가슴 밑이 쎄, 베어나가는 것 같다. 거기에는, 무슨 이런 돼먹지 않은 계집애가 다 있어, 하는 조소가 섞여 있다. 그의 허허로운 웃음에 유희는 내장마저 텅 빈 것처럼 갑자기 때 아닌 한기를 느껴 블라우스의 단추를 목덜미까지 꼭꼭 채운다.

"내가 그 미친 제안을 수락할 것 같아요?"

남자는 제법 완강하다. 그럴수록 유희는 더욱 조바심에 몸이 흠 칫 떨린다. 살겠다고, 살려 달라고 발버둥치는 생명체를 요리조리 건드리며 괴롭히고 싶은 몹쓸 오기가 그녀의 내부에서 스멀스멀 기어 나온다.

"이보세요, 아무개 씨. 당신이 오늘 나와 설사 무슨 해괴한 짓거리를 해도 당신에게 책임 따위는 묻지 않겠다잖아. 당신은 손해 볼 게 하나도 없단 말야. 당신의 일탈 욕망을 채워주겠다는데 못 이기는 척 따라주면 안 되겠어? 살면서 나처럼 해괴망측한 여자

만나기도 쉽지 않아."

그리고 유희는 지나가는 사람들이 모두 두 사람을 쳐다볼 만큼 큰소리를 버럭 지른다.

"제발 비싸게 굴지 좀 마. 구역질나게 비싸게 구는 인간은 내 평생에 단 한 사람으로 족해."

문득 자신이 마치 호객 행위를 하다가 여지없이 거절당한 매춘부처럼 천하고 비굴하게 느껴져 가슴에서 살점이 뚝, 떨어져나가는 듯 아팠다.

"너는 여자가 왜 그리 가벼운 거니? 도대체가 품위라는 게 아예 실종됐어."

결혼식 날 아침 프랑스로 도망치듯 사라진 과거의 남자도 그랬다. 그날, 그녀는 그런 모욕적인 말을 듣고서도 기분 나빠하거나 항의할 수 없었다. 대신, 내가 정말 품위가 없고 가벼운 걸까, 하고 이틀 밤낮을 새워 골똘히 생각했다. 그가 바라는 대로, 그가 원하는 대로 그의 그림책 속 귀부인들처럼 고고하고 우아하고, 품위 있고 싶었다. 하지만 자신과 품위는 각각 다른 질감과 성질을 가지고 있어서 서로 용해되지 않았다.

남자는 그녀의 절망적인 눈빛에서 무슨 낌새를 읽었는지 더 이상 대거리를 하려 들지 않는다. 그저 먼 산을 응시한다.

해거름이 잔잔하게 내려앉은 거리는 네온으로 싱싱하게 팔딱인다. 도시의 밤은 이렇게 화려해야 제격이다. 이렇게 강렬하고 자극적이어야 하는 것이다. 이렇게 유혹적이고 퇴폐적이어야.

유희는 남자의 보폭에 맞춰 따라 걷는다. 거기에는 끊어질 듯 활시위처럼 바짝 당겨진 외줄 위를 위태롭게 한 발씩 떼는 서툰 재주꾼 같은 아슬아슬한, 그러나 묘한 쾌감이 있었다. 은근히 누군가와 우연히 만나고 싶었다. 프랑스로 홀연히 사라진 그 남자의 친구들이나 자신과 그의 사이를 아는 모든 사람들을 한꺼번에 만날 수는 없겠지만, 뒷담화에 전능한 한두 사람만이라도 이 드넓은 종로바닥에서 만나는 행운과 우연이 함께 깃들기를 그녀는 내심 바라고 또 바랐다. 한때 사랑이라 이름했던 그 사람을 기억하는 모든 이들이 오늘 밤 새로운 남자와 같은 곳을 보며 걸어가는 자기를 꼭 발견해주길 너무도 간절히 바랐다. 그래야만 썩은내로 진동하는 제 가슴에 바람이 통하고, 새 살이 돋을 것만 같았다.

그런 생각을 하자, 유희는 자의든 타의든 자신과 함께 걷고 있는 남자한테 감격스러울 만큼 고맙다. 고마워요, 당신. 이 세상 아무도 이해해주지 않은 나를 이해해줘서. 하마터면 그의 손을 덥석 잡을 뻔했지만 섣불리 그의 방어 본능을 자극하기라도 할까봐서 제 손을 멈칫한다.

"어디 가서 저녁이나 먹으며 이야기나 합시다."

한참만에야 아주 가까이에서 들려오는 음성에 유희는 놀라서 그를 맥없이 바라본다. 그도 이제 자신의 운명을 받아들인 것일까? 혹 쉽게 빠져나가지 못할 것 같다는 자포자기의 그것이었을까? 아니면 영악하게 낯선 여자와 하룻밤을 같이 보내는 것도 꽤 재미있는 이벤트가 되겠다는 머리 계산에서였을까.

유희는 그를 따라 가까이 보이는 한 레스토랑으로 들어간다. 레드카펫이 촘촘히 깔린 나선형 계단과 꽤 고급스러운 인테리어를 갖춘 퓨전음식점이다. 유희는 그와 마주 앉아 웨이터가 내민 메뉴판을 보며 고민하는 듯한 얼굴로 말한다.

"정민씨, 우리 뭘 먹을까? 오랜만에 맛있는 것 먹자, 이 집 정식 괜찮아요?"

뜻밖에 유희의 돌발행동에 당황한 그는 수사슴처럼 큰 눈을 하고는 그녀를 뚫어져라 쳐다본다. 그녀는 그의 민망한 시선을 느꼈지만 아무렇지도 않은 듯 태연하다.

"그 사람 이름이 정민이었어요. 결혼식 날 아침에 파리행 비행기에 몸을 싣고 굿바이하며 떠나간 사람."

웨이터가 사라진 후, 유희는 늙은 사제에게 고해성사라도 받는 듯한 나직한 음성으로 담담히 고백한다. 하지만 문득 눈빛이 깊어지고 촉촉해지거나 표정이 그늘지지는 않는다. 이제 그따위 바보짓은 하지 않을 것이다.

"3년을 한집에서 함께 살았는데 헤어지는 건 하루아침이었어요. 그 사람한테 나는 무엇이었을까, 아무리 생각해도 그걸 모르겠어요. 그냥 집사였는지, 도우미였는지."

그녀의 푸념 섞인 한탄에 그는 아무 대꾸도 하지 않는다.

"나를 여자로 보아주지도 않았어요. 나는 그게 그 사람만의 사랑법이라고, 내가 잘하면 마음의 문을 열겠지, 생각했는데 아니었나 봐요. 거기 보기에도 내가 그렇게 매력이 꽝으로 보여요? 여자로서 한번 안아보고 싶지 않아요?"

남자는 난처한지 마른기침을 하며 물을 한 모금 삼킨다.

"내가 이상해 보이죠? 알아요. 그럼 이제 당신 얘기를 들어 보자고요. 당신 반지 주인공은 어떤가요? 당신은 애정전선에 아무 문제도 없나요? 내 직감상 아닌 것 같은데요?"

"그래서, 내가 애인과 사이가 별로 안 좋은 것 같으니까 나를 어떻게 해볼 속셈으로 이렇게 스토커처럼 구는 거군요. 그게 그쪽과 무슨 상관인데요."

침묵 속에서 불쑥 튀어나온 그의 말은 남자의 혼란과 갈등이 손에 잡힐 듯 먹먹히 느껴진다. 그는 지금 탁자를 밀치고 일어서서 밖으로 뛰쳐나가고 싶은 심정일 것이다. 넌 대체 뭐냐고. 내가 너한테 뭘 어떻게 해주길 바라냐고. 살다 살다 별 희한한 계집애를 다 봤다고.

유희는 속으로 되뇌인다. 당신의 죄는, 우리가 여기까지 오게 된 이유는, 바로 당신이 그 사람과 너무 많이 닮았다는 것, 그뿐이에요.

잠시 후, 제법 예쁜 정식 접시에 정갈하게 담긴 주문한 음식이 서빙된다.

"너무 맛있겠다. 자기도 맛있게 먹어."

그녀는 일부러 콧소리를 내며 호들갑을 떤다.

남자는 이제 그녀가 어떤 태도로 대하든, 무슨 말을 하든 아예 무신경하기로 작정한 사람 같다. 이제 그 같은 이해하기 힘든 상황에 일일이 대꾸하기도 귀찮다는 태도다. 그것마저도 그와 닮았다. 유희는 문득 남자가 측은해진다.

유희는 갑자기 뱃속인지, 마음인지 허기가 확 돌아 음식을 게걸스럽게 먹는다. 그래. 먹으면 뭔가가 새로 떠오를 거야, 갈 데까지 가보든, 이쯤에서 발정 난 미친개 짓을 멈추든, 일단 무언가를 허허로운 몸 안에 넣고 나서 생각하자. 내가 어디까지 망가질 수 있는지, 어느 지경까지 미칠 수 있는지, 이렇게 몸과 영혼이 분노와 오욕(五慾)으로 지글지글 끓는데 나한테 돌을 던질 이는 없다. 설사 저 사람이 나한테 돌을 던진다 해도 나는 지금 이 순간은 가장 밑바닥까지 떨어지지 않고서는 배길 수가 없다. 그래야 다시 비상할 수 있는 날개가 새로 돋을 테니까. 그래야 나를 단 한순간도 사랑하지 않은 그를 욕망하고 탐한 내 죄의 굴레에서 자유로워질 테니까.

유희는 먹기 좋게 칼질을 할 필요도 없이 마치 창으로 찌르듯 포크로 스테이크 덩이를 쿡 찍어 한입에 구겨 넣는다. 유난히 깔끔을 떨고 매너를 중요시 하던 과거의 그 남자 앞에서는 단 한 번도 이렇게 먹어보지 못했다. 양푼비빔밥조차 먹어보지 못했다. 그는 그것이 천한 음식이라고 했다.

한 집에 살았지만 일주일에 몇 번 안 되는, 그와 겸상을 할 때마다 공들여 바른 립스틱이 지워질세라 늘 주위를 기울였고 음식도 아주 조금씩 입안에 넣고서 잔뜩 오므려 여성스럽게 오물오물 씹었다. 그가 마술이라도 부려 감쪽같이 자신이 금붕어로 변신한 것 같았다. 하지만 그때는 왠지 그래야 할 것 같았다. 바보 등신 머저리같이도.

유희는 갑자기 화가 울컥 치밀어 더 큼지막한 것을 한입 가득 밀어 넣는다. 가까스로 몰아넣은 음식은 좀처럼 잘 씹어지지 않고 결국 목이 막혀 눈물까지 찔끔거리며 캑캑거리고 만다. 유희는 벌컥벌컥 물 한 컵을 들이켜 아직 넘기지 못한 입안 음식물들을 겨우겨우 목구멍 안으로 밀어 삼켜버린다. 목이 찢어질 듯 얼얼하다. 그의 무심함이 못내 야속해 눈을 찍, 흘긴다.

"휴. 죽을 뻔 했네. 괜찮은지 물어보지도 않아요? 원래 그렇게 무심해요, 아님 나한테 지금 시위하는 거예요? 누구처럼 당신도 매너가 아주 꽝이군요."

그녀의 앙탈에 남자는 묵묵부답이다. 유희는 그를 볼수록 전 애인이 떠올라서 부아가 더욱 치받쳤지만 지금 당장은 꾹꾹 눌러 참는다. 너도 날 그렇게밖에 안 본다, 그거니?

그녀는 홧김에 히스테릭하게 웨이터에게 물 한 컵 더 갖다 달라고 소리친다.

"대체 나한테 왜 그래요 거기, 나 알아요?"

"아니죠. 우리는 아까 처음 만났지요."

"그런데 나를 왜 이리 붙잡는 거예요. 내가 거기 마음에 드는 남자도 아닐 텐데."

"물론 아니죠. 근데 왜냐? 내가 오늘 곁에 아무도 없으면 나한테 무슨 짓을 할 것만 같거든요."

164

"그건 그쪽 사정이지요."

"그렇지요. 내가 죽든 말든 그쪽은 물론 아무 상관이 없겠죠. 하지만 내가 잘못 되면 그 쪽도 책임에서 아주 자유롭진 않을 겁니다. 왜? 나를 본 마지막 사람이 당신일 테니까. 우리가 함께 걸어온 길과 이 집의 CCTV가 모두 말해줄 테니까."

"정신 나갔군."

그는 유희를 쏘아보며 멸시한다. 유희는 그의 멸시와 냉랭한 태도가 썩 마음에 들어 유쾌하기까지 하다. 시니컬한 말투까지도.

늦은 저녁의 권태와 피곤이 그녀의 신경을 날카롭게 갉는다. 앞에 미륵보살처럼 무심히 앉아 있는 그는 결국 어떠한 일탈도 저지를 수 없는 인간이 아닐까, 하는 생각이 그녀의 정수리를 툭 친다. 별안간 그녀는 불안으로 가슴이 바짝 조인다. 도덕군자인 척하는 게 하도 역겨워 따귀라도 후려갈겨주고 싶다. 변명조차 없이 바람처럼 홀쩍 프랑스로 사라져버린 그처럼 이 사람도 결국 가식덩어리란 말인가? 자신과 이 한 밤에 아무런 일탈도 꾀할 수 없는 남자는 지금 이 순간 그녀에게는 시들하다. 깊은 산중 절간의 미륵보살 같은 그에게 더 이상 아무 의미도 부여할 수가 없다. 무엇보다도 그의 착하고 선한 눈을 보니, 도저히 그 도덕군자를 자신의 광적인 일탈로 끌어들일 자신이 없다. 납덩이같은 게 가슴을 묵직하게 짓누른다. 억지로 몰아 삼킨 음식물이 체증을 일으켜 그 자리에 와락 토해버리고 말 것처럼 입안에 시큼한 침이 고인다.

"가요. 당신은 아무래도 나와 함께 이 밤을 보내기는 어려울 것 같네요."

기어코 유희는 그에게 퉁퉁 부어오른 소리를 돌돌 말아, 신경질적으로 휙 내던진다.

"바보 등신 머저리, 어서 가버리란 말예요. 얼른 내 눈앞에서 사라지란 말야."

그녀는 그의 면전에 냅킨을 집어 던지며 레스토랑 안의 사람들이 놀라 쳐다볼 만큼 큰소리로 소리친다.

"꺼져버리라고."

그러나 남자는 무슨 상념에 빠진 듯 미동도 없이 앉아 있다. 네까짓 게 지금 내 앞에서 머리를 굴리겠다는 거야? 유희는 더욱더 심사가 뒤틀린다.

"그럼 내가 먼저 나가죠."

유희는 자리에서 벌떡 일어서서, 필요 이상으로 발에 바짝 힘을 주어 출구 쪽으로 걸어간다.

밖은 이미 까만 어둠이 잠식하고 있었다. 그녀는 가쁜 숨을 폐부 깊숙이 들이마신다. 누군가 가슴을 날카로운 손톱으로 마구 할퀴는 것처럼 아리다. 별안간 누구에게랄 것도 없이 앙탈을 부리고 욕지거리를 하고 싶다. 단 한 번이라도 자신의 깊은 생채기를 너그럽고 착한 눈으로 바라봐 준 적 없는 이 세상을 향해, 이 세상속 사람들을 향해.

유희는 방향감각을 잃은 채 다시 터덜터덜 헛헛하게 걷는다. 생각은 좀처럼 앞으로 진전되지 않는다. 똑같은 생각이 네모난 틀

속에서 네 각을 따라 맴돌 뿐이다. 구두 속에 갇힌 발바닥이 후끈 달아오르고 힘줄이 팽팽히 당겨져 고통스럽다.

오늘 밤, 그녀는 자신을 남김없이 해체하고 싶을 뿐이었다. 자신이 어디까지 스스로에게 잔인할 수 있는지, 어디까지 추락할 수 있는지, 며칠 밤을 괴롭힌 이 지독한 외로움과 헛헛한 가슴이 다시 새로운 무언가로 채워질 수 있는지 테스트해보고 싶었다. 단지 그뿐이었다.

단 한 번도 제 것인 적 없는 인생의 어지러운 항로와 거리의 담배꽁초처럼 버림받은 사랑, 그로 말미암아 상처만 남은 채 지독한 생채기의 포로가 돼버린 자신을 철저히 해체시키고 까발리고 싶었다. 존재로서 경험할 수 있는 가장 밑바닥까지 해체당하고 싶었다. 그래야만 제 인생에 다시 새 의미를 부여할 수 있을 것만 같았다.

횡단보도의 신호등이 초록색으로 바뀌기를 무료하게 서서 기다리지만 좀처럼 바뀌지 않는다. 와락 차선 안으로 뛰어들고픈 충동이 해파리처럼 가슴 안을 온통 뒤덮는다.

유희는 신호등을 바라보며 자신과 내기를 한다. 그녀 자신이 그녀에게 말한다. 어서 뛰어들어. 그도, 엄마도, 친구들도 네가 사랑한 모든 사람들이 너를 버렸어. 그래도 살아갈 이유가 있나? 맞다. 살아갈 이유나 의미 따위는 아무데도 없었다. 4차선 도로 위의 자동차들은 어리고 약한 임팔라를 발견한 하이에나처럼 전속력으로 달려 지나친다. 뛰어들을까, 건널까, 뛰어들을까, 건널까. 차선 안으로 뛰어들으려고 왼발을 내미는 순간, 기적처럼 신호가 바뀐다. 아직은, 지금은 목숨을 던질 때가 아니라는 건가? 유희는 무심하게 하늘을 올려다본다. 별조차, 달조차 없는 텅 빈 까만 하늘이다.

유희는 바람에 날리는 머리칼을 손으로 쓸어 넘긴다. 비를 머금은 눅눅한 바람이다. 무심코 맞은편에서 걸어오는 사람들을 일별하다가 문득 낯익은 얼굴 하나를 발견한다. 그 역시 유희와 시선이 마주치자 흠칫 놀라는 기색이 멀리서도 역력하다. 죽은 듯 모든 기능이 정지해 있던 그녀의 육체 곳곳에서 불현듯 맥박이 뛰기 시작한다. 다시 피가 돌기 시작한다. 그. 그였다. 안쓰럽게 발버둥치며 통발을 벗어난 물고기는 그렇게 다시 그녀의 통발 안으로 들어오고야 말았다.

적당히 취기가 오른 그는 미동도 하지 않은 채 담배연기를 깊숙이 빨아들인다.

"당신이 정말 죽을 지도 모른다는 생각을 했어요. 5년 전 내 누나처럼 그럴 지도 모른다고. 불행은 항상 예기치 않게 우리의 뒤통수를 가격하는 법이니까."

유희는 난생 처음 입에 문 담배연기에 캑캑거린다. 속이 울렁거린다. 조금 전에 마시다 탁자 위에 놔둔 맥주병을 손에 쥐고 몇 모금 들이킨다. 소주처럼 알싸하게 톡 쏘지도 않았고, 와인처럼 향긋하지도 않은, 그저 오줌같이 맹맹한 맥주를 그녀는 별로 좋아하지 않았다. 하지만 이 순간, 혀끝으로 감도는 맥주 맛이 달다.

이대로 취해도 좋을 것 같은 밤이다. 빗방울이 창문을 후둑후둑 때린다.

"당신은 그걸 사랑이라 말하고 싶겠지만 그건 그냥 집착일 뿐이에요. 내 사람이 되지 못한 자에 대한 오기와 반항심에서 비롯되는 거머리 같은 집착. 내 누나도 그랬어요. 결국 사랑도, 목숨도, 인생도 다 잃었지요. 당신이 정말 그 사람을 원한다면 여기서 이럴 게 아니에요. 프랑스로 가요. 가서 때려눕히든, 무릎 꿇고 사정을 하든 그 사람 앞에서 해요. 여기서 바보 같이 애먼 사람이나 괴롭히지 말고."

남자는 유희의 시선과 마주치지 않으려 애쓰며 설득조로 말한다. 언제나 그녀의 기억 속에서 알레르기를 일으키던 그 말을, 지금 누군가를 대신해 그가 반복재생하고 있었다. 사랑은 이런 게 아니야. 너의 소유욕에 이젠 정말 지쳤어. 지긋지긋하다. 날 좀 가만히 내버려둬. 너라는 여자 정말 이 정도밖에 안 되는 거였어?

"설득하려고 하지 마. 진부한 사랑학개론은 집어치워. 그 개론은 내가 오늘 밤에 다시 쓸 테니까. 모기보다도 못한 하룻밤살이인 당신한테까지 그런 군소리 듣고 싶지 않아."

여전히 그는 아무것도 내색하지 않는다. 마치 생겨난 이래 단한 번도 강한 비바람에 휩쓸려 본 적 없는, 서서히 썩어 가는 호수위 수면 같다. 아마 약기운이 서서히 퍼지면 그도 별 수 없을 것이다. 그리고 고요히 죽은 듯이 잠들 것이다. 그가 마시고 있는 저맥주 안에 달콤하게 스며든 프로포폴이 곧 그를 깊은 잠의 세계로 인도해줄 것이다. 물론 그는 이 사실을 전혀 알지 못한다.

"그날 밤, 내 누나한테도 곁에 누군가 한 사람이라도 있었더라면, 그래서 그녀의 말에 귀를 기울이고, 죽음의 신으로부터 그녀를 지켜줬더라면 지금 누나는 살아 있을지도 모르죠. 아니, 분명 살아 있을 겁니다. 하지만, 그날 밤 누나한테는 절망밖에는 곁에 없었어요. 죽음에 이르는 고독과 절망뿐이었겠지요. 이게 내가 당신을 혼자 버려둘 수가 없었던 까닭입니다. 당신한테 그 한 사람이 필요한 것 같아서. 다시 후회 같은 걸 하고 싶지 않아서, 그러니 이제 그 못난 마음은 마음 저 편으로 돌려보내고."

남자는 의식이 흐릿해지는지 눈에 초점이 차츰 풀린다. 내가 정말 죽어버릴 것 같아서 오늘 밤 나를 지키려, 내 목숨을 나로부터 구하려고 나와 함께한다고? 불현듯 가슴에서 무거운 바윗덩이가 쿵, 내려앉는 것 같다. 그럼 나는? 프랑스로 떠난 남자를 대신해 이 사람을 잔인하게 괴롭혀 볼 생각이었던 나는? 가슴 안에서 켜켜이 쌓였던 탑이 삐걱삐걱 소리를 내며 허물어진다.

남자는 갈수록 의식이 몽롱해지는지 담배연기를 더 깊고 길게 빨아들인다.

"아, 내가 갑자기 왜 이러지? 사랑은요, …완전히 믿지 않고서는… 아무 의미가… 없는 거…"

이윽고 남자의 머리와 상반신이 그대로 탁자 위에 꼬꾸라진다. 유희는 놀라서 자리에서 벌떡 일어선다. 그는 아주 깊은 수면 상태로 들어간 것 같다. 맥주의 알코올 성분이 마취제 성분에 가속을 붙여줄 것이다. 앞으로 적어도 서너 시간 동안 그는 어떤 감각도 느낄 수 없는 잠재적 시체에 불과할 것이다. 하지만 그의 죽은 누나로 인해 계획은 이미 상당히 빗나갈 것 같은 불길한 예감이 든다. 갑자기 불안과 두려움이 파도처럼 떠밀려 온다. 물론 그는 죽지 않을 것이다. 단지 몇 시간만 지나면 그는 말끔히 깨어날 것이다. 그런데도 두렵다. 이 두려움의 실체는 무엇일까? 혹시 미안함인가? 유희는 그에게 손조차 대지 못한 채 침대에서 한참을 몸을 작게 웅크리고 앉아 있다.

"당신의 죄는 그 사람과 너무 많이 닮았다는 거예요. 손가락의 생김새와 말투, 손가락에 낀 커플링 디자인까지도. 그러니 나를 원망하진 말아요."

유희는 천천히 일어서서 남자의 몸을 부축해 침대에 반듯하게 눕힌다. 싸구려 모텔방의 공기는 그리 쾌적하지 못하다. 오래 버려둔 채 곰팡이로 썩어 가는 가구의 퀴퀴한 냄새가 난다. 사람이 살지 않는 성처럼 주위도 온통 고즈넉하다.

유희는 욕실로 가 땀으로 번질번질한 제 얼굴을 거울에 비춘다. 그녀에게 그녀 자신이 가까이 다가와 묻는다. 그를 이제 어쩔 셈이야? 원래 계획은 이런 게 아니었잖아. 왜 벌써 마음이 흔들리는 거야? 역겹게 착한 척, 좋은 사람인 척하지 마. 원래 계획대로 진행돼야 해. 그녀 자신은 거듭 다그친다.

유희는 거울 속 자신을 향해 울먹이며 소리친다.

"꺼져버려. 이 등신아. 미안하거나 고마움 따위는 내게 없어."

유희는 거울을 등진 채 샤워를 한다. 그녀가 걸치고 있던 옷과 더불어 그동안 자신을 둘러싸고 있던 여러 겹의 터부도 말끔히 벗어던지고 싶다. 그 추한 누더기 같은 터부를 오늘밤만큼은 홀홀 벗어던지고 싶다. 어쩌면 욕실 밖에 주검처럼 잠들어 있는 그가 수없이 많은 군더더기를 무겁게 늘어뜨린 자신을 속살까지 완전히 벗기고 남김없이 까발라주기를 갈망했는지도 모를 일이다. 때로는 자신의 등 뒤에 숨어 여러 개의 자신의 허상을 만들고, 상처입히거나 매몰차게 찢어 대는 그 교활한 영육의 모습을 그를 통해 적나라하게 확인하고 부셔 으깨고 싶었다. 그러나 거울 속에 비친 자신의 모습, 결국 생판 모르는 남자를 데리고 생전 처음으로 모텔방까지 오고야 만, 남들이 말하는 타락의 꼭짓점을 찍은 자신의 광기에 찬 육체를 똑바로 바라볼 용기가 차마 나지 않았다.

유희는 젖은 머리칼의 물기를 대충 닦으며 욕실에서 나온다. 침대 위의 그의 육신은 시체처럼 축 늘어져 있다. 유희는 그의 옷을 하나씩 벗긴다. 몸을 가눌 수 없는 남자의 체중이 그대로 유희에게 전해져 마치 쥬라기시대 때부터 그 자리에 있었던 거대한 바위를 끌어안고 있는 것 같은 느낌이다. 남자의 몸은 올곧은 대나무처럼 단단하다. 유희는 그의 팔베개를 베고서 누워 한참 동안 천정을 바라본다. 유희는 생각한다. 태어나서 처음으로 누군가의 팔베개를 베고 누워 있다고. 어릴 적에 엄마도, 아빠도, 결혼식 날 아침 프랑스로 떠나버린 그 남자를 만나기 이전에 만났던 몇 명의 남자들도, 그리고 한 집에서 3년을 함께 살았던 프랑스로 가버린

172

그 남자조차도 그녀에게 팔베개를 해주지 않았다. 아주 어릴 적부터 그녀는 늘 혼자 잠들고, 깨어나야 했다. 그래서 그녀는 남자의 팔베개가 어떤 것인지 종종 궁금했다.

천정에서 벽으로 이어진 틈 사이에 거미줄이 보인다. 거미집의 주인 거미는 이 방을 드나 든 수많은 커플들의 뜨겁고 격정적인 정사 장면을 목격했으리라. 오늘밤은 다소 특이한 커플의 등장에 당황하고 있을지도 모를 일이다. 어쩌면 비슷하고 뻔한 레퍼토리에 지겨웠는데 오늘 밤은 꽤 재밌겠는걸, 하며 회심의 미소를 짓고 있을지도.

유희는 잠든 그의 얼굴을 맥없이 바라본다. 그의 얼굴을 보자, 문득 프랑스로 떠난 남자가 옆에 누워 있는 듯한 환각을 느낀다. 그러자 갑자기 그를 정말 사랑하고 싶어진다. 그를 아낌없이 사랑해줄 수 있을 것 같다.

"그래요. 나더러 미쳤대도, 이제 별 수 없어요. 이 순간, 내가 바라는 건 내가 아직 살아 있다는 걸, 살아 있는 생명체라는 걸 확인하고 싶어요. 단지 그뿐이에요"

그녀는 그의 머리칼을 손으로 쓰다듬으며 애무한다. 기갈이 들린 짐승의 입술과 혀끝으로 그를 깊이깊이 탐한다. 탐해도 탐해도 도저히 채워지지 않는 갈증에 몸부림치며 안타까이 그의 육체에 매달린다. 그녀의 혀끝에서 그는 잘 익은 사과처럼 사각거린다.

그녀는 희미하게나마 자신의 내부에서 어떤 탈피 같은 게 일어나고 있음을 본능적으로 직감한다. 아니, 그렇게 되길 간절히 바란다. 어둡고 초라한 과거라는 이름의 고치를 훌훌 벗어던지고 훨훨 날아오를 수 있게 되기를, 어서어서 양어깨에서 날개가 돋아나기를. 이 혼돈의 밤이 지나면 아무렇지도 않게 자기를 잊고 살 한 남자를 자기도 그렇게 까맣게 망각하고 살 수 있게 되기를.

갑자기 머리가 새하얗게 비워지면서 양 옆구리에서 정말로 날개가 돋아나는 것 같다. 영혼인지, 육신인지 모를 것이 허공으로 둥실 떠오른다. 완전한 비상을, 체중을 잃고 허공을 나는 새의 깃털 같은 가벼움을, 아무런 저항도 받지 않은 완벽한 비상을 지금 이 순간 그녀는 느낀다.

그러나 어느새 폭풍우가 지난 후의 고요처럼 불현듯 유희는 그에게 까닭 모를 적의를 느낀다. 그녀는 가방에서 무언가를 꺼낸다. 유희는 귀한 보물을 만질 때처럼 조심스럽게 손수건을 벗긴다. 순간, 그것은 협탁 위 백열등의 빛을 받아 반짝, 하고 빛을 발한다. 그 안에서 얇상한 수술용 메스가 보인다. 그녀는 메스를 들고 그의 급소 위를 겨냥한다. 그녀의 두 눈이 문득 광기에 덮여 타는 듯 이글거린다. 메스를 든 손이 갈피를 잡지 못하고 허공에서 파르르 떨린다.

"당신이 정말 죽을 지도 모른다는 생각을 했어요. 5년 전 내 누나처럼… 그날 밤, 내 누나한테도 곁에 누군가 한 사람이라도 있었더라면, 그래서 그녀의 말에 귀를 기울이고, 죽음의 신으로부터 그녀를 지켜줬더라면 지금 누나는 살아 있을지도 모르죠. 아니, 분명 살아 있을 겁니다. 하지만, 그날 밤 누나한테는 절망밖에는 곁에 없었어요… 이게 내가 당신을 혼자 버려둘 수가 없었던 까닭입니다. 당신한테 그 한 사람이 필요한 것 같아서. 다시 후회 같은 걸 하고 싶지 않아서."

순간, 곤하게 잠들어 있는 그의 얼굴 위로 그의 목소리가 메아리처럼 들려온다. 유희의 손은 다시금 파르르 떨린다. 할 수 없다. 도저히 나는 이 사람한테 더 이상 그 어떤 것도 할 수가 없다. 더 이상은 할 수 없다.

유희는 그의 배에 얼굴을 묻고 흐느낀다. 손에 쥔 메스가 손바닥 살을 날카롭게 파고든다. 쎄, 하니 베어지는 느낌과 동시에 아리다. 손바닥인지, 가슴인지 아리고 또 아리다. 너무 아파서 숨조차 쉴 수가 없을 것 같다. 유희는 오열한다. 핏물이 손바닥 가득 고인다. 그러나 아랑곳하지 않고 오랫동안 그의 배에 얼굴을 묻고 있다. 그리 역하지 않은, 희미한 라벤더 비누향 같은 살내음이 난다.

유희는 서서히 몸을 일으켜 피로 범벅된 손에 매직사인펜을 쥔다. 그리고 그의 급소 위에 그림을 그린다. 그런대로 거미 모양이 완성되어 간다.

"나를 잊지 말아요. 미안해요. 당신한테는."

그녀는 바닥에 허물같이 버려진 겉옷을 대충 걸치고 방을 빠져나온다. 불그스름한 조명이 켜진 복도와 계단을 지나고, 카운터 앞을 지나치려니 그 안에서 상체만 보이는 중년 여자는 평화롭게 꾸벅꾸벅 졸고 있다. 여자의 등 뒤로 보이는 벽시계는 3시를 넘어서고 있다.

유희는 속엣것을 다 비워버린 것 같은 허전함에 가방을 가슴에 꼭 끌어안고 거리로 나선다. 거리에는 차도, 사람들도 보이지 않는다. 모텔의 네온간판과 깊은 어둠의 뭉텅이들만 그 자리에 존재할 따름이다. 어떤 손이 제 머리채라도 확 낚아챌 것 같아서 일부러 또각또각 구두굽 소리를 요란스레 내며 좁은 골목길을 걸어나온다. 차라리 이대로 시간이 멎어버렸으면. 차라리 내일이 없었으면. 우리에게 내일은 없지만, 그러나 나에게 내일은 있겠지.

다시 눈물이 핑 돈다. 그녀는 눈물이 나려는 것을 억지로 참느라 눈을 쏨벅대며 시선을 어느 한 곳에 고정시키지 못한 채 어두운 거리를 자꾸만 두리번거린다. 결국 몇 걸음 더 걷지 못하고, 거칠고 딱딱한 가로수에 몇 번이고 얼굴을 부비며 눈물을 주르륵 흘린다. 30분 정도 지나면 그는 깊은 잠에서 깨어날 것이다.

그녀는 지금 8층 건물의 옥상에 서 있다. 한 손에는 붕대가 감겨져 있다. 그녀는 웨딩드레스 자락을 손으로 움켜쥐고 힘겹게 난간 위로 올라선다. 며칠을 먹지도 자지도 않아, 귀신처럼 휑하고 초췌한 얼굴이다.

그녀 자신이 그녀한테 다시 말을 건다. 그래. 좋은 생각이야. 이쯤에서 대충 마침표를 찍자. 네 곁에는 지금 아무도 없고, 세상에 계속 남아 있어야 할 이유도, 의미도 없어. 네가 떠났다는 소식을 전하면 엄마도, 그도 돌아와 꽃 한 송이쯤은 너한테 바쳐줄 거야. 그리고 어쩜 미안해하고 후회할지도 모르지.

웨딩드레스의 밑단이 발에 밟혀 앞으로 휘청, 몸이 쏠린다.

며칠 전처럼, 갑자기 맞은편 건물의 유리창으로부터 반사되는 빛줄기에 눈이 시리다. 눈꺼풀을 가만히 내려감으니 두 줄기 눈물이 뺨 위로 흐른다.

유희는 제 발 밑에 펼쳐진 장난감 도시를 다시 내려다본다. 잔인한 4월, 그래. 어느 해보다 독하게 잔인한 4월이다. 너무나 가혹한 4월 11일 오후 2시다. 며칠 전과 아무것도 달라지지 않았다. 여전히 그녀는 우울하고 불행하다. 원장은 그녀에게 프로포폴의 행방에 대해 자꾸만 다그친다. 해고 통지로도 부족해 경찰에 고발하겠다고 으름장마저 놓는다.

볕 좋은 봄날 오후, 사이다 방울 같은 햇살에 유희의 육신이 투명하게 분해된다. 문득 양 겨드랑이에서 날개가 돋는 것 같다. 80년 전 소설 속 주인공처럼. 그래. 날자. 날자. 날자. 한번 날아보자꾸나. 나도 한번 날자꾸나. 날개야, 어서 돋아라. 날자. 훨훨 날아보자.

그녀는 정말 날개가 돋은 듯 난간을 딛고 힘껏 발을 차내며 허공으로 둥실 떠오른다.

"당신이 정말 죽을지도 모른다는 생각을 했어요. 이게 내가 당신을 혼자 버려둘 수가 없었던 까닭입니다. 당신한테 그 한사람이 필요한 것 같아서."

바람 사이를 가르며 유희의 귓속으로 그의 음성이 먼 울림으로 메아리친다.

바람의 패러글라이딩
-그것은 절망의 몸짓이다

그는 지금 내 무릎을 베고 모로 누워 있다. 그리 기분이 좋아 보이진 않는다. 여자의 것처럼 가늘고 긴 속눈썹이 그의 눈 부위를 더욱 그늘져 보이게 한다. 때론 이렇게 가까이서 보면 그가 꽤 지적이고도 섬세한 사람처럼 보인다. 어쩌면 그 표현이 맞을 지도 모르겠다. 그러나 오늘처럼 이 얼굴이 모르는 사람의 것처럼 낯설어 보일 때가 있었나 싶다. 그는 조금 피로해 보였지만 그렇다고 잠을 자고 있는 것 같지도 않다. 허름한 3등급 호텔임을 애써 증명이라도 해주듯 옆방에서 간혹 듣기 민망한 신음소리가 벽을 타고 넘어올 뿐, 주위는 온통 고즈넉하다.

　"혜은아, 난, 난 말이지 네 사랑을 확신할 수가 없어."

　그가 문득 무슨 말을 꺼낸 것도 같았지만, 오랜 침묵의 끝이어서 나는 그의 말을 분명히 알아듣지 못했다. 나의 달팽이관은 아직 그의 말을 새겨듣고 뜻을 해석할 만한 준비를 하고 있지 않아 마치 깊은 바다 속에서 올라오는 소리처럼 아득하게 들렸다.

나는 그의 옆얼굴을 내려다보며, 방금 뭐라 하셨어요, 하고 눈짓을 빌려 묻는다. 나는 잘 안다. 이럴 때 내 눈빛이 얼마나 매력적으로 빛나는지를, 남자들이 내 찰나의 표정에 얼마나 몸과 마음이 뜨겁게 달아오르는지를.

그러나 그는 눈을 질끈 내리감은 채 아무 대답도 하지 않았다. 미안하다는 일종의 제스처로 나는 그의 머리를 쓰다듬으며 이마에 짧은 입맞춤을 한다. 순간, 내 손을 잡고 있던 그의 손이 가을날 마른 잎새처럼 파르라니 떨린다. 내 작은 스킨십 하나에도 이토록 민감하게 반응하는 이 남자, 참 재미없다.

옆방 문이 쾅, 닫히는 소리와 함께 구두소리가 차츰 멀어져간다. 덩달아 우리의 무료한 시간을 현실로 되돌려놓겠다는 듯 때마침 그의 휴대폰에서 제법 근사한 멜로디가 방 안에 울려 퍼진다.

혜련은 죽은 벌레처럼 침대에 웅크리고 누워 있다. 방바닥에는 억지로 찢겨진 성경책의 뭉치들이 어지럽게 널려 있고 주방의 개수대에도 라면 봉지들과 설거지 더미가 너저분하게 쌓여 있다. 그것을 보자 화가 울컥 치밀었지만 나는 꾸역꾸역 속으로 밀어 넣는다. 요즘 혜련이 통 무슨 생각을 하는지 종잡을 수 없어서 절로 한숨부터 나온다.

"집구석이 아니라 꿀꿀이 움막이구나. 야, 너는 뭐하는 애냐. 그만큼 했으면 이젠 정신 차릴 때도 됐지 않았어? 대체 언제까지 그럴 건데. 수능이 얼마나 남았다고."

혜련은 듣기 싫다는 듯 신경질적으로 이불을 머리끝까지 끌어 올려 뒤집어쓴다. 한심한 것 같으니라고. 살아생전 할머니가 엄마한테 그랬던 것처럼 나도 혜련을 사납게 노려본다. 이대로는 리포트 작성은커녕 잠조차 편히 잘 수 없을 것 같아서 방바닥에 널린 것들을 비로 쓸어 쓰레기통에 쑤셔 넣는다. 벌써 밤 11시가 훌쩍 지나 있었다. 오늘밤도 여지없이 꼬박 새워야 할 것 같다. 기말 리포트가 산더미같이 쌓여 있었고 내일 당장 제출해야 하는 것만도 두 개였다. 이럴 때 노트북이 있으면 좋을 텐데. 일일이 손으로 써 내야 하는 것도 여간 수고스럽지 않다. 몇 달 전만 해도 오래된 컴퓨터가 한 대 있긴 했으나, 언젠가부터 전원조차 들어오지 않아 그저 장식품으로만 자리보존 중이다. 아르바이트 월급날까지 아직 보름도 더 남았는데, 이번 달 생활비조차 몇 푼 남지 않은 상황이었지만 우선 급한 대로 중고라도 하나 들여놓을까, 생각한다. 하지만 몇 달 전부터 늘 생각뿐이었다.

나는 제멋대로 엉켜 새끼를 치는 생각들을 정리해야겠다는 결심에서 얼음물을 벌컥벌컥 들이킨다. 처음에는 혀가, 다음에는 목과 가슴이 뜨끔하고 아리다. 축 늘어져 있던 몸속 신경들이 문득 깨어나 명료해지는 느낌이다.

나는 참고서적의 복사본에 밑줄을 쳐가며 리포트 작성에 몰두한다. 이럴 때면 내가 꽤 똑똑한 여자처럼 생각돼 우쭐하다. 사람은 제 머리가 지식으로 무장되어 있을수록 더 채우려는 지적 본능이, 즉 지식에 대한 갈망이 더 강렬해지는 법이다. 나는 꼭 최고가 될 것이다. 적어도 엄마처럼 무력한 여자는 되지 않을 것이다. 절대로. 결단코.

"네가 대학을 가든 말든 상관은 안 해. 하지만 최소한 남들한테 부끄러운 인생은 살지 말아야지. 그 꿈 많을 나이에 그렇게밖에 못 사는 네 인생이 불쌍하지도 않아?"

지겹도록 매일 반복되는, 내 뻔한 지청구에 혜련은 여전히 말이 없다.

"어차피 세상사는 건 다 투자야. 얼마만큼 내 자신에 투자하느냐에 따라 인생의 질이 달라지는 거야. 이 바보 멍청아, 너두 엄마처럼 살고 싶어?"

나는 책에 시선을 고정시킨 채 혜련에게 잔소리를 있는 대로 퍼붓는다. 혹시 아는 사람이라도 만날까봐 선글라스에 모자까지 푹 눌러쓰고 들어간 정신과 진단에서 받은 혜련의 병명은 '심한 외상 후 정신적 스트레스로 인한 우울증'이었다. 의사는 약물과 상담치료를 병행할 것을 권했지만 지금 내 경제적 능력으로는 그것까지 감당할 재간이 없었다.

"사람대접받고 살고 싶으면 정신 똑바로 차리고 이 악물고 살아."

때마침 휴대폰 벨소리가 울린다. 시계를 보니 자정이 가까워지는 시간이다. 이 시간에 전화할 사람은 오 선생뿐이라는 사실을 내가 기억 못할 리 없다.

나는 그와 사귀면서부터 묘한 습관이 하나 생겼다. 휴대폰 벨소리가 울리기 시작하면 최고조에 이를 때까지 울리도록 놔둔다. 그 사이에 조금 더 나긋나긋한 목소리가 되도록 목을 가다듬곤 한다.

나는 벨소리가 최고조점에 이르러 마침내 휴대폰을 손에 쥔다. "네에."

내 음성은 어느 때보다도 차분하고 나긋나긋하다. 타인과 통화 시. 목소리는 나를 가장 먼저 보여주는 첫 인상과도 같다고 생각한다. 내가 방송사 아나운서 시험을 준비하면서 얻은 깨달음이다. 눈과 눈으로 직접 마주 대할 때는 상대의 외모에서 풍기는 이미지가 첫인상이 되겠지만, 눈이 아니라 귀와 귀로 마주할 때는 음성이 그의 성격과 인상, 어쩌면 환상까지도 제멋대로 조작하곤 한다. 그래서 나는 항상 타인의 호감을 사기에 용이하게끔 섬세하고 듣기 좋은 목소리로 전화를 받으려고 노력한다. 특히 그의 전화를 받을 때에는 돌부처도 단번에 돌아앉을 만큼의 매혹적인 음성이 필요했다. 다른 한편으로는 수신음을 들으며 통화가 이루어지길 기다리는 동안 그가 나를 더욱 목말라하고 갈망하게끔 하기 위한 모종의 머리계산이 깔린 장치이기도 했다.

그러나 정작 전화기에서는 아무 소리도 들려오지 않는다. 이상한 느낌에 나는 발신자를 확인했지만 저장이 되어 있지 않은 번호다. "여보세요. 여보세요. 말씀하세요."

나는 긴장을 풀지 않고 한층 부드러운 음성으로 수화기 저편의 사람을 다그친다. 그래도 말이 없다. 공중전화를 사용하는지 잡음이 가끔 아슴푸레하게 들린다.

"에이, 우리 선생님이시구나. 장난치지 마세요. 저 당신이라는 거 알아요. 아직 퇴근 안 하셨어요?"

그는 곧잘 이런 장난질을 하곤 했다. 어쩌면 그것은 장난질이 아니라, 외도 중인 남자의 자기 방어본능에서 비롯된 떳떳함을 상실한 행위인지도 모른다. 특유의 예민한 더듬이로 통화시간까지 검열하는 와이프의 히스테리를 감안해, 담배나 맥주를 사러 잠시 밖에 나왔다가 공중전화부스에서 애인의 휴대폰에 밀어를 속삭인 후 태연하게 집에 들어가 와이프와 나란히 잠자리에 드는 것. 그것이 외도 중인 남자들이 밤에 저지를 수 있는 소심한 일탈일 것이다. 그도 그랬다.

나는 목소리 톤을 잘 조절하며 내 오랜 노하우인 애교 섞인 너스레를 떤다. 그가 가장 좋아하는 내 모습이다. 아마도 지금쯤 그는 한 손에 수화기를 들고 마냥 귀여워 죽겠다는 표정으로 흐뭇하게 파안대소를 하고 있을 것이다.

"자꾸 장난치시면 저 전화 끊을 거예요. 논문 자료는 충분히 모으셨어요? 저도 좀 도와드려야 되는데 주말에 뵐까요? 혹시 서운한 거 아니시죠?"

찰칵, 하는 소리와 함께 갑자기 전화는 끊기고 만다. 나는 잠시 어리둥절해 먹통이 된 휴대폰을 바라본다. 분명 그는 아니었을 것이다. 그럼 누구일까?

"또 유부남이야? 언니 너도 작작 좀 해라. 그 여자랑 똑같고 싶어?"

"네가 뭘 안다고. 신경 꺼. 제 앞가림도 못하는 주제에."

"그 전화 며칠 전부터 이 시간대만 되면 걸려오는 전화야. 집 전화로도 와."

혜련은 만사가 귀찮은 듯 시큰둥한 말투로 이불 속에서 뇌까린다.

그러나 나는 그게 누구냐고 굳이 묻지 않는다. 왜냐하면 그게 누구인지 빤할 것 같기 때문이다. 충분히 짐작이 가고도 남는 사람. 아니 그 사람이 거의 확실하다.

나는 갑작스럽게 마음을 뒤덮는 불쾌함에 얼음 하나를 입안에 넣고 우드득 깨문다. 그래도 속이 개운치 않아 잘못 쓴 리포트 용지를 손에 움켜쥐고 힘껏 구긴다. 이제 와서 뭘 어쩌겠다고…

다시 휴대폰에 벨이 울린다. 나는 긴장을 늦추지 않고 다시 목을 가다듬고, 벨소리가 최고조점을 지날 때 비로소 휴대폰을 든다. 이번에는 오 선생이다.

정체불명의 전화는 며칠 동안이나 계속되었다. 어제도, 그제도, 그그저께도…. 아마 오늘밤에도 올 것이다.

오늘은 학교 개교기념일이라 온종일 도서관 복사실에서 죽치고 앉아 있지 않아도 된다. 대신 오 선생과 패러글라이딩을 타러 가기로 약속이 되어 있다. 내게 패러글라이딩을 처음 가르쳐준 것은 그였다. 그와 사귄 지 한 달 정도 되었을까? 그는 내게 패러글라이딩을 타보고 싶지 않느냐는 제법 귀에 솔깃한 제안을 했다. 그 무렵 나는 영어 공부와 스피치 공부에 골몰해 있었다. 스팩이나 여러 외부 조건이 불리했지만, 내 꿈은 아나운서였다. 다른 근로장학생들은 다른 아르바이트를 하느라 눈코 뜰 새 없이 바쁘게 지내는 것 같았지만 나는 그 외 다른 시간을 온전히 내 시간으로 실속 있게 채우려 모든 강의시간을 주 이틀로 몰아 수강신청을 했다. 나머지 시간은 생활비를 벌기 위한 복사실 아르바이트와 오로지 취업준비, 즉 신데렐라를 꿈꾸는 여자의 로망이 된 언론고시를 준비하는 데에 치중했다. 물론 주머니가 가난한 내가 언감생심 꿈도 못 꾸었던 유명 스피치학원에 1년 치 수강증을 끊어준 사람도 그였다. 연인관계로 발전한 지 100일째 되는 걸 기념하며.

베란다에서 아래를 내려다보니 오 선생의 스포츠카가 눈에 들어온다. 호주머니가 닥지닥지 달린 회색 사파리 재킷을 입은 그는 차 옆에 기대어 휴대폰을 만지작거린다. 나와 눈이 마주치자 내게 손을 흔들어 보인다. 나도 그에게 답례를 한다. 참 착해서 좋은 남자!

나는 씩, 웃으며 거울 앞에서 화장을 마무리하고 그가 내게 처음으로 선물한 체크무늬 남방셔츠와 청바지를 입는다. 그것은 이름만 들어도 입이 쩍 벌어지는 고가의 해외 명품 브랜드였다. 그런 외적인 것들 덕분에 나는 학과 사람들한테 꽤 유복한 집의 무남독녀 외동딸로 알려졌었다. 입학할 때 학생이해자료카드에 기입하는 부친 직업란에 그저 '사업'이라고 명시했을 뿐, 그들한테 내가 부잣집 딸이라고 떠벌리고 다닌 적은 단 한 번도 없었다. 그런데도 그들은 그렇게 자기들 멋대로 생각했다.

"어젯밤 내내 고민했어요. 선생님은 그냥 몸하고 마음만 오라고 했지만 이거 김밥이라도 맛있게 말아가야 하는 거 아닌가 하고요. 선생님한테 제 음식솜씨 들키기 싫었거든요. 살아생전 엄마가 저를 지나치게 곱게 키워 주셔서 할 줄 아는 게 별로 없어요."

나는 차에 오르면서 그에게 정말로 미안한 표정을 지어 보인다.

"난 너만 있으면 돼."

"다음 주가 부모님 기일이라서 오늘 산소에 다녀올까 했는데, 간만에 선생님과 함께하고 싶어서 뒤로 미뤘어요."

"부모님이 서운해 하실라."

"저희 부모님도 선생님 보면 많이 좋아하실 것 같은데요."

그는 내게 안전벨트를 매주며 씽긋 웃는다. 웃음의 결을 따라 파이는 주름진 얼굴이 꽤 독한 향수냄새와 함께 내 코앞에까지 바짝 다가온다. 순간, 나는 움찔하며 등과 머리를 의자에 바짝 밀착시킨다. 그의 까슬한 턱의 감촉과 입술이 내 입술을 짧게 스친다. 향수냄새가 비위에 거슬려 나는 하마터면 이맛살을 찌푸릴 뻔했으나 나는 입가에 미소를 지으며 싫은 내색을 재빨리 감춘다. 다행히 그는 눈치를 채지 못했다. 내 마음이 어떻든, 내 진심이 무엇이든 간에 그와 함께하는 시간만큼은 진정 그를 사랑하는 피앙세가 되어주자고 조금 전에도 나 자신한테 최면을 걸며 집을 나서지 않았던가.

달리는 차 안으로 비틀즈의 'yesterday'가 높은 볼륨으로 평화로

이 날아다닌다. 늘 그랬듯이 그는 내 왼손을 기어에 올리고 제 손으로 감싸 쥔다.

5월 중순의 햇살은 푸짐하다. 차창을 통해 금빛 햇살이 여과되지 않은 채 넘치도록 밀려 들어와 나비떼처럼 목덜미를 간질인다.

"날씨 한번 좋다. 바람도 알맞게 불고 패러글라이딩 타기에는 딱이겠네."

그는 엄마의 배웅을 받으며 소풍 떠나는 아이 같은 천진난만한 미소를 입가에 띠운다.

"선생님. 그거 아세요? 그렇게 웃으시면 꼭 어린애 같아요."

"너도 그러냐? 우리 와이프도 종종 그러더라. 우리 마누라가 신입생 때부터 나한테 반해서 학부 6년 동안 죽자살자로 쫓아다니다가 졸업과 동시에 결혼했다니까."

"쳇, 선생님 유부님인 것 티 너무 내신다. 싫어요."

내가 일부러 입을 삐죽 내밀며 토라진 듯한 제스처를 취하자, 그는 내 머리칼을 쓰다듬으며 껄껄 웃는다.

"아차차, 내 정신머리 좀 봐, 너한테 줄 게 있는데. 혜은아, 뒷좌석에 쇼핑백 하나 있지? 응. 그거."

나는 팔을 뒤로 뻗어 쇼핑백을 잡아당긴다. 쇼핑백의 주둥이를 벌려보는 순간, 나는 깜짝 놀란다. 노트북이다.

"어때? 마음에 드니? 어제 그거 사느냐고 용산전자상가를 샅샅이 뒤졌다. 저번에 전화했을 때 리포트를 손으로 쓰고 있다고 했잖아. 생각해보니까 작년에 내 수업 받을 때에도 유독 네 것만 손으로 쓴 것이 기억나더라. 그래서."

내가 그에게 티 나지 않게 변죽을 울린 것도 사실이었다. 차마 사 달라는 말은 자존심이 허락지 않아 할 수 없었고 그저 중고라도 하나 들여놓아야겠다고 말한 것뿐이다. 그가 이렇게 쉽게 내 의중을 파악해 실행에 옮겨 주리라고는 생각지 못했다.

"물론 나는 그때 무엇보다 리포트 내용도 좋았고 네 정성이 갸 륵해서 최고 점수를 주었지. 근데 요즘 교수들이 어디 그래? 수작 업한 건 성의 없다고 아예 거들떠도 안 본다던데. 와이파이도 된 대. 네 휴대폰도 바꿔야겠더라. 그건 몇 년 됐냐? 휴대폰 박물관에 나 갈 애를…."

나는 짐짓 감격해하며 그의 손을 쥐고, 볼에 입맞춤을 한다. 내 입술이 볼에 닿자, 그의 손이 파르르 떨린다. 나의 것보다는 훨씬 큰손이었지만 나는 그의 손을 오래오래 쥐고 있다.

오 선생은 내게 그런 사람이었다. 내가 배가 고프면 밥이 되어 주고, 옷이 필요하면 옷이 되어주고, 돈이 필요하면 돈뭉치가 돼 주는 사람. 무책임하고 무성의한 내 부모보다 되레 부모 같고, 존 재를 믿지도 않는 신이 내게 자신의 존재를 드러내려 기꺼이 내려 준 동아줄 같은 사람. 그는 내게 그런 존재였다. 하지만 아직 그를 사랑이라 이름할 수는 없다.

내가 그를 처음 본 것은 2학년 1학기 초의 가정의학 첫 시간 때였다. 나는 평소에 의학에 남다른 관심이 있었고, 그래서 교양 과목으로 가정의학을 수강했다. 나는 그런대로 집안 형편만 뒷받

침이 되었더라면 의학도가 되었을 것이다.

마침 담당 교수로 온 게 바로 그였다. 무척이나 해사하게 생긴 외모 때문인지 그의 첫인상은 꽤 순수해 보였고 착하고 성실해 보였다. 나는 그와 눈이 마주치는 순간, '구미가 당겼다'라고 말하면 천박해보일까? 저런 사람이라면, 아직은 의학박사가 아니어서 일개 보따리장수에 지나지 않지만 그래도 저런 사람이라면 내 날개가 되어 줄지도 모른다는 속된 갈망이 내 가슴속에서 자꾸 스멀거렸다. 내가 저 사람을 내 곁에 붙들어 놓을 수 있을까, 내 자신이 가진 성적 매력을 테스트해보고 싶었다.

세상에 우연이란 없다. 섭리의 법칙을 아는 자는 결코 우연이란 것을 인정하지 않는다. 거대하고 완전한 우주의 룰 안에서 우연이라는 실수는 존재할 수가 없는 것이다. 오로지 필연만이 가능할 뿐이다.

나는 그에게 나란 존재를 각인시키려 내가 할 수 있는 필생의 노력을 기울였다. 최대한 모범적이고도 묘한 이중적 매력으로 그에게 어필되고자 그런 이미지를 일부러 연출했다. 어렸을 적부터 엄마 말에 순종하며 먹물만 묻힌 대개의 엘리트 남성들의 어린 아이처럼 순수하기 짝이 없는 성적 판타지를 자극할만한 여성으로 나 자신을 변모시켰다고 할까?

어떤 날에는 화면 속 뉴스 앵커처럼 단아하거나 또 다른 날에는 성별 구분이 모호할 만큼 보이시하거나 수시로 나는 내 이미지를 바꾸었다. 하지만 어쨌든 교수인 그의 권위를 존중하는 척 수업 시간만큼은 그에게 골몰했다. 그의 침이 얼굴에 튈만큼 맨 앞자리를 고집했고, 발표 준비도 똑부러지게 잘했다.

아등바등 작은 스팩 하나라도 더 만들고자 맡은 과대표 자리가 어쩌면 우연을 가장한 필연으로 우리에게 더 잦은 마주침의 기회를 선사했는지도 모를 일이다.

어쨌든 그런 우연한 만남을 더 자주 조성해가면서 나는 내 먹잇감을 서서히, 더 교활하게, 옴짝달싹 못하게 최면시켜 갔다. 결국 그는 내가 그한테 먼저 다가갔던 것처럼 한 걸음씩 발을 떼어 내게로 걸어왔다. 내 추측대로 그는, 자기한테 정을 주면 열배, 백배로 되돌려주는 아주 충성스럽고 순수하기 짝이 없는 한 마리 어린 강아지였다.

화사한 햇살이 고속도로로 쉼 없이 쏟아져 내린다. 너무 화사해서 마치 투명한 유리구슬이 반짝이듯 보인다. 서울에서 출발한 지 두 시간 남짓 달려 도착한 곳은 춘천의 한 패러글라이딩 전용 연습장이다. 그는 이곳을 자주 이용한다. 다른 곳보다 바람도 잔잔하고 산세도 완만하며 무엇보다 시설이 좋다는 게 그가 이곳을 즐겨 찾는 이유였다.

초여름의 구름 한 점 없이 파란 하늘과 모시천 같은 햇볕이 싱싱하게 깔려 있는 널찍한 풀밭, 병풍같이 둘러싸인 푸른 산, 그 위를 새처럼 가로지르는 원색의 자유로운 물결들.

난생 처음 이 광경을 보았을 때 나는 흥분하지 않을 수 없었다. 숨이 막힐 것 같은 환희를 느꼈다. 내가 하늘을 날고 있다는 사실

자체만으로도 온 세상을 내 손안에 쥔 것 같은, 세상이 내 발 밑에 놓인 것 같은 카타르시스를 느꼈다. 이대로 시간이 멈추거나, 죽어도 좋을 것 같았다. 패러글라이딩! 그것은 커다란 날개를 가진 자유로운 생명체였다.

우리는 안전복장을 착용하고 장비를 등에 짊어진다. 다소 무겁긴 했지만 들뜬 마음에 이 가벼운 울렁거림마저 상쾌하다. 럭비공 두 개를 겹쳐 놓은 것 같은 그의 탱탱한 엉덩이를 보자 왠지 아랫배가 스멀거리는 야릇한 느낌에 나는 배시시 웃는다.

아직 패러글라이딩을 조정할 능력이 없는 나는 그와 함께 탄다.

"우리 여기서 실수하면 불륜남녀로 완전히 찍히는 거야."

"선생님과 함께라면 저는 무엇이든 좋아요. 그게 설사 세상의 끝, 죽음이라도."

"그럼 어디 한번 멋지게 날아볼까."

그는 허공을 훑으며 어린아이처럼 흥분된 목소리로 말한다. 우리는 파란색 패러글라이딩에 몸을 싣고서 온 힘을 다해 전속력으로 질주한다. 곧 하네스와 캐노피 사이의 줄이 끊어질 듯 팽팽하게 당겨지면서 몸이 허공에 둥실 떠오르고, 마침내 하늘에서 우리의 날개가 되어줄 캐노피가 활짝 펼쳐진다. 아찔함에 나도 모르게 질끈 감았던 눈을 떠보니 우리가, 아니 내가 날고 있다. 한 마리 새처럼, 내 몸은 어떤 부피도 느낄 수 없이 자유로이 바람을 가른다. 산과 강, 밭, 모든 만물이 내 밑에 바짝 엎드려 있다. 세상의 모든 것이 나에게 고스란히 정복당한 것 같은 이 말할 수 없는 통쾌함! 마치 강한 파도가 순식간에 확 밀려와 심장을 꿰뚫는 듯한 후련함, 후련하다 못해 내 영혼까지 산산이 흩어져버리는 찌릿찌릿함에 나는 와우, 연거푸 탄성을 내지른다.

뜻밖의 전화를 받은 건 어제 이맘때쯤이었다. 그녀의 목소리는 매우 차분했다. 꽤 이지적인 여자일 거라고 짐작은 했지만 짐짓 그녀와 대면할 생각을 하니 머릿속이 온통 뒤죽박죽이다. 내가 왜 그녀를 만나야 하나. 또 그녀는 왜 나를 만나야 하나. 나는 이렇게 복잡하고 묘한 상황을 절대로 만들고 싶지 않았는데 말이다. 혹시라도 이런 상황이 될까봐 얼마나 조심했던가.

그러나 내가 겁낼 건 없다. 걱정할 것도 없다. 그저 내 식대로, 내 방식대로만 하면 되는 것이다. 그래 그뿐이다. 서로 으르렁대며 상처 입힐 건 그들이지, 내가 아니기 때문이다. 하지만 낄 생각이 전혀 없는 자리에 공교롭게 끼인 것 같아 기분이 별로 유쾌하지 못한 것은 별 수 없다.

"이혜은, 너 오늘 왜 그렇게 저기압이냐? 기분 꿀꿀한 것 보니 청춘사업이 잘 안되는가 보구나. 자본상의 문제는 아니겠고, 기술상의 문제냐? 이 오라버니가 한 수 가르침을 주랴? 근데 부잣집 딸내미인 네가 왜 여기서 복사 알바를 하고 있는지 참 궁금하단 말야."

근식 선배는 아침부터 눈치도 없이 너스레다. 그는 믹스커피가 쩔대로 쩐 누르죽죽한 이빨을 몽땅 드러내고 히죽 웃는다. 저 인간은 왜 그리 가볍고 해맑담.

나는 그를 잠깐 째려본다. 여성의 평균 신장보다도 더 짤막한 키와 까무잡잡한 피부색, 얼굴에 흐르는 반질반질한 기름기가 꼭 동남아 이주 노동자 같다. 나는 지성미라고는 정말 단 한군데에서도 찾아볼 수가 없는 그를 볼 때마다 저절로 미간이 찌푸려졌다. 군더더기도 없고, 나름 리더십도 있는, 푼더분한 성격 탓에 학과 사람들은 물론 타과 사람들 사이에서도 사람 좋다고 정평이 나 있었지만 나는 그를 무슨 혐오 동물을 보듯 좋게 봐줄 수가 없었다. 제가 낄 곳 안 낄 곳 못 가리고, 제 일 남의 일할 것 없이 매사 참견하기 바쁜, 실속 없는 꼬락서니가 고까워서 항상 눈에 거슬렸다. 그는 제가 인문대 대표라도 되는 양 인문대 상이라는 상은 죄다 쫓아다니면서 상주 노릇도 마다하지 않았다.

"됐거든요. 저한테 신경 좀 꺼주시면 고맙겠습니다."

나는 그에게 짜증을 돌돌 말아 복사된 종이와 함께 툭, 던지듯 건넨다. 그는 바보처럼 피식, 웃으며 종이 뭉치를 받고는 사라진다. 나는 그의 뒤통수를 향해 다시 한 번 눈을 흘긴다.

오늘따라 복사판을 가로지르는 녹색 불빛이 더욱 따갑게 눈을 자극한다. 복사실 아르바이트를 하고 나서부터 시력도 많이 저하되었다. 예전에는 없던 난시도 생겼다. 안경을 새로 맞출까 생각하다가 관두었다. 안경 낀 여자는 맞선자리에서도 찬밥 신세라는 말이 괜히 있는 말은 아닐 것이다.

"이천 오백 원이요"

나는 방금 카피되어 나온 뜨뜻미지근한 종이를 대충 센 후, 내 앞의 사내에게 지극히 사무적인 어조로 말한다. 나는 지금 그녀를 만나러 가야 한다. 그녀는 약속시간을 정확히 지킬 것이다. 그 정도의 여자라면 정확성은 기본일 테니까.

문득 나는 10분쯤 늦게 나가기로 결정한다. 내가 일찍 나가서 그녀를 기다리면 위약해 보일 수도 있을 테니까. 어차피 아쉬운 건 그녀지, 내가 아니다.

나는 가슴을 빳빳이 세우고 심호흡을 한다. 섣부른 감상은 금물이다. 나는 본연의 침착성을 되찾아 다른 사람한테 업무를 인계한 다음, 화장실에서 화장을 고친다. 가능한 화사한 분위기를 연출한다. 그래. 내가 가지 못할 이유는 없다. 그녀 앞에서 당당할 수 없는 이유도 없다.

통유리로 인테리어가 된 커피숍은 푸른색 블라인드로 빈틈없이 가려져 있어 바깥에서 안이 전혀 보이지 않는다. 나는 다리에 바짝 힘을 주어 계단을 오른다. 그녀가 누구든 간에 당당히 맞서야 한다고, 내가 지금 겁내고 있다는 걸 그녀가 눈치채면 나는 그걸 스스로 인정하는 게 된다고 흐리마리 떨리는 가슴을 다잡는다. 문을 열고 안으로 들어서자, 정경이 한눈에 들어온다. 몇몇 테이블에만 찻잔이 놓여 있을 뿐, 오후 4시의 커피숍은 생각보다 한산하다.

나는 그녀의 얼굴을 알지 못하기에 천천히 주위를 두리번거린다. 웨이터가 내게 다가와 말을 건다.

"이혜은 씨신가요?"

내가 머리를 끄덕여 보이자, 그는 나를 칸막이가 된 자리로 안내한다. 단발머리의 여자는 예감대로 퍽 엘리트다운 지성미를 풍겼다. 나와 눈길이 마주치자 흐릿한 미소로 인사를 대신한다.

"앉으세요."

나는 자리에 앉았고 블루마운틴을 그녀와 똑같이 주문한다. 아마 그녀의 남편이 이 자리에 있었더라면 그도 블루마운틴을 주문했을 것이다.

한동안 우리는 침묵한다. '우리'라니. 어떤 의미에서 '우리'란 말인가. 한 남자를 사이에 두고 줄다리기를 한다는 점에서? 그러나 그건 당치도 않은 표현이다. 단지 그녀와 나일뿐이다. 그녀는 내가 예상했던 대로 차분하고 지적이며 나이보다 앳되어 보였다. 순한 눈매와는 어울리지 않게 야무져 보이는 일자형 입술이 쉬 깨뜨릴 수 없는 껍질 속에 들어 있는 듯한 인상이다. 적어도 남들한테 좋은 구경거리를 제공하며 무지막지하게 머리카락이 쥐어뜯길 일은 없겠구나, 싶어 구두 속에서 잔뜩 오므라들었던 발이 천천히 펴졌다. 그 옛날 우리 집에 홍삼과 케이크 상자를 들고 왔던 여자도 지금의 나처럼 이렇게 손바닥에 땀이 축축하게 배이고, 가슴이 얹힌 것처럼 답답했을까.

"이름이 이혜은 씨라고 했죠?"

그녀는 힘겹게 운을 뗀다. 나는 그녀의 가슴께에 시선을 고정시킨다. 처음 봤을 때부터 그녀의 다크블루 원피스가 어쩐지 눈에 익었다. 내 것과 디자인이 비슷하다. 내 것은 마일드한 옐로컬러였다. 컬러만 다를 뿐, 물방울무늬나 고급 마소재로 된 것이나 여러모로 봐도 똑같다. 오늘밤에 집에 가면 그 원피스를 뭘로 만들어줄까. 걸레로 만들어줄까 커튼으로 만들어줄까.

내가 잠시 딴생각을 하는 동안 그녀는 명함 케이스에서 명함을 한 장 꺼내 내게 건넨다. 'G 대학 부속병원 산부인과 전문의 조윤경 박사'라는 명조체와 함께 내 앞에 앉아 있는 여자와 닮은꼴 얼굴이 명함판으로 찍혀 있다. 나는 명함을 조심성 있게 지갑에 넣는다.

"상운 씨한테서 혜은 씨에 대해 이야기 많이 들었어요. 막내 동생 같은 제자라고요. 가정 형편이 어려운 것 같아 자기 어려웠던 시절 생각도 나고 해서 특별히 챙겨주고 싶다고."

초반부터 내 자존심을 흠집 내 기세를 잡으시겠다? 나는 속으로 가소로이 웃었다. 그러나 나는 아무 표정도 내비치지 않고 그저 찻잔만 만지작거린다.

"혜은 씨를 한 번 만나보고 싶었어요. 어떤 분이신지."

그녀는 다시 찻잔을 입에 가져갔다가 가만히 내려놓는다.

"제가 지금 영어학원에 가봐야 해서요. 단도직입적으로 저를 만나자고 하신 용건이…?"

나는 눈을 치뜨고 또박또박한 어조로 침착하게 응수한다. 기왕 이렇게 된 이상 그녀와의 정면 대결은 피할 수 없을 것 같았고 둘 중 어느 한 사람은 맹목적인 피해자가 되어야 한다는 머리계산이 내 방어본능을 부추겼다.

그녀는 씩, 허하게 웃는다. 그리고 자세를 바로 고쳐 앉는다.

"다행이네요. 어느 정도 말이 통할 것 같아서. 나는 두 사람이 어떤 관계든 관심 없어요. 나중에 결혼해서 엄마와 아내로 살아보면 알겠지만, 그 정도로 쉽게 깨질 우리 사이가 아니니까. 어차피 한때 불장난일 테니까. 불장난은 둘이 함께 저질러도 피해자는 언제나 여자 혼자뿐이라는 것, 산부인과 의사 경력 8년 만에 얻은 결론이죠."

학생을 앞에 세워 두고 가르치는 듯한 그녀의 말투가 귀에 상당히 거슬렸지만, 언제까지, 어디까지 나한테 잘난 척을 할 수 있는지 일단 끝까지 그녀의 말을 들어보기도 한다.

"둘 사이에 좋은 감정, 그래요. 뭐 감정이 있는 사람이니까 잠시 그럴 수 있다고 생각해요. 하지만 적어도 상대방의 앞길에 방해는 되지 말아야지요. 상운 씨가 이번에 박사학위 받고 나면 자리가 나서 여기 대학 전임으로 임용될 겁니다. 사실 오늘도 그 문제로 병원 인사 담당자와 미팅이 있어서 겸사겸사 발걸음을 했고요…"

"…"

"그런데 남의 말 떠벌리기 좋아하는 사람들이 두 사람 관계를 마치 진실인양 크게 부풀려 놓았더군요. 어린 학생과 호텔에서 나오는 걸 누가 봤다느니, 그 학생의 물주라느니. 솔직히 너무 허무맹랑한 소리들이라서 나는 믿을 수가 없습니다. 이유야 어떻든 혜은 씨 앞길에도 해가 될 것 같아서 내가 이렇게 나서기로 했어요. 상운 씨가 세상 물정에 어둡고 마음이 너무 여려 맺고 끊음이 분명치가 못해요. 혜은 씨가 노력 좀 해주세요. 듣던 대로 똑똑한 분이신 것 같으니 내가 긴 얘기 안 해도 될 것 같네요."

그녀는 침착했다. 얼음물처럼 냉랭했다. 불장난이라, 상대방의 앞길에 누가 된다, 너한테도 좋을 것이 없으니 그만 정리해 달라, 나는 그녀의 말 한마디 한마디를 머릿속으로 다시 되새김질한다. 그녀는 상대방한테 곧이 매너에 금가지 않고서도 군더더기 없이 모욕을 주는 방법을 알고 있다.

"이제 제 차례죠? 세상과 사모님이 어떤 식으로 선생님과 저와의 관계를 오해하고 계신지 모르겠지만 남들한테 손가락질 받을 짓은 절대 하지 않았다고 생각합니다. 학생이 존경하는 교수님을 찾아뵙고 커피 한 잔 같이 마시는 것도 문제가 되나요? 우리 관계가 사모님이 오해하시는 그런 관계가 아니라는 걸 얼마든지 확인시켜 드리죠. 산부인과 전문의시라니, 언제 사모님한테 검사라도 받아 보죠."

나는 최대한 침착하려 애쓰며 응수한다. 내가 당한 모욕을 똑같이 되돌려 주리라.

"사모님이 그런 오해까지 하게 한 선생님한테 잘못이 있겠죠. 우리 사이 사모님이 생각하시는 그런 더러운 관계 절대 아닙니다. 정 못 믿으시겠다면 전화 주세요. 저는 영어학원 시간이 다 되어서 이만 일어나야겠네요. 괜한 걸음하시게 해서 죄송합니다."

나는 방긋 웃으면서 가볍게 목례를 한 다음, 자리를 털고 일어선다. 곁눈질로 본 그녀는 얼떨떨한 표정을 짓고 있다. 다리가 후드득 떨린다. 나는 다리에 바짝 힘을 주어 출입문을 통과한다. 그녀의 떨떠름한 시선은 아직도 내 뒤통수에 머물러 있으리라. 그 옛날 우리 집에 왔던 그녀, 홍삼과 케이크 상자를 들고 왔던 그녀, 엄마한테 임신 6개월의 몸뚱이가 만신창이가 되도록 두들겨 맞았던 그녀의 기분도 이랬을까. 공중화장실의 대걸레가 된 것처럼 더럽고 추잡하고, 갈기갈기 찢겨진 기분이었을까.

나는 계단을 내려가면서 입에 시큼하게 고였던 침을 뱉는다. 거리에는 6월 초엽의 폭염이 내리쬔다. 눈이 부셔 앞을 제대로 분간하기조차 힘들다. 바람이라곤 한 점도 없다.

복사실의 창문으로 보이는 하늘은 유리조각처럼 팅겨오를 듯 투명하다. 그때서야 똑, 똑 부러지기라도 할 것처럼 잔뜩 경직되어 있던 뒷목과 어깨가 송곳으로 가격하는 것처럼 쑤신다. 나는 한 손으로 꾹 꾹, 눌러 나대신 긴장한 근육들을 풀어준다. 내가 왜 이렇게까지 생판 알지도 못하는 그녀한테 모욕을 당하고, 자존심에 상처가 나고 비참한 기분이 들어야 할까, 이건 내가 원했던 내 모습이 아니었다.

나는 입가에 쓴웃음을 해싯 흘린다. 나는 복사기를 매만진다. 여기에 내 전신을 눕혀 복사를 하면 어떤 모습으로 찍혀 나올까? 문득 예전에 읽었던 한 소설에서 그런 부분을 읽었던 기억이 난다. 그때부터 나는 복사실이 지금처럼 한산할 때 종종 내 육체를 축소 복사 해보고픈 마음이 밤안개처럼 자욱하게 피어났다. 정말 나를 복사한다면 나는 어떤 모습으로 카피돼 나올까? 혹시 전신이 그림자처럼 온통 투명하게 카피되어 나오지나 않을까? 나는 소설 속의 주인공처럼 한 손을 활짝 펴고 다른 한 손으로 복사기를 작동시킨다. 신호음과 함께 파란 불빛이 판을 가로지른다. 카피되어 나온 종이 위에 까만 손바닥이 찍혀 있다. 이건 누구의 손인가. 낯설다. 나는 미지근하게 달아오른 판에 내 얼굴을 가져간다.

혜련은 며칠째 소식이 없다. 동생의 수첩에 적힌 친구들의 집으로 전화를 걸어 행방을 수소문해봤지만 아무도 모른다고 했다. 그 아이의 단짝 미경의 말에 의하면 그동안 혜련의 학교생활은 그야말로 자포자기 상태였다고 한다. 전교 꼴등을 도맡아하는 걸로도 부족해 결석 일수가 출석 일수보다 더 많았고, 가출팸으로 엮인 게 의심되는 행색이 불량한 아이들과 자주 어울려 다니는 걸 목격한 아이들이 있다고 말했다.

전교 수석으로 입학한 아이가, 그 일이 있기 전까지 전교 5등 안을 벗어난 적이 없었던 그 총명한 아이가, 전교 꼴등을 하다니. 게다가 가출팸이라니. 나는 어이가 없어 말문이 막혔다. 망할 계집애. 더 이상 그 아이를 기다리는 건, 정신 차려서 제 발로 집으로 돌아와 주기만을 기다리는 것은 어리석은 짓이다. 나는 다급한 마음에 경찰에 당장 실종 신고부터 했다.

아버지는 혜련을 적어도 나보다는 예뻐했다. 그가 집을 나가기 전까지는. 혜련은 나처럼 약삭빠르지도 않았고 언제나 부모한테 순종적이었으며 공부도 곧잘 했으므로. 그리고 한 가지 더 중요한 까닭은 5대 독자 종손집안의 대를 이을 아들 손자를 그렇게 기다렸던, 고추 달린 손주 녀석을 안아보기 전까지 절대로 눈조차 감을 수 없다며 매일 엄마를 모질게 들볶던 할머니가 어느 날 소문에 용하다는 북한산 밑 점집을 찾아갔더니, 처녀보살 점쟁이가 아버지의 사주팔자에 대해 다음과 같이 말했다고 한다.

"다 늙어서 아들을 하나 얻을 팔자이긴 해. 그런데 그 아들보다 딸이 영특해서 아들 열 노릇을 하겠어. 이 딸한테 공을 들여 봐. 늦팔자가 늘어질거야."

아버지는 그 열 아들 노릇할 딸을 내가 아닌 혜련으로 짐작했다. 그래서 그는 혜련을 애지중지했다.

하지만 사랑만 받고 자라온 식물은 그 사랑을 항상 삶의 중심에 두기 때문에 혹독한 비바람을 견디지 못하는 법이다. 엄마의 병환은 우리 집을 한순간에 풍비박산 내는 불씨로 작용했다. 그 불씨는 그렇게 큰 것이 아니었지만 그것이 가진 위력은 한 가정을 뿌리째 뒤흔들기에 충분했다.

당시 아버지는 지방 근무 중이었다. 가정적이었던 아버지는 주말이면 꼭 집으로 돌아와 아픈 엄마를 살뜰히 챙기고 가족과 시간을 함께 보냈지만 언젠가부터 일을 핑계로 지방에 머무는 간격이 더 길어졌다. 그는 그렇게 우리에게서 한 발자국씩 멀어짐을 짐작케 했다. 자식의 육감이란 아내의 육감보다 더 정확하고 무서운 것이었다.

할머니는 엄마가 자궁암에 걸려 자궁 적출 수술을 받자, 더 이상 아들 손주를 기대할 수 없다는 좌절감에 파르르 진저리를 쳤다. 엄마와 눈이라도 마주치면 할머니는 수시로 악담을 퍼부었다.

"생산하지 못하는 여자는 쓸모가 없다. 죽은 고목하고 뭣이 다르더냐. 애기보 없는 년."

마치 한만 쌓인 노망난 노인네같이 할머니의 노기는 시간이 지나도 지칠 줄 몰랐다. 결국 할머니는 제풀에 지쳐 화병으로 몸져 드러눕고 말았다. 그리고 얼마 후 그 일이 터졌다.

어느 날 밤, 물을 마시러 주방으로 가는 도중, 조금 열려진 안방 문 틈새로 나는 그 광경을 똑똑히 목격하고야 말았다. 엄마는 아버지 앞에서 무릎을 꿇고 있었다. 처음에는 무심결에 봐서 그게 어떤 상황인지 정확히 인지할 수 없었다.

"이혼만은 제발. 여보, 우리 애들은 어떡하라고? 당신은 그 여자 아이만 중요해?"

엄마는 어깨를 들썩이며 울먹였다.

"그게 문제가 아니지. 나도 너한테 할 만큼 했다. 어머니 비위하나 못 맞춰 허구헌날 집안이 벌집 쑤셔 놓은 것처럼 시끄러운데, 두 사람 사이에서 내가 얼마나 더 힘들어야 하냐? 이제 나도 좀 사람답게 살자. 쟤들 이제 다 컸어. 이 집이랑 양육비 주면 너 애들이랑 먹고 살 수 있잖아."

"여보, 제발."

"그래. 나 사람새끼 안 할 거니까, 나 좀 그만 놔둬."

그러고서 아버지는 안방 문을 열고 나왔다. 나와 눈이 마주쳤지만, 아버지는 이미 나 같은 건 안중에도 없었다.

그렇게 우리 집의 웃음이, 행복이 금이 갔고 부식되어 무너져버렸다. 결국 아버지와 엄마는 이혼 서류에 각자의 도장을 찍었다. 엄마는 진을 빼는 항암치료를 받으며 죽은 벌레처럼 혼자 모로 돌아누워 숨죽여 울었다. 아버지가 떠난 집에서 엄마는 여전히 할머니의 삼시 세끼를 챙겼다. 그가 아직 할머니를 데려갈 형편이 아니라는 게 이유였다. 우리 모두 할머니의 존재가 눈엣가시였지만 대놓고 싫은 내색을 할 수도 없었다. 그동안 깨닫지 못했던, 남자의 이기심에, 아니 아버지란 사람의 몰상식한 이기심에 하루하루 그저 놀랍기만 할 뿐이었다.

그 여자가 홍삼과 케이크 상자를 손에 들고 아버지와 나란히 대문 안으로 들어선 것은, 그해 가을쯤이었을 게다. 그 여자는 엄마와는 차원이 다르게 젊고 고왔다. 그녀를 보자 할머니는 병석에 누워서도 미친 듯이 헤헤, 웃었고 그녀가 사온 홍삼과 케이크도 단숨에 세 조각이나 먹어치웠다. 나는 화장실 변기 위에 걸터앉아서 그런 할머니가 어서 죽어 세상에서 사라지게 해달라고 모든 신들의 이름을 부르며 간절히 기도했다. 내가 할 수 있는 건 고작 그런 것들뿐이었다.

항암치료를 받고 돌아온 엄마는 배가 제법 볼록해진 그 여자를 보자 갑자기 얼굴이 새빨개져서 다짜고짜 그 여자의 머리채를 휘어잡아 밖으로 끌고 나갔다. 방사선 치료로 진이 다 빠졌을 텐데, 어디서 그런 엄청난 힘이 갑자기 솟구쳤는지 그저 놀라워 우리는 멀뚱히 쳐다보기만 했다. 아마도 증오의 힘이었을 것이다. 누군가를 증오한다는 것은 그만큼의 엄청난 파괴력을 지니는 것이리라.

엄마의 갑작스러운 행동에 할머니는 누워서 악다구니를 썼고 아버지는 주먹질로 제지해 엄마를 땅바닥에 쓰러뜨렸다. 그 충격으로 봉합된 수술 부위가 터져 엄마의 허벅지를 타고 불그스름한 피가 흘렀다.

나와 혜련은 그런 광경을 보고서도 어쩌지를 못해 마루방에 움츠리고 앉아 비루먹은 개새끼마냥 덜덜 떨었다. 우리는 그때 왜 그렇게밖에 하지 못했을까? 할머니한테, 아무짝에도 쓸모없는 년들, 이라며 갖은 욕지거리를 얻어들어도, 곰방대로 머리를, 다리를 얻어맞아 죽더라도 그때 우리는 엄마를 할머니와 아버지로부터 지켰어야 했다. 그들이 가진 막강한 힘은 결코 영원불멸한 것이 못 된다는 걸 왜 그때는 알지 못했을까.

그토록 위풍당당했던, 세상에 없는 불로초라도 뜯어먹어 불로장생이라도 할 것 같았던 할머니는 다섯 달을 넘기지 못할 거라는 의사의 말대로 다섯 달 만에 수의를 입고 세상에서 퇴장하였다. 그렇게도 품에 안아보길 소원했던 아들 손자의 출생을 열흘 앞두고 유언 한마디 남기지 못한 채 우리 곁에서 떠났다. 할머니가 퇴장한 세상, 나는 세상에 태어나서 그때처럼 기쁜 적이 없어서 장례식장의 화장실에서 미친 듯이 깔깔 웃으며 환호했다.

아버지와 우리의 천륜도 할머니의 죽음을 기점으로 그렇게 끊기는 것 같았다. 그 후 몇 년 동안을 아무 왕래도 없이 살았다.

하지만 아버지의 부재는 생각보다 생생했다. 그가 집을 나가기를 기다렸다는 듯이 집안의 가재도구들이 하나씩 고장이 나기 시작했다. 처음에는 안방 전등이, 다음에는 주방 가스레인지가, 그 다음에는 보일러가, 현관문이, 그해 겨울에는 수도관이 동파했다. 마치 주인을 잃은 충성스러운 강아지가 식음을 전폐하고, 나머지 가족한테는 철저히 무관심하듯 그것들도 그랬다.

아버지의 부재가 불행의 이유는 되지 못했으나, 경제적 기반이 흔들린다는 건 불행의 이유가 되었다. 혜련과 나는 팔짱을 낀 채 하루가 다르게 변하는 우리의 공간을 넋 놓고 지켜봤다. 처음에는 피아노가 사라졌고, 다음에는 엄마의 패물이, 그 다음에는 무엇이 사라졌는지 일일이 파악할 수도 없었다.

이제 막 고등학교에 입학해 한 학기가 지났을 뿐인데 혜련은 뿌리째 흔들렸다. 전교 석차 5등 안을 맴돌던 게 순식간에 1백 등 안을 벗어났고 곧 2백 등 안을 벗어났다. 정말 자포자기 해버린 사람 같았다. 혜련과는 달리, 나는 그렇게 쉬 흔들리지 않았다. 아니, 흔들릴 여유조차 내겐 없었다. 때로는 이기적인 무관심이 되레 약이 되었다. 변하거나 악화되는 내 주변의 것들은 철저히 내 관심 밖이었다. 내 관심은 오로지 나와 내 삶뿐이었다. 독하고 모진 년이라는 엄마의 멸시와 눈총에도 아랑곳하지 않았다. 나라도 살아남아야겠다는 집착으로 그 폐허 속을 헤치고 수능을 봐 나름 명문이라는 B대학교 영문학과에 합격했다.

어느 날, 친구와 며칠 바람을 쐬고 와서 새롭게 다시 시작하겠다며 돌연 여행을 떠난 엄마는 열흘이 지나고, 스무날이 지나도 돌아오지 않았다. 엄마마저 가출한 상태에서 세 자릿수를 훨씬 넘는 내 입학금을 내줄 사람은 세상 어디에도 없었다. 그러나 나는 아버지한테 만큼은 전화하지 않았다. 집을 처분하는 일이 있어도, 내 오장육부를 정육점에 걸린 고깃덩이처럼 해체해 팔아야 한대도, 제아무리 그게 자식을 둔 아비 된 자의 의무이자 도리일지라도 그의 지갑에서 나온 돈은 절대로 받지 않겠다고 작심했다. 결국 나는 집을 전세로 두고, 우리는 근처 원룸에 월세로 들어가, 내 입학금과 혜련의 학비를 마련했다. 그다지 애착이 가는 집도 아니었다.

아버지의 가출 후, 엄마는 자신은 두 번 다시 낳지 못할 아들을 다른 여자가 낳았다는, 해서 자신이 20여 년 동안 똥개처럼 사랑과 충성을 바친 남편으로부터 버림받았다는 자책과 허탈로 몇 달간을 술과 잠으로 연명했다. 그러나 그것마저도 자신을 위로해주지 못하자, 친구를 따라 재미삼아 간 사이비 교회에 푹 빠졌다. 저녁 끼니때가 되어도 엄마는 집에 들어오지 않았고 우리는 빵이나 라면 따위의 것들로 주린 배를 채웠다.

"엄마, 우리를 굶겨 죽일 작정이야? 밥 좀 해줘. 김치찌개가 먹고 싶다고."

"먹고 사는 건 중요하지 않다. 그분이 오시면 밥 같은 건 안 먹어도 영생할 수 있어. 공부할 필요도 없어. 다 헛짓이야. 내일부터 엄마랑 같이 너희들도 교회에 나가자."

무엇보다 밤마다 엄마가 묻혀 오는 농도 짙은 어둠이 두려웠다. 그깟 자존심과 배신감에 치를 떨며 아버지의 양육비도 거부한 엄마는 생계를 위해 포장마차라도 끌어야 할 판에 쓴웃음이 날 만큼 엉뚱한 말만 해댔다.

우리는 도저히 그녀의 행동과 그녀의 감정을, 그녀의 모든 것을 이해할 수 없었다. 엄마에 대한 우리의 태도는 설득에서 냉담, 무관심으로 지쳐갔다. 그리고 얼마 후, 엄마는 돌연 말도 없이 완전히 자취를 감춰버렸다. 엄마를 비롯해 그 이상한 교회 사람들 모두가 흔적도 없이 자취를 감춰버렸다. 집이 팔린 사실은 훨씬 뒤에야 알았다. 끔찍했다. 내가 지금 처한 현실이라고 도저히 믿어지지 않았다. 하루아침에 우리 자매는 오갈 데 없는 천애 고아 신세가 되어버린 것이다. 우리는 엄마가 아무도 알지 못하는 곳에서 죽어버린 것이라 생각했다.

오늘은 오 선생과 저녁 약속이 있다. 그는 내가 자기 와이프를 만났다는 사실을 알고 있을까? 나는 일부러 그에게 말하지 않았다. 어쩐지 내 인품이 손상되는, 별로 나한테 득 될 것이 없는 것 같아 그냥 묻어두기로 했다.

나는 복사실의 자그마한 창문 너머로 도서관 앞 벤치에 앉아 있는 두 여자를 바라본다. 그녀들의 입술은 닭벼슬만큼이나 쉴 새 없이 움직인다. 저렇게도 친구와 재미나게 할 이야기가 많을까? 나는 저렇게 수다를 떨 친구가 단 하나라도 있을까? 기억을 잠시 더듬는다. 모든 게 뒤죽박죽 된 이후, 얼핏 떠오르는 이름이 없다. 하지만 그런 이유로 문득 외롭거나 쓸쓸하지는 않다. 나는 나대로 잘 살고 있으니까 그것으로 된 것이다.

나는 시간을 확인한다. 그와의 약속 시간이 거의 다 되었다. 서둘러 화장을 고치고 옷매무새를 살핀다. 약속 장소는 내부 장식으로 이탈리아 분위기를 한껏 살린 전통 이탈리안 레스토랑이다. 늘 그렇듯 그가 먼저 와 나를 기다리고 있다.

"너 알바 한 개 줄어서 내가 좋다. 저녁에도 이렇게 여유 있게 만날 수 있으니."

"동감."

나는 자리에 앉으며 환하게 씽긋 웃는다. 그는 이 집의 추천 메뉴인 오징어 먹물 해물스파게티를 주문한다. 나는 조금 전에 봤던 여학생들처럼 그에게 일주일 동안 있었던 사소한 이야깃거리를 늘어놓으며 수다를 떤다. 나는 그를 더욱 부드럽고 살갑게 대한다. 식사를 마친 후, 우리는 가까운 와인바에서 다정하게 테이블 아래에서 손을 마주 잡고 앉아 와인을 나눠 마신다.

우리는 곧 우리 둘만의 아지트로 자리를 옮긴다. 그러나 우리가 호텔을 드나드는 이유는 남들이 생각하는 그런 상식적인 것과는 다소 차이가 있었다. 세인들의 눈을 의식하지 않고, 우리 둘뿐인 공간에서 다정하게 얘기하고 쉴 수 있는 공간을 찾다보니 비밀유지가 그래도 수월한 호텔이 가장 안성맞춤이었다. 여기서 우리가 하룻밤을 함께 보내는 일은 물론 지금까지 한 번도 없었다.

"너한테 미안하다. 와이프 만났다며? 그렇게 분별없는 여자는 아닌데."

와인을 한 잔 더 마신 그는 목소리마저 시무룩하다. 그는 진심으로 나한테 미안해하는 것 같았다. 나는 괜찮다는 제스처로 그를 뒤에서 가만히 안는다. 역시 그에게 고자질 안 하길 잘했다고 생각하면서.

"내가 너한테 어떻게 사과해야 다친 네 마음이 풀릴까?"

그는 나를 자신의 무릎 위에 끌어 앉히며 귀에 속삭인다. 그는 나를 더욱 가슴 깊이 끌어안는다. 나는 잠시 그를 그대로 놔둔다.

"혜은아, 난, 난 말이지 너를 갖고 싶어. 세상에 태어나 지금까지 너만큼 나를 이렇게 바보로 무장 해제시킨 여자는 없었어. 네 모든 것에 나를 새기고 싶어. 널 완전히 내 여자로 만들고 싶어. 내 맘 알겠니? 내가 어떻게 해야, 언제쯤이면…"

"선생님 취했구나. 와인 몇 잔으로 이렇게 엉망으로 취해버리면 어떡해요."

나는 그의 품에서 벗어나려고 팔에 조금 힘을 준다. 그의 손이 내 가슴을 더듬고, 그의 입술이 내 입술 깊숙이 파고든다. 그의 은근하고 달달한 목소리가 나를 점점 꼼짝할 수 없는 밀림 속으로 빨아들이는 것만 같다.

"너를 사랑한다. 나한테는 너밖에 없어. 너 없이 나는 살 수 없어. 사랑해. 혜은아."

그는 텁텁한 입김을 내며 내 귀에 낮게 속삭인다. 순간, 나는 혼란스러워 아무 생각도 할 수 없다. 다른 때 같았으면 아무렇지도 않은 상황이었는데도 갑자기 이렇게 에로틱한 상황으로 돌변한 게 당혹스럽다. 이어 그는 완력으로 나를 침대 위로 밀치고 나를 정신없이 파고든다. 이 돌발적인 상황에서 내가 이대로 그를 제지하지 않는다면, 그가 제 뜻대로 내 육체에 자기를 새긴다면… 아무 의미도, 보람도 없이 나는 그대로 무너지는 것이다. 내 꿈은 그대로 끝장인 것이다. 나는 그의 품 안에서 벗어나려 안간힘을 써, 그의 팔을 밀치고 가까스로 몸을 일으킨다.

"선생님, 정말 왜 이러세요?"

"혜은아."

나를 부르는 그의 눈빛은 너무도 간절하다. 너무나 간절해서 가엾기까지 하다. 내 육체를, 내 사랑을 구걸하는 것 같아 안쓰럽기까지 하다.

"선생님 원래 이런 분이셨어요? 근데 난 이런 식으로는 선생님의 것이 될 수 없어요. 밥 몇 끼 얻어먹었다고, 옷 몇 벌 얻어 입었다고, 노트북 하나 선물 받았다고 해서 우리의 관계가 이 이상으로 발전할 수 있다고 생각하세요?"

"너도 나를 원하잖아. 나를 사랑하잖아."

나는 문득 쓴웃음이 나, 하하 웃는다.

"물론 사랑하지요. 하지만 그건 감정일 뿐, 아무것도 아니에요. 선생님이 지금 나한테 무엇을 해줄 수 있죠? 부인과 자식이 있는 남자가 내게 뭘 줄 수 있을까요? 제가 선생님과 호텔방에 드나드

212

는 것 말고는 무엇을 함께할 수 있을까요? 부인과 이혼하고 애들까지도 모두 버리고 나를 선택할 용기가 있나요? 그러면 선생님을 내 운명이라 생각하죠."

침착하게 응수하는 나를, 그는 초점 없는 눈으로 망연히 응시한다.

"세상은요, 그의 부인한테는 관대하지만 그의 내연녀한테는 손가락질뿐이에요. 내가 왜 선생님 때문에 그런 인생을 살면서 나를 삼류로 떨어뜨려야 하죠? 나는 그럴 수 없어요. 본인에게 그럴만한 가치가 있다고 생각해요. 정말? 천만에요."

나는 단호했다. 육체적 사랑의 가벼움을, 책임지우지 않는 사랑의 오락성을, 여성한테만 돌이킬 수 없는 상처로 남는 불륜놀이를 나는 혐오한다. 그런 의미에서 내 아버지는 보기 드문 특별한 남자였다. 하지만 엄마한테 아들의 존재가 있었다면, 그가 5대 독자가 아니었더라면 그도 달라졌을지 모른다.

나는 그동안 몇몇 남자와의 관계를 통해 정신적으로는 너덜너덜해졌을 지도 모르지만 물리적으로는 흠 하나 없는 깨끗한 육체를 가지고 있다. 물론 나는 동정예찬론자는 아니다. 순결? 그 딴것은 그저 허상에, 남자들 중심의 이데올로기가 조작하고 부풀린 아프리카의 할례처럼 잔인하고 악질적인 핏빛 제물에 지나지 않는다.

다만, 나의 그것은 미래의 내 사람을 위해 준비해둔 최후의 만찬이다. 나를 성공이라는 날개로 자유롭게 날아오르게 해줄 수 있는 사람, 별 볼 일 없이 하찮은 누더기나 걸치고 있는 나를 신데렐라로 만들어 이 세상의 맨 꼭대기로 에스코트해줄 사람, 바로 그를 위해 마련해 둔, 그와 함께할 축배인 것이다. 그러나 오상운, 그는 아니다. 그저 평균치의 인물밖에 되지 못하는 그가 나를 위해 해줄 수 있는 건 고작 옷 몇 벌과 밥 몇 끼일 뿐이다.

"아내와 아들과의 관계를 깨끗하게 정리하고, 완전히 혼자가 돼서 와요. 그럼 나도 선생님을 다르게 생각할 수도 있을 테니까."

내 말이 끝나자마자, 그는 표정을 험하게 구기며 재킷 주머니에서 담배를 찾아 꺼내 문다.

"그전엔 안 된다 그거지? 너를 털끝 하나 건드릴 수 없다 그거지?"

"예. 그거예요."

"진짜 잔인한 게 뭔 줄 아니? 감정을 이렇게 농락하는 것. 나는 애 엄마를 더 이상 사랑하지 않아. 그냥 애 엄마일 뿐이라고. 와이프를 언제 안았는지 기억도 안 나. 나한테는 정말 너뿐이라고, 혜은아."

나는 그의 눈빛에서 거세당한 남자의 절망과 좌절을 읽는다. 나는 더 이상 거기에 있을 이유가 없는 것 같아 핸드백을 손에 들고는 나갈 채비를 서두른다.

그는 허탈하게 웃음을 허허 터뜨린다. 그리고 담배연기를 깊게 빨아들인다. 연기마저 삼켜버린다.

"네 속에 내가 있는지 알고 싶었어. 혜은이 넌 언제나 그랬어. 모든 것을 줄 것처럼, 모든 걸 다 받아들일 것처럼 깊은 네 두 눈은, 그러나 결정적인 순간에 매정하게 돌아설 만반의 준비를 하고 있었어. 그럴 필요는 없는데 넌 지나치게 방어적이야."

"나쁘다고, 잔인하다고 비난해도 상관없어요. 그래서 마음이 정리가 된다면 그렇게 하세요."

"내가 마지막으로 충고 하나 할까? 너에게 사랑은 불가능해. 더 정확히 말하면 사랑에 모든 걸 걸 의지도 능력도 너에겐 없어. 내 처지가 문제가 아니라, 다른 남자를 만나도 넌 절대 달라지지 않아."

어쩌면 그의 말이 맞을지도 모른다. 나는 입가에 지극히 인색한 웃음을 머금는다.

"그럼 우린 이제 끝난 거로군요. 그동안 고마웠습니다. 믿지 않겠지만 정말로 선생님을 많이 사랑했습니다. 잘 지내세요, 선생님."

나는 뒤돌아보지 않고 바깥으로 향한다. 방문을 닫으려는데, 무엇인가가 바닥에 내동댕이쳐지며 와장창, 깨지는 날카로운 소리가 들린다. 그러나 나는 뒤돌아보지 않는다.

지금까지 만났던 남자들처럼 그와의 이별이 갑작스러웠지만, 그다지 마음이 쓰이진 않는다. 어쩜 그의 말대로 나는 그들에게 내 모든 걸 내주지 않아 그만큼 상처를 받을 일도 없을지 모른다. 어차피 오래 지속될 관계는 아니었다. 그는 외로웠고, 나는 잠시 그의 감정을 받아준 것뿐이다. 상대방의 전파가 제아무리 강해도 반대편 수신기의 주파수와 겉돌면 그 전파는 헛되이 공중에서 분해되어 사라지고 마는 것이다.

거리에는 부슬부슬 여름비가 내리고 있다. 그는 지금 창가에 서서 내 뒷모습을 허탈하게 바라보겠지. 나는 맥없이 호텔 건물을 힐끗 올려다보고 서둘러 택시에 오른다.

오늘도 혜련은 집에 들어오지 않았다. 실종 한 달째다. 경찰은 가출로 짐작해 딱히 수사를 하고 있는 것 같지도 않다. 사흘에 한 번씩 그들을 다그치지만, 돌아오는 대답은 기다려라, 였다.

시간은 어느새 자정을 넘어선다. 문득 조금 전에 본 가출팸에 대한 인터넷 신문 기사가 눈에 밟혀 마음이 뒤숭숭해진다. 무소식이 희소식이라지만, 유일한 그 아이의 보호자인 나는 무슨 안 좋은 일이라도 생긴 건 아닌지, 그래서 두 달 넘게 소식이 없는 것인지 점점 불안하고, 한편으로는 그런 걱정까지 온전히 내 몫인 게 화가 치밀었다.

"멍청하고 어리석은 망할 계집애. 어디 들어오기만 해봐라."

나는 책장을 더욱 와락와락 소리를 내며 넘긴다.

마침 무슨 불길한 징조처럼 침묵을 깨뜨리고 휴대폰에 벨이 울린다. 이제는 벨소리가 최고점을 지날 때까지 기다릴 필요도, 목소리를 예쁘게 가다듬을 필요도 없다. 나는 바로 휴대폰을 든다.

"여보세요."

나는 피로로 눅눅해진 목소리에 긴장과 짜증을 돌돌 말아 뱉는다. 아무 소리도 들리지 않는다. 시간을 다시 확인한다. 12시 20분을 막 넘어서고 있다. 두어 달 넘게 이 시간이면 이틀 사흘 걸러 한 번씩 걸려오는 정체불명의 전화다. 나는 숨을 죽이고 한껏 예민해진 청각으로 전화기 속의 동정을 살핀다. 아마 틀림없이 그 사람일 것이다. 자기 자식들을 버린 매정한 자. 어떤 가슴 아픈 변명을 늘어놓는다 한들 도저히 용서할 수 없는 자.

전화기 저편에 있는 자는 무슨 말인가 뱉으려 안간힘을 쓰는 듯 신음소리를 낸다.

"…혜은아, 아빠야. 그동안 잘 지냈니?"

나는 순간 숨이 턱, 막힌다. 내 추측대로 그는 아버지였다. 그라는 것을 깨닫자, 나는 더 이상 숨이 쉬어지지가 않는다. 신음소리조차 낼 수가 없어서 눈에서 끈끈한 물질이 주르륵 흘러내린다. 물컵을 들어 간신히 입을 축인 나는, 정말 온 힘을 다해, 목이 메어 죽을 것 같았지만 정말 온 힘을 다해 전화기 속 그에게 소리친다. "이제… 아무도 당신을 기다리지 않아… 이제 와서 되돌려 놓을 수 있는 건 아무것도 없어. 우리가 당신을 진정으로 필요로 할 때 당신은 우리들 곁에 없었어. 우리를 발가벗겨 내동댕이쳤으니 다시는 우리를 찾지 마. 우리를 찾지 말라고. 이런 불쾌한 전화도 더 이상 하지 마."

나는 숨을 고를 틈도 없이 속사포로 쏘아붙인다. 몸속 근육과 신경들이 고무공처럼 바깥으로 튕겨 나갈 듯 속수무책으로 덜덜 떨린다. 목구멍까지 꽉꽉 차오르는 이물질 같은 울화를 꾹꾹 다져 누르느라 목마저 쎄, 하다. 아버지는 무슨 말인가 더 하려 했지만 나는 휴대폰을 책 위로 던진다.

머릿속이 벌집을 쑤셔 놓은 것 마냥 어지럽다. 그랬다. 아빠의 담배냄새와 따스한 숨결, 감초향기 같은 엄마의 아슴푸레한 채취가 견딜 수 없이 그리울 때가 있었다. 그러나 그때는 언제나 우리 둘뿐이었다. 우리 둘이 서로를 부둥켜안고 아파하며 울어야 했다. 혜련아, 넌 지금 어디에 있니.

문득 감정적이 된 나를 현실에 잡아두겠다는 듯 다시 휴대폰의 벨이 사납게 울린다. 나는 한동안 휴대폰을 싸늘하게 노려본다. 그러나 벨소리는 그치지 않는다. 다섯 번, 여섯 번, 일곱 번.

결국 나는 열 번째 벨소리에서 휴대폰을 마지못해 귀로 가져간다.

"거기 이혜련 씨 댁 맞습니까? 보호자 되시는 분이세요?"

여자는 다급하게, 그러나 일정한 톤의 사무적인 어조로 말한다. 나는 뭔가 심상치 않은 낌새를 눈치 챈다.

"여기 H병원 응급실입니다. 이혜련 씨가 많이 위독하니 빨리 와 주셔야겠습니다."

여자는 내게 뭐라 대답할 틈도 주지 않고 전화를 끊어버린다. 잠시 얼떨떨해 그 전화가 마치 꿈속에서 걸려온 것처럼 아득하게 느껴진다. 혜련이가, 우리 혜련이가, 내 동생이 지금 위독하다고? 그 아이가 지금 많이 아프단 말이지? 나는 아무것도 명확하게 감지되지 않아 한참을 넋이 빠져나간 듯 멍하게 앉아 있다. 아주 한참만에야 비로소 냉정함을 되찾아 옷을 대충 갈아입고서 택시를 타고 병원으로 향한다. 믿을 수 없는 일이었지만 혹시나 하는 조바심에 허둥지둥 응급실로 뛰어 들어가 주위를 두리번거린다. 입 안이 온통 말라 있어 간신히 식도로 넘어가는 한 방울의 침마저 쓰다.

"이혜련 씨 보호자 되세요?"

한 간호사가 내 앞을 가로막는다. 내가 고개를 끄덕이자 손가락으로 정면을 가리킨다.

"수술실 앞에서 기다리세요."

나는 허겁지겁 '응급수술실'이라는 붉은색 글씨가 보이는 곳으로 달려간다. 한참 뒤 이동침대 하나가 나오는 것을 발견한 나는, 무심결에 고무바퀴가 리놀륨 바닥에 탁탁 부딪치는 소리를 들으며 이동침대를 따라 걷는다. 마치 그 소리는 사막 한 가운데에 버려진 채 죽어가는, 생명이 얼마 남아 있지 않은 내게 살이 통통하게 오른 사나운 독수리 한 마리가 날아와 내 마른 육신을 콕, 콕, 쪼는 듯한 고통이었다.

침대에 누워 있는 사람의 얼굴은 보이지 않는다. 온통 시트로 덮여 있다. 설마 저게 우리 혜련이는 아니겠지. 이 사람은 죽었을까?

나는 금방이라도 주저앉을 것처럼 흐느적거리며 침대를 따라 걷는다. 한 의사가 내게 다가와 말을 건넨다.

"이혜련 씨 보호자 되십니까?"

나는 말없이 머리를 끄덕인다.

"저희로서는 최선을 다했지만 상처가 너무 깊고 뇌까지 손상돼 어떻게 손을 쓸 수 없었습니다."

그는 애석하다는 표정을 지으며 머리를 절레절레 흔든다. 나는 순간, 무릎이 꺾이면서 그 자리에 털썩 주저앉는다. 속수무책으로 얼굴 근육이 경련을 일으킨다. 혜련아…

그러나 정작 아무 소리도 입 밖으로 뱉어낼 수가 없다. 멀리서 샛노랗게 질린 아버지와 각혈하듯 통곡하는 엄마의 얼굴이 무성 영화의 한 장면처럼 흐릿하게 눈에 들어온다. 혜련아. 왜 네 얼굴 만 보이질 않는 거니 응? 내 동생 혜련아. 넌 어디를 헤매고 있어?

"어휴, 말도 마. 지독하게도 당했더라. 거기에, 그래 음부에 병 조각이 꽂혀 있더라니까. 뇌는 반이 나갔고. 도저히 어떻게 손을 쓸 수가 없었어. 살다가 그런 미친 개새끼들 만날까봐 간이 벌벌 떨리더라니까."

간호사 두 명이 서로 얼굴을 마주한 채 귀에 쑥덕대며 내 앞을 지난다. 이제껏 한 번도 느슨히 풀어본 적 없던, 그래서 항상 활시 위처럼 팽팽히 당겨졌었던 긴장과 인내가 일시에 내 몸 밖으로 쑤욱, 빠져나가는 것 같다. 나는 머리를 벽에 몇 번이고 부딪치며 그대로 눈을 감아버린다. 아주 지독하고 더러운 악몽을 꾸는 것이 라고 생각한다. 그래서 무섭고 치떨리는 이 순간이 지나면 모든 게 괜찮아질 거라고, 어서 빨리 이 욕된 순간이 지나주기를, 어서 이 어둡고 슬픈 밤이 지나주기를 기도한다. 날이 밝아 내가 눈을 뜨면 이 지독한 꿈에서 깨어날 수 있을까. 옆에서 새근새근 자고 있는 혜련을 툭툭 치며 어서 일어나라고 지청구를 늘어놓을 수 있을까.

혜련은 그렇게 떠났다. 한 생명의 매듭 끈은 그토록 세상과 쉽게 끊어져버렸다. 영정사진에서 혜련은 오래도록 쓸쓸히 살았던 한 소녀의 채취를 풍긴다. 사진 속에서 혜련은 환하게 웃고 있다. 감히 죽음이 범하지 못할 너무나 예쁜 웃음이다. 죽은 이의 영혼 같은 향내가 장례식장 안을 맥없이 떠돈다.

아버지와 엄마의 혼미한 얼굴이 형광등 불빛 속에서 양각처럼 도드라진다. 아버지는 모두 자기 죄라며 무릎을 꿇은 채 연신 목쉰 소리를 토해낸다.

"왜 왔어? 이제야 왜?"

나는 무릎걸음으로 아버지한테로 가 그의 멱살을 있는 힘을 다해 움켜쥔다. 그는 증오로 번뜩이는 내 눈을 피한다. 문득 영정사진 속에서 혜련의 음성이 들리는 것 같다.

"언니야, 그러지 마라. 아빠도, 엄마도 그럴만한 사정과 이유가 있었을 거야. 우리라도 이해해주자, 응? 언니야."

나는 아버지의 멱살을 쥔 손을 힘없이 푼다.

나는 영정사진 속 혜련을 오래도록 바라본다. 내가 잔소리만 하지 않고 있는 그대로 너를 사랑해줬더라면 너는 집에 있었겠지? 그래. 그랬더라면 너는 집을 나가지 않았을 거야. 사진 속 혜련은 말이 없다.

불현듯 가죽부대를 겹겹이 뒤집어쓰고 있는 것처럼 참을 수 없이 속이 매스껍고 답답해 무작정 밖으로 뛰쳐나간다. 도저히 더 이상 견딜 수 없다. 이대로는 나마저 죽을 것 같다. 나마저 가루로 분해되어 바람과 함께 세상에서 영영 사라져버리고 말 것만 같다. 몸의 어느 한 곳이 욱신욱신 쑤시는 것 같았지만 그게 어딘지 생각할 수 없다. 눈을 감고 다시 한 번 혜련의 웃는 얼굴을 떠올리려 했지만 이제는 아무것도 떠오르지 않는다. 우리 혜련이가 죽었대…

비를 품은 눅눅한 바람이 헝클어진 머리카락을 쓸고 달아난다. 그러나 비는 영영 오지 않을 것처럼 무더운 하늘에 별이 총총히 되살아난다. 나는 현관 앞에 서 있는 택시에 무작정 올라탄다.

"춘천에 가주세요. 춘천 비엔날레 패러글라이딩 연습장이요."

"예에? 이 새벽에?"

놀란 표정으로 나를 뜨악하게 바라보는 기사에게 나는 오만 원권 지폐 두 장을 내던진다. 그는 더 이상 군소리 없이 택시에 시동을 건다.

그곳에 혜련이 있을 것만 같다. 그곳에 가면 혜련을 다시 만날 수 있을 것만 같다.

내 거울 속 달팽이

　　　　식구들은 도둑고양이처럼 발꿈치를 들고 방에서 부엌으로, 마루에서 방으로 드나들었다. 마치 남의 집에 제 사상을 모시기라도 하는 것처럼. 그러나 끝내 거울은 산산이 박살나고야 말았다. 삽시간에 방 안은 발 디딜 틈도 없이 유리 파편들로 어질러졌다. 탄산방울 같은 은빛 햇살에 잔인하고도 싸늘하게 번쩍이면서 방 안 구석구석까지 스며든 무수한 입자들, 마치 이솝 우화 속 마법사의 거울처럼 그 새하얀 빛들로 인해 눈조차 제대로 뜰 수 없었다.

　그날도 아버지는 매년 생일날이면 그래왔던 것처럼 등신대의 거울을 깨뜨렸다. 그것은 지난 아버지의 생일 직후, 집안에 거울이 없어서 옷을 거꾸로 입은 줄도 모르고 외출했다는 어머니의 한숨 섞인 탄식을 듣고는 내가 편의점 알바를 해서 사다 놓은 것이었다. 거울이 박살나는 순간, 나는 거울을 미처 다른 곳으로 옮기지 못한 내 사려 깊지 못한 행동을 후회했다.

매년 생일날이면 어김없이 반복되는 아버지의 그런 난폭한 행위는 그 누구도 감히 이해한다 말할 수도 없는, 어쩌면 지나치게 순수한 절망의 외적 표출인지도 몰랐다. 너무나 깊고도 깊은 좌절의 샘 한가운데서 그나마 퍼 올린 유일한 절망의 몸짓.

누나는, 곁에서 고양이처럼 입언저리에 크림을 잔뜩 묻혀가며 케이크 조각을 맛있게 먹고 있다가 예기치 않은 상황에 깜짝 놀라서 올망차게 두 눈을 치뜬 조카 녀석의 눈을 손바닥으로 가렸다. 그러나 결국 아이는 입안에 든 케이크 부스러기를 다 삼키기도 전에 입을 크게 벌리고 겁에 질린 울음보를 터뜨렸다.

"아이, 또 시작이네. 아부지 땜에 내가 못살아. 아이가 놀래서 경기하겠네. 도대체 해마다 이게 무슨 짓이래."

누나는 아버지를 경멸 섞인 눈빛으로 날카롭게 쏘아보다가 이내 시선을 아이에게로 거두었다.

"어. 어. 괜찮아. 승철아. 괜찮아. 우리 아들 많이 놀랬어? 괜찮아. 엄마가 옆에 있잖아."

누나는 울음을 멈추지 않는 아이를 달래느라 진땀을 뺐고, 아이의 자지러지는 흐느낌만 어쭙잖은 침묵을 걷어내 주었다.

나는 어색하기만 한 집안 분위기에 괜스레 손바닥을 쓱쓱 비비고, 손마디를 뚝뚝 꺾곤 했다. 마치 목구멍에 이물질이 달라붙은 듯 껄끄러워 금방이라도 재채기가 터져 나올 것만 같았다.

"아이고, 지겨운 것. 그 지랄 맞은 승질머리는 이십 년 전이나 지금이나."

어머니는 비와 젖은 걸레를 들고 시큰둥하게 방으로 들어가 바닥에 널린 유리 파편들을 익숙하게 훔쳐내며 맥없이 고시랑거렸다.

"내 팔자가 원체 빌어먹게 타고났는디 누굴 원망할 것이여."

언제부터인가 아버지는 생일상을 받는 날이면 오래된 습관처럼 멀쩡한 거울을 깨뜨렸다. 그래야 모든 한과 직성이 풀릴 것처럼, 아버지는 눈물겹도록 초라한 우리네 일상의 껍데기를 여과 없이 그대로 비추는 거울을 향해 손에 잡히는 무엇이든 집어던졌다.

나는 먹다 만 케이크 조각을 한입 크게 베어 물었다. 어느새 마루에까지 날아온 유리파편이 우지직 씹혔다. 문득 혀가 따끔거렸다.

"승철아, 할아버지가 잠깐 화가 나셔서 그래. 좀 있으면 풀리실 거야. 승철이도 엄마가 잔소리하면 짜증나지? 할아버지도 그러셔서 그래. 우리 착한 아들, 눈물 닦고 막내삼촌 방에 가서 놀다가 집에 가자."

누나는 아이를 무릎에 앉혀 놓고 제법 그럴싸하게 상황 설명을 들려주는 자상한 엄마 모습이었다.

"정말 할아버지 화나셔서 그래? 무서워. 엄마."

아이는 아직 흐느낌이 채 가시지 않은 방울꽃 같은 목소리를 내고는, 제 엄마의 품 안으로 파고들었다. 재덕이는 아이를 품에 안고 밖으로 나갔다.

한동안 침묵이 무겁게 내려앉았다. 나는 아버지의 그런 행동들을 일종의 '발작'이라고 치부해왔다. 그렇다. 그것은 사실 아주 충동적인 '발작'이었다. 거울 속 자신을 경멸하는, 자신의 생일날마저 끔찍하도록 초라하고 늙은 본인의 모습을 더는 보고 있을 수가 없다는, 그래서 보여지는 것조차 거부한다는, 결국은 그 거울마저도 깨부수지 않으면 안 되는, 아주 유아적이면서도 절박한 발작행위였다. 그러나 그러한 충동 역시 사실 별로 대수롭지 않은, 한낱 너절한 감상에 불과한 것이라고 나는 생각한다.

"아버지, 언제까지 이러실래요? 죽을 때까지요? 이러지 좀 마. 제발. 대체 뭐가 불만이에요? 뭐가 그렇게 못마땅해서 생일날마다 멀쩡한 거울이란 거울은 다 깨는 거예요? 아버지, 오늘은 그 얘기나 좀 들어봅시다."

누나는 매섭게 다그쳐 물었지만 아버지는 돌아누운 채 아무 말도 하지 않았다.

"말말로 아버지, 자식들한테 해준 게 뭐가 있어? 아버지 노릇, 가장 노릇도 제대로 한 적이 없었잖아. 그랬으면 적어도 자식들 속이나 썩이지 말아야지. 나요 아버지가 정 이러면 친정 발길을 아예 끊어버릴 거예요. 정말로 올 때마다 동네 창피해서 못살겠어. 친정이라고 와봐야 어디 맘 붙일 데가 있어야지. 이러니 내가 시집 식구들한테 무시 받고 사는 거라구. 잘난 아부지 때문에."

한바탕 독기서린 눈길로 씹어뱉듯 퉁명스럽게 쏘아붙인 누나는 벌떡 일어서서 튕기듯 나가버렸다.

누나는 그렇게 다시는 안 올 사람처럼 차갑게 대문을 나섰다.

나는 웬일인지 뱃속 어딘지 모를 곳이 미치도록 가려워 깔짝깔짝 긁고 싶어졌다.

누나가 가자, 아버지는 구부정하게 앉아서 마른입에 담배를 물었다. 마치 벽을 깨부수고 그 안으로 들어가버릴 것처럼 아버지는 벽을 똑바로 응시했다. 하지만 그 눈빛은 아무 생각도 담기지 않은 그저 공허하기만한 눈빛이었다.

마치 땅에 뒹굴며 수명을 다한 낙엽처럼 바스락 소리라도 들릴 것 같은 아버지의 마른 입술 사이에서 담배 연기가 푸르스름하게 피어올랐다가 사라졌다.

식구들 중 어느 누구도 말을 하지 않았다. 빗물이 똑, 똑 뇌수로 떨어지는 듯 선명하고도 괴로운 침묵이 얼마간 이어졌다. 갑자기 가슴이 조이면서 나도 모르게 금방이라도 심장이 끈적끈적한 액체로 녹아 흐를 것만 같았다. 나는 더 이상 나를 짓누르는 침묵의 무게를 감당할 수 없어 자리를 박차고 밖으로 뛰쳐나갔다.

내 등 뒤로 어머니의 볼멘소리가 가시처럼 박혔다.

"의사선상님이 그 몹쓸 것 피우지 말랬잖어유. 당최 내 속을 호박 속 긁듯 박박 긁어놔야 당신 속은 시원탑니까. 당신이 맨날 그 모냉 그 꼴이니께 애들도 아부지 대접을 안 해주는 거잖우. 평생을 이러코롬 살 거래유? 영신이 아부지, 인자 쪼깐 정신 좀 차려보소잉. 잉?… 이놈의 팔자는 복도 지지리두 없지. 남들 복 주쉬 댐을 때 이놈의 팔잔 복을 빗지락으로 쓸고 댕겼는지 원."

방문 틈새로 어머니의 끈끈한 인생 푸념이 새어나왔다.

집 앞 골목에는 어느새 땅거미가 내리고 있었다. 가끔씩 스쳐가는 바람소리뿐, 사위는 아주 적막하였다.

아버지. 사전상 의미로는 나를 낳아준 어머니의 남편, 더 자세히 말하면 생물학적 측면으로 내가 한 인간으로 생성되는 데 정자를 제공한 사람. 아, 아버지. 나는 그 말의 어감이 주는 씁쓸한 느낌을 그리 좋아하지 않는다. 나의 아버지. 불현듯 혀끝에 묻어나는 헛헛함으로 나는 금세 가슴이 먹먹해졌다. 내게 있어 아버지라는 존재는 그저 문득문득 가을 찬바람에 우수수 휘날리는 낙엽 같은 인생무상을 헤프게 일깨워주곤 하는 그런 사람이었다. 아버지는 그게 사랑이라고, 그게 남자의 일생이라고 항변하곤 했다.

한때는 육법전서를 달달 외웠던, 장래가 촉망되는 법학도였으나 거듭된 사법고시 낙방으로 아버지의 인생은 브레이크가 파열된 채 내리막길을 달리던 낡은 자동차처럼 추락해버렸다.

대학졸업 후, 할아버지의 강요로 치러진 이웃집 처자와의 혼인도 결국 파경으로 끝맺었다. 고시 준비에 열중하다 보니 집안 경제사정은 갈수록 말이 아니었고, 처자식 양식조차 구할 형편조차 안 되었던 아버지는 언제까지고 가장의 책임을 회피한 채 기약 없는 고시준비에만 전념할 수는 없었다.

마침내 그는 가장의 책임을 다하고자 군대에 입대했고, 고심 끝에 월남 파병을 자원했다. 그렇게 한 몇 년 먼 타국에서 보내면, 본인의 삶이 어느 정도 안정을 되찾을 것이라 확신했던 것 같다.

전쟁의 살벌한 포화 속에서도 아버지는 기적처럼 왼쪽 종아리에 총탄이 긁히고 지나간 상흔만을 남겼을 뿐, 몸 성히 이 년 반만에 고국 땅을 다시 밟았다. 사람들은 운이 좋은 사람이라고 말했다.

이제부터 불행 끝, 행복 시작이라고 믿었던, 그러나 아버지의 뒤틀린 운명은 정확하게 그 지점에서 터닝 포인트를 찍고 새로이 시작되었다. 그의 가정, 이 년 반 동안 타국에서 후덥지근한 아열대 기후와 날아오는 총탄에 맞서 오로지 살아남고자 몸부림쳤던 그의 집에는 이웃집 홀아비와 눈이 맞은 아내, 그리고 엄마로부터 방임된 채 애정결핍 증상을 심하게 앓는 아직 어린 딸이 기다리고 있었다.

나는 다시 머리를 바짝 조이는 듯한 두통이 시작되었다. 진통제 효험이 그새 시들었나 보다. 두통이 시작되면 내 머릿속에서는 커다란 괘종시계의 초침이 짜각짜각 움직이는 것 같아 마치 머릿속에 큼지막한 시한폭탄 하나가 내장되어 있는 듯한 강박감마저 느꼈다. 눈앞의 허공이 아스라이 헝클어졌다. 몸속 혈관들이 일제히 부풀어 오르면서 피들이 빠른 속도로 흐르는 것만 같았다. 왠지 콧속이 끈끈한 점액질로 젖어들었고, 그것이 어느새 스멀스멀 흘러내렸다. 손가락으로 슬쩍 코밑을 훔쳤더니 그건 예감했던 대로 코피였다. 오랜 세월 으레 그렇게 해온 것처럼 나는 능숙하게 서둘러 수돗가로 가서 흘러내리는 그것을 씻어내고 또 씻어냈다.

"형, 또 코피 쏟아?"

방문을 열고서 얼굴만 내민 채 내다보던 재덕이 낌새를 눈치채고 허둥지둥 마당으로 뛰어나왔다.

"약은 먹은 거야? 허기야 약은 무슨 약, 기껏해야 진통제나 지

혈제 같은 거겠지."

재덕은 울화통이 치미는 듯 입술을 잠깐 실룩거렸다.

나는 재덕의 부축을 받으며 형광등이 갈치비늘처럼 파르스름하게 떨고 있는 방 안으로 엉금엉금 기어 들어갔다. 재덕은 내게 꼬깃꼬깃한 약봉지를 건네며 물주전자를 흔들어댔다.

"앗, 물이 또 없네. 물 떠올게. 가만히 머리 젖히고 있어."

내 귓속에서 재덕의 말이 늘어져 엉켜버린 테이프처럼 웅얼웅얼 들렸다.

죽음! dead! mort! muerto! todt!

순간, 몽롱한 의식 속에서 마치 수동타자기로 힘주어 찍는 듯 세계어가 아주 또렷한 활자체로 찍혔다.

"아이, 이 망할 삐삐 강물에 내던져버려야지. 귀찮아서, 원."

재덕이 한 손에는 물주전자를 들고서 바지 주머니에서 뺀 삐삐에 시선을 고정시킨 채로 방에 들어섰다.

"누군데?"

나는 뜯긴 약봉지의 입구에서 애벌레처럼 꼬물꼬물 기어 나오는 알약들을 단숨에 삼키고 그저 건성으로 물었다.

"천사."

재덕도 역시 건성으로 대꾸했다.

"천사?"

재덕은 내게 삐삐를 슬쩍 보여줬다.

거기에는 수많은 천사가 있었다. 1004, 1004, 10043535 10048255,

10040404, 10048255…

"도대체 누구냐? 너 혹시 여자 생겼냐?"

나는 손가락으로 정수리를 꾹꾹 누르며 언구럭스럽게 물었다.

"내가 아는 어떤 개놈이든가, 내가 아는 어떤 개년이든가, 내가 모르는 어떤 개놈이든가, 내가 모르는 어떤 개년이겠지. 이런 유치한 장난도 치고 팔자가 아주 늘어졌어요. 어떤 새끼인지 잡히기만 해봐라."

재덕은 우리 집의 가보처럼 장식된 육법전서를 뒤적거리며 퉁명스럽게 간죽거렸다. 어느새 코피는 거짓말처럼 멎어 있었다.

"근데 너는 요즘 어느 때인데, 박물관에서나 볼 삐삐를 가지고 다녀? 공짜 스마트폰도 많더만."

"그냥 공부에만 전념하고 싶어서. 그다지 필요성도 못 느끼고."

"자식, 범생인 척하기는."

"범생인 척은 무슨. 집안 분위기도 이렇고 나라도 정신 차려야지. 형은 하고 싶어도 못하니까 멀쩡한 나라도…."

"미안하다. 너한테만 모든 짐을 지워서."

"형도 참. 무슨 그런 말을 해. 암튼 우리 속도 답답한데 쇠주 한잔 안 할래? 아, 참 형, 오늘 몸 안 좋지? 술은 내가 다 마실게. 형은 안주만 처리해줘."

진통제의 몽롱한 기운이 차차 내 신경을 둔감하게 죽여 갔다.

나는 재덕과 알큰한 밤바람을 맞으며 거리로 나갔다. 인적 드문 골목에는 촉수 낮은 백열전구만이 밤바람에 파리하게 떨고 있었다. 우리는 동네 구멍가게에 들러 소주 한 병과 초콜릿, 훈제 오징어, 그리고 종이컵 두 개를 샀다.

"언제 봐도 형제끼리 참 우애가 깊어 보여서 좋아."

가게 주인은 니코틴으로 변색된 누르죽죽한 앞니를 몽땅 드러내며 바보처럼 웃었다. 꼬깃꼬깃한 남방셔츠의 밑단이 항상 뒤 허리춤에 걸려 있는 그는 언제 봐도 단정치 못한 인상을 풍겼다.

동네 놀이터에는 철그네가 바람에 댕강댕강 소리를 내며 흔들렸다. 나는 낡아서 형편없이 삐걱거리는 그네에 털썩 주저앉았다.

재덕은 캬, 소리까지 내며 소주를 한 모금 달게 들이키고 나서 오징어 다리 하나를 입에 넣고 잘근잘근 씹었다.

"야, 나도 한 잔 줘봐라."

"형, 몸도 안 좋은데 정말 괜찮겠어?"

"괜찮아. 네가 하도 맛있게 마시니까 나도 마시고 싶잖아. 죽기 아니면 까무러치기지. 술도, 인생도."

내 말에 재덕은 배시시 웃었다. 재덕이 건넨 소주를 제사 술 음복하듯 천천히 들이켰다. 소주 두 모금에 초콜릿 한 칸씩을 냉큼 냉큼 베어 먹으면서.

얼마 지나지 않아 기분 좋은 훈훈함이 진통제 효과로 둔해진 신경을 타고 온몸으로 퍼졌다. 마치 수족관 속에 가라앉은 것처럼 정신이 점차 멍멍해졌다.

재덕은 담배 한 개비를 입에 물었다. 성냥불이 붙는 순간, 재덕의 빨갛게 상기된 얼굴이 판화처럼 찍혔다가 순식간에 사라졌다. 성냥불은 어느 겨울날 싸늘히 식은 노숙자의 목숨처럼 흙바닥에 떨어져 가뭇없이 사그라져버렸다. 재덕은 담배를 깊숙이 빨아들였다. 내 시선은 그의 입 속에서 나온 연기를 좇았다. 그것은 알싸한 밤바람을 가르며 아라비아 상형문자처럼 유유히 피어올랐다가 이내 사라졌다. 그의 시선도 나와 같이 그것을 좇아 멀리 달아났다.

"형."

재덕이 문득 무겁게 입을 열었다.

"키가 자라면 자랄수록 왜 하늘의 별들이 더욱 멀리 보이는 걸까?"

재덕은 얼굴을 하늘로 향했다. 어둠에 가려 잘 보이진 않았지만, 우울한 낯빛이었다. 녀석의 음성은 여느 때와 달리 무척 메마르고 밍밍하게 들렸다.

까만 하늘에 떠오른 보름달은 마치 뻥 뚫린 구멍마냥 허망하게 부풀어 있었고 드문드문 떠 있는 별들이 마치 까만 비로드에 박힌 싸구려 큐빅처럼 희미하게 반짝였다.

"어제 어떤 지지배랑 헤어졌어. 내가 먼저 헤어지자고 했으니까 내가 걔를 차버린 게 되나? 내 주제에 말야. 큭큭."

재덕은 일부러 애써 담담한 척, 큰소리로 허허 웃었다.

"걔랑 찢어진 건 하나도 가슴이 아프지 않은데, 이상하게도 걔한테 아무것도 해준 게 없다는 게 무지 존심 상하네. 못난 놈은 남는 게 똥존심 뿐인가."

그는 또 흐물흐물 웃었다.

"난 걔가 나랑 결혼할 생각까지 하고 있다는 게 몸서리쳐졌어. 나 같은 놈이 어떻게 결혼을 하고, 누구의 남편과 아빠가 돼? 그게 어떻게 가능하냐고. 걔가 나를 좋아한다는 걸 알았을 때부터 마치 뱀 새끼가 내 몸속을 돌며 매일매일 한 뼘씩 길이가 늘어나는 것 같은 기분이 들었어."

재덕은 속이 타는 것인지, 목이 타는 것인지 소주 한 컵을 달게 비우고 말을 이었다.

"형, 난 정말이지 내 아들, 내 손자의 몸속을 그 우라질놈의 고엽제가룬가 뭔가가 갉아먹어 아버지처럼 사람구실도 못하고, 형처럼 뚜렷한 병명도 없이 시름시름 앓는 걸 상상만 해도 끔찍해. 소름이 쫙쫙 끼친단 말야. 형도 말해 봐. 이게 어디 사람 사는 꼴이야? 나는 운 좋게 말짱하지만 내 아이, 내 손자가 멀쩡하리란 보장은 어디에도 없잖아. 그 불안과 고통을…."

결국 재덕은 목이 메어 말을 잇지 못했다. 칠흑 같은 어둠에 가려 재덕의 눈을 보지 못하는 게 차라리 다행이었다. 문득 내 가슴이 시큰했다.

재덕은 누구에게랄 것도 없이 나직이 중얼거렸다. 우리는 왜 이렇게 비참하게 살아야 하는 걸까. 도대체 무엇 때문에, 도대체 언제까지.

밖에는 늦가을의 냉기를 품은 바람이 살랑대고 있었다. 11월이면 나는 언제나 내 마음 속에 회색빛 안개주의보를 발령하곤 했다. 흰색도, 검정색도 아닌 회색. 나는 그 회색빛이 내 영혼의 빛깔과 많이 닮았다고 생각한다. 인생에 대해, 그리고 세상에 대해 어떤 희망도, 기대도 없듯이 더 이상 절망할 것 또한 없는 아주 절제된 삶! 그것은 내가 지금껏 걸어왔고, 또 죽음과 맞닥뜨리는 순간까지 쉼 없이 걸어가야 할, 안개 자욱한 운명의 길이었다.

나는 나약한 육체로 스며드는 새벽의 한기 때문에 형편없이 무력해져서 제법 두꺼운 솜이불로 몸을 돌돌 만 채 달달 떨었다. 시계의 시침과 분침은 서로 나란히 예각을 이루고 움직였으나 가끔씩 눈꺼풀 안으로 스멀스멀 젖어드는 잠의 기미를 보았을 뿐, 깊은 단잠에 빠져들 수는 없었다. 오랜 세월 나를 괴롭힌 불면증과의 동침은 매일 밤 끈질기게 지속되었다.

내 머릿속은 몸뚱이에서 각각 분리되어 저 혼자서 아주 저 멀리, 지금 이 순간과는 전혀 무관한 딴 세상에 가 있었다.

통제력을 잃은 타임머신처럼 과거와 현재, 미래를 제멋대로 드나들며 허망한 생각이 꼬리에 꼬리를 물었다.

스물다섯 해의 내 삶은 늘 그랬다. 마치 어느 무더운 여름날, 굵은 소낙비가 한바탕 퍼붓기 직전의 잔뜩 을씨년스러운 분위기를 연상케 하는 나날이었다. 그것은 어쩌면 살아간다는 능동적인 어감보다는 삶을 버텨낸다는 수동적인 어감이 더 어울릴성싶었다. 스스로 느끼지 못하는 사이, 어느새 내 삶의 중심에서 저만치 비켜서 있는 나 자신을 발견할 때면 살아 있다는 것 자체가 허탈했다. 도저히 물리칠 수 없는 어떤 거대한 힘에 이끌려 방황하며,

배회하며 삶의 주변만을 안타까이 맴돌면서 정작 그것의 뜰 안에는 단 한 발짝도 들여놓지 못하는 허망한 그림자와 같은 인생을 아등바등 살아냈을 뿐이다. 그래서 내게 인생이란 등뼈가 휘어 곧 부러질 것처럼 무겁고 더딘, 그러면서도 결코 내던져버릴 수도 없는 쓸모없는 짐짝에 불과했다.

"미안하다, 정말 미안해. 나를, 이 못난 나를 너는 이해할 수 없겠지만, 그래도 이해해야 해… 너만은 날… 이 바보 같은 날 이해해 줬음 좋겠어…"

어디선가 축축하게 젖은 음성이 슬금슬금 내 귓가로 기어들었다. 그것은 재덕이 숨을 죽여가며 토해내는 절박한 목소리였다. 순간, 내 가슴은 어둠에 휩싸인 절벽 밑으로 다시금 꺼꾸러지는 것만 같았다. 녀석, 그 여자애를 많이 좋아했구나.

나는 문득 코끝이 시큰해 눈을 그만 내리감아버렸다. 그러나 반대로 의식은 너무도 명료하게 깨어 있어 잠이 쉬 올 것 같지 않았다. 이불 속에서 나는 오랜 버릇처럼 팬티 밑으로 손을 뻗어 내 묵직한 그것을 더듬어 만져보았다. 그것은 변함없이 거기에 있었다. 나의 그것! 하지만 그것은 제 존재의 의미를 새까맣게 망각한 채 존재할 뿐이었다. 포르노 배우들이 실오라기 하나 걸치지 않은 채로 등장하여 질펀한 정사를 나누는 장면을 입술을 바짝바짝 태우며 볼 때에도, 수컷의 욕망에 미친 듯이 취해 내 손이 저를 쥐고 꼼지락거릴 때도 나의 그것은 삼백 예순다섯 날 끈끈한 물기 한 방울 내보내지 않은 채로 언제나처럼 탈진한 듯 잠자코 누워 있었다. 살다보면, 이렇게 하루 이틀 지나다보면, 내게도 어느 날 문득 사랑이 올까. 그런 날이 내 인생에도 예정되어 있을까? 그녀의 보드라운 입술을 탐하고, 그녀의 육체 구석구석을 탐하게 된다면 나의 그것도 언제 그랬냐는 듯, 강인한 생명력을 얻을까. 젠장. 빌어먹을. 내가 지금 무슨 생각을 하고 있는 거야. 그런 희망조차 내게는 사치인 것을.

불현듯 슬픔과 분노가 자꾸만 마음속에서 층을 이루며 쌓이고 쌓였다.

나는 머리맡에 놓여 있던 담뱃갑을 집어서 한 개비를 꺼내 입에 물었다. 니코틴의 쌉쌀한 맛조차 느끼지 못한 채 폐부 깊숙이 필터를 빨아들였다.

'죽는다'는 것! '죽음'이란 어떤 것일까. 그저 영원히 지속되는 한 사람의 부재일뿐인가? 단지 영원한 사라짐, 그뿐인가? 외골수로 살아가는 내 인생의 어느 날, 어느 시간에도 그것은 교묘히 숨어 때를 기다리고 있을 것이다. 나는 지금 그 약속된 시간을 향해 최선을 다해 가고 있다. 끼니때마다 어김없이 밥과 약을 먹고, 그 찌꺼기를 몸 밖으로 배설하고, 웹서핑 따위를 하며 정의롭지 못한 세상에 대해 심각하게 고민도 하고, 유치하기 짝이 없는 개그프로를 보며 낭자한 웃음을 깔깔 터뜨리는 것을 반복하고 있는지도 모른다.

내 인생이 그렇게 소리 없이 흔적도 없이 사정없이 갉아 먹히는 게 싫어서 내가 먼저 선수를 칠까도 생각했었다. 그러나 죽음의 그림자를 밟으려면 아직은 더 살아야 하는, 아직 더 견뎌야 하는, 폭삭 찌그러지고 일그러진 모습으로라도, 매일 어딘가 지독한 통증에 시달리면서도 아직은 더 살아야 하는, 꾹 참고 견뎌내야 하는, 지금의 내 나이는 그런 나이라며 삶은 억척스럽게 내 발목을 붙들면서 생고집을 부렸다. 그랬다. 내 나이는 그런 나이였다. 아직은 더 인내하며 살아야 하고, 무언가를 기다려야 하는 그런 나이였다. 대체 무엇을 위해? 그 따위 질문에 대한 답 같은 건 모른다.

하지만 어려운 숙제 같은 내 삶을 어떻게 견뎌내야 할지, 대체 어느 게 정답인지 명확히 길을 제시하고 가르쳐 준 사람은 이제껏 아무도 없었다. 그저 삶이란 어지러운 베타 방정식 같은 것일 뿐, 캐내려 들면 더욱 헤어날 수 없는 미궁에 빠지고 마는 게 우리들의, 아니 내 모순된 삶일 뿐이라는 걸 어느 순간에 깨달아버렸다.

편안한 새벽시간대의 고요는 마치 진공된 비닐 팩에 들어앉은 인형이 된 것처럼 어색하고 갑갑했다. 문득 땅속으로 영영 잦아들고 말 것 같이 온몸에서 맥이 쓱, 빠져나갔다. 무엇인가가 백짓장처럼 희뿌옇게 흐려진 시야를 서서히 가렸다. 해질녘의 땅거미와도 같이 어느 틈에 스멀스멀 기어 나와 뇌리 전체에 마치 바닥에 엎질러진 우유처럼 차차 번지는 그것. 끝없이 펼쳐져 있는 광활한 사막!

그것은 모래바람이 산짐승처럼 서럽게 울부짖는, 나무 한 그루 풀 한 포기 물 한 방울 존재하지 않는 죽음의 땅이었다.

나는 그 황량한 사막 한가운데를 거친 모래바람을 맞으며 걸어

가는 몹시 초췌해 보이는 한 사내의 슬픈 뒷모습을 보았다. 다시
금 머릿속이 새하얗게 비워졌다.

"형, 아버지 발작이 또 시작됐나 봐. 약도 다 떨어졌다는데…"

새벽 내 뒤척이다가 사막의 환영 속에서 겨우 잠든 나를 재덕이
깨웠다.

천근만근 같은 몸을 이끌고 재덕을 뒤따라 안방에 가보니, 어머
니는 마치 풀 먹인 이불 홑청 밟듯이 그렇게 아버지의 몸 위에
올라서서 그의 몸을 밟고 있었다. 마치 외줄타기를 하는 사람처럼
자세가 위태위태해 보였다.

"영감, 인자 쪼깐 시원허슈?"

어머니는 발밑에 우거지처럼 죽은 듯이 납작 엎드린 아버지를
시큰둥하게 내려다보았다. 어느 순간부터 아버지는 어머니에게
남편이 아니었다. 그저 자신이 모든 상황을 받아들이고 인내하며
보살펴야 할, 시들시들 죽어가는 화초나 늙어 자리 보존한 애완견
같았다.

세상에서 가장 맛없는 시든 배처럼 물컹한 아버지의 표정이 형
광등 불빛에 반사됐다. 세상의 모든 좌절과 절망을 거며 쥔 패배
자의 얼굴이 거기에 있었다. 세상에, 자기 자신에 대해 아무것도,
아무 반항도 할 수 없이, 그저 오랜 세월 살아만 있는 자의 고통에
일그러진 얼굴이 거기에 있었다.

"엄마, 내가 할게. 그만 내려와."

보기에 딱했는지 재덕이 어머니의 손을 잡아끌었다. 재덕은 바

닥에 주저앉아 아버지의 몸을 씩씩하게 주무르기 시작했다.

"재식아, 니는 괜찮냐? 오늘 밤 펜히 잠자긴 글려먹었고, 성치 않은 니나 퍼뜩 가서 자기라. 얼른. 여긴 내랑 재덕이가 있음 되닝께. …아이고메 지겨운 것. 징글징글한 것."

어머니는 무슨 혐오동물이라도 본 듯 진저리를 치며 방문을 사납게 열고 밖으로 나가버렸다.

섬뜩한 침묵이 이어졌다. 완벽한 정적, 오히려 그것보다도 더 귀를 먹먹하게 만드는 게 있을까? 그렇게 완벽한 정적과 맞닥뜨릴 때마다 나는 문득 시멘트 바닥에 던져진 고등어처럼 절박하게 허파를 할딱거리다가 축 늘어져버리곤 했다.

나는 그 위태한 침묵에 목 안이 껄끄러워 애써 헛기침을 하며 목울대를 손으로 만지작거렸다.

"여기는 백마… 여기는 백마… 맹호 응답해라… 우리는 포위됐다. 꼼짝할 수도 없다. 곧 적군에게 사살될지도 모른다… 머리 위로는 MIG전투기가 날고 있다… 여기는 백마 여기는 백마. 맹호 나와라…"

아버지는 흰자위가 누렇게 변색된 게슴츠레한 눈을 불안하게 치켜뜨고, 손으로 허공을 휘적거리며 마치 정말로 전쟁터에 있는 것처럼 공포에 질려 있었다.

"살려 줘. 이대로 죽을 수 없어. 난 살아야 해… 살아서 집에 돌아가야 해… 그녀가… 그녀가 날 기다려. 산달이 며칠이 안 남았다구. 그 사람 혼자 애를 낳게 할 수는 없다고… 난 이대로 죽을 순 없다고."

아버지는 마치 무엇인가를 본 듯 안타까이 손을 뻗어 재덕의 팔을 꽉 움켜쥐었다. 과거의 무시무시한 망령에 사로잡혀 현실을 볼 수 없는 아버지의 눈은 불안하게 허공을 두리번거렸다.

"아버지, 여기 아버질 죽일 사람 아무도 없어요. 아버지의 집이라고요. 제발 정신 좀 차리세요. 대체 왜 그러세요. 여긴 월남이 아니에요. 한국이라고요. 누가 아버질 죽인다고 만날 그러세요."

재덕은 신경질적으로 아버지의 손을 뿌리치며 버럭 소리를 질렀다.

"아버지는 엄마가 불쌍하지도 않지? 평생을… 진짜 평생을… 근데 이건 사람 사는 게 아니잖아."

재덕은 감정에 북받친 듯 울먹였다. 아버지는 재덕의 말을 알아듣지도 못한 채 갑자기 발악적으로 귀를 와락 틀어막았다.

"우릴 다 죽일 셈이여? 여기에 뼈를 묻자고? 헬리콥터 소리가 가까워지고 있어. 나는 살고 싶다구. 이렇게 개같이 죽을 순 없어."

아버지는 손바닥으로 귀를 틀어막고, 방바닥을 데굴데굴 뒹굴며 몸부림쳤다.

재덕의 얼굴이 처참하게 일그러졌다. 달아오른 감정의 날카로운 파편들로 인해 얼굴이 뻘겋게 달아올랐고, 불끈 쥔 주먹에 힘이 바짝 들어가는 것을 느꼈다. 결국 그는 치받쳐 오르는 감정을 삭이지 못한 채 밖으로 튕기듯 뛰쳐나갔다.

"여기는 난호아 지방의 백마… 여기는 난호아의 백마… 맹호 나와라. 우리 모두 끝장났다. 놈들한테 포위됐단 말이다… 우리 모두 죽는다."

아버지가 무의식중에 토해내는 공포의 절규 앞에서 나는 그저 물에 흠뻑 젖은 솜처럼 온몸이 무기력해질밖에 없었다. 그러나 본래 나는 어떤 절박한 상황에 처해 있든 간에 좀처럼 쉽게 놀라지도, 동요되지도 않는다. 내 의식의 심층은 이미 너무도 단단하게 굳어 있었다. 마치 선캄브리아 시대나 백악기, 빙하기를 모두 거친 단단한 화석처럼. 똑같은 인생을 몇 번이나 다시 윤회하여 살아가는 사람처럼. 그나마 내게는 다행스런 일이라 생각한다.

아버지의 그런 광기에 사로잡힌 모습을 볼 때마다 나는 어쩌다 가끔씩 갑갑하고, 내가 왜 이런 상황에 처해 있어야 하는지 몰라 마음 한 자락이 먼지처럼 푸석푸석 무너져 내려 앉을 뿐, 그저 그뿐이었다. 아마도 나라는 놈은 진화가 아직 덜 되어, 고통을 느끼는 최소 강도의 자극의 수치조차 아주 낮은 모양이었다.

나는 밖으로 나와 적막한 어둠이 마치 저승사자처럼 까만 날개를 펴고 사뿐하게 내려앉은 마당을 잠시 서성였다. 어서 이 밤이 지나갔으면, 어서 이 지독한 계절이 지나갔으면, 어서 이 해가 저물었으면, 어서어서 화창한 해가 뜨고 시간이 흘러흘러 중년이 되고 아주 폭삭 늙어 죽어버렸으면, 하는 허튼 욕망들이 돌멩이처럼 발길에 채였다.

인생의 항로에도 나침반이 있다면, 만일 그렇다면 이렇게 온몸에 매서운 가시를 세운 채 애써 꾸역꾸역 힘든 길을 가지 않아도 될 텐데.

나는 쓸쓸한 마음에 하늘을 맥없이 올려다보았다. 알 수 없는 갈증에 바짝바짝 타는 가슴을 헤집어내어 출렁이는 푸른 달빛에 깨끗이 헹구어내고 싶었다. 어떻게든 살아야 한다는 절대적인 기본명제의 틀 안에 갇혀서 자신의 목을 스스로 비틀어 맬 수밖에 없는 내 삶의 깊은 수면에 다시금 돌멩이를 던지고 싶은 충동이 가슴 가득 일었다. 나는 그 밤들어 벌써 열한 개비 째의 담배에 불을 붙였다. 왠지 모르는 초조감에 바들바들 떨리는 육신을 부여잡고 숨 가쁘게 그것을 빨았다. 목 줄기를 타고 컬컬한 담배연기가 텅 빈 뱃속을 쓰리도록 헤집더니 어설프게 벌어진 입술로 돌아나왔다. 나는 절망을 호흡하며 무한으로 긴 시간을 그렇게 거울처럼 투명한 어둠에 기대어 서 있었다.

나는 엄지가 되고 싶었다. 제일 작고 못생겼지만, 그러나 그것 없이는 아무것도 집을 수도, 잡을 수도 없는, 다른 존재에게 꼭 필요한 엄지가.

예전의 나는 그런 멋있는 엄지 같은 삶을 꿈꾸었다. 하지만 지금의 나는 소외의 두꺼운 껍질 속에 몸을 잔뜩 웅크린 채로 매일 똑같은 일상을 살아가는 겁쟁이 달팽이가 되어 버렸다.

시퍼렇게 날이 선 겨울 하늘에 낮달처럼 희미한 돋을볕이 제 모습을 꾸역꾸역 내밀었다. 하늘은 그대로 얼음바다이었다. 새 날의 시작을 알리는 아침은 누구에게나 찾아오는 것이지만 누구에게나 활기차지는 않다.

나는 눈시울 밑에 살얼음처럼 얇게 깔린 잠을 겨우 밀어내며 정신을 차렸다. 이제 어깨에 비즈니스 백을 메고 바삐 서둘러 가야 할 학교도, 직장도, 만나야 할 사람도 없는, 사회로부터 완벽하게 유배된 신세지만 그래도 근 20여 년을 지겹도록 반복을 거듭해 온 너절한 습관이나 아직 다 버리지 못한 삶의 자잘한 집착 때문에 나는 동이 트기 무섭게 자리에서 일어나곤 했다. 미열로 달아오른 뺨에 찬물의 알싸한 감촉이 닿자, 상쾌함이 온 몸으로 빠르게 스며들었다. 뽀송뽀송 잘 마른 수건에 물기가 닿자, 마치 바람 속의 밀대마냥 까슬한 감촉이 확 젖혀졌다.

문득 내 시선은 화장실 처마 밑을 향해 좁다랗게 모아졌다. 줄이 몇 겹이나 꼼꼼하게 쳐진, 자신의 저택에서 느긋하게 아침 성찬을 즐기고 있는 비쩍 말라비틀어진 거미 한 마리가 내 시선을 질기도록 잡아당겼다. 녀석은 이른 아침부터 처마 밑에 가끔 이슬 방울로 반짝거리는 동심원을 작도해 놓고 아슬아슬하게 줄을 타고 있었다. 절대로 떨어지지 않겠다고 굳은 다짐이라도 한 듯 발끈 사지를 웅크린 채 가느다란 발톱을 추켜세워 실낱같은 줄을 꽉 움켜쥐고 있었다.

그 모양을 세세히 관찰하던 나는 갑자기 까닭 모를 의구심으로 가슴 언저리가 더워졌다. 저 녀석은 왜 겨울잠을 자지 않는 것일까? 지금쯤이면 동물들이 한창 겨울잠을 자야 이치에 맞을 텐데.

혹시 이 집안의 뒤숭숭한 분위기 때문에 저 거미 녀석도 취침을 포기한 게 아닐까? 그렇다면 나는 무엇일까? 나처럼 때 이른 겨울 잠을 평생토록 자야 하는 종족이 이 세상 어딘가에 또 존재할까? 나는 자조어린 실소를 킥, 터뜨렸다.

재덕이 선하품을 깨물며 방문을 열었다.

"벌써 일어났어? 갈데두 없음서 잠이나 푹 자지 그래."

재덕은 잠이 덜 깬 듯 컬컬한 음성으로 심드렁하게 말했다.

"이 몸은 1교시 수업 땜시 뜨듯한 이불 속에서 더 뒹굴고 싶어도 못 그러는데."

재덕은 손바닥에 비누거품을 내 얼굴과 목덜미를 박박 문질러 씻고 나서 생각에 젖은 눈빛으로 오래오래 칫솔질을 했다.

나는 마루에 걸터앉아 부스럭 소리를 내며 조간을 넘겼다.

'비자금 파문, 몸통은 누구인가', '교수직 매매 그 실상을 밝힌다', '아내를 살해한 한 의사의 이중생활' 등등…

참으로 많은 일들이 내가 자고 있는 동안에도 일어났구나. 마치 밤새 이름 모를 꽃송이들이 하르르 피어났다가 또한 밤새 하르르 지는 것처럼 그렇게.

신문 속 온갖 현란한 어휘들이 내 흐릿한 시야 안에서 너울너울 춤을 추었다.

"재식아, 엄마는 오늘 주인집 식구들이 놀러 나간다니께 좀 일쯔기 나가봐야 쓰겄다. 주인집 며느리가 일찌감치 와서 애 좀 봐달라고 해서 말여. 부뜨막에 밥상 봐 놓고 갈티니께 쪼깐 성가실

테지만 니가 아부지 잘 챙겨드리거라. 재덕이는 아르바이튼가 뭔가 그것까지 하고 오믄 나보다 더 늦을팅게."

어머니는 마루에서 일어서며 몸뻬를 구겨진 쇼핑백에 쑤셔 박았다.

나의 어머니. 당신 삶이 어찌할 수 없는 숙명인양 모든 것을 체념해버린 채 로봇 같은 삶을 살아가는 삶의 달관자! 나는 그 형편없는 달관자와 눈이 마주치는 순간, 문득 가슴팍이 바짝 조였다.

무능과 동의어가 돼버린 착함을 미덕으로 착각하고 살아온 어머니의 퇴영적 삶의 방식에 나는 철이 날 무렵부터 늘 화가 나 있었다. 그녀가 조금만 영악했더라면, 아니 적어도 그리 백치미가 넘치게 착하지만 않았더라면 우리도 남들 사는 정도쯤은 살 수 있었을 것이다. 그녀에게 있어 삶은, 인생은 대체 무엇일까. 그저 자신의 드센 팔자로 여기면서 아무 욕심도 없는 바보처럼 참고 견디는 것? 마냥 희생하는 것?

나는 수돗가로 가서 냉수 한 바가지를 떠서 꿀컥꿀컥 들이켰다.

그날도 끈끈한 정적에 휩싸인 빈집에 시름시름 앓는 불치병 환자 두 사람만이 오래된 찬밥덩이처럼 덩그렇게 남아 있었다.

그러나 어쩐지 그날은 여느 날과는 다른 날이 될 것 같다고 느낀 건 나의 예리한 직감이었을까. 무언지 모를 긴장감에 심장이 담배꽁초처럼 바짝 타들어가 사르르 녹아내릴 듯했다. 나는 마치 굳게 막아둔 휘발성 액체의 병마개를 다시 단속하듯 심호흡을 몇 번 해 불안한 마음을 애써 진정시켰다.

그러나 몸이 아프면 그만큼 신경도 날카로워지고, 별로 예민하게 반응하지 않아도 되는 일에도 쓸데없이 날을 세우는 법.

　이미 포화상태에까지 위험하게 차올라 출렁거리는 휘발성 액체는 무언가 조금만 건드려도, 조그마한 불씨가 스쳐 지나더라도 그대로 커다란 불기둥으로 솟구칠 듯했다. 나는 날카로워진 신경을 진정하기 위해 라디오 볼륨을 한껏 높였다. 라디오에서는 유행이 지난 댄스곡이 흘러나오고 있었다. 음악은 내가 탄력 좋은 고무공처럼 튕기듯 일어서서 같이 춤이라도 덩실덩실 추어주기를 바라고 있는 것처럼 한창 절정에 닿아 있었다.

　방 안에는 싸한 냉기가 돌았다. 그새 연탄불이 꺼졌나 보았다. 어느 가난한 시인의 말처럼 연탄을 갈아본 자만이 존재의 밑바닥을 논할 자격이 있으리라. 나는 베개를 가슴에 묻고서 이불 속에 바짝 엎드린 채 머리맡에 놓여 있던 습작 노트를 펼쳤다. 쭉쭉 갈겨쓴 들쭉날쭉한 글자들이 어지럽게 시야 속으로 뛰어 들어왔다. 활자화될 기약도 없이 낡은 노트 속에서 사장된 글자들은 꾸물대며 시시때때로 내 신경을 마구 긁어댔다. 한 지방대학 국문학과 일 학년을 끝으로 내 학창시절은 그렇게 별 볼일 없이 끝을 맺었지만 나를 버린 세상을 한껏 조롱해주고 싶은 욕망은, 아직 내 몸 어딘가에 남아 쉴 새 없이 나를 갉아먹는 고엽제의 독성보다도 더 질기게 육신과 영혼 깊숙이 스며 있었다. 언젠가는 반드시 나도 그렇게 이 정의롭지 못한 세상을 펜으로, 글로 신랄하게 조롱할 것이다.

짐짓 생각해 보면 세상의 모든 위대한 작가들은 죄다 달팽이의 후예였을지도 모른다. 그들은 어쩌면 그렇게 한결같이 가난과 병마와 함께 동거하며 세상을 향해 은밀하고도 독하게 사투를 벌였고, 땔감이 없어서 달팽이처럼 두꺼운 이불을 뒤집어쓰고서 습작을 했다. 나도 어느새 그들의 전철을 밟아가고 있을지도. 달팽이의 단단한 껍질 속에 몸을 최대한 작게 웅크린 채로 앉아 하루가 만년처럼 살아가고 있는 것이다.

따르르릉— 따르르릉—

갑자기 온 집안을 뒤흔들며 전화벨이 사납게 울렸다.

나는 이불을 뒤집어쓴 채 손을 뻗어 수화기를 들었다.

"거기 혹시 김화종 님 댁 맞습니까?"

한 남자가 지극히 단조롭고 사무적인 음성으로 오래 전에 잊힌 아버지의 이름을 입에 올렸다.

"예? 뭐요? 김화종? 아, 예. 그렇습니다만, 실례지만 어디신가요."

"보훈처입니다…"

보훈처라는 말을 듣자마자 갑자기 화가 울컥 치밀었다.

"보훈처라면 더 이상 말 섞어 얘기하기 싫습니다. 그까짓 돌파리 의사 진단서만 믿고 1급 증세를 가진 환자를 4급으로 먹이는 게 어딨습니까. 사람을 엿 먹여도 어지간해야지."

나는 잠시 분개하여 상대편 말허리를 툭 잘라버렸다.

"예에? 뭔가 오해를 하신 모양인데 저하고는 관련이 없는 부분이라서 뭐라 말씀 드릴 게 없고. 혹시 부친이신가요?"

"예. 저희 아버지세요."

"김화종 님께서 1969년에 베트남에 계셨던 거 확실하죠? 지금 생존해 계신가요? 하노이에서 어떤 여자분이 찾아와 김화종 님의 행방을 물어서 이렇게 전화를 드렸습니다. 어떻게 할까요? 한 번 만나보시겠습니까? 여기 등록된 월미동 주소에 지금도 사시는지…"

문득 머릿속을 헤집고 완행열차가 둔탁한 기적소리를 내며 지나갔다. 어질어질했다. 지독한 어지럼증 속에서 몇 초가 아스라이 지나고 정신을 차려보니 수화기 속은 이미 깜깜해진 뒤였다. 대체 내가 뭐라 대답했던 것일까? 아니, 그보다 하노이에서 왔다는 그 여자는 대체 누굴까. 대체 아버지와는 어떻게 아는 사이기에 이제는 의사소통도 제대로 하기 힘든 아버지의 행방을 수소문하는 것일까? 하노이, 베트남 하노이에서 온 여자라…

머릿속에서 별별 생각이 꼬리에 꼬리를 물고 길게 일어섰다. 나는 이야기 퍼즐을 완성하라는 숙제를 받은 학생처럼 내가 모르는 아버지의 과거 행적에 대한 추측에 골몰했다.

문득 다시 신경들이 날카롭게 부릅떴다. 빈 콜라 캔이 내 손안에서 금속성 소리를 내며 짜부라졌다. 곧 한바탕 회오리바람이 불어 닥칠 것 같은, 알 수 없는 위태위태한 심정이 전율처럼 스쳐 지나갔다.

며칠이 아무 일 없이 무료하게 지나갔다.

그날은 초겨울 날의 을씨년스러운 날씨답지 않게 쾌청한 하늘 가득히 햇살이 빛보라를 쳤다. 이불 속에서 빈둥거리며 보내기에는 다소 아까운 그런 날씨였다.

식물이 아닌 인간인 나한테도 광합성이라는 게 필요해 보여서 아무 약속도 목적도 없이 무작정 거리로 나섰다. 허공이 아스라이 헝클어지는 지독한 어지럼증과 코피가 언제 다시 찾아들지는 알 수 없었으나 그래도 구두끈을 질끈 동여매고서 어디론가 가지 않으면 안 될 것 같은 절박함과 답답함이 나를 바깥세상으로 이끌었다. 일상적인, 지극히 평범한 사람들의 찌든 살비듬내가 그립기도 하였다.

나는 코트주머니에 손을 찌른 채 나름 혼자만의 여유를 음미하며 터덜터덜 걸었다. 이렇게 혼자 걷는 동안은 사람구경도 꽤 흥미롭고 재밌는 일이다. 아무렇게나 추락해버린 울긋불긋한 가로수의 이파리들이 전날 내린 비로 한없이 질퍽거렸다. 어느새 짙푸른 하늘까지 야금야금 잠식해버린 빌딩들의 숲은 마치 하늘에 떠 있는 기묘한 우주정거장 같았다.

차가운 북풍 한 자락이 미열로 화끈 달아오른 얼굴을 얄궂게 때려 제법 상쾌한 기분이 들었다. 비온 뒤의 얼얼한 추위로 거리의 사람들은 어깨를 잔뜩 움츠린 채 종종걸음 쳤다. 쇼윈도 속 마네킹들은 벌써 두툼하고 따뜻해 보이는 털옷으로 월동준비를 모두 끝마쳤다.

-형, 저게 샤넬이라는 거야, 샤넬. 알아? 지은이가 요번에 지 엄마 꼬드겨서 산 게 저거더라고.

-그래?

-나두 저런 거 한 번만 들어봤으면 좋겠다. 예쁜 내가 팔에 걸 치면 지은이보다 더 폼날 것 같지 않아?

-그럼 들어가.

- 형두 참, 들어가긴 어딜 들어가. 저긴 아무나 들어가는 데가 아니야. 옷 잘 입고 돈 많은 사람한테만 열려 있는 곳이라고.

-에이, 세상에 그런 게 어딨어? 들어가서 맘에 들면 까짓 것 하나 사지 뭐.

- 푸훗, 형, 어디 깊은 산속 동굴에서 몇십 년 살다가 오늘 하산 한 사람 같네. 저게 얼만데? 우리 형편으로는 저런 거 남대문 짝퉁 도 못 사. 형은 세상 공부 좀 더 해야겠어.

- 대체 얼만데? 내가 사줄 수 있다니까.

- 저걸 사줄 수 있다구? 허허. 이 아저씨가 샤넬을 우습게 보는 군, 형 무거운 남자란 거 나 너무 잘 알거든.

- 왜에? 내가 그렇게 과묵해 보여?

- 에이, 설마. 주머니에 동전만 가득해서.

- 뭐? 요런요런 깍쟁이. 남자 자존심을 한순간에 물로 만들다 니. 그래. 내가 얼마나 비싼지 모르겠지만 이다음에 내가 돈 많이 벌어서 지은이 것보다 더 비싼 걸로다가 한꺼번에 열 개 사줄 테 니까 외출할 때마다 바꿔 들고 나가는 거다. 알았지?

– 정말? 형, 정말이지? 약속했다. 어기면 무슨 벌칙이 주어지는지 말 안 해도 알지? 꼭 약속 지켜.

마치 실로폰 연주처럼, 달팽이관을 맑게 두드리는 그녀의 해맑은 웃음소리가 먼 바람처럼 아스라이 스쳐 지나갔다. 어느새 내 발걸음은 샤넬 매장 앞에 못 박힌 듯 서 있었다. 그녀. 품안에 가득 안으면 어느새 거품이 되어 사라져버리고 말 것 같았던 그녀. 스무 살이라는 나이답지 않게 억척스럽고 소탈했던 그녀는 들꽃 같은 여자였다. 나를 형이라고 부르던. 세상물정을 몰라도 너무 모른다며 헛나이 먹었다고 지청구를 늘어놓던 나의 들꽃.

아무에게도 들키지 않으려 내 가슴의 가장 낮고 어둔 밑바닥에 애써 잠겨 놓았던 그녀를 향한 갈망이 기어이 통제구역을 벗어나 새까맣게 타들어가는 갈증처럼 꾸역꾸역 고개를 들이밀었다. 그녀의 맑디맑은 눈동자를 보고 있으면 언제나 차츰 빛을 잃어가는 모닥불을 바라보듯 안타까운 갈증만 가득 일었다. 아무것도 해줄 수 없어서, 줄 수 있는 게 아무것도 없어서. 오롯이 내 마음 하나뿐이어서. 그래서 그녀가 떠나기 전에 내가 먼저 떠나주는 게 내 사랑에 대한 예의인 것 같아서 내가 먼저 선수를 쳤다.

과거의 언젠가, 어느 순간엔가 내게도 감히 사랑이라 이름할 수 있는 기억의 한 토막이 존재했다. 아직 현재형이라고 밖에는 말할 수 없는, 그런 가슴 싸한 기억이 내게도 있었다. 들꽃은 지금 어디에서 무얼 하며 지내는 걸까? 두 해 전, 샤넬 핸드백 열 개를 빚진 남자를 아직도 기억하고 있을까?

나는 객쩍은 생각에 그만 쓴웃음을 피식 터뜨렸다. 샤넬 매장의 통유리는 마치 하늘 끝까지 견고하게 바리케이드를 친 듯 내게 한없이 높아보였다.

나는 샤넬 매장으로 향했던 시선을 거두고 다시 사람들 틈으로 스며들었다.

불현듯 고운 햇살 속에서 수천, 수만 마리의 물고기 떼의 은빛 비늘이 일제히 반짝이는 듯 눈앞이 온통 새하얘졌다. 다시 오르는 신열과 옥죄듯 최고속도로 뜀박질을 하는 심장박동만이 느껴질 따름이었다. 귓가에는 나의 들꽃 그녀의 해맑은 웃음소리만이 가득 맴돌았다.

나는 잠시 어딘가에 앉아 편히 쉬어야겠다고 생각했다. 차츰 가물가물해져 가는 시야 너머로 마침 약간 누추해 보이는 포장마차가 들어왔다. 서둘러 포장마차의 비닐 천을 들추고 안으로 들어서는 순간, 구수한 어묵탕 냄새가 코를 찔렀다.

나는 손님이라곤 나밖에 없는 그곳에서 아주 천천히, 불어터진 국수 한 그릇과 꼬치어묵 몇 개를 건져 먹었다. 어느새 육신이 온통 나락 밑으로 꺼꾸러지는 듯한 어지럼증은 말끔하게 개어 있었다.

이제 집에 가서 쉬어야겠다는 생각이 들어, 피로와 어지럼증으로 기진맥진한 몸을 봇짐처럼 질질 끌고 집을 향해 발걸음을 떼었다. 겨우 50킬로 남짓한 내 몸이 천근만근 무거웠다.

이 도시를 샅샅이 뒤지면 들꽃을 찾을 수 있을까? 보고 싶다 그녀가. 그녀의 따스한 입술을 핥고 싶다. 그녀의 조그맣고 둥근 젖가슴을 애무하고 싶다. 보고 싶다 그녀가. 미치도록 보고 싶다. 나의 들꽃이.

나는 자꾸 치솟는 서러움과도 같은 욕망을 잠재우고자 맥없이 침을 몇 번이고 삼켰다.

어느 회색의 이름 모를 골목 끝에 자리한, 언제나 숙명의 짙은 안개가 자욱하게 내려앉은 나의 집 앞에 이르자 해가 뉘엿뉘엿 저물고 있었다. 언제나 그렇게 집안은 썩 유쾌하지 못한 정적에 휩싸여 있었다. 재덕이 길에서 주워온 누렁이마저도 식구들한테 전염병처럼 도는 침묵의 병에 그새 감염이라도 된 듯 도통 짖어댈 줄 몰랐다.

나는 갑자기 성미가 뒤틀려서 대문 앞에 엎드린 채로 꼬리를 설레설레 흔드는 누렁이를 구둣발로 걷어차고서 나의 영원한 안식처로 들어갔다. 소리라는 것은 살아 있다는 걸 증명하는 일종의 자기 표출이 아닐까. 제아무리 쉴 새 없이 무언가를 하며 꼼지락거린다 해도 소리가 없다면 그게 수족관의 물고기와 무엇이 다를까. 그러므로 이 집에서 살아 있는 것은 아무것도 없다. 나와 아버지, 그리고 저 누렁이조차 지금 커다란 수족관에 갇혀 있을 뿐이다.

생각의 끝이 거기에까지 미치자, 갑자기 등줄기에 오소소 소름이 돋았다.

나는 라디오의 볼륨을 최대한 높였다. 쿵따리 샤바라 빠빠빠 빠 빠빠빠빠— 마치 아라비안나이트에 등장하는 주문들이 집안을 온통 휘젓고 다니는 듯했다. 나처럼 이렇게… 쿵따리 샤바라 빠빠빠—

"누구 안 계세요?"

현란한 주문들 사이로 언뜻 낯선 이의 음성이 들리는 것 같았다. 나는 라디오 볼륨을 최대한 줄이고 바깥 소리에 귀를 기울였다.

"누구… 안 계세요?"

다시 젊은 남자의 목소리가 문틈을 비집고 내 귓가로 스며들었다.

"어떻게 오셨어요?"

나는 방문을 조금 열고서 얼굴만 내민 채 무심히 밖을 내다봤다. 거기에는 함치르르한 까만 생머리를 허리까지 길게 늘어뜨리고 아이보리색 아오자이 차림을 한 젊은 여자가 한 말쑥한 사내와 함께 서 있었다.

"여기가 김자 화자 종자를 쓰시는 어르신 댁 맞습니까?"

남자는 짐짓 진지한 눈빛으로 물었다.

"예. 그렇습니다만."

"아, 다행이다. 저희가 맞게 찾아왔군요. 보훈처에서 이사했을지도 모른다고 해서 어찌나 걱정했는지…"

남자는 환하게 웃었다. 그의 첫인상은 마치 싱싱한 사과를 금방 한입 베어 문 것처럼 매우 프래시했다.

"누안. 여기가 맞대."

그는 곁에 서 있는 여자한테 다정하게 말을 했고, 그 말을 들은 여자도 입가에 지그시 미소를 깨물었다. 함초롬하다는 말을 저런 여자를 두고 하는 말일까.

나는 그녀의 청순한 매력에 매료되어 잠시 넋을 잃었다.

"어르신 좀 잠깐 뵐 수 있을까요?"

"예? 왜에… 왜 그러세요?"

나는 뜻밖이라서 약간 더듬거렸다.

"어르신의 아드님이신가요? 이거, 말을 어디서부터 어떻게 꺼내야 할지…"

문득 그는 꽤 난감한 표정을 지었다.

그들의 뜬금없는 방문과 짐작조차 하기 힘든 말과 행위에 나역시 어리둥절하긴 마찬가지였다.

"어르신을 뵐 수 있을까요? 긴히 드릴 말씀이 있습니다."

"근데 저희 아버지가 지금 건강이 많이 안 좋으세요. 무슨 일로 그러시는지 저한테 말씀하시지요."

순간, 여자의 낯빛이 금세 핏기를 잃고 창백해졌다.

"어디가 어떻게? 생존해 계신다고 들었는데요."

남자는 무척이나 상기된 어투로 다시 물어왔다.

"그게… 우울증이 심해지시고, 암튼 대화하기가 불편할 겁니다."

"그야 뭐. 어쨌든 괜찮습니다. 어르신을 뵙게만 해주십시오. 혹시 병원에 계신가요?"

이리도 간절하게 아버지를 만나야 하는 이유가 대체 무엇 때문일까. 그들은 쉽게 물러설 것 같지 않았고, 내 허술한 말솜씨로는 그들의 발길을 돌리게 할 수 없음을 깨달았다.

"그런 건 아니고, 집에 계시긴 한데…"

"아, 그래요? 그럼 실례 좀 하겠습니다."

내 말이 끝나기 무섭게 어느 틈에 그들은 신발까지 가지런히 벗어 놓고는 마루 위로 올라섰다.

도대체 저 자들은 누구일까. 우리 집, 아니 아버지와는 무슨 인연의 고리로 엮인 사람들일까. 그 인연의 사연이 무엇이기에 저토록 급하고, 절박하게 아버지를 만나야 할까? 문득 불길한 예감이 스쳤다. 뜬금없이 등장한 저 침입자들이 한동안 조용했던 우리 집에 무슨 풍파라도 일으키면 어쩌나, 싶었다.

문득 머릿속이 마구 헝클어진 채 황황히 내달리는 수많은 생각들로 온통 뒤죽박죽이 되어 있었다. 그러다 어느 한순간, 마치 전류가 포화상태에까지 다다른 낡은 두꺼비집의 퓨즈가 결국은 끊어져버리듯 의식이 생각을 채 따라잡기도 전에 머릿속은 그만 까만 어둠에 휩싸이고야 말았다. 의식의 진공상태가 몇 분간 이어져 나는 그들을 만류할 수 없었다.

그들을 앞세우고 안방으로 향하는 그 짧은 시간이 내게는 마치 백리 길처럼 멀고 길게만 느껴졌다. 마침내 나는 수천 년 동안 외부인에게 개방이 금지되어 온 음산한 유적지를 첫 개방이라도 하듯, 굳게 닫힌 안방 문을 내 손으로 열지 않으면 안 되는 절실한 순간과 맞닥뜨렸다. 그 순간을 피할 수 있다면 피하고 싶었다.

나는 손잡이를 쥔 손에 힘을 주고 아주 천천히 돌렸다. 순간 방문은 둔탁한 소리를 내며 열렸고, 습하고 칙칙한 묵은 곰팡이 냄새가 코끝으로 훅 끼쳤다. 곧 아랫목에 남의 집 봇짐 같은, 하지만 조금 자세히 살피면 벽을 향해 모로 누워 있는 사람의 형체가 시야에 맺혔다.

아버지의 뒷모습은 마치 처서가 한참이나 지난 뒤 차가운 시멘트 바닥 위에 축 늘어져서 죽어 있는 잠자리 같았다.

"아버지."

나는 들릴 듯 말 듯 낮게 불러 보았지만 깊은 잠이 들었는지 아버지는 미동도 하지 않았다. 괜스레 다리에 힘을 주어 아버지 곁으로 한 걸음 바짝 다가가 그의 어깨를 슬며시 흔들었다.

"아버지. 밖에 손님이 찾아오셨어요."

그때서야 아버지는 고개를 조금 돌려 아무 뜻도 담기지 않은 눈으로 나를 흘깃 바라보았다.

"들어오세요."

나는 약간 목청을 높여 그들이 서 있는 마루를 향해 소리쳤다.

"누구?… 누가… 나를…"

아버지는 당황해 몸을 버둥거렸다. 그는 가까스로 일어나 굵은 힘줄이 여기저기 울퉁불퉁 솟은, 한겨울 날의 문풍지마냥 파르르 떨리는 손으로 윗도리의 단추를 힘겹게 채우고 헙수룩한 머리를 대충 쓸어 넘겼다.

아버지의 공허한 눈빛은 어느 곳에서도 소실점을 맺지 못한 채 문밖의 아득히 먼 곳으로 향했다. 아버지의 몸 안에서 숨바꼭질을 하던 고엽제 가루도 다행히 오늘은 일찌감치 잠자리에 들었나 보다.

마침내 그들이 조심스레 방 안으로 들어섰다. 아버지는 박제된 부엉이 눈을 하고는 그들을 멀거니 올려다보았다.

"앉으세요."

나는 그들에게 편히 앉기를 권하고 나도 펑퍼짐한 자세로 앉았다. 얼마간의 싸늘한 침묵이 이어졌다.

여자의 시선은 아버지를 향해 좁게 모아졌고, 아주 오랫동안 아버지에게서 아련한 시선을 거두지 못했다. 아버지는 그녀의 시선이 부담스러웠는지 고개를 수그린 채 방바닥에 시선을 주고 있었다.

째깍-, 째깍-, 맞은편 벽에 걸린 낡은 괘종시계의 녹슨 초침소리가 유난히도 날카롭게 달팽이관에 튀어 박혔다. 아니 이 세상의 모든 시계들의 쉴 새 없이 째깍거리는 초침소리가 한껏 예민해진 청신경을 자극했다.

나는 마치 입안에 모래를 한 웅큼 털어 넣은 것처럼 괜히 마음 한편이 불안하고 서걱거렸다. 나는 애초에 메밀껍질처럼 껄끄러운 이런 침묵에는 익숙지 못한 사람이었다. 그러나 침묵은 여전히 우리 네 사람 사이를 비집고 들어와 불청객으로서의 무례한 면모를 과시하고 있었다.

나는 그 무례한 불청객을 몰아내고 싶은 충동에 손바닥으로 입가를 한 번 쓸어냈다. 하지만 어쩐지 거기는 내가 낄 자리가 아닌 것 같았다.

그런데 묘하게도 여자의 표정이 조금 전과는 달리, 금방이라도 울음을 꺽꺽 토해낼 것처럼 구겨졌다. 눈에 고인 눈물이 방울져 금방 텀벙 소리라도 내며 떨어질 것 같았다. 그녀는 여전히 시선을 아버지에게서 거두지 못했다.

지금 이 상황을 어떻게 받아들이고 이해해야 할까. 모든 게 투명하게 비워진 것처럼 아무런 짐작도 할 수 없는 내 머릿속은 그저 말줄임표만 가득히 맴돌 따름이었다.

마침내 여자는 눈물을 후두둑 떨구며 핸드백을 열어 연두색 복주머니를 꺼내 아버지 앞에 건넸다. 복주머니에는 백합 문양과 함께 '김화종'이라는 글씨가 색색의 실로 정갈하게 수놓아져 있었다. 그녀는 목이 메는 듯 축축한 음성으로 뭐라 낮게 중얼거렸다. 옆의 남자가 대신 말했다.

"이것을 기억하세요?"

그것을 본 아버지의 얼굴이 일순 핼쑥해졌고, 눈꼬리가 파르르 경련을 일으켰다. 아버지는 바들바들 떨리는 손으로 복주머니를 집어 곱게 묶인 끈을 풀고 속을 황급히 헤집었다. 아버지의 거친 손놀림에 의해 끄집어 나온 것은 다름 아닌, 윤이 반질반질 흐르는 비취빛 쌍가락지였다. 순간, 아버지의 얼굴이 귀신이라도 본 것처럼 창백해졌고, 입가의 근육조차 경련을 일으켜 마구 실룩거렸다.

"…어찌 …이 …거얼?"

극도로 흥분한 아버지는 숨조차 제대로 고르지 못한 채 목소리마저 다급하게 떨렸다.

저들과 아버지 사이에 내가 알지 못하는, 어쩌면 우리 가족 모두가 알지 못하는 무엇인가가 숨겨져 있을지도.

문득 그런 생각이 들었다. 갑자기 해파리 같은 것이 내 목구멍을 밀고 올라오는 것 같아 떨떠름했다. 도대체 그게 뭘까?

쌍가락지를 본 아버지는 마치 넋이 빠져나간 사람처럼 무언가를 찾으려는 듯 여자한테서 시선을 놓지 못했다.

갓 웃고 난 것처럼 눈꼬리에 웃음방울이 맺혀 있던 서글서글한 인상의 남자는 자신의 윗도리 안주머니에서 하얀 편지 봉투를 꺼내 아버지한테 건넸다. 아버지는 조금 망설이다가 허우적거리는 손놀림으로 정갈한 봉투 속에 담긴 편지를 꺼내 펼쳐보았다. 이윽고 아버지의 눈에 핏발이 섰다.

"제가 대신 읽어드리겠습니다."

남자에게서는 오랜 망설임의 기미가 묻어 있었다. 그는 아버지가 힘없이 들고 있던 종이를 가져갔다. 간신히 곁눈질해서 본 종이 위에는 내가 알 수 없는 글자들이 꼬불꼬불하게, 그러나 아주 단정한 필체로 총총히 박혀 있었다.

아버지의 주름지고 거무튀튀한 얼굴은 이제 그 종이 조각보다도 더 희고 빳빳하게 굳어 있었다.

남자는 그 종이 속 글자들을 또박또박, 아주 천천히 읽어 내려갔다.

"이 짧은 편지를 쓰는 데 이십여 년이라는 길고도 긴 시간이 흘렀군요. 왜 그리 많은 시간이 필요했는지… 그게 당신과 저 사이에 놓인 운명의 강이겠지요. 그래요. 그것은 당신도 저도 어쩔 수 없었던 우리의 운명이었어요. 당신이 이 편지를 영원히 받아볼 수 없을지라도 전 제 추억을 정리하기 위해, 그리고 사랑하는 딸애를 위해 편지를 남기는 겁니다. 그러나 분명한 것은 이 편지를 당신이 받아볼 때쯤이면 이미 저는 이 세상 사람이 아닐 것이라는 것이지요.

당신도 그렇겠지만 저도 이제 많이 늙었답니다. 어느새 성미 고약한 노파가 돼버렸죠. 당신을 위해, 언제고 다시 돌아올지도 모르는 당신을 위해 늙지 않으려 했지만 결국 세월은 저를 노파로, 형편없이 비실대는 병자로 만들어 버렸네요.

그렇게 작별인사도 없이 훌쩍 떠나버린 당신에게 참 할 말이 많을 것 같았는데… 하지만 이제 원망 같은 것은 하지 않아요. 당신한테도 말 못 할 사정이라는 게 있었겠지요.

그 옛날 철부지 시절에는 당신이 너무 미워서, 약속을 저버린 당신이 너무 야속해서 밀항선이라도 얻어 타고 당신이 있다는 그곳으로 가 당신을 죽이고 저도 같이 죽고 싶었습니다. 하지만 나이를 먹는다는 것은 그만큼 이해할 수 있는 일이 점점 더 많아지는 것이더군요. 저를 매정하게 버린 당신의 그 차가운 마음까지도 이해하게 되더군요.

세월은 그림자도 남기지 않고 아스라이 사라졌지만 그 세월 안에서 제가 기억하는 당신의 모습은 가슴 시리도록 제 영혼 구석구석에 새겨져 있습니다. 나는, 나는 이렇게 주름살이 하나둘씩 늘어가고 자꾸만 하루가 다르게 늙어 가는데 당신은 항상 이십대 중반의 젊고 위풍당당한 모습으로 기억되는 걸 보면서 정말이지 겁이 났습니다. 혹시 나중에라도 우리가 다시 만난다면 전 당신을 단번에 알아볼 것 같은데 당신은 너무 많이 변해버린 저를 알아보지 못할까 봐서요. 사람의 일이기에 당신도 이제 꽤 많이 늙었겠지요. 하지만 당신이란 사람은 늙는다 해도 여전히 멋있을 것 같아요. 지금도 당신이 아직 이십대 중반의 인간미 넘치는, 멋진 한국 남자로밖에는 생각할 수 없어요. 아직도 저는 주책없이 당신을 많이 사랑하나 봅니다. 가지 못한 길이, 갈 수 없었던 길이 더 아름다워 보인다지요.

판사가 되어 힘없는 사람들의 아픈 상처를 보듬어주겠다던 그 아름다운 꿈은 이루셨는지요.

당신을 사랑했던 기억으로 인해 제 삶은 조금 힘들었지만, 또한 눈부시게 아름다울 수 있었습니다."

폐허 같은 고요함이 잠시 날아들었다. 나는 갑자기 머리털이 쭈뼛쭈뼛 일어서고 신경들이 빳빳하게 얼어붙는 것 같았다. 나는 뭔지 모를 불안과 초조에 몸을 흠칫 떨었다. 의식적으로 아무것도 분명하게 이해되지 않았다.

아버지는 두 눈을 부릅뜬 채 바르르 떨리는 손을 더듬거리며 무언가를 찾았다. 아버지는 담배를 찾아 까슬하게 마른 입술에 물었다. 그는 마치 속 깊은 우물에서 슬픔을 길어 올리듯, 그리고 그 슬픔의 입자들을 조금씩 조금씩 밖으로 밀어내어 자신을 완전히 연소해 내려는 듯 그렇게 담배연기를 뱉었다.

남자는 정중히 고개를 옆으로 돌리고, 마른기침을 했다. 그리고는 다시 편지를 손에 들었다.

"사는 게 참 힘이 들거나 그리움이 켜켜이 키를 돋을 때면 밭이나 강가에 나가 울며불며 당신을 미친 듯이 불러도 보았습니다. 마을 사람들이 미쳤다고 흉을 보고 손가락질을 해도 상관없었습니다.

당신의 자는 모습, 웃는 모습, 노래하는 모습, 옥수수로 하모니카를 불던 모습, 부대로 돌아가며 내게 손을 흔들던 모습, 당신의 그 모든 모습들은 벌겋게 달군 쇠로 내 두 눈 속에 모조리 각인되어 아무것도 썩히지 못하는 산성강한 늪처럼 도저히 잊히질 않았습니다. 조금만 더, 조금만 더 당신을 일찍 떠나보낼 수 있었더라면 내 삶이 그래도 조금 덜 힘들었을 텐데.

작고 하잘것없는 어떤 실마리만 주어져도 즉각즉각 무섭게 복원시키는 기억의 무한 재생력을 덮어둔 채 당신이란 사람을 수많은 기억 속 어느 기슭에 묻어두고 절대로 두 번 다시 떠올리지 않겠다고 다짐, 다짐하며 아무 일도 없었던 듯 살아가려고 발버둥 쳐봤지만 그것도 못할 짓이더군요.

세월이 흐르고 나이가 들어 곰곰이 생각해보면 우리의 짧은 사랑은 먼지처럼 풍화되어 사라졌지만, 당신과 내가 나누었던 사랑은 처음부터 끝까지 고결한 진심이었다고 믿고 싶습니다. 나 그렇게 믿어도 될까요?

나는 정말이지 진정 두 사람 몫을 사랑했으니까요. 저 혼자만의 감정이 아니라면, 당신도 나를 사랑했던 순간이 단 한순간이라도 있었더라면 이제라도 편히 눈을 감을 수 있을 같아요. 전사자 명단에서 당신의 이름을 보았을 때, 이제 내 삶은 저 남자와 함께 끝났구나,

생각했었죠.

그 후 얼마 지나지 않아, 우리의 아이, 아버지의 얼굴도 모르는 우리의 가여운 아이가 태어났어요. 아버지와 어머니는 그 아이를 버리고 새 삶을 살라 하셨지요. 하지만 저는 당신의 분신인 그 아이를 절대 포기할 수 없었지요. 그 아이를 처음 품에 안은 순간, 당신이 꼭 살아 돌아온 것 같았으니까요.

저는 결국 집에서도 쫓겨났고, 아이와 함께 무슨 일이든 닥치는 대로 했죠. 당신도 알다시피 다행히도 영어를 조금 할 줄 알아서 미군부대 근처에 그간 힘들게 모은 돈으로 조그마한 가게를 얻어 장사를 했어요.

당신, 아직 기억해요? 언제였던가, 당신의 고향후배라고 소개시켜줬던, 얼굴에 큰사마귀가 있던 이전우라는 사람을 전쟁이 끝나고 몇 년 지나지 않아 우연히 길에서 만났어요. 그 사람이 그러더군요. 당신이 마지막에 극적으로 탈출에 성공해 고향으로 돌아갔다고.

그때는 너무 기가 막히고 억울해서 눈물도 나오지 않았어요. 다섯 살배기 아이는 등에 업혀 배고프다고 보채는데 아이와 함께 강물에 빠져 죽어버리고 싶었지만 너무 억울해서 그럴 수도 없었습니다.

우리 아이는 아버지 없이도 잘 자라 주어 이제 너무도 아름다운 숙녀가 됐고, 이곳으로 유학 온 한 한국 청년과 결혼을 약속한 사이입니다. 제가 솔직히 많이 망설였어요. 행여 저처럼 딸아이도 한국 남자에게 버림받을까봐, 그리 아름답지 못한 제 인생이 딸아이에게도 유전될까봐 많이 걱정을 했어요. 그러나 세상을, 그리고 사랑을 힘들게 지켜온 노인네의 직감으로 그 청년의 진심을 믿어도 될 것 같아서 축복을 해주기로 결심을 굳혔습니다.

딸아이를 이렇게 잘 키웠으니 당신을 다음 세상에서 만난다 해도 떳떳할 것 같네요.

행여나 제 딸 누안이 당신의 핏줄인지 아닌지 의심스럽다면 저로서는 더 이상 할 말은 없겠죠. 하지만 당신이 제게 정표로 준 가락지와 복주머니만으로도 이미 충분하다고 생각합니다.

제 마지막 부탁을, 저를 정말로 단 한순간만이라도 사랑했고 우리의 유일한 핏줄인 누안을 당신의 딸로 받아들인다면 당신이 지켜보는 앞에서 제 아이들이 결혼식을 올릴 수 있도록 허락해주십시오.

부탁드립니다. 제 존재를 본의 아니게 드러내어 당신 가정에 불화를 가져오는 건 아닌지 지레 두렵기도 합니다. 저는 그것을 한순간도 바라지 않았어요. 당신의 행복과 건강을 바랄 뿐이죠. 그럼 다음 세상을 기약하며. 2001년. 5월 14일. 팡콩."

영원 속의 한순간처럼 길고도 긴 정적만이 사위를 감쌌다. 문득 천길 벼랑 아래를 보아버린 듯 온몸이 싸늘해졌고, 등줄기로 서늘한 진저리 같은 것이 쓸려 내려갔다.

그러고도 한참을 침묵이 눅눅하게 자리를 잡았다. 그 누구도 선뜻 입을 열지 않았다. 침 넘기는 소리조차 내지 못했다. 내게 그 차가운 침묵은 마치 새의 날카로운 부리로 머리를 콕콕 쪼아대는 것처럼 생생하고 아픈 것이었다. 나는 내 머리에서 정말로 피가 뚝뚝 떨어지는 것과도 같은 생생한 아픔에 몸서리를 쳤다. 굳이 옷을 벗고 확인해 보진 않았지만 그새 내 몸뚱어리는 산소가 부족한 나뭇잎처럼 샛노랗게 떠 있었는지도 몰랐다.

그녀. 지금 내 눈앞에 아이보리빛 아오자이를 입고 다소곳이 앉아 있는 그녀가 아버지의 숨겨진 딸이라고? 아버지의 발작에서 종종 등장한 이름, 땅콩인지 팡콩인지가 정말 실제 인물이었던 거야?

나는 이 모든 상황이 내가 마치 낮잠을 자다가 꿈을 꾸는 것처럼 아슴푸레 했다.

아버지. 마치 마법에서 풀린 공주마냥 갑자기 나타난 딸의 정체를 확인하려는 작업에는 안중에도 없고 늙은 소나무마냥 구부정한 자세로 방바닥만을 멀뚱히 응시한 그의 얇은 눈꺼풀은 마파람에 떠는 나뭇잎처럼 쉴 새 없이 파르락 파르락 경련을 일으켰다.

공기마저도 거미줄처럼 얼굴에 걸리적거리는 느낌에 나는 마냥 어지러웠다. 문득 화가 치밀어 오르기도 했고, 문득 두렵기도 했다. 또 문득 체념 상태가 되기도 했다. 그렇게 갈팡질팡 몽롱한 의식 속으로 가늠할 수 없는 모래알들이 흘러내렸다. 가만히 스르륵, 스르륵.

저주에서 풀린 공주처럼 오늘 갑자기 나타난 그녀는, 인형처럼 함초롬하고 곱상한 그녀는, 내 둘째 누나라는 그녀는 손수건으로 눈물을 연신 찍어냈다.

언제 들어왔는지 내 옆에는 재덕이 앉아 있었다. 녀석의 낯빛은 백지장처럼 하얗게 질려 있었다. 녀석은 두 눈을 부릅뜨고 갑자기 나타난 제 둘째 누나라는 여자를 집요하게 응시하다가 감정에 북받쳐 후다닥 밖으로 뛰어나갔다. 마치 문짝이 떨어져 나가기라도 할 것처럼 거칠게 닫히는 소리에 오랜 치매상태로 시퍼렇게 녹슨 채 방치되어 있던 나의 뇌가 문득 깨어나는 느낌이었다. 나도 재덕을 뒤따랐다.

밖은 어느새 수렁 같은 어둠 속으로 천천히 잠겨들었다. 형편없이 기신대며 밖에 나오자, 끝을 세운 칼바람이 날카롭게 볼을 핥았다. 차가운 저녁 공기가 일제히 달려들어 몽롱하게 늘어져 있던 내 정신을 화들짝 일으켜 세웠다. 안식을 재촉하는 저녁, 차가운 도시의 아스팔트 위를 파르라니 떨며 헛헛하게 뒹구는 낙엽들만이 골목을 가득 메우고 있을 따름이었다.

가로등 불빛을 받아, 재덕을 닮은 검은 그림자가 쇠그네 위에 외롭게 앉아 있는 사람의 발밑에 납작 엎드려 있었다.

"재덕이냐?"

나는 소리쳤지만 아무 대답도 들려오지 않았다.

나는 그림자 곁으로 바짝 다가갔다. 역시 내 생각대로 그 그림자의 주인은 재덕이였다. 녀석의 입술 사이에서 담배연기가 따스한 입김처럼 하얗게 피어났고, 손에서 담뱃재가 맥없이 툭 떨어져 형체를 잃었다.

불현듯 나 역시 담배 생각이 간절해져 호주머니를 뒤적거려 담배 한 개비를 꺼내 입에 물었다. 하늘하늘 담배연기가 갈라지는

틈새로 별 하나 보이지 않는 까만 하늘이 보였다. 바람이 바지가
랑이를 부여잡고 펄럭펄럭 흔들었다.

살아간다는 것은 어쩌면 나를, 내가 세상과 타인에 가진 희망마
저도 산산이 으깨는 악랄한 작업일는지도 몰랐다. 이토록 잔인하
게 깔아뭉개고, 으깨면 맨 마지막에는 대체 무엇이 남을까?

나는 몸을 웅크리고 나를 닮은 그림자를 아주 오래도록 쳐다보
았다.

"소주 사올게."

재덕은 들릴 듯 말 듯 낮게 말하고, 터벅터벅 걸어 한적한 놀이
터를 빠져나갔다. 그의 서늘한 뒷모습을 보는 순간, 다시금 사막
의 모래바람 같은 게 내 가슴속을 훑고 지나갔다.

몇 마일이나 떨어진 곳에서 서로 헤어져 근 삼십 년 가까이 살
아온 불행한 그들 부녀는 지금쯤 서로 부둥켜안고 엉엉 소리 내어
울기라도 할까?

나는 그만 피식, 쓴웃음을 터뜨렸다. 도무지 머릿속으로 그럴싸
한 눈물겨운 그림이 그려지지 않았다. 망연히 손가락 사이에 끼고
있던 담배가 저 혼자 소리 없이 타들어갔다.

마침내 필터밖에 남지 않은 꽁초는 얼어붙은 흙바닥에 툭 떨어
졌다.

나는 그것이 퍽이나 애석하다는 듯이 한참을 물끄러미 바라본
후에 신발로 쓱쓱 문질러버렸다.

재덕은 봉지에서 소주 두 병과 종이컵, 그리고 내 안주인 초콜

릿 한 개를 꺼냈다. 우리는 아무 말도 없이 소주 한 병씩을 각각 집어 들고는 병마개를 땄다. 재덕은 속이 많이 상했는지 마개가 병에서 떨어지자마자 단숨에 꿀컥꿀컥 삼켰다.

나는 내 오랜 습관대로 소주 두 모금에 초콜릿 한 칸씩을 냉큼 냉큼 베어 먹으며 천천히 소주를 마셨다.

"형은 소주에 오징어나 문어발을 먹든가 하지, 왜 애들처럼 초콜릿을 안주로 먹어? 예전에는 그냥 그런가보다 하고 넘겼는데…"

"근데?"

"오늘은 갑자기 그게 궁금하네."

녀석은 독백이라도 하듯 나직하게 뇌까렸다.

사실 나 자신도 그 이유를 몰랐으므로 그 질문에 답변할 수가 없었다. 내가 남달리 단 음식을 좋아해서도 아니었다. 그저 바보처럼 '소주에는 초콜릿'이라는 나만의 엉터리 공식을 고집스레 우겨왔을 뿐, 그 이유를 딱히 분명하게 설명할 수는 없었다.

그러나 소주처럼 쓰디쓴 삶에도 가끔 초콜릿처럼 달달한 향기가 아주 조금씩이라도 어린다면, 만일 그렇다면 내 삶에 돋은 가시들을 조금이나마 뭉툭하게 갈아볼 수도 있었을 텐데.

그래서 그런 어설픈 갈망으로 미련하게 나는 소주에는 언제나 초콜릿을 안주로 곁들여 먹는 건지도 몰랐다.

"아까 그 여자… 정말로 아버지 딸 맞을까? 아버지가 만날 헛소리로 지껄이던 게 정말로 아버지 애인 이름일 줄이야."

재덕은 입술을 일그러뜨리며 깔깔 웃었다. 찬 기운이 감돌만큼 서늘하고도 허탈한 웃음소리였다. 나는 허리를 빳빳이 세우고 시선을 아득히 먼 지평선 끝으로 밀어냈다.

"우리는 왜 그 사실을 몰랐을까? 아버지한테 그런 가슴 아픈 로맨스가 있으리라고는 상상도 못했잖아. 하하. 아버지의 넋두리 속에서 팡콩이 얼마나 많이 나왔는데. 우린 그저 아버지의 온전치 못한 의식이 꾸며낸 상상 속의 이름쯤으로 알았는데. 세상 참 재밌다, 재밌어. 안 그래? 형."

재덕은 깔깔 웃으며 강소주를 낼름낼름 들이켰다.

"그래. 뭐 생각해 보니까 아버지는 늘 그랬던 것 같애. 어쩐지 인생을, 그리고 정신을 딴 곳에다 둔 사람 같았어. 늘 빈껍데기만 우리 곁에 있는 것 같았지 뭐. 어렸을 적에 다른 집 아버지처럼 우리를 한 번 따뜻하게 안아준 적도, 따뜻한 눈길 한 번 준적도 없었잖아. 말썽을 피워도 따끔하게 야단을 친 적도 물론 없었고. 엄마한테도 그랬고. 생각해 보니 우리 참 불쌍하게 컸네. 그렇잖아?"

재덕은 북받치는 감정을 드러내지 않으려 애쓰며 어둠 속에서 어름어름 말을 이어갔다.

"애정결핍에 이기적인 큰 누나 눈치 보느라 장난 한 번 신나게 못 치며 놀았고, 옷도 새 옷 한 번 입어본 적이 없었어. 아버지와 목욕탕 한 번 못 가봤고. 아버지는 집안 꼴이 어떻게 돌아가는지 신경도 안 썼고. 우린 그런 아버지를 전쟁터에서 잘 싸우고 돌아온 용사라고 얼마나 자랑스럽게 여겼었어. 아버지가 우리한테 무관심해도 그냥 몸이 많이 아파서 그러겠지, 혹은 성격이 무뚝뚝해서 그러겠지 했었어. 하지만, 하지만 그게 아녔던 거야. 아버지는 우리에게 줄 정이 애초에 없었던 거야. 우리 엄마… 우리 엄마 불쌍해서 어쩌나… 평생 빈껍데기한테 모든 걸 다 주고 산 우리 엄마 불쌍해서 어떡해."

재덕의 목소리는 불안과 절망에 허덕였다. 그의 흐느낌은 마치 깊은 동굴 속에서 울리듯 습하고 차가웠다. 마음을 다른 곳에 두고 온 남자의 아내로, 평생 빈껍데기와 살을 섞고 살았던, 기껏 남은 것이라고는 가난과 더 이상 희망 없는 두 아들뿐인 우리 엄마.

갑자기 눈자위가 따끔따끔했다. 술기운이 식도를 타고 자꾸만 꾸역꾸역 밀려들었다. 아, 불쌍한 우리 엄마…

귓가로 미세한 바람소리 같은 것이 스쳤다. 나는 그 바람소리가 어쩌면 시간이 흐르는, 현재가 과거 속에 묻히는 소리일 것이라고 생각했다.

"인생이라는 게 대체 뭘까? 이렇게 어렵고 제멋대로인 게 인생일까? 하필 우리만 이렇게 힘들어야 하는 게 아닐까."

녀석은 술기 가신 목소리로 시큰둥하게 중얼거렸다.

"누가 그러더라고. 어느 위대한 현자가 그랬대. 인생이라는 게 원래 별 볼일 없다고. 결국 아무것도 가질 수도 없고, 자기가 갖고 있는 걸 아낌없이 소멸시키고, 연소시켜야 하는 게 인생이라고. 이를테면, 사랑이나 희망, 기대 같은 것이겠지. 맞는 말 같지 않아? 우리처럼 박복한 놈들한테 인생은 원래 이렇게 상처투성이겠지. 이해하고 싶지만 도저히 이해할 수 없는 것도 많고, 사는 게 바로 그런 거야. 아프면 아픈 채로, 슬프면 슬픈 채로 그냥 살아가게 마련이더라고. 죽을 것처럼 힘들지만 그래도 참고 견디는 것. 그렇게 죽을힘을 다해 참고 견디다가 때가 되면 결국 죽어 땅속에서 푹푹 썩거나 흔적도 없이 그냥 사라지는 것. 그것이 인생이더라. 형, 안 그래?"

"웬 되지도 않는 개똥철학이냐?"

나는 시큰둥하게 빈정거렸지만 마음 한 가운데가 짠했다. 많이 취했구나. 많이 아팠구나. 육신이 술에 흠뻑 젖은 것처럼 휘청거리는 재덕을 보니, 마치 숯불에 얹어 둔 고등어처럼 내 마음이 까맣게 타들어가는 것 같았다. 젠장. 제기랄. 빌어먹을.

늦가을 밤바람이 제법 싸했다. 바람은 그 첨예한 손톱으로 얼굴과 목을 앙칼지게 후벼댔다.

얼마나 시간이 흘렀을까?

이윽고 재덕의 흐느낌처럼 가느다란 빗줄기가 후둑후둑 머리위로 떨어졌다.

하지만 우리들은 엉덩이에 못이라도 박힌 듯 미동도 하지 않은 채 시종 그 자리를 지켰다.

늦가을 비는 구성졌다. 자꾸만 눈앞에 희뿌연 안개 같은 것이 가물거려서 사물을 제대로 바라볼 수 없었다. 다시 눈앞에 새하얀 너울이 펄럭이는 것만 같은 어지럼증이 술기운과 함께 감각을 타

276

고 내달렸다. 전신의 모든 감각이 아득하게 멀어져만 갔다.

나는 갓난아이의 오줌발 같은 가느다란 빗줄기 속에서 문득 호주머니에 들어있던 하모니카를 꺼내 다만 외롭게 혀를 떨며 구성지게 불었다. 아버지가 내게 유일하게 무엇인가를 준 게 있다면, 바로 그 하모니카였다. 아홉 살배기 소년은 아버지와 눈을 맞춘 것만으로도 세상을 다 얻은 듯 기뻤다.

방 안 가득히 비릿한 비내음과 창문을 한껏 살랑대는 젖은 낙엽 냄새를 품은 바람이 제법 고혹적으로 스며들었다. 벌써 며칠째 해는 시들했고, 대신 밤이면 창문 너머로 아악의 가락과도 같은 빗소리가 나직이 들려 왔다. 마치 세상은 빗속에 그대로 방치된 듯했다. 팔다리 관절사이로 통증이 한차례 뻐근하게 스치고 지나갔다.

방 안에 칙칙하게 내려앉은 어둠 한 덩어리가 폐부 깊숙이 스며들었다. 벽시계에서 내뿜는 두 개의 흐릿한 야광 빛은 서로 손을 맞잡고 열두 시의 어두운 고개를 꾸역꾸역 넘어섰다. 가느다란 초침은 쉴 새 없이 또각거리며 발소리를 절대 늦추지 않았지만 내게는 어쩐지 세상의 모든 시계의 초침들이 아라비아 숫자 12에서 일제히 멈춰 버린 듯했다.

내 둘째 누나라는 그녀. 아버지의 의식을 그토록이나 처절히 맴돌았던 어느 베트남 여인의 딸. 그녀는 전날에도, 그 전날에도, 그 전날에도 맨드라미꽃처럼 수줍은 미소를 얼굴 가득 머금고는 함치르르한 까만 생머리를 바람에 나풀거리며 집안으로 들어섰다. 그녀는 마루에 앉아 뽀얀 손으로 아주 오랫동안 누렁이의 등을 쓰다듬어 주고서 그냥 그렇게 말없이 대문을 나섰다. 그 누구도 그녀를 반겨주지도, 아는 척을 하지도 않았다. 그녀의 아버지조차도.

아버지의 삼류소설 같은 로맨스를 알아버린 어머니는 그저 아무 말 없이 종종 한숨을 쉬며 걸레질만 할 따름이었다. 깊고도 무거운, 그래서 가슴 한 편이 푹 꺼져버리고 말 것만 같은 그런 한숨을 토해냈다.

아버지. 나의 아버지. 삼십여 년이라는 시간을 오로지 과거의 한 조각 로맨스에 매어 허우적거렸던 나의 아버지. 그 허망의 결정체를 찾고도 그저 먼 산만 하염없이 바라보는 나의 아버지의 사흘을 어떻게 설명해야 하나. 니코틴과 강소주만으로 72시간을 버틴 사람이 이 세상에 또 있을까? 아버지는 자신의 지난 시간을 연소시키듯 그렇게 줄담배를 피우고, 안주도 없는 강소주를 마셨다.

이불 틈으로 싸한 냉기가 도둑처럼 스며들었다. 나는 전기장판의 온도를 한 단계 더 높였다.

밤비는 여전히 후둑후둑 창문을 두드렸다. 내일은 맑게 갠 하늘을 볼 수 있을까?

마치 바람 부는 마음 한 귀퉁이에 풍선이 매달려 있어 내 의지와는 상관없이 허공에 둥둥 떠오를 것만 같았다. 그렇게 모든 게 처연히 내려앉는 허허로움이었다.

아직도 살아 있다는, 그러나 앞으로도 이렇게 변함없이 똑같이 더 살아내야 한다는 절망감으로 자꾸만 허물어지는 내 자존은 마치 녹슨 석쇠 위에서 온통 새까맣게 타버린 생선처럼 매운 연기를 펄펄 피워냈다. 나는 주먹에 힘을 주었다. 손톱이 손바닥을 아프게 후벼 팠다.

들꽃. 나의 들꽃, 너는 이 밤에 어디서 무얼 하니? 너의 스산한 맨다리를 쓰다듬고 싶다. 너의 품안에서 잠들고 싶다. 들꽃, 대체 너는 어디에 있니, 지금.

신경 한 가닥이 파르르 떨렸다. 그러면 덩달아 다른 신경들도 부르르 떨렸다.

아직 미명조차 없이 사위는 캄캄했다. 나는 그제야 눈꺼풀 안으로 슬며시 다가드는 잠을 보았다.

그리고 얼마 지나지 않아, 지독한 가위눌림에 또다시 설핏 눈을 떴다. 비로소 그때서야 커튼 뒤의 어둠의 뒷자락이 서서히 물러서는 것을 보았다.

순간 내 몸이 땅속으로 곤두박질치는 것 같은 느낌, 눈앞에 새하얀 광목이 펼쳐지고 내 몸이 그 위를 두둥실 떠다니는 것 같은, 하늘과 바다가 온통 하나가 되어 아스라이 헝클어지는 것만 같은, 그런 지독한 어지럼증에 다시금 진저리를 쳤다.

나는 그만 두 눈을 질끈 감아버렸다. 이윽고 다시 눈을 떠보니, 커튼 너머에는 뽀얀 햇살이 눈부시게 걸려 있었다. 나는 눈꺼풀 밑에 살얼음마냥 깔린 잠을 밀어내고서 그만 자리를 털고 일어났다.

파랗게 펼쳐져 있는 비취빛 하늘은 그저 휑뎅그렁하기만 했다.

쿨렁거리는 바람에 나도 모르게 어깨가 움찔 움츠러들었다.

재덕은 기지개를 활짝 켜고서 마지막 하품자락을 삼키느라 입맛을 쩝쩝 다시며 마당에 내려섰다. 나는 밤새 헝클어진 머리칼을 손으로 쓸어 넘겼다. 머리를 손질하듯이, 그렇게 생각을 하나하나 손질하여 내 마음속에서 똬리를 틀고 있는 절망까지도 말끔히 손질하고 싶었다.

아버지는 마루에 걸터앉아 여전히 푹 패인 볼을 움푹움푹 빨아대며 줄담배를 피웠다. 순간, 아버지의 자의식과 죄의식, 그리고 그의 절망이 손으로 만져질 듯 선연하게 잡혔다. 간만에 아버지의 시선은 나를 향하고 있었다. 아버지는 내게 말하고 싶은 건지도 몰랐다. 장남인 네가, 너만이라도 나를 이해해주면 안 되겠니?라고. 그러나 나는 내게 꽂힌 아버지의 시선을 외면해버렸다.

나는 아주 오래전부터 그런 식의 감정의 과장을 증오했다. 진실이란, 언젠가 밝혀지게 마련이고 또 때에 따라서는 밝혀져야 하지만, 어떤 진실은 밝혀지는 것 자체가 아주 성가시고 치유될 수 없는 상처만을 남길 수도 있는 것이다.

아버지의 그런 태도나 감정의 과장 역시 자신의 과거에 대한 가족의 이해나 선처를 요구하는 침묵시위로 보여서 심사가 뒤틀렸다. 풀뿌리처럼 하얗게 서리가 내린 어느 늦가을 아침, 아버지와 간만에 눈이 마주치고 나서 나는 문득 그런 생각을 했다. 이제 와서 아버지가 할 수 있는 건 아무것도 없다고. 그리고 우리에게 무엇을 요구할 권리 또한 더더욱 없다고.

그날, 우리 집은 가족회의가 예정돼 있었다.

아버지의 침묵과 어머니의 가시 돋친 결정에 의해 계획된 것이었다.

정오가 되자, 함초롬한 자태의 내 둘째 누나라는 그녀와 언제나 말간 얼굴의 그녀의 약혼자가 맨 먼저 마당에 발을 들여놓았다. 그리고 영원히 친정에 발길을 하지 않을 것처럼 길길이 날뛰던 큰누나는 오후 두 시를 넘겨서야 겨우 모습을 드러냈다.

"나는 더 이상 할 말 없어. 아주 맘대로 해. 언제 이 집구석에서 나를 큰딸 대접이나 해줬어? 그리고 전쟁 중에 잠깐 만나서 외로움을 달랬다고서니 막말로 누구 씨인지도 모르는 것을 덥석 딸로 받아들여 책임을 지라니? 허 참, 기도 안차네. 그렇게 막돼먹은 것들이 어딨어? 그리고 아버지. 아버지는 그렇게 씨까지 뿌려놓고 와서 어쩜, 헛소문만 믿고 우리 엄마를 그렇게 모질게 내쫓아. 우리 엄만 거기에 비하면 양반이었네 뭘. 어쩜 그래 어쩜. 우리 엄마가 이 사실을 알면 머리 풀고 곡을 하겠네."

누나는 파르르 진저리를 치며 휑하니 밖으로 뛰쳐나갔다.

그녀의 말이 매운 바람결보다도 더 차갑게 내 가슴을 훑고 지나갔다. 그 말이 주는 차가움보다는, 그렇게 밖에 말할 수 없는 그 마음의 모지락스러움이.

큰누나는 이제 정말 두 번 다시 이 집에 발을 들여놓지 않을 것이다.

갑자기 하늘은 금세 눈발이라도 날릴 듯 잔뜩 찌뿌드드해 있었다.

아무도 입을 열지 않았다. 그저 모두들 상에 올라가 있는 기다란 맥주병에 눈을 주고 있을 뿐이었다.

다시 신경이 날카롭게 당겨졌다. 나는 맥주를 컵에 가득 따라서 벌컥벌컥 들이켰다. 그러자 내 몸 어디선가 따뜻하고 포근한 김이 몽실몽실 피어오를 것 같은, 촉촉하고도 부드러운 훈훈함이 느껴졌다.

아버지는 무슨 말인가를 할 것처럼 입술을 달싹였다. 하지만 쉽게 할 수 있는 말은 아닌 것처럼 망설이고 또 망설였다. 술기운이라도 빌리고 싶었던 것일까? 아버지는 맥주 한 컵을 벌컥벌컥 마신 후에야 마침내 쇠잔한 음성으로 입을 열었다.

"면목 없다. 아버지로서, 남편으로서 고생만 시켰는데, 또 이렇게 마음의 짐을 안겨줘서 미안하다. 정말 아비로서 염치가 없어. 저 아이를 가족으로 받아달라고는 하지 않겠다. 저 아이 엄마도 나한테 그걸 바라진 않았을 거고. 나를 이해해 달라고도 하지 않겠다. 단, 나는 내 인생에 후회가 없다. 몸도 아프고 가난하지만, 그래서 자식들한테 아버지로서 해준 게 아무 것도 없지만, 그래도 나는 내 인생을 최선을 다해 살아왔다. 전쟁 중에도 대한민국 군인으로서 최선을 다해 싸웠고, 죽을힘을 다해 살아서 돌아왔다. 비록 그 때문에 자식들한테 몹쓸 병이나 물려주고 불행하게 했지만. 그래서 너희와 너희 엄마한테 미안하다. 너무 미안해서, 너무 큰 빚을 지고 살아서 나는 너희를 외면할 수밖에 없었다. 앞으로도 그럴 거고."

282

아버지는 어느새 울고 있었다. 뻘겋게 핏발이 선 아버지의 눈에 눈물이 그렁그렁했다. 나는 그 눈을 차마 똑바로 바라볼 수가 없어서 외면했다. 누구에게나 사는 건 여전히 쉽지 않은 문제이고, 육십 평생을 살아온 아버지 역시 마찬가지였을 것이다.

아버지…

하지만 나를 비롯해 어느 누구도 입을 떼지 않았다. 어머니는 또 걸레를 손에 쥐고 방을 훔쳤다. 마치 당신이 할 일은 그것뿐이라는 듯이.

아버지는 등을 돌린 채 담배를 피웠다. 마치 당신 또한 할 일이라고는 오로지 그것뿐이라는 듯이.

"저… 저를… 자식으로… 아니… 받아주어…도 좋아요… 그거를 원하고 오지… 않았어요. 이러케… 마마가… 마알… 하던… 파파를… 보았으니… 그거얼로… 저는 만족… 합니다아… 파파를 볼 수 있어서… 좋아요. 건강해서… 감사합니다."

나의 둘째 누나 누안이 어색하게 뱉은 말은 삭은 고무줄마냥 형편없이 뚝뚝 끊어졌지만 우리 모두 그녀의 한국어 솜씨에 놀랐다.

밖은 벌써 어둑어둑했다.

"저는 내일… 하노이로 돌아갑니다. 마지막으로… 파파와 동생들… 엄마 보러 왔어요. 제가 마마한테서… 배운 노래가… 하나 있는데… 파파가 많이… 좋아해였던 노래라며… 마마가 가르쳐… 주었어요. 파파한테서… 마마가… 배운… 거래요오… 무슨… 말인지는 아직… 잘 모르지만… 멜로디가 좋아서… 마지막으로… 선물로 들려주고… 시푼데에…"

그녀는 힘겹게 말을 마치고 잠시 우리의 눈치를 살폈다. 그러나 아무도 그녀의 뜬금없는 제안에 선뜻 동의해주지 않았다. 나는 다시금 정신이 멍멍해졌다. 그녀의 투명한 눈빛이 왠지 무척이나 애잔해 보였다. 그녀와 눈이 마주치자, 나는 나도 모르게 고개를 끄덕이고야 말았다. 그녀의 입가에 엷은 미소가 보이는 듯했다.

"넓고 넓은 바닷가에 오막살이 집 한 채에…"

창밖에는 오래전에 잊혀진 약속처럼 첫눈이 하얗게 내리고 있었다.

고기 잡는 아버지와 철모르는 딸 있네. 내 사랑아 내 사랑아 나의 사랑 클레멘타인. 늙은 아비 혼자 두고 영영 어디 갔느냐.

로즈타투(Rose Tattoo)

밤사이 우리 방의 창틀에 까치가 날아와 앉아 있는 꿈을 꾸었다. 그 까치는 내가 가까이 다가가도 놀라거나 경계하지 않았다. 까치의 등에 있는 무언가가 내 눈에 익었다. 나는, 저게 뭐지? 하고 까치를 잡기 위해 손을 뻗쳤다. 그러나 내가 손을 뻗는 순간, 까치는 허공으로 푸드득 날아올랐다. 나는 눈앞에서 얼핏 무엇인가를 보았다. 까치의 등에 선명하게 새겨진 흑장미 문신을. 나는 까치를 잡으려고 꿈속에서 안타까이 발버둥을 쳤다. 꿈에서 깨어났을 때 까치는 보이지 않았다. 내 까치는 어디쯤에 있을까. 아마 내 손이 닿을 수 없는 영원만큼이나 먼 곳에 있겠지.

-오은수의 일기 중에서-

아이는 곤하게 잠들어 있다. 그새 또 어디에 부딪혔는지 이마에 제법 큰 상처가 나 피딱지가 엉겨 붙어 있다. 은수는 무너지듯 침대 위에 주저앉는다. 다리가 묵직한 쇠사슬에 묶인 것처럼 무겁다.

은수는 몹시 피로해서 멍한 눈길로 잠든 아이의 얼굴을 물끄러미 바라보다가 문득 가슴이 답답해 창문을 열고 담배 한 개비를 입에 문다. 그녀는 필터를 깊숙이 빨아들였다가 심연의 묵은 체증을 모두 토해내듯 다시 후, 뱉는다.

어느새 가을도 제법 농익게 저물어가고 있다. 스산한 밤바람이 까슬까슬하게 골목 여기저기를 떠돈다. 잠깐 시선을 멀리 밀어내자, 별도 달도 없는 까만 하늘이 눈앞을 가로막는다.

새벽 3시. 동네는 이미 깊은 잠에 빠져 있다. 은수는 두 번째 담배를 입에 물고 필터 끝이 손가락 끝까지 맞닿을 만큼 쭉 빨아 넘긴다. 술기운으로 한껏 메스꺼웠던 속을 담배 연기가 한차례 훑고 나오자마자 속에서 무언가가 꾸역꾸역 치받친다. 은수는 후다닥 화장실로 뛰어가 변기에 머리를 처박고 손가락을 목구멍에 쑤셔 넣어 억지로 뱃속의 것들을 모두 토악질한다. 제기랄, 빌어먹을. 버러지 같은 사내놈들, 몸이 안 좋아서 술을 안 마시겠다는 사람을 막무가내로 먹이는 잔인한 자식들! 지들 동생 같으면 그렇게 하겠어? 말로만 동생 같다 어쩐다 그러지, 어데서 개수작이야.

그녀는 변기 물을 내리고 칫솔에 말라비틀어진 치약을 힘껏 쥐어짜서 이를 뿍뿍 닦는다. 입안이 짭짜름해서 보니 소금치약이다. 소금이라는 물질에 알레르기라도 일으키듯, 그녀는 신경질적으로 침을 뱉고 몇 번이고 입안을 헹군다. 희뿌연 거울 안에 그녀의 고단한 하루가 고스란히 드러누워 있었다.

내가 지금 몇 살이더라? 거울 속 은수는 가만히 생각한다. 아, 맞다. 스물여덟이지. 스물여덟 해의 내 삶. 부채꼴처럼 넓은 데서 차츰 안으로, 안으로 오므라들어 이제는 두 발바닥을 디디고 꼿꼿이 서 있기조차 힘들 만큼 좁아져버린 내 삶의 뜰.

은수는 갑자기 가슴이 먹먹하고 머릿속이 벌집을 쑤셔놓은 것처럼 복잡하다.

낮에는 영화 '오늘밤을 나와 함께'의 촬영이 있었다. 최 감독은 언제나처럼 너무 많은 걸 요구했다. 젖가슴과 엉덩이가 납작해서 카메라발이 잘 안 받으니 뽕 좀 넣고 오라느니, 등에 붙어 있는 사마귀 좀 떼고 올 수 없느냐느니, 샤워 장면을 좀 더 에로틱하게 표현할 순 없느냐느니 유독 은수한테만 까탈을 부렸다.

영화에서는 기껏 샤워하는 뒷모습만 가끔가다 한 컷씩 비치는 엑스트라에게 그는 주연배우 못지않게 곤혹스런 연기를 요구했다. 그가 히스테릭하게 엔지(NG)를 외칠 때마다 은수는 마치 중죄를 저지른 범법자처럼 쭈뼛 놀라서 경련이라도 일으킬 것만 같았다. 내가 요구를 전부 받아들여 그가 바라는 대로 완벽한 연기력과 몸매를 보여준다면, 그는 나를 이혜경 대신 '오늘밤을 나와 함께'의 주연배우로 캐스팅해줄까?

그가 그나마 제일 맘에 들어 하는 어깨 위의 흑장미 문신. 그것을 좀 더 탐스럽고 에로틱하게 새로 새기고 온다면 그는 이혜경을 내팽개치고 나를 주연배우로 캐스팅할까?

문득 꿈도 참 야무지다는 생각에 은수는 입가에 쓴웃음을 흘린다. 스태프들 사이에서 떠도는 귓속말에 의하면 이혜경과 최감독은 벌써 오래전부터 그렇고 그런 사이라고 한다. 서른 살 연하의 미모의 에로배우와 밀애에 빠진 삼류 영화감독이라? 꽤 보편적이면서도 흥미진진한 그림이다.

은수는 그 사실을 알고 신산하게 웃어넘겼다. 스태프들의 도시락을 손수 싸들고 나타나는, 모난 구석 없이 착한 얼굴을 한 아내와 어느 나라 공주님처럼 예쁘장하게 생긴 고등학생 외동딸을 자랑삼아 데리고 야외촬영장에 곧잘 나타나곤 하던 최감독의 모습을 떠올리며 은수는 한참을 혼자서 깔깔거렸다. 당최 남자들이란 머릿속에 열 두 칸의 방을 가진 것들이라지!

은수는 속옷 차림으로 다시 창가에 서서 어둠에 흠뻑 젖은 세상을 바라본다. 멀리서 가끔 컹컹거리고 개 짖는 소리가 들릴 뿐, 주위는 온통 고즈넉하다. 집 앞 골목에는 생전의 집을 찾아 떠도는 영혼처럼 수은등이 파리하게 떨며 깜빡인다. 눈에 보이는 모든 풍경이 마치 그대로 단단히 굳어버린 화석 같다. 대물림된 씨 있는 가난과 가난이 지어낸 만성피로, 그 피로가 합성시킨 헛된 욕망과 그에 지쳐버린 욕망에 대한 향수가 이 달동네의 밤공기를 더욱 나른하게 덮혀 주곤 한다.

은수는 허한 가슴을 대신 메우기라도 하려는 듯 벌써 세 개비째 담배를 입에 문다. 방 안은 공기마저 푸른색을 띨 정도로 춥다. 벌써 두 시간째 보일러를 켜두었지만 어딘가 막혀버린 하수구처럼 온기가 제대로 돌지 않는다. 내일은 주인여자한테 꼭 말을 해야지.

그녀의 시선이 다시 침대 위 아이에게로 가 머물렀다. 아이는 마치 다친 벌레처럼 새우등을 한 채 모로 기우뚱하게 자고 있다. 여덟 살. 저 아이가 벌써 여덟 살이던가.

은수는 갑자기 제 몸에 차가운 얼음물을 한 바가지 끼얹는 것처럼 아찔하다. 초등학교 취학통지서를 받을 나이, 가슴에 이름표를 달고서 신주머니를 팔랑팔랑 흔들며 아침마다 학교에 가야할 나이, 받아쓰기를 불러달라고 졸라대야 할 나이, 어느새 지혜의 나이는 바로 그런 나이가 되었다.

은수는 지쳐 꺼부러지며 아이 곁에 드러눕는다. 아이의 가녀린 숨결이 코끝을 따뜻하게 간질인다. 갑자기 안온한 느낌에 하루 내 쌓였던 피로가 파도처럼 철썩철썩 몰아친다. 은수는 눈을 감고, 눈꺼풀 밑으로 슬며시 다가드는 까만 잠의 그림자를 맞는다. 이윽고 심연 같은 잠 속으로 빠져드는 은수. 그녀는 멀어지는 의식 속에서 안타까이 되뇌었다. 이대로 그냥 시간이 멎었으면, 영영 아침이 오지 않았으면.

세상을 살아간다는 것은 대체 무엇일까? 행복이나 평화 같은 게 실제로 존재하기나 하는 걸까? 대체 어디에?

그것들은 손에 움켜쥐려 할수록 손가락 사이로 새어 나가는 비눗 방울 같은 것, 내가 도저히 거머쥘 수 없는 것. 그렇기 때문에 더더욱 집착이 강해지는 것. 어차피 스물여덟 해의 내 인생에 있어서 애초

희망이란 단어는 없었고 앞으로도 없을 것이란 걸 난 안다.

현실을 끙끙거리며 넘어서거나, 넘어서지 못하면 그냥 주저앉아 몇 날 며칠이고 울어버리는 것, 그 두 가지 방법이 있을 뿐이다. 내겐 아무것도 희망할 것이 없었듯이 더 이상 절망할 것 또한 없었다. 스물여덟 해. 그것은 물에 흠뻑 젖은 옷을 억지로 껴입는 것과 같은, 혹은 짙은 안개가 내려 아주 가까운 물체만 겨우 식별할 수 있는 날에 아주 먼 길을 걸어야 하는 이의 답답함 같은 것이었다. 어쩌면 인생에서 내가 얻을 수 있는 위안이란 고작 아직도 추억하면 가슴이 따뜻해지는, 비바람 몰아치던 과거의 어느 날엔가 감기에 걸려 콜록거리던 어린 나에게 엄마가 욕을 해대며 끓여줬던 생강차의 온기 정도가 아닐까? 그러나 요즘은 그 온기가 어땠는지조차 도통 기억나지 않는다.

-오은수의 일기 중에서-

사방이 뚫린 집 앞 공터는 수천 개의 조명등을 밝혀 놓은 놀이동산처럼 온통 환하다. 세상 어딘가에 저토록 해맑은 햇살이 숨었다가 일시에 쏟아져 나오는 건지 의아하기까지 하다.

은수는 눈이 부셔서 한 손으로 가리개를 하고 창문 너머의 하늘을 올려다본다. 가을하늘은 유리알마냥 투명하다. 너무도 화창해 흔적조차 없이 기체 분해될 것만 같다. 방 안은 햇볕에 의해 알몸으로 드러누워 있다. 은수는 때늦은 화장을 공들여서 한 후, 오늘 스케줄을 확인한다. 2시 30분에는 한 컷짜리 속옷 전단지 광고를 찍어야 하고, 5시부터 10시까지는 L마트에서 아르바이트를 해야한다. 그리고 11시부터 새벽 2시까지는 '레츠고 단란주점'에 있어야 한다. 오늘 하루도 빠듯하겠구나.

은수는 울적하게 한숨을 쉬며 심란한 마음을 추스른다. 그녀는 거울을 보면서 화장을 마무리하다가 문득 옷장과 벽 사이의 좁은 틈에 웅크리고 앉아 고양이를 안고 있는 지혜한테 시선을 준다.

"너 밥 안 먹어?"

지혜는 아무 말이 없다. 어떤 때는 저 애가 귀머거리가 아닌가 의심스럽다. 귀찮을 정도로 질문도 많고, 엄마의 치맛자락을 붙들고 따라다니며 조잘거려야 할 나이인데도 이제껏 지혜의 입을 통해 들어본 쓸 만한 말이라곤 아무 것도 없었다. 가끔가다 제가 하고 싶은 것을 제지했을 때 각혈이라도 할 듯 무섭게 꺅꺅 울어버리는 게 의사표현의 전부다. 두 평 남짓한 이 방에 지혜와 함께 있으면 은수는 무겁게 내려앉은 침묵에 제 목소리마저 빼앗기고 말 것 같다는 왠지 모를 강박감까지 들어 노래를 흥얼거리기도 하고 귀담아 듣지도 않을 라디오를 하루 종일 켜두기도 했다. 무덤 속 같은 이 방에 하루 종일 혼자 틀어 박혀 있는 아이를 위해, 제법 보호자 다운 생각에서 집주인의 만류에도 불구하고 고양이를 키우고 있지만, 고양이 역시 방을 잠식한 침묵의 바이러스에 그새 감염이라도 됐는지 요즘은 도통 볕 잘 드는 아랫목 구석에 웅크리고 앉아만 있어 제 구실을 못한다.

은수는 거울 속 고양이를 사납게 노려본다.

294

"사람 먹을 것도 없는데 죽어라 사료만 축내고… 알았다. 내 니놈을 조만간 처리해주마."

거울 속 은수는 결의에 차서 입을 실룩거리며 고시랑거린다. 고양이가 그 말에 반응이라도 하듯 들릴 듯 말 듯 갸르릉, 소리를 낸다. 갑자기 눈앞에 겹겹이 무언가로 가로막힌 것처럼 가슴이 답답해 반사적으로 라디오의 볼륨을 최대한 높인다. 비틀즈의 'Let it be'가 방 안을 가득 메운다.

"Let it be, 신의 뜻대로, 뭐 될 대로 되라, 에라 모르겠다, 그건가?"

은수는 그 말이 주는 흐릿한 슬픔을 음미하며 나직이 중얼거린다. 때마침 플라스틱 슬리퍼를 질질 끌며 계단을 올라오는 발소리가 점점 가깝게 들린다. 아마도 이 시간대면 항상 어김없이 등장하는 주인집 여자일 것이다. 남의 방을 제 안방 드나들 듯하는 교양 없는 여자.

"지혜네 있어? 오늘은 일 안 나가?"

여자는 방문을 열고, 도둑고양이처럼 얼굴을 빼꼼히 들이민다. 12시도 아직 안 지났는데 벌써 점심을 후다닥 해치웠는지 김칫국물 자국이 입 가장자리에 묻어 있다.

"지금 막 나가려던 참이에요."

말을 꺼내기가 무섭게 여자는 방으로 들어와 그대로 철퍼덕 주저앉는다. 그리고 먹이를 찾는 여우 같은 눈으로 탐색하듯 방 안 구석구석을 샅샅이 살핀다.

"지혜네는 물건두 별루 없음서 웬 전기세가 그렇게 많이 나와? 혹시 나 모르게 뭐 쓰나?"

은수는 못들은 척 잠자코 가만히 있다. 하여간 능갈맞은 여편네다.

"아 참, 내 정신 좀 봐. 이 말한다는 것이. 우리 집 양반 친구가 조 아래에서 마트를 하나 크게 하걸랑. 일 년 전에 상처했는데 사람 좋은 건 만나보면 알 테고, 시골에 논하고 과수원도 있구 알부자야. 흠이 있다면 나이가 좀 많다는 거고, 두어 번 갔다 와서 자식이 몇 딸려 있다는 게…"

은수는 껌을 짓씹듯 씹으며 내뱉어내는 여자의 말에는 아예 안중에도 없다는 듯 무표정하게 거울을 보며 마스카라를 바른다. 여자는 계속해서 경박하게 너스레를 떤다. 볼 장 다 본 중년아줌마의 헤픈 입만큼이나 버걱거리는 음성이 마치 찍, 하고 칠판에 컴퍼스 끝이 긁히는 소리처럼 귀에 거슬려 은수는 문득 내일이라도 당장 딴 집을 알아봐야겠다고 생각한다.

"아줌마, 있잖아요. 우리 방은 보일러가 전혀 안 들어와요. 보일러를 켜나마나 완전히 냉골이라니깐요. 추워서 더는 못 살겠어요."

은수는 한참 신명나 있는 여자의 말꼬리를 싹둑 잘라버린다.

"그래? 다른 방들은 이상 없다던데, 왜 이 방만 그러지? 허, 별일이네."

"저 지금 나가봐야 하니까 지혜 좀 부탁할게요. 아직 아침도 안 먹였으니까 대충 알아서 먹이세요. 지혜한테서 쉰내가 나더라구

296

요. 귀찮아도 자주자주 씻겨요."

무슨 말을 더 하려고 입을 달싹거리는 여자를 뒤로 한 채 은수는 후다닥 방을 나선다.

"아이고, 쟈 씻기기가 월매나 어려분디. 쟈 씻기려믄 우리 집 양반이랑 옷 한 벌을 다 버려야 한다고. 뭐 애를 씻겨 봤어야 알지… 글고 처녀 몸으로 혼자 저런 애 데리고 살기 힘들어. 거시기 그 양반도 지혜네 사정 다 이해한다고 했응게 생각 있으면 함 만나봐. 요새 그만한 사람도 없응게."

여자는 급하게 슬리퍼를 발에 대충 꿰차고 은수을 뒤따라 나오며 목청을 높인다. 그리고 코를 비틀어 쥐고 팽, 풀어 찐득한 누런 콧물을 마당에 흩뿌린다.

"하여튼 오지랖은, 태평양 뺨치게 넓지."

은수는 미간을 잔뜩 찌푸리고 고시랑거리며 대문을 막 나가려는데 종아리와 엉덩이에 닿는 주인집 남자의 시선이 질척거린다. 갑자기 이라도 기어가는 듯 등줄기가 스멀거린다.

"미스 오, 지금 일 나가나 보네. 오늘 스카프가 루즈색하고 아주 잘 어울리는구먼. 참, 같이 나가지. 나도 마침 담배 사러 가려던 참인데."

주인집 남자가 니코틴에 찌든 누런 이빨을 몽땅 드러내며 히죽 웃는다. 늙은 와이프가 빤히 쳐다보는 앞에서 그는 그렇게 은수에게 종종 천연덕스레, 그러나 매우 서툰 작업을 걸어오곤 한다. 사내의 은밀하고 능글맞은 유혹의 미소를 볼 때마다 그녀는 체중에 걸린 것처럼 속이 메스꺼웠다. 마치 그가 성능 좋은 투시카메라로 자신의 알몸을 훤히 꿰뚫어 보고 있는 것 같아서. 혼자 사는 여자는 저렇게 쉽게 봐도 괜찮다는 건가.

그는 눈 깜짝할 사이에 방에서 점퍼를 걸치고 다시 나온다. 은수는 시치미를 떼고 못 본 척 그냥 대문 밖으로 서둘러 나간다. 그녀도 그의 지분거림에 이제 웬만큼 이력이 났다.

"어딜 가. 에이, 요놈의 인간 그새 또 아랫도리가 근질거려? 하여튼 남자라는 것들은 젊으나 늙으나 젊은 년이라면 죄다 환장들을 하지, 아주 환장을 해."

야발스런 목소리의 주인여자가 금세 코맹맹이 소리를 해대며 제 남편의 옆구리를 팔꿈치로 쿡 찔는 게 어렴풋이 보인다.

은수는 지혜를 돌봐주는 대가로 매달 주인집 여자에게 월세와는 별도로 삼십만 원씩을 더 지불하고 있다. L마트에서 시간제 아르바이트로 벌어들이는 한 달 수입이 고스란히 그 여자의 호주머니로 들어가는 셈이다. 일정한 직업도 없는 은수의 경제사정은 수면에 겨우 목을 내밀까 말까한 불안정한 상태지만 대소변도 제대로 가리지 못하는 지혜를 위해 그만한 돈을 지출하는 데에는 다른 선택의 여지가 없었다. 차라리 고아원에 맡겨버릴까도 생각지 않은 건 아니었으나 그것도 피붙이라고 뒤돌아서면 차마 발길이 떨어지지 않았다. 스스로도 납득할 수 없는 묘한 감정이기도 했다.

삽상한 가을바람이 쿨렁거린다. 허리까지 내려오는 그녀의 긴

생머리가 바람에 나부껴 주르르 옆으로 흘러내린다.

하늘과 맞닿은 달동네의 골목길은 광목같이 흰 햇살로 눈부시다. 멀리 큰길의 가로수들이 허공을 가르며 낙엽들을 떨어뜨리고 있다. 은수는 불현듯 제 속에 똬리를 튼 채 절대로 비켜주지 않는 세상을 향한 자잘한 상념들도 저 낙엽송처럼 미련 없이 털어내버렸으면 참 좋겠다고 생각한다. 어디에선가 우수수, 가을이 지는 소리가 들릴 것만 같았다. 큰길로 이어진 골목길은 얼씬대는 강아지 한 마리조차 없이 텅 비어 적막하기만 하다.

은수는 골목어귀에 일렬로 즐비하게 늘어선 가게 간판들을 무슨 구경거리라도 되는 양 유심히 바라보며 터덜터덜 걸어간다. '죠은세탁소', '멋쟁이 수선집', '김제쌀집'… 아, 맞다. 쌀이 떨어졌지. 오늘 속옷 광고 촬영 끝나면 몇 푼이라도 생길 텐데 그걸로 우선 쌀부터 팔아야지.

골목 모퉁이를 돌아 '성자슈퍼'를 막 지나치려는데 안에서 어린아이의 웃음소리 같은 게 들린다. 방울꽃 같은 웃음소리가 해맑았다. 언뜻 곁눈질로 흘끔 바라보니 그 아이는 김 노인네 손녀딸 같았다. 오며 가며 골목길에서 김 노인의 손을 잡고 지나가는 것을 몇 번 본 기억이 났다.

장밋빛 뺨에 태엽 감는 인형처럼 앙증맞은 두 눈을 가진, 홀딱 반할 만큼 예쁘장하게 생긴 아이는 스무 살을 갓 넘긴 가겟집 청년의 무릎 위에 앉아서 생각 없는 인형처럼 하르르 웃고 있다. 아이의 손에는 막대사탕이 쥐어져 있다. 동네 사람들이 수근대는 이야기로는 그 청년은 가게 주인의 아들로 작년에 고등학교를 졸업하고 뚜렷한 직업도 없이 빈둥거리며 놀고 있다고 했다. 그녀도 지나가다가 몇 번 마주친 적이 있었지만 소문과는 다르게 꽤 예의 바른 구석이 있는 청년으로 보였다.

청년은 두꺼운 안경알 속에서 눈동자를 몹시 영민스럽게 굴린다. 뭔가 꿍꿍이속이 있는 듯한, 장난기가 번지르르한 눈이다. 그는 자꾸 창밖을 강박적으로 살핀다. 아이는 뭐가 그리도 즐거운지 계속해서 몸을 비비꼬며 키득거린다.

순간 무엇인가가 은수의 시선을 질기게 끌어당긴다. 그것은 무엇인가 차갑고도 섬뜩한 이물스러움이 그녀의 심연을 순식간에 꿰뚫고 지나가는 느낌이었다. 뭐라 말할 수 없는 섬뜩하고 끈적끈적한. 웬일인지 은수의 가슴이 싸르륵거리고 온몸의 실핏줄이 잔뜩 움츠러든다. 문득 청년의 손이 아이의 치마를 들추고 은밀한 곳을 더듬고 있을 것만 같다는 생각이 얼핏 그녀의 뇌리를 스쳤던 것이다. 설마, 이렇게 벌건 대낮에, 그것도 사람들이 지나다니는 게 빤히 보이는 데서 그럴 리가. 아니야. 아닐 거야.

은수는 온갖 별의 별 변태들이 득실거리는 세상에서, 딸을 가진 엄마의 노파심이나 짐짓 사내들한테 장난감처럼 농락당한 여자의 피해망상일 뿐이라고 애써 완강하게 도리질한다.

그러나 문득 남의 집에 맡겨둔 지혜 생각에 왠지 마음 한 구석이 찜찜하다. 한참 주인집에서 세상모르게 자고 있을 지혜의 얼굴과 저한테 종종 슬쩍슬쩍 꽤 노골적인 작업을 걸어오는 주인남자의 능청스런 모습이 자꾸만 눈앞에서 어른거린다. 혹시 지금 지혜도 주인집 남자의 무릎 위에 저렇게 이상한 모습으로 앉아 있지는 않을까? 문득 가슴팍이 콱 조인다.

그는 유난히 지혜를 귀여워했다. 제 자식들이 셋이나 있는데도 불구하고 그녀가 보기에는 걔네들한테보다 지혜한테 유독 각별한 관심을 쏟는 것 같았다. 그녀의 환심을 사고자 취하는 가식적인 제스처인지는 모르지만, 적어도 그녀가 보는 자리에선 그랬다.

사실을 말하자면 은수는 지혜한테 지금껏 인형이나 꽃핀 따위의 사소한 물건조차 사다 준 적이 한 번도 없었다. 그런 걸 사다 줄 겨를도, 마음의 여유도 없었을 뿐더러, 지혜 자신이 저도 여자란 걸 차라리 모르고 살았으면 하는 바람에서였다. 한없이 질척거리고 바람 부는 대로 흔들리는 여자의 모진 숙명에 길들여지지 않길 바라는 강박적인 마음에서였다고 빤한 변명을 늘어놓을 수도 있을 것이다. 그것은 어쩌면 굴곡 많은 제 어머니와 제 인생이 그러했듯이 지혜마저 그 저주받은 인생의 전철을 밟게 할 수 없다는 결벽증과 피해의식에서 비롯되었는지도 모른다. 하여튼 그런 생각들은 강박신경증 환자처럼 그녀를 시시때때로 괴롭혔다. 해서 이 동네로 거취를 정하면서부터 지혜를 머리에서 발끝까지 모두 사내아이의 모양새로 키우고 있었다. 바가지머리에, 셔츠와 바지차림이 그 아이의 일 년 열두 달 모습이었다.

그런데 이상하게도 날이 갈수록 몇 개 되지 않던 지혜의 장난감 중에서 사주지도 않은 인형이나 꽃핀이 제법 많아졌다. 주인여자

말로는 심성 착한 제 남편이 지혜를 안쓰럽게 여겨서 술기운으로 하나씩 사들고 온다고 말했지만 내심 께름칙한 것도 사실이었다. 도대체 그가 왜 지혜한테 자꾸만 그런 걸 사주는지, 그 애한테 왜 그리 유별난 관심을 보이는지 도통 알 수가 없었다. 내가 알지 못하는 뭔가가 정말로 있는 것일까?

은수는 하마터면 비명을 지를 뻔했다. 제법 그럴듯하게, 둘뿐인 방 안에서 지혜의 몸을 더듬는 주인남자의 엉큼한 손이 퍼뜩 머릿속에 그려졌다. 그래. 충분히 그럴 수 있어. 충분히. 주인여자는 100% 믿을 만한 사람이 못 된다. 그녀는 분수에 맞지도 않게 막내아들의 학교 자모회장을 맡고 있어서 모임이나 급식당번이 있는 날이면 지혜를 남편 손에 맡겨놓고 훌쩍 나가버리곤 한다는 걸 은수는 오래전부터 눈치채고 있었다. 그 사이에 무슨 일이 일어나는지 은수로서는 도통 알 길이 없다. 여덟 살이라는 나이답지 않게 아무것도 판단할 수 없는 아이, 배가 고픈지 어떤지조차 제 신상에 대해 아무것도 말할 줄 모르는 아이, 그래서 그는 얼마든지 태연하게 완전범죄를 저지를 수도 있을 것이다.

사냥감을 노리는, 노련한 포식자의 계산된 몸놀림처럼 주인남자의 손이 지혜의 몸을 음흉하게 더듬고 그의 비대한 몸이 지혜의 작은 몸뚱어리 위에 체위하는, 흉악스러운 모습이 머릿속에 그려지자 모세혈관의 피들이 싸늘히 얼어붙어 그대로 굳어버리는 것 같았다. 아냐. 설마, 아닐 거야. 인상이 좀 비열하고 야비해 보이는 구석이 있지만, 설마 저도 딸자식 키우는 부모입장인데 설마 그럴

수는 없지. 그래. 그 아이는 괜찮을 거야.

은수는 몇 번이고 도리질한다. 그러나 그 환각은 머릿속에 거머리처럼 찰지게 찰싹 달라붙어 좀처럼 쉽게 지워지지 않는다. 그에 대한 믿음이 도무지 생기질 않는데, 지금으로서는 다른 방도도 딱히 없다.

갑자기 은수의 얼굴이 화끈 달아오른다. 저도 모르게 화가 울컥 치밀어 마치 굵은 철사로 가슴을 졸라맨 듯 갑자기 호흡이 가빠진다. 개자식, 어디서 할 짓이 없어서 어린애한테 저런 몹쓸 짓을 해? 문득 등줄기로 서늘한 진저리 같은 게 쓸려 내려간다. 아이는 여전히 청년의 무릎 위에 앉아 간지러운 듯 몸을 비비꼬며 키득거리고 웃는다.

생각 같아서는 나이도 새파랗게 어린 게 영악하게 사탕셈이나 하고 있는 아이를 밖으로 끌고 나와 따귀라도 세게 후려치고 볼기짝이라도 몇 대 때려주고 싶었지만 은수는 불붙기 직전의 휘발성 액체의 병마개를 꼭꼭 여미듯 제 마음도 그렇게 단속하며 꾹 참는다. 자기 것이 아닌 타인의 삶에 괜히 간섭하고 싶지 않아서다. 언제부터인가 그녀는 그랬다. 주변의 것이나 남의 것 따위에는 전혀 관심 밖이 되어버렸다.

그녀는 손톱이 손바닥 살을 아프게 후벼 팔 정도로 주먹을 꼭 쥐고서 그 자리를 휘적휘적 벗어난다. 배달 오토바이 한 대가 꽁무니에서 시커먼 매연을 뭉글뭉글 풍기며 은수의 몸에 닿을락 말락 아슬아슬하게 스쳐지나간다. 은수는 고개를 돌려 쏜살같이 달려가는 오토바이를 매섭게 째려보고 나서 왠지 답답하고 껄끄러운 목울대를 손으로 만지며 몇 번이고 쿵쿵대 목을 가다듬는다. 그 아이, 김 노인네 손녀딸의 웃음소리가 잔영으로 남아 자꾸만 귓가를 간지럽힌다. 이제 몇 걸음만 더 걸어가면 큰 대로변이다.

보행자 신호등에 파란 불이 들어오자, 차들은 선착순 줄서기를 하는 것처럼 일정한 간격을 두고 차례차례 일렬로 멈춰 선다. 그녀는 신호를 놓칠세라 허둥지둥 사람들 속을 헤집는다. 낯선 그들처럼 그녀도 오후 한 시의 몽당그림자를 질질 끌고 종종걸음 친다.

120번 버스는 항상 이렇게 늑장을 부린다. 제 시간을 제대로 지키는 법이 없다. 그녀는 버스정류장에 우두커니 서 있다. 빨랫줄에 널어놓은 광목이 바람에 나부끼듯 환한 햇살에 갑자기 어지럼증이 느껴진다.

이윽고 먼발치에서 120번 버스가 보인다. 버스는 한두 칸 건너 빈 좌석이다. 은수는 늘 그랬듯이 뒤쪽 빈자리로 가 깊숙이 몸을 기대어 앉는다. 앞으로 한 시간은 족히 달려야 목적지에 도착할 것이었다. 불현듯 그녀의 눈꺼풀 위로 피로가 덮개를 이루듯 두텁게 쌓인다. 금방이라도 까무러치고 말 것처럼 온몸이 휘청거린다. 싸구려 비타민제라도 하나 삼키고 나올걸. 은수는 괜히 입이 허전해 입맛을 다신다.

은수는 현기증을 느끼며 의자 등받이에 머리를 기대고 잠시 눈을 감는다. 문득 김 노인의 손녀딸이 두 눈을 동그랗게 치켜뜨고서 뾰루퉁한 얼굴로 은수를 노려보고 있다. 이름이 뭐랬더라. 민지랬던가. 가끔 너무도 순박하게 생긴 김 노인을 보면서 불현듯 얼굴도 모르는 제 아버지도 저런 얼굴로 늙지 않았을까, 하는 생각이 들었던 적도 있었다. 동네 나팔인 주인여자 말대로라면 민지 아버지는 재작년에 부산역 근처에서 조그마한 음식점을 하나 경영했는데 친한 친구의 빚보증을 잘못 서는 바람에 하루아침에 길거리로 나앉자 홧김에 자살을 해버렸고 집안 꼴이 그 지경이 되자 민지 엄마도 어린 딸을 칠십을 훨씬 넘긴, 몸도 성치 못한 시아버지한테 맡기고 어디론가 훌쩍 떠나버렸다고 한다.

은수는 설핏 눈을 떴다가 새삼 둔중하게 덮쳐오는 신열을 느끼며 다시 눈을 감는다. 칠흑 같은 어둠 속에서 그녀는 이미 오래전에 잊힌 줄로만 알았던 제 누추한 과거와 맞닥뜨린다. 케케묵은 먼지로 하얗게 퇴색된 기억들, 기억의 어느 외진 골짜기에 버려둔 채 의식적으로 절대 되살리려 하지 않았던 과거의 상흔들이 기다렸다는 듯이 제 자신을 폭발시킬 비등점을 향해 팔팔 끓어오른다. 그 기억들이 되살아나려 하자, 갑자기 머릿속이 어지러이 헝클어지고 온몸의 신경들이 바늘 끝처럼 날카롭게 일어선다.

이윽고 기억의 램프에 불이 반짝 켜지면서 지난 시간들이 고스란히 일어나 신비한 파란 불꽃을 피웠다. 문득 시간과 함께 어느 순간 잊혀진 기억들이 마치 오래된 무성영화를 보는 것처럼 하나씩 떠오르자 제 자신에 대한 날카롭고 표독스런 원망과 증오가 마침내 눈을 치켜뜬다.

추억의 퇴적지대에 숨어 있는 아직 어린 날의 내 집. 젊은 여인의 육체처럼 하얗고 보드라운 백사장에 파도가 밀려와 부드럽게 애무하고 밀려가는 모습이 환히 내다보였던 내 집. 내 뿌리가 잠긴 그곳, 그 시절 내 마음속에는 늘 단 한 사람의 내 가족이 오롯이 살고 있었지.

은수는 그것이 너무 따뜻하고 아늑한 꿈같아서 마치 잠깐 풋잠이 든 자신이 의식적으로 그려낸 몽상인 것만 같다. 아직 어렸던 그날들이 마치 여름밤의 하루살이 떼처럼 되살아나 기억의 수면 위로 자맥질한다.

바닷가 마을의 어느 작은 선술집, 그 안에 스무 살이 조금 넘어 보이는 한 여자와 대여섯 살쯤 된 한 계집아이가 살고 있다. 뿌연 유리창 너머 보이는 하늘에는 저물녘의 노곤한 해가 수평선 위에 잘 익은 홍시처럼 대롱대롱 걸려 있다. 여자는 콤팩트를 보며 빨갛고 육감적인 입술을 자꾸만 빠끔거린다. 여자의 화장은 팔색조의 무늬마냥 선명하고 진하다. 얼굴에 바른 파운데이션이 한 숟갈 뚝 떠질 것만 같다. 아이는 한쪽 구석자리에서 바비인형의 머리를 큰 빗으로 빗긴다. 아이는 여자한테 바람결에 흔들리는 민들레 같은 목소리로 재잘거린다. 엄마. 엄마 창녀야? 가시나들이 엄마보고 창녀래. 근데, 창녀가 뭐야? 좋은 사람이야 나쁜 사람이야? 그러자 여자는 갑자기 부아가 나는지 두 눈을 홉뜨고 아이한테 대뜸 주먹질을 해보인다. 사품에 아이는 주눅이 들어 두 눈만 껌벅거린다.

바닷가 마을에 땅거미가 슬금슬금 내려앉자 구리빛 얼굴의 건장한 사내들이 하나 둘씩 가게 문을 열고 들어온다. 여자는 술주전자와 접시를 들고 가게 안을 요란하게 엉덩이를 흔들며 휘젓고 다닌다. 시종 여자는 뭇 남자들의 은밀한 시선을 한 몸에 받는다. 때로는 여자도 눈웃음을 살살 치며 교태를 부린다. 아이는 한 칸 남짓한 방에 찬밥덩어리처럼 달랑 이불을 뒤집어쓰고 앉아 있다. 엄마, 나 배고파. 배가 고프다고.

밤이 이슥해지자 여자는 무리 중 한 사내의 무릎 위에 걸터앉아 젓가락 장단에 맞춰 귀에 질리도록 익숙한 노래를 색정적으로 간드러지게 부른다. 그 노랫가락이 어쩐지 생뚱맞고 서글프다. 하루하루 바다만 바라보다 눈물지며 힘없이 돌아서네. 남자는 그렇게 다 모두가 그렇게 다 아아… 엄마, 나 졸려. 졸립다고.

드디어 손님들이 하나 둘 떠나고 나면 한 사내만 남는다. 아이는 그 사내가 제 아빠일지도 모른다고 생각해 방긋 웃는다. 이 가시나야. 썩 나가지 못해? 저기 바닥에 이부자리 봐놨으니 가서 얼른 자빠져 자. 나 자기 보고자퍼 죽을 것 같았단 말야. 내 낭군님 수입이 오늘 어떠셨나. 암, 옜다. 요 여우 같은 년아. 어디 오늘밤은 이 서방님 비위 좀 맞춰봐라.

아이는 엄마가 저를 미워한다고, 그래서 진짜 우리 엄마가 아니라고 생각한다. 거칠고 메마른 나뭇등걸 같은 마음을 가진 그 여자. 아이는 그 여자가 밉고 싫다. 서러움에 북받친 아이는 금세 눈물을 후드득 떨군다.

그러던 어느 날 오후, 여자는 또 화장대 앞에 죽치고 앉아 있다. 가게 문이 금방이라도 부서질 듯 흔들리더니 팔을 걷어붙인 아낙

네들이 서너 명 떼로 들이닥친다. 그들은 제각기 다른 언어로 악다구니를 쓴다. 요년 어딨어. 이 비암 같은 년. 그려 너 오늘 잘 만났다. 오늘이 니년 제삿날인 줄 알기라. 오데 꼬리칠 데가 없어서… 뚱뚱한데다가 씨름꾼만큼 힘도 센 그 여자들은 의자와 탁자를 뒤엎고, 술주전자와 접시들을 바닥에 사정없이 내던지고, 여자의 머리칼을 송두리째 휘어잡고 시멘트 바닥에 패대기를 친다. 여자는 그들에게 몸을 내맡긴 채 아무 저항도 하지 않는다. 아이는, 저러다 엄마가 죽는 건 아닐까, 엄마가 미워도 죽는 건 싫은데 죽으면 어쩌지, 그러면 누가 날 미미인형 세트를 사주지, 하는 생각에 서럽게 큰소리로 엉엉 울어보지만 소용없다. 파르르 진저리를 치고 토악질이라도 하듯 고래고래 소리치는 여자들의 난동을 도저히 잠재울 수가 없어서 아이는 힘을 내 더욱 더 큰 소리로 울며, 우리 엄마 때리지 마. 때리지 말란 말야, 하며 그녀들의 종아리를 깨물어도 보고, 주먹으로 맥없이 치기도 한다.

아이는 제가 그러면 엄마가 힘을 내 그 침입자들을 다 내쫓아줄 걸로 알았다. 하지만 헛수고였다. 아이는 이제 두 번 다시 엄마 앞에서 소리 내어 울지 않겠다고 결심한다. 아무리 목이 아프고 가슴이 아파도 엄마 앞에서는 절대로 소리 내어 울지 않겠다고. 왜냐하면 우리 엄마는 싸움도 못하고 온 동네북처럼 얻어맞기만 하는 바보 등신이니까. 아이는 이제 더 이상 바보 같은 엄마 편이 되기 싫었다.

한참만에야 그 무례한 침입자들은 마지막 주술의례처럼 침을 퉤퉤 뱉으며 돌아갔고, 가게는 온통 쓰나미가 휩쓸고 간 부두처럼 폐허가 되어 있다. 여자는 머리와 옷이 볼썽사납게 쥐어뜯긴 채로 담배만 줄창 피워 문다. 다음날이 되고 나서야 여자는 한쪽 눈에 파란 멍이 든 채로 다시 화장대 앞에 쭈그리고 앉아 얼굴에 덕지덕지 뽀얀 분가루를 바른다.

아이는 정성 없이도 거름을 잘 준 콩나물처럼 무럭무럭 자란다. 초등학생이 되고 중학생이 되고 고등학생이 된다. 아이가 어엿한 소녀로 탈바꿈하는 동안 그 아이는 도저히 납득할 수 없는 제 삶의 정체성으로 등뼈가 바싹 휘어질 것만 같았다. 소녀는 밤마다 듣기조차 민망한 밀어들이 떠다니고 뭇 사내들의 달작지근한 시선이 있는, 늙은 매춘부가 있는 그 집이 끔찍이도 싫었다. 고작 태어난 게 매춘부의 딸이라는 모욕감으로 소녀의 상처 입은 자존감은 녹슨 석쇠 위에서 등이 시커멓게 그을린 삐쩍 마른 꽁치처럼 맵게 그을음만 피워 올랐다. 그 그을음에 소녀의 메모리에 입력되어 있던 사랑이니, 희망이니, 꿈이니, 믿음이니 하는 세상의 모든 좋은 말들이 천천히 부식되어 가는 듯했다. 수미야, 니는 이래 에미처럼 살아서는 절대 안 되는기라. 암, 안 되고 말고. 나뭇등걸처럼 투박하고 무뚝뚝한 마음을 가진 여자는 소녀에게 한 번씩 그런 말을 무심코 내뱉곤 했다.

그 시절, 소녀의 머릿속에는 함수처럼 까다로워서 도무지 풀릴 기미를 보이지 않는 삶의 방정식이 존재하고 있었다. 어린 시절의 어느 슬픈 날처럼 동네 여자들은 걸핏하면 팔을 걷어붙인 채 떼로 우르르 몰려와 한바탕 난동을 피우다 가곤 했다. 그럴 때마다 소녀는 텅 빈 어두운 벽장 안 깊숙이 숨어버리곤 했다. 까만 어둠 속에 그렇게 몇 시간이고 스스로를 가둔 채 무슨 의식처럼 제 몸에 자국을 남기는, 수치스럽고 더러운 제 존재를 향한 자학행위를 했다. 그러나 그것은 어쩌면 아이러니컬하게도 끝없는 절망과 비참의 나락에서 자신에게 뻗쳐온 자존의 손길인지도 몰랐다. 바깥 세상과의 단절을 위해, 부질없는 도덕이나 윤리를 강요하는 세상을 비웃기라도 하듯 소녀는 음습하기 짝이 없는 벽장 깊숙한 곳에서 그렇게 제 상처투성이 영혼과 맞닥뜨렸다. 손은 흥건히 젖어 있었고 팬티에서는 시큼한 냄새가 역하게 났다. 슬픔만큼 인간을, 여자를 색정적으로 만드는 게 또 있을까. 매춘부의 딸이 색을 밝히는 게 지극히 당연한 거라 생각했다. 그건 자신의 거부할 수 없는 숙명 같은 것으로 여겼다. 하필이면, 세상에 하필이면 술 팔고 몸 파는 여자의 새끼로 태어난 자신이 세상에서 가장 저주스러워 간혹 어떤 열의에 차 폭발이라도 시키듯 제 음부를 면도날로 찢을 때마다 제 현실에 대한 차폐감이 목울대까지 꾸역꾸역 치받쳤다. 다리 가랑이 사이로 흐르는 붉은 핏물을 볼 때마다 내면 가장 깊은 곳에서는 수천수만 송이의 꽃송이들이 뿌리째 흔들거렸다. 난 왜 이렇게 살지 않으면 안 되는 거야. 시간이 지날수록 자꾸만 소녀의 삶은 그렇게 모든 것들이 어둠 속으로 점멸해 갔다. 아무한테도 사랑받지 못한 자의 비겁한 최후처럼.

곰곰이 생각하면, 한 여자가 어머니가 되는 것을 희생이라고 이름한다면 딸의 운명 역시 결코 속죄할 수 없는 하나의 크나 큰 죄의식일지도 몰랐다. 그래서 세상 모든 엄마와 딸의 운명이 뫼비우스의 띠처럼 서로 맞물려 있는지도.

세상의 가장 밑바닥인, 제 삶이 다만 제 어머니의 삶의 연장선에 불과하다는 걸 소녀는 이미 오래 전에 깨달았다. 마치 방망이에 맞은 야구공이 하늘 높이 날아가는 게 타수의 팔 동작의 연장선인 것처럼 운명을 거부할 수는 없으리란 걸.

소녀는 마침내 읍내 고등학교 2학년을 끝으로 자퇴서를 휙 내던지고서 학교를 나왔다. 더럽고 재수 없고 밥맛없는 창녀의 딸로 자신을 이름하던 학교, 자신을 무슨 몹쓸 전염병이라도 옮기는 벌레처럼 취급하던 학교, 그 학교를 드디어 당당히 제 자유의지로 벗어난 것이다.

소녀는 학교를 관둔 날 밤, 무슨 의식처럼 이름조차 알지 못하는 어떤 사내와 섹스를 했고, 자신의 처녀성을 아낌없이 소각해버렸다. 버거운 삶의 껍질을 벗어버린 것 같은 홀가분함을 그날 밤 생애 처음으로 느꼈다.

그리고 소녀는 무슨 증거라도 남기듯 그날을 영원히 기억해두려 어깨에 장미 문신을 새겼다. 소독도 제대로 안 하는 싸구려 타투 집에 엎드려 따끔거리는 고통 속에서도 소녀는 오래도록 제 영혼을 팔던 그 순간을 떠올렸다.

하지만 소녀의 방황은 아직 끝나지 않았다. 무언가에 한 번 중독된 자는 그 중독된 상태를 제 삶의 중심에 두기 마련이다. 얼마

후, 소녀는 밤마다 읍내에 있는 나이트클럽에서 아르바이트를 하게 되었다. 소녀는 그곳이 마냥 좋았다. 무엇보다도 휘황찬란한 오색의 미러볼이 여러 방향으로 회전할 때마다 사람들의 모습이 갖가지 빛깔로 흩어지고 분열되는 게 황홀했다. 그 나트륨 불빛에 취해 있으면 마치 딴 세상에 와 있는 것 같은 착각에 빠져들었다. 그래서 소녀는 그곳이 바로 천국이라고 생각했다. 소녀는 그곳에서 제법 많은 사내들을 경험했다. '용가리'로 통하던 지배인은 손님들에게 무조건 복종할 것을 명령했고 소녀는 그가 시키는 대로 손님들의 빈 술잔에 열심히 술을 채웠으며 부지런히 여관방을 드나들었다. 그중에는 소녀가 일찌감치 때려치우고 나온 학교의 체육 선생도 끼어 있었다. 천만 다행히도 그는 옛 제자를 아는 체 하지 않았고, 유난히 발달한 하체만 소녀의 기억에 덩그러니 남았다.

그러던 어느 날, 소녀에게 막중한 임무가 떨어졌다. 평소에도 자주 지분거리던, 심야영업 단속이라는 그럴싸한 명목으로 일주일에 서너 번씩 들러 제일 비싼 양주만을 골라 코가 삐틀어지게 얻어 마시고 가는, 장 형사가 지배인에게 소녀와 잠자리를 주선해 줄 것을 요구했다. 소녀는 매사 무례한 그가 썩 마음에 들지 않았다. 무엇보다도 그에게서 나는 지독한 노린내와 그가 난폭하게 휘두르는 폭력을 맨몸 하나로 감당해야 하는 자신의 무력감에 몸서리가 쳐졌다. 하지만 소용없었다.

그는 나이트클럽에 들릴 때마다 소녀를 불러 실컷 재미를 봤다. 그의 무례하고 독특한 성 취향에 어느 정도 길들여졌을 무렵 소녀는 한 가지 사실에 깜짝 놀랐다. 임신, 그 개 같은 현실을 알았을 때 소녀는 아득한 절벽 밑으로 꺼꾸러지는 자신을 보고야 말았다. 하지만 차마 그 개 같은 사실을 나뭇등걸을 닮은 여자에게 말할 수 없었다. 무엇보다도 제 어미의 피를 받아 어쩌고저쩌고하는 사람들의 입방아와 손가락질이 두려웠다. 미혼모의 딸이 다시 미혼모가 돼버렸다는 그 아이러니하고도 뻔한 사실에 숨통이 콱콱 막힐 정도로 가슴을 바짝 죄어 왔다.

소녀는 그냥 그대로 사라질 수만 있다면 그러고 싶었다. 감정의 씨줄이 팽팽히 당겨 있는 듯한 긴장상태에서, 제 발에 걸리적거리는 끈끈한 거미줄로부터 이제 그만 놓여나고 싶었다.

열아홉 해를 뿌리내리고 살았던 바닷가 선술집을 떠나기 전날 밤, 소녀는 자신의 옷가지들과 책, 노트, 그리고 몇 장 안 되는 오래된 사진 등 제 것이라고 말할 수 있는 모든 것들을 불태워버렸다. 그렇게 하지 않으면 아무것도 썩히지 못하는 늪처럼 제 가슴 구석구석에 지금까지의 모든 삶의 배설물들이 옛 모습 그대로 쌓여 켜켜이 키를 돋을 것만 같았다.

소녀는 나뭇등걸을 닮은 무심한 여자에게 저에 관한한 어떠한 것도, 어떠한 기억들도 남기고 싶지 않았다. 소녀 역시 초라한 선술집을 떠나온 후, 기억 속에서 피딱지처럼 엉겨 붙어 자꾸만 걸리적거리는 그 여자에 대한 모든 흔적을 깨끗이 지우려 의지적으로 노력했다. 제 이름조차 한 치의 미련 없이 버렸다.

한 번 집을 떠난 사람은 두 번 다시 돌아갈 수 없는 것이다. 왜냐하면 집의 의미는 꽤 상징적이고도 복합적이어서 저와 여자로 결속되었던 가족이란 공간의 상징, 즉 그 자그마한 삶과 자그마한 질서의 상징이었기에 한 번 무너진 상징은 두 번 다시 복원되어지지 않는 법이다. 어느덧 소녀는 이제 두 번 다시 옛 강기슭을 거슬러 올라갈 수 없는 병든 연어처럼 낯선 도시에서 나그네로서의 연륜을 쌓아 갔다.

전류가 과부하 된 두꺼비집의 퓨즈가 딸칵 끊어지듯 잠재된 의식이 생각의 끝을 미처 따라잡기도 전에 갑자기 모든 것이 한순간에 까만 어둠 속으로 사라져버린다.

"다음 정류장은 시청 앞입니다."

스피커에서 들리는 안내멘트가 은수를 현실로 잡아끌었다. 그녀는 무언가에 데인 것처럼 화들짝 놀라 눈을 치켜뜬다. 아직도 목적지까지는 한 정류장이 더 남아 있었다. 빨랫줄에 펴 널은 광목 같은 햇볕이 따뜻하게 거리를 비추었지만, 그녀의 가슴 안에는 된서리가 설깃설깃 맺히는 것만 같다. 아직 하루를 시작도 안 했는데 오늘은 왜 초장부터 이 모양인 거야.

은수는 괜스레 짜증이 난다. 왠지 오늘은 모든 게 뒤죽박죽 될 것만 같은 불길한 예감이 든다. 지난 기억들은 결코 썩지도, 부서지지도, 사라지지도 않았다. 제 자신이 할 수 있는 일이란 고작 그것들의 예민한 비위를 일체 건드리지 않는 것뿐이었다. 괜히 건드려 덧내지 않도록 조심, 조심하며 꼭꼭 숨기는 것. 조금 전 출근길에 김 노인의 손녀딸 민지만 보지 않았더라도 언제고 덧날 기회만 호시탐탐 엿보고 있는 그것들을 끄집어내는 일 따위는 없었을 것이다.

은수는 갑자기 부아가 난다. 바보, 멍텅구리 같은 계집애. 그녀는 속으로 몇 번이고 고시랑대며 헝클어진 머리칼을 쓸어 넘긴다. 머리를 단정히 손질하듯 어지러운 머릿속 생각들도 깔끔히 손질하려는 듯.

마침내 버스는 그녀의 목적지에 다다른다. 버스에서 내려 5분쯤 걸어가니 '아트기획'이라는 빌딩 간판이 시야에 들어온다. 그녀는 건물 로비를 통과하기 전에 전신거울 앞에 서 옷매무새를 다시 점검한다. 스튜디오에 들어서자 김 실장은 어서 오라며 반갑게 히죽 웃는다. 3층 실내 스튜디오에는 속옷 차림의 아름다운 이브들이 순수한 동물마냥 한껏 싱싱하게 팔딱이고 있다.

이름도 모르는 사내와 몸을 섞을 때마저도 한결같이 최선을 다했지만 삶은 언제나 나를 곳곳에서 막고 무참히 쓰러뜨렸다. 있는 힘껏 일어서려 애쓰면 애쓸수록 두 발은 더욱 더 깊고 질퍽거리는 늪 속으로 순식간에 빨려 들어갔다. 이젠 지쳐서, 내 서글픈 굴레에 그만 지쳐서 똑바로 일어설 힘조차 없다. 내 의식의 화석은 이미 선캄브리아 시대 전부터 너무도 단단하고 두껍게 얼어 있었다. 에레브만큼이나 어둡고 깊은 잠에 빠져버린 내 영혼. 너무 깊은 바다 밑으로 가라앉아버려 다시 떠오를 기미조차 보이지 않는 녹슨 고철덩어리가 된 굴절된 내 인생을 도대체 어디에서부터 어떻게 매만져야 할까.

어찌 보면 우리의 인생이란 끝없는 사막에서 자신을 태운 낙타가 가는 대로 따라야 하는 아랍대상들의 따분하고 답답한 여로일지 모른다. 그러나 나를 등에 태운 낙타는 아주 제멋대로다. 결코 한순간도 주인의 말을 들어주는 법이 없다. 더욱이 요즘은 그 낙타가 이글거리는 사막의 햇볕과 모래바람에 눈마저 멀어버린 듯하다.

-오은수의 일기 중에서-

하늘의 키가 커버릴 대로 커버린 어느 가을날의 이름 모를 거리를 은수는 타박타박 걷고 있다. 꽤 운치 있고 전원적인 풍경의 농촌 마을이다.

"은수씨. 요즘 일거리 많아? 경기가 나빠 그 쪽도 꽤 타격이 클걸. 괜찮은 일거리가 하나 있는데 한 번 해볼 생각 없냐구. 대학 다닐 때 친구 녀석이 H대학 교수 겸 화간데 괜찮은 모델 하나만 보내달라고 전화가 왔지 뭐야. 생각 있으면 한 번 가봐. 하여튼 나는 우리 오은수 씨를 혼자서만 너무 좋아해서 탈이라니깐. 잘되면 술이나 한 잔 거하게 쏘시게나."

이 바닥에서 사람 좋다고 소문난 김 실장이 어젯밤에 느닷없이 전화를 걸어왔다. 은수는 물론 마다할 이유도 없었고, 그럴 처지도 아니어서 당장에 오케이 해버렸다. 그렇지 않아도 요즘 경기가 엉망이라 L마트에서의 아르바이트도 이번 주를 끝으로 그만 두어야 하는 형편이었다. 그렇게 되면 당장에 주인집 여자에게 줄 수입이 없어져 지혜를 맡길 데가 없어 골머리를 썩게 될 것임에 틀림없다. 제가 가장 증오했던 사람의 씨앗, 왜 낳는지도 모르고 낳았던 아이, 그저 어설픈 모성애 때문이 아니라 단지 일말의 의무감으로 먹이고, 입히고, 재우고 할 뿐인 아이였다. 차라리 스스로 어디론가 사라져 준다면 내심 고마워할, 그녀에게 지혜의 의미는 그 이상도, 그 이하도 아니었다. 단지 그뿐이었다.

바닷가의 어느 작은 선술집을 그렇게 야반도주하듯 뛰쳐나와서 은수는 한동안 거리의 부랑자 생활을 하였다. 아기 문제로 장 형사를 찾아갔지만 예상대로 그는 제 씨앗이라는 증거를 가져오라며 되레 엄포와 협박을 일삼았다. 그래서 뱃속의 아기는 결국 고스란히 그녀 몫이 되었다. 낙태 비용을 겨우 마련해 산부인과 수술대 위에 고목처럼 바싹 마른 몸을 눕혔을 때 여의사는 통명스럽고 냉정하게 한마디로 툭 잘라 말했다. 너무 늦었다고.

은수는 그날 밤, 자기 삶을 엉망으로 망쳐놓을 준비를 하고 있는 뱃속의 아기한테 복수라도 하듯 거리의 남자와 오래도록 격한 성희를 나누었다. 그녀는 이스트 넣은 밀가루 반죽마냥 하루가 다르게 빵빵하게 불러오는 배를 복대로 단단하게 감싸고서 그녀의 상경 후 첫 직장인 '장미도시'로 열심히 출근을 해 룸에서 술을 따랐다. 그런 뒤에 낳은 아이는 그야말로 정상이 아니었다. 지혜의 정확한 병명은 자폐증과 발달장애였다. 처음이자 마지막으로 찾아간 병원 의사 말로는 사랑받지 못한 아이, 즉 부모의 무관심 속에 혼자 방치된 아이들한테 많이 나타나는 행동장애라고 했다. 하지만 은수는 그러면 그럴수록 지혜에게서 자꾸만 멀어지는 자신을 깨달았다. 도망치고 싶었다. 무슨 말도 안 되는 핑계거리를 만들어서라도 그 아이한테서 최대한 멀리 달아나고 싶었다. 의미 없이 바라보는 낙지의 흡반처럼 까맣고 둥근 그 애의 두 눈과 마주칠 때마다 그녀는 차라리 그 자리에서 얼음물처럼 스르르 녹아 사라지고 싶었다.

그녀는 자신의 인생을 그토록 볼품없게 꼬깃꼬깃 구겨버린 아이를 단 한 번도 가슴으로 따뜻하게 안아줄 수조차 없었다. 그 아이를 바라볼 때마다 바닷가 어느 선술집에서 늘 혼자 놀던 제 어린 시절이 문득문득 떠올라 늘 가슴이 선뜩선뜩 시렸다. 아이는 그렇게 저 혼자만의 두터운 침묵 속에서 더욱 더 깊고 어두운 골을 파 들어갔다.

박 교수의 아틀리에는 읍내에서 한참 떨어진 한적한 곳에 자리하고 있었다. 오랜만에 교외의 맑은 공기를 쐬니 머리가 맑아지는 느낌이다. 머리를 슬며시 뒤로 쓸어 넘기자 잔바람이 부는 언덕위의 무수한 보리밭처럼 머리칼이 차분하게 쓰러진다. 아, 상쾌하다!

예상했던 것과는 달리 박 교수의 아틀리에는 허름한 농가를 개조한 듯 보였으나 꽤 깔끔하고 어쩐지 고풍스러워 보이기까지 했다. 짐짓 두근거리는 마음으로 초인종을 두 번이나 눌렀지만 안에서는 아무 기척도 들리지 않았다. 그녀는 세 번째 초인종을 다시 누른다. 그래도 역시 묵묵부답이다. 아무도 없나? 그냥 이대로 돌아갔다가 내일 다시 와야 하나?

은수는 막막해 문득 몸에서 힘이 쓱 빠져나가는 듯했다. 철제

대문은 여전히 헤벌쭉 입을 벌리고서 누군가를 골똘히 기다리는 듯한 모습이었다. 현관문을 잠그지 않은 걸 보니 멀리 간 건 아닌 것 같아 은수는 그냥 안에 들어가서 기다릴까 조심스레 문을 밀고 안으로 들어간다. 문득 손이 파르라니 떨린다. 정원을 지나 현관문을 열고 들어가니 겨우 앞만 분간할 수 있을 정도로 어둡다. 칙칙한 어둠, 사람이 살지 않는 것 같은 케케묵은 어둠이다. 밝은 곳에서 어두운 곳으로 막 들어섰을 때 나타나는 착시현상으로 아무것도 보이지 않던 게 차츰 시력을 되찾는다. 아틀리에 안은 공기마저 스산하다. 도무지 사람의 기미라고는 느껴지지 않는다. 이젤과 붓통들, 파레트가 발에 걸리적거릴 만큼 어지럽게 널려 있었다. 푸른색 블라인드로 빈틈없이 가려진 실내는 벌레마저 자취를 감춘 듯 고요하다.

안으로 깊숙이 걸어 들어가니 천정으로부터 길게 드리워진 삿갓형의 스테인드글라스 전등이 어슴푸레한 오렌지 빛을 내고 있었고, 전등 아래로 이젤에 올려진 한 폭의 그림과 커다란 물통, 그리고 담배꽁초가 넘치도록 겹겹이 쌓인 재떨이가 보인다. 혹시 집을 잘못 찾아온 것은 아닐까 싶을 정도로 사방은 낯설고 생경스럽다. 그 어떤 격한 소리로도 쉬 깨뜨릴 수 없는 완고한 침묵 속에서 그렇게 은수는 얼마간 서 있었다.

"누구 안 계세요?"

은수는 머쓱하게 말을 꺼낸다.

"누.구.안.계.시.냐.구.요?"

혀끝에서 발음돼 나오는 자신의 말이 문득 다른 사람의 것처럼 낯설게 들린다. 은수는 자신이 아주 오래전부터 이런 종류의 정적에 꽤 익숙해 있다는 걸 깨닫고 순간 놀란다. 의식의 무중력 상태. 이토록 완벽한 정적보다 귀를 먹먹하게 만드는 것은 없을 것이다. 은수는 이런 종류의 정적 속에 갇힐 때마다 왠지 모를 긴장으로 마치 뜨겁게 달구어진 모래바닥 위에 내던져진 물고기처럼 숨을 헐떡였다. 아주 오래된 기억 안에 꽁꽁 숨겨져 있던 벽장 속 그 낯익은 어둠과 정적, 그리고 공포와 두려움. 문득 속옷이 젖는 것 같은 축축함이 가랑이 사이에서 다시 느껴진다. 그녀는 순간 얼굴이 화끈거리고 가슴이 철렁 내려앉는다.

"누구시오?"

하마터면 정신을 놓아버릴 뻔했던 찰나, 한 남자의 목소리가 흐느적거리던 그녀의 정신에 와 닿아 화들짝 깨운다. 너무 깊은 침묵의 끝이라 그런지 그 목소리에 실내의 공기조차 문득 휘어지는 듯하다.

"예?… 아, 예에. 저는 김 실장님의 소개로…"

은수는 얼결에 어름어름 대답했다. 남자는 살팍한 검정색 외투 속에 고개를 웅크리고 있다. 이제 막 오십 줄에 접어든 듯 보이는 남자의 머리는 제법 희끗희끗하다. 어쩐지 사막처럼 권태롭고 낯선 얼굴이다. 턱에 까무룩하게 돋아난 수염 때문일까? 그는 날카로운 시선으로 은수를 머리에서 발끝까지 마치 동물의 가죽을 벗기듯 쓱 일별한다.

"옷 좀 벗어 보시오."

그는 특유의 히스테릭하고 칼칼한 어조로, 그러나 감히 거절할 수 없을 정도의 위엄 있는 음성으로 말하고 이젤 쪽으로 몸을 돌린다. 돌아서는 그의 머리칼에서 문득 학대받은 영혼의 냄새를 맡은 것도 같았다.

"예에?"

은수는 순간 움찔한다.

"무슨 말씀인지…"

은수는, 이 남자가 지금 자신을 티켓다방 여종업원쯤으로 여기는 건가 싶어 저도 모르게 발끈해 얼굴이 화끈 달아오른다.

"김 실장한테 얘기 못 들었어요? 나는 누드모델을 하나 보내달라고 했는데. 이런 일 처음인가? 나는 나와 함께 작업할 누드모델이 필요해서 부탁한 건데 김 실장이 뭔가 잘못 알았나 봐요. 그만 가보시오."

그의 목소리에는 적잖은 짜증이 묻어 있다.

잠시 깔깔한 보리 가시랭이 같은 어색함이 둘 사이를 비집는다. 그는 이젤 앞에 놓인 의자에 앉아 시선을 그림에 고정시킨 채 잰 손놀림으로 스케치에 색을 입힌다.

때마침 전화벨이 울렸고, 삐- 하는 부재전화의 차임벨 소리가 들린다.

"나예요. 한 번 만나서 이야기할 것도 있었는데… 바빠요? 바쁘겠죠. 당신이란 사람은 늘 그랬으니까. 법원에서 서류 준비해 놓

았어요. 빠르면 빠를수록 좋겠죠. 서로를 위해서도. 그럼 집에서 기다리죠." 찰칵-

전화 속 여자 목소리는 차가우리만큼 냉정하고 세련되었다. 여자는 순식간에 캄캄한 전화기 속으로 자취 없이 사라져버렸다. 남자는 여전히 못들은 척 덤덤한 얼굴로 그림에서 시선을 거두지 않는다.

은수는 제가 여기서 실오라기 하나 걸치지 않는다한들 별일이야 있을까 싶었다. 어차피 지저분한 감정이 끼어들 일이 아닌 것 같았다. 갑자기 그의 와이프가 들이닥치기라도 한다면 몰라도 말이다. 설사 그렇다 해도 그 옛날 무식한 섬마을의 여편네들처럼 우악스럽게 머리채를 휘어 잡히지는 않을 것 같았다.

더 이상 아낄 것도, 숨길 것도 없는 허허로운 육체에 걸친 껍데기를 은수는 콩 껍질을 벗기듯 스르르 벗겨낸다. 처음 보는, 오늘 처음 만난 남자 앞에서 옷을 벗은 건 손가락으로 헤아릴 수도 없이 많았지만 이렇게 다리가 후들후들 떨리는 건 오늘이 처음인 것 같다. 문득 은수는 엉뚱한 생각이 든다. 사람이 죽어 앙상한 해골이 됐을 때에 그 초월적이고 절대적인 나체성은 대체 어떤 가치를 지니는 것일까.

그녀는 한참 동안을 그렇게 속옷 바람으로 무장해제된 채로 서 있다.

남자는 그녀를 정면으로 바라보지 않는다. 그의 우울한 시선은 여전히 자기 앞에 서 있는 이젤 위의 그림에 머물고 있다.

"됐소. 목 근육이 늘어지지 않은 걸 보니 전문적인 누드모델은 아닌 것 같고, 이런 건 처음인가?"

그는 카키색 난방셔츠 주머니에서 담배 한 개비를 꺼내 입에 물고서 질겅질겅 씹으며 말한다.

"예."

"나는 앵그르의 모델 같은 풍만함을 원하는데… 너무 말라서 그림이 제대로 나와 줄 지 모르겠네. 일단 하기로 한 거니 내일부터 작업에 들어갑시다. 월, 목 일주일에 두 번, 시간은 오후 2시부터 6시까지. 어때요, 괜찮겠소? 물론 내 작업능률에 따라 얼마간의 시간착오는 있을 거요. 그치만 어림잡아 한 달을 넘기진 않을 거요. 페이는 그때 가서 결정합시다."

그는 지나치게 일방적이다. 문득 은수는 그를 두터운, 쉬 깨뜨릴 수 없는 단단한 각질 속에 들어앉아 있는 패각류 같은 사람이라고 생각한다. 그녀는 한시라도 빨리 음산한 동굴 같은 집에서 벗어나고 싶다. 이 집, 그리고 그의 알 수 없는 우울에 착색되어 자신마저도 우울하고 어두워지는 기분이다. 그녀는 내일 다시 오겠다는 말을 남기고 우울의 도가니에서 벗어난다.

지평선 너머로 풀기 잃은 늦가을 저녁노을이 뉘엿뉘엿 떨어진다. 흐느끼는 사람마냥 어쩐지 휘청거리는 오후다. 그녀는 자꾸만 머릿속에서 까칫거리는 남자의 음울한 이미지를 오래도록 만지작거린다.

나는 아주 오래 전부터 신데렐라의 유리구두가 신고 싶었다. 단 하루만이라도. 아니다. 단 1시간 만이라도 그 유리구두를 신고 아름다운 음악에 몸을 맡겨 사각사각 소리가 나는 드레스를 파도처럼 출렁거리며 날 행복하게 해줄 남자와 왈츠를 멋들어지게 추고 싶었다. 때가 되면 자못 흔적도 없이 사라질 것이지만 그게 허락된 동안에는 세상에서 가장 화려하고 아름다운 신데렐라의 삶을 살고 싶었다. 어차피 내게도, 아니 그 누구한테도 삶은 단 한 번뿐인 것이니까.

가장 밑바닥 인생을 사는 내게는 통 어울리지도 않는 한낱 허망한 꿈일 테지만, 지혜를 낳기 직전까지만 해도 나는 그 꿈이 실현가능한 것이라 액면 그대로 믿었었다. 사랑을 믿지 않기에는 그 때의 난 너무 젊고 뜨거웠다. 그러나 나의 뿌리가 잠긴 고향, 그 선술집을 그렇게 떠나온 지 하루도 지나지 않아 나와 세상 사이에 가로놓여진 도저히 건널 수 없는 깊고 센 강을 보고야 말았다.

세상을 살아간다는 것은 자기자신을 산산이 으깨어야 하는 끔찍한 작업임을, 완전히, 그리고 아낌없이 남김없이 연소시켜야 하는 처절한 작업임을 그때서야 비로소 깨달았다. 나는 죽고 싶었다. 아니 죽어 없어지는 수밖에 별다른 도리가 없었다.

하지만 죽음을 떠올리는 순간, 삶의 시간들은 내 발목을 안타까이 부여잡고 억척스레 고집을 부렸다. 아직은 더 견뎌내야 하는 나이, 죽기엔 너무 이른 나이라며 생떼를 썼다. 그때의 내 나이는 그런 나이였던 게다. 어찌 보면 죽고 싶다는 것은 그만큼 살고 싶다는 처절한 절규였을지도 모른다.

언제부턴가 하루하루를 살아내야 한다는 고통은 내 그림자 같은 것이 되어 버렸다. 나를 뒤좇는 그 끈질긴 그림자만 없었다면 나는 진정 신명나게 더 열심히 살고 싶었을 게다. 뭔가 다른 희망을 생각해 보려 해도 내 생각의 귀결점은 늘, 언제나 바닷가 선술집에 혼자 남겨진 내 어머니라는 이름의 한 여자와 단칸 셋방에 홀로 남겨진 내 딸이라는 이름의 자폐아였다. 머리보다 가슴이 그들을 언제나 먼저 떠올렸다. 번번이 혼자 감당해낼 수밖에 없는 낡아 헤진 감정의 부스럼이지만 내 복원력은 시간이 한참을 지나도 쉽사리 새 살을 돋게 하진 못했다. 그렇게 채 아물지 않은 상처들과 채 이루지 못한 자잘한 꿈들은 새 봄이 되면 다시 덧나 절지동물의 다리처럼 너덜거렸다. 혹시 내가 일부러 치유를 거부하며 사는 건 아닐까.

이제 나는 그 기억들로부터 조금만 더 자유롭고 싶다. 아직 찾지 못한 내 것의 판도라상자. 그 안에 간밤의 꿈에 보았던 까치가 있을까?

-오은수의 일기 중에서-

진눈깨비가 마치 이 세상을 떠나지 못한 쓸쓸한 영혼처럼 바람을 타고 휘날린다. 사람들은 주머니에 손을 찌른 채 몸을 잔뜩 움츠리고 종종걸음 친다. 바람은 바싹 야윈 나뭇가지 위에서 아슬아슬 매달린 마지막 생명들을 모조리 떨어내겠다고 결심이라도 굳힌 듯 이를 부득부득 갈았다. 바람이 이를 가는 소리가 마치 버림받은 영혼들의 울음소리와도 같았다. 밤을 재촉하는 빛의 물결이

거리에서 거리로 흐른다. 차갑고 습한 바람이 불었지만 아직 비는 내리지 않았다.

은수의 빛바랜 갈색 롱코트 밑으로 유행이 한참이나 지나 닳아 빠진 구두코가 을씨년스레 삐죽 얼굴을 내민다. 어제 대충 한 왁스칠로 날렵하게 번쩍거리지만, 어쩔 수 없이 초라한 낡은 구두코가 마치 거울 속의 저를 보는 듯 안쓰럽다. 그녀는 온통 회색빛인 11월이면 거리 곳곳에 안개주의보가 발령된 것처럼 참을 수 없이 기분이 가라앉곤 한다. 은수는 그 절제된 분위기의 바람 찬 회색빛 도시를 힘없이 타박타박 걷는다.

박 교수와 작업을 같이한 뒤부터 은수의 귀가시간은 계속 늦어져 밤이 꽤 이슥해져서야 겨우 집에 들어갈 수 있었다. 실오라기 하나 걸치지 않은 알몸으로 서너 시간을 똑같은 표정과 똑같은 자세를 취하고 있으면 누군가가 자신의 정수리에 빨대를 꽂아 젊음과 영혼을 한꺼번에 쭈욱 빨아 들이마시는 것 같은 기분이다. 집으로 돌아오면 녹초가 되어 그새 백발이 성성한 늙은이가 돼버린 것 같다.

문득 은수의 마음 한가운데에 연우의 눈이 살포시 내려앉는다. 그 눈. 마치 홍콩 배우 장국영이나 양조위의 눈을 바라볼 때의 느낌처럼 깊은 우수와 쓸쓸함을 가득 담은 그 눈. 그러나 일단 붓을 들면 마치 레고를 조립하는 초등생의 눈처럼 탱글탱글 살아 팔딱이는 예리한 눈. 제 앞의 발가벗은 여자한테는 한없이 인색하기만 한 음영 짙은 그의 눈, 허공에서 그 눈빛과 마주칠 때마다 은수는 마치 제 자신이 사막 위에 놓인 아이스크림처럼 순식간에 사르르 녹아내리는 것만 같았다. 마치 시력도 식욕도 잃은 늙은 뱀처럼, 나체로 머무는 자신의 알몸을 애무하듯 칭칭 휘감는 그 눈길은 관찰하는 것도, 탐색하는 것도 아닌 너무도 평온하고 따뜻하여 오히려 망연해지기조차 하였다.

그. 박 교수. 아니다. 은수는 그와 일을 같이한 지 얼마 후부터 그의 이름을 자주 뇌까리곤 하였다. 박.연.우.

하지만 왜 그런지 그는 처음부터 그 눈빛과 전혀 어울리지 않게 차가운 인상을 풍겼다. 평생 혼자 살 것 같은 인상. 평생 뭔가를 미치도록 그리워하다가 결국 그 모든 걸 체념하고 달팽이처럼 스스로에 갇혀서 살 것 같은 사람이라는 것을 은수는 처음 본 순간부터 그의 얼굴에서 직감했다. 그리고 막연하게 어떤 미묘한 예감이 그녀를 천천히, 하지만 아주 강하게 사로잡았다. 혹시 내가 그를 사랑하게 되는 건 아닐까.

그녀는 어둠 속에서 풀썩 쓴웃음을 짓는다. 아니야. 그건 아닐 거야. 은수는 절레절레 머리를 가로젓는다. 다른 남자들처럼 나체로 무장해제 되어 있는 자기를 그저 주체할 수 없는 본능에 허덕이는 짐승과 같은 눈으로 보지 않는 그에 대한 호기심 내지는 호감, 그저 난생처음 남자한테서 인격적인 대우를 받아보는 게 하도 신기하고 낯설어서. 그래. 단지 그것뿐이야. 은수는 잠시 흔들렸던 마음의 각을 바로 세운다.

어둠이 짙게 내린 거리는 고즈넉하기만 하다. 어서 날이 새기만을 기다리는, 작게 명멸하는 자판기 불빛이 한층 더 괴괴해 보인다. 문득 은수는 저 자판기가 제 모녀를 쏘옥 **빼** 닮았다고 생각한다. 돈만 주머니에 찔러주면 아무 남자한테나 입술을 내주고 아무 부끄럼도 없이 품에 안기는 매춘부 모녀를.

은수는 자판기 앞에 서서 손으로 맥없이 툭툭 친다.

"너 그거 알아? 그거 아냐고. 가만히 보면 꼭 누구 닮았어. 고객이 돈만 가슴에 찔러 주면 오케이할 때까지 뭐든 다 내주는 누구. 설탕커피, 크림커피, 밀크커피, 고급커피, 일반커피까지 메뉴도 다양하네. 누구도 그런데. 1차 술시중부터 시작해, 2차 스트립, 3차 무한 서비스. 반갑다 친구야. 큭큭."

은수는 자괴감에 자판기를 한 번 더 툭, 치며 쓸쓸한 웃음을 킥, 터뜨린다. 어둠 속에서 자신의 웃음소리가 하도 기괴하고 슬프게 들려서 문득 제 가슴에 차가운 서릿발이 맺히는 것 같다.

자판기에서 커피 한 잔을 뽑아서 입에 물고 어둑어둑한 골목길로 들어서는데, 문득 어떤 사나운 손이 어느 집 담장을 넘어와 제 머리를 금방이라도 우악스럽게 낚아챌 것만 같아 일부러 발소리를 또각또각 크게 내면서 골목길을 걸어간다. 한참을 걸어가니 현재의 오은수, 그녀를 단 한마디로 규정지어버리는 가난하고 초라한 초록색 대문이 모습을 드러낸다. '레츠고 단란주점'에서 단골손님과 함께 마신 싸구려 위스키가 가슴속에서 메스껍게 푸들거린다. 그녀는 초록색 대문에 기대어 싸늘히 얼어붙은 허공을 올려다보며 깊은 한숨을 내쉰다. 다행히 대문은 아직 열려 있다. 눈치

빠른 주인여자의 능청맞은 배려다.

방 한 칸짜리 은수의 보금자리는 농익은 어둠에 젖어 있다. 침대머리맡에 놓인 스탠드의 버튼을 터치하자 백열등 불빛이 방바닥에 부딪쳐 천정으로 흐리게 솟는다. 그 스탠드의 불빛이 눈 속을 할퀴고 창백하게 들어온다.

아이는 정물처럼 여전히 곤하게 잠들어 있다. 이가 잘 맞지 않은 창문 틈새로 찬바람이 도둑처럼 스며들어 방 안은 살이 에일 듯 춥다. 그녀는 옷장 안에 숨겨두었던 전기히터를 꺼내 전원을 켜고, 침대 속 전기장판의 온도를 높인다. 그러자 차츰 방 안 공기가 뜨뜻미지근해진다.

그때서야 은수는 마치 긴 겨울을 나기 위해 낙엽의 융단 아래 몸을 파묻는 한 마리 두더지처럼 이불 속에 몸을 깊이 파묻는다. 어서 이 추운 밤이 갔으면, 어서 이 겨울이 지나갔으면, 어서 빨리 달이 지고 해가 떠올랐으면, 어서어서 나이를 먹고 후다닥 늙어 죽어 없어져버렸으면. 이 삶이, 이 젊음이, 이 밤이 내겐 참을 수 없이 지루하다.

그녀는 담배 한 개비를 입에 물고 다시 창가로 다가선다. 박연우. 나는 그를 진정 원하는 걸까? 내 모든 걸 버리고 그에게로 갈 수나 있을까? 갈 수만 있다면 그에게로 가고 싶다. 그의 여자가 되고 싶다. 그렇다면 그는? 그의 마음은? 그 차가운 목석같은 남자. 그는 나를 철저히, 아주 철저히 자기 그림의 직업적인 모델로밖에는 생각지 않는데, 내 시선은 언제나 그를 향하고 있는데, 나는 그를 너무 적나라하게 갈망하고 있는데 그럼에도 그의 시선은 나를 향하고 있지 않다. 단지 내 육체의 선에 집약돼 있을 뿐, 그는 나한테 털끝만큼의 호기심도 가지고 있지 않다. 나는 그걸 안다. 나는 단지 그 서늘한 눈빛을 따뜻하게 애무해주고 싶다. 내가 그에게 바라는 것은 고작 그렇게 시시하고 유치하고 사소한 것뿐이다.

담뱃재가 방바닥에 떨어지면서 풀썩 형체를 잃는다. 스탠드 불빛이 생선 비늘처럼 처연히 부서진다. 그녀는 지금 이 고통의 이름에 대해 골똘히 생각한다. 자신의 머릿속에 당구공처럼 묵직한 무엇인가가 내내 대굴대굴 굴러다니는 것 같다. 혼돈스런 의식의 덩어리들. 그것들을 대체 어떤 각도로 쳐야만 다시는 떠오르지 않게끔 깊은 구멍 속에 감쪽같이 밀어 넣을 수 있을까. 큐대를 날렵하고도 예리하게 조종해 통쾌하게 쓰리쿠션을 날리듯 그렇게.

문득 고약한 냄새를 풍기며 내습해오는 유리파편 같은 외로움에 가슴에 통증을 느낀다. 그녀는 그 낯선 통증에 당황해 사방으로 시선을 튕기며 방 안 구석구석을 세세히 살핀다. 몸 구석구석 흡수된 알코올은 종종 그녀의 기분을 이런 식으로 제멋대로 주물럭거린다.

그녀는 다시 한 번 방 안을 애무하듯 찬찬히 훑는다. 순간, 뭔가가 허전하다. 고양이가 없어졌다는 사실을 깨닫는 데는 그리 오랜 시간이 걸리지 않았다. 그러나 지금 이 시간에 그놈을 찾으러 나갈 수는 없다. 보나마나 내일이면 언제 가출했냐는 듯 어슬렁거리고 돌아와 햇볕 잘 드는 저 아랫목 구석에 엎드려 솔솔 낮잠을 즐길 것이다.

그녀는 미동도 하지 않은 채 줄담배를 피운다. 다시금 눈앞에 하얀 너울이 펄럭이는 듯 고약한 현기증이 몰려온다. 요즘 때때로 이런 증상이 자주 나타나는 게 아무래도 빈혈이 아닌가 싶다. 은수는 화장대 위 약병에서 비타민제를 한 알 꺼내 입안에 털어 넣는다.

"연우, 그 자식 학교 다닐 땐 진짜 멋진 놈이었는데. 뭐 우리 사는 게 그렇잖아. 좀 살만해지고 팔자가 펴진다 싶으면 다른 욕심이 생기고. 그 자식 졸업하고 얼마 안 돼서 국전에 입상했을 땐 완전히 영웅이었지. 파리로 유학 갈 때만 해도 건방은 떨었어도 그런대로 봐줄만한 놈이었지. 헌데, 한 10년 파리의 썩은 똥물을 먹더니 애가 영 맛이 가버린 거야. 본판은 그런 애가 아닌데 완전 딴사람이 되어 돌아왔더라고. 한마디로 출세에 눈이 멀어 지 친구 놈들도 몰라보고. 하기사 그 착한 놈을 그렇게 만든 데에는 그 망할 첫사랑이 단단히 한몫을 했지만서도. 결국 모 대학 이사장 딸한테 장가를 들더군. 시쳇말로 속물이 다 된 거지. 운 좋은 놈은 뒤로 넘어져도 돈다발을 줍는다잖아. 그 여자랑 약혼과 동시에 지 장인 대학 전임으로 가대, 허허 참. 내 속 좁은 생각으로는 돈 없고, 능력 없는 가난뱅이 화가지망생이라고 괄시받은 그 첫사랑 집안에 보란 듯이 복수를 해주고 싶어서였던 것 같아. 걔네 집이 좀 **빵빵**했었거든. 근데 그 독한 계집애 말야. 지 없이는 못산다는 남자를 매정히 떼내버리고 다른 남자한테 갔으면 잘 살 것이지, 뭣 때문에 그랬는지는 모르겠지만 결국 한 십 년 살다가 자살해버렸다더군. 뭐 어떤 사람들은 사랑하다 찢어져도 그 사람의 행복을 빌어줘야 한다 그게 진정한 사랑이다 어쩌고저쩌고 하는데, 천만에 만만에 콩떡이지. 끝장나는 순간 철천지원수가 되는 거야. 뭐 이십 년도 훨씬 지난 까마득한 얘기지만. 근데 그 자식 요즘 들리는 소문에 의하면 마누라랑 이혼 조정 중이라던데 혹시 뭐 아는 거 없어? 허긴 그 오만도도한 화상이 누구한테 까발릴 위인도 아니지만. 어쨌거나 세상 참 편하게 사는 화상이야. 여자 하나는 지를 못 잊어서 결국 모질게 죽게 만들고, 지 마누라는 단물만 쏙 빼먹고 내쳐버리고 허허. 내가 술기운으로 우리 은수 씨 앞에서 별 허튼 소릴 다 지껄였네.”

며칠 전, 김 실장과 함께 저녁을 했다. 나름 편한 일거리를 소개해줘서, 그리고 내심 박연우라는 보면 볼수록 모든 게 궁금해지는 사람을 알게 해준 고마움의 표시로 은수는 그에게 꽤 근사한 저녁 한 끼를 대접했다. 은수는 내심 박연우에 대한 어떤 정보라도 얻을까, 하는 일말의 기대감에서 김 실장을 불러냈는데 의외로 그 사람의 지난 과거에 대해 제법 많은 걸 알게 되었다. 그를 보면 왜 자꾸 스멀스멀 기어가는 달팽이가 연상되는지, 짐짓 달팽이의 생태 같은 그의 삶의 방식을 어렴풋이나마 이해할 수 있을 것도 같았다.

박연우에 대한 생각이 그녀를 자꾸만 달팽이의 점액질처럼 끈적끈적하게 휘감는다. 아마 그동안 참 많이도 외로웠나 보다. 그

외로움이 사무쳐서, 이젠 포악한 세상에 그만 지쳐버려서, 조금만 더, 아주 조금만이라도 편하게 살고 싶어서 되지도 않는 욕심을 막무가내로 부리고 있는 것이라고 은수는 뿌리째 흔들리는 제 마음을 애써 다독거린다.

힘듦 없이 매순간을 쉽게 사는 사람들은 알지 못할 것이다. 제 존재가 이 땅 위에 발붙이고 살아 있음을 확인하고 싶어 하는 자잘한 노력들이 뿌리도 내리지 못한 채 차례차례 어긋나고 무너지는 절망을, 그 절망들이 어떻게 제 신경을 벼르고 일어서는지를, 그것들이 또 어떻게 제 몸 구석구석을 날카롭게 후벼 파는지를, 희망을 온통 초토화시키는 그 고통과 좌절에 대해서 바닥을 밟아 보지 않은 절대 사람들은 모를 것이다. '사는 게 고작 이런 것일까, 이렇게 하찮고 시시한 일일까'라고 스스로에게 왜 자꾸만 반복해서 되묻게 되는지를.

어느덧 신열이 머리끝까지 올라 눈앞이 온통 까무룩해진다. 그녀는 방바닥에 주저앉아 두 다리를 바짝 끌어당겨 무릎 속에다 제 얼굴을 파묻는다.

사실, 내일 아침나절에 박연우와 함께 일박 이 일로 경포대에 가기로 약속이 되어 있었다. 물론 작업상 용무라는 뒷말이 붙은 여행이었다. 겨울바다를 배경으로 한 누드화 한 점을 대강 스케치만 하고 돌아오자는 게 그의 제안이었다. 그러나 은수는 자신이 지레 두렵다. 그에게, 너무도 둘 사이의 한계선을 분명히 긋는 그에게, 수도승처럼 일체의 어떤 본능도 허락지 않을 것처럼 엄숙해 보이는 그에게, 그래서 더욱 더 치명적인 유혹으로 끌리는 그에게 태어날 때부터 창녀의 피가 흐르는 자신이 무슨 몹쓸 짓을 할지 예감할 수 없기 때문이었다. 보이지 말아야 할, 결코 보여선 안 되는 마지막 모습까지도 다 보여주게 될 것만 같아서 겁이 났다. 아니, 더 솔직해지면 그렇게 해서라도 그를 자기 곁에 매어둘 수만 있다면 우연을 가장한 필연으로라도 그를 어떻게든 유혹하고 싶었다. 하지만 그는 이 세상에 존재하는 남자들과는 본질적으로 다른 사람이었다. 그의 몸 어딘가에 아주 특별한 블랙홀이 있어 그 속에서 성(性)이라는 이름의 끈적끈적한 액체를 모조리 빨아들인 듯했다. 그 빈자리는 허무라는 새로운 물질로 대신 채워진 듯 그는 사막같이 권태로워 보였다.

창문 틈새로 들어오는 찬바람에 커튼이 헤근거린다. 이윽고 잠이 눈꺼풀을 무겁게 짓누른다. 은수는 아이 옆에 기척도 없이 슬그머니 눕는다. 그녀는 몇 번 꼴깍꼴깍 허덕이다가 아득한 잠의 깊은 수렁 속으로 푹 가라앉아버렸다.

문득 눈에 익은 한 장면이 환영처럼 안온해 보인다. 한 여자가 화장대 앞에 앉아 있다. 그러나 여자의 얼굴이 잘 보이질 않는다. 여자는 얼굴에 파운데이션을 찍어 바른다. 톡.톡.톡. 여자가 뺨을 가볍게 두들긴다. 여자는 외출이라도 하려는지 곱게 얼굴 단장을 한다. 그러나 여자의 표정은 어쩐지 어둡다. 그녀 옆에서 갓난아이가 자지러들듯 울고 있다. 여자는 깊은 한숨을 내쉬며 아기를 사납게 노려본다. 마침내 여자의 두 손은 아이의 목을 조른다. 더욱 힘껏 손에 힘을 준다. 아이는 울음을 그친다. 문득 자욱하게 내렸던 안개가 걷히더니, 아이가 사라지고 없다.

은수는 가위에 눌려 소스라치게 놀라서 퍼뜩 눈을 뜬다. 좀체 꾸어지지 않던 제 어미의 꿈이다. 그러나 꿈속의 여자는 제 어미가 아니라 저 자신인 것도 같다. 문득 꿈속에서 우는 아기의 목을 조르던, 짐승처럼 사나운 여자의 눈빛을 떠올리니 다시 등줄기로 소름이 돋으려 한다. 그 손에 어찌나 힘이 들어갔던지 두 손과 목덜미가 땀으로 흥건해 있다.

커튼에 가려진 창문 틈새로 어느덧 동이 터온다. 간밤에 어둠의 장막에 가려져 있던 사물들이 이젠 얼핏 짙푸른 컬러로 바뀌었고 시계의 시침은 새벽 6시를 갓 넘어섰다. 사물들이 제 색을 드러내려면 아직 한참은 더 시간이 지나야 했다. 은수는 얼핏 떴던 눈을 다시 감고 이내 깊이 잠들어버린다.

문득 아이의 울음소리가 꿈속에서처럼 아득하게 들린다. 귀에 익은 울음소리다. 그녀는 다시 설핏 눈을 뜬다. 눈시울 밑에 살얼음마냥 깔린 잠을 가까스로 밀어내며 정신을 추스른다. 어느새 날은 환하게 밝아 있었다. 모처럼 만의 꿀처럼 달디 단 숙면을 들쑤시고 들어온 그 불청객은 바로 지난밤 옆에서 잠들어 있던 지혜다. 아이는 아랫목에 쭈그리고 앉아 뭐가 그리도 서러운지 섧게 울고 있다.

"아 진짜… 너 또 왜 울어, 응? 왜에? 또 뭐가 불만이야?"

은수는 간신히 윗몸을 일으켜 침대에 걸터앉아 짜증스레 지혜를 바라본다.

"너 지금 배고파서 그러는 거지?"

그녀는 먹다 남은 비스킷 봉지를 아이 앞으로 던져준다. 그래도 아이는 막무가내다.

"왜 우냐고 아침부터? 말을 해야 고모가 알지."

아이는 자기 마음을 몰라주는 게 원망스럽다는 듯 아까보다 더 크게 입을 벌리고 운다.

"너 그렇게 계속 울면 고모한테 매매 맞아. 매가 어딨더라. 울지 말래두. 뚝. 너 계속 울면 옷장 속에 가두고 고모 도망가버린다. 그래 울어. 울어 볼 테면 어디 실컷 울어봐. 이 세상에 니 뜻대로 되는 건 아무것도 없을 테니까. 진짜 하루 이틀도 아니고 짜증나서 이 짓도 못 해 먹겠다니까. 언제까지 그럴래? 언제까지?"

이윽고 은수는 으름장을 놓으며 아이한테 버럭 소리친다. 주인집 여자가 아침부터 웬 소란이냐며 금방이라도 문을 열고 들어설 것만 같아서 신경이 쭈뼛쭈뼛하다. 순간, 은수는 아차, 하고 깨닫는다. 고양이. 맞다. 지혜는 지금 고양이가 보이지 않아서 그리도 섧게 울고 있는 것이다. 은수는 침대에서 내려와 무릎걸음으로 지혜 곁으로 바짝 다가가 앉는다.

"너 고양이가 없어져서 그래? 그럼 고모가 오늘 나가서 한 마리 새로 사다 줄게. 뚝 그쳐. 뚝. 먼저 거랑 똑같은 걸로 사올게. 아이, 착하다 지혜야. 고모 힘들어 죽겠어. 그만 울어, 응? 뚝."

그래도 아이는 막무가내다. 마치 고양이의 상주라도 되는 듯 아이는 고양이가 죽치고 엎드려 있었던 아랫목에서 한 발짝도 움직이지 않고 곡이라도 하듯 서럽게 운다.

"너 왜 고모 말 안 들어? 사람 새끼면, 한 번 말을 했으면 알아들어먹어야지. 대체 뭘 어쩌라는 거야? 시끄럽대두. 옆집 아줌마 화나면 무서운데, 매 들고 쫓아오면 어떡할래? 고모가 고양이 똑같은 걸로 이따 사온대면 그런 줄 알 것이지 자꾸 울면 어쩌자는 거야, 응?"

은수는 문득 답답하고 속이 상해 있는 대로 화가 나서 버럭버럭 소리를 지른다. 그에 초라하게 반항이라도 하듯 아이의 울음소리도 더욱 거칠어진다.

"그래. 너도 네가 왜 나 같은 년 만나 이렇게 거지같이 사는지 모르겠지만 나도 하필 너 같은 걸 왜 배 아파 낳아서 이 생고생을 하는지 모르겠다. 길에 안 버리고 키워주면 속이나 썩이지 말아야지."

은수는 저도 모르게 누구에게랄 것도 없이 히스테릭하게 고함을 지른다. 하지만 순간 가슴이 철렁 내려앉는다. 귀에 익은 그 말. 갑자기 섬뜩하다. 어렸을 적, 제 엄마라는 여자한테서 귀에 못이 박히도록 들었던 그 말. 그 말을 토시하나 틀리지 않게 저도 똑같이 반복하고 있는 것이다. 마치 제 몸속 어딘가에 내장되어 있는 자동녹음 칩이 재생하고 있듯.

그 말이 주는 차가움보다는 엄마가 돼 가지고 그렇게 밖에 말할 수 없는 그 마음의 모지락스러움에 더욱 더 가슴이 쓰리고 서러웠던 기억에 은수는 가슴 한 자락이 다시 철렁, 허물어져 내리는 것 같다.

은수는 괜히 무안하고 제 스스로에게 염치가 없어서 기지개를 일부러 크게 켜며 화장실로 사라진다. 아이의 울음소리는 여전히 귓가에서 쟁쟁거린다. 지혜는 평소에는 있는 듯 없는 듯 순했지만, 한번 울음을 터뜨리면 좀처럼 그칠 줄 모르는 아이였다. 저절로 지쳐 그치기를 기다리는 수밖에 달랠 도리가 별로 없었다.

은수가 젖은 머리에 막 샴푸질을 하려는데 휴대폰 벨소리가 급하게 울린다. 누굴까 이 시간에. 혹시 박 교수가 오늘 약속을 취소하자는 전화를 건 것은 아닐까?

그녀는 젖은 머리를 수건으로 대충 감싸고 급한 마음에 후딱 달려가 휴대폰을 집어 든다. 화면에 뜬 이름은 박연우가 아니라 최 감독이다. 휴대폰을 대충 귀에 갖다 대자, 경상도 사내 특유의 강한 악센트가 고막에 날카롭게 꽂힌다.

"뭐하느냐고 그래 전화를 느릿느릿 받노? 그 얼라 우는 소린 또 뭐꼬?"

그의 목소리에 적잖게 신경질이 배어 있다.

"아, 감독님이세요? 죄송합니다. 조카 녀석이 잠에서 깨서 친정에 간 지 엄마가 보고 싶다며 보채네요. 근데 무슨 일로?"

밖에 나가면 은수는 J대학 영문과를 중퇴한, 중소기업을 운영하는 사장 딸로 통한다. 애초에 지혜 같은 딸은 있지도 않았다. 생판 거짓말이라는 걸 다들 척하면 척, 눈치채겠지만 모르는 척 속아 넘어가주는 것도 이 바닥에서의 최소한의 매너이자, 살아남기 위한 자존심이며 몸부림이었다.

"다름이 아니고 니 한번 내랑 같이 일 안 해볼래? 이혜경 그 가시나가 연기도 시원찮고 삘 관심도 못 끌 것 같아서 채래리 니가 낫지 않을까 싶다. 니도 생각 있으면 월요일에 내 작업실로 나와 봐라."

말의 뜻을 이해할 겨를도 없이 전화는 갑자기 뚝 끊겨버렸다. 도무지 현실감이 느껴지지 않는 통화였다. 내가 이혜경 대신 '오늘 밤을 나와 함께'의 주연배우로 캐스팅되다니 드디어 내게도 대박의 기회가 왔구나. 그 모든 게 곧 깨어날 꿈인 듯 실감나질 않았다.

은수는 좁은 방 안을 춤추듯 폴짝폴짝 뛰어다니며 한동안 깔깔거린다. 지혜의 울음소리와 은수의 웃음소리가 허공에서 맞부딪쳐 쨍그랑 소리를 낼 것만 같다. 은수는 콧노래를 흥얼거리며 머리를 감는다.

내가 이 날을 얼마나 기다렸는데. 이 순간이 오길 얼마나 바랬는데. 살다보니 이런 날도 있네. 드디어 나는 신데렐라가 된 거라구. 영화가 대박만 치면 나는 고생 끝, 행복 시작이겠지. 야호.

그녀는 흥분해서 가슴이 파르르 떨린다. 까슬까슬 잘 마른 수건이 젖은 머리칼에 닿자 바람 속의 밀대처럼 확 젖혀진다. 창 너머로 보이는 아침 거리는 마치 깊은 바다 속처럼 적막하다. 은수는 외출 준비를 끝내고 주인여자에게 이틀간만 지혜를 봐 달라고 부탁한다.

"고모, 어디 좋은 데 가나뵈? 얼굴이 활짝 폈네 폈어. 그려 잘 생각했어. 그저 여자는 적당한 임자 만나서 남편 사랑받고 사는 게 최고의 행복인겨. 딴 거 뭐 필요 있남? 걱정 붙들어 매고 잘 갔다오라고. 지혜야, 고모 **빨빨** 해야지. **빨빨**."

주인여자는 속 있는 웃음으로 배시시 웃으며 지혜의 손을 잡아 흔들어 보인다. 그 동작과는 전혀 걸맞지 않게 아이는 아직 채 울음이 가시지 않아 눈물 콧물이 범벅이 되어 볼썽사납다. 그런 아이를 두고 차마 발길이 떨어지지 않아야 마땅했지만 그녀는 늘 그랬듯 오늘도 아무렇지도 않게 뒤돌아선다. 대문을 나서려는데 문득 가스레인지에 뭔가를 끓이다가 나온 것처럼 뒤가 찜찜하니 켕긴다. 그러나 집에서 음식을 안 해 먹는데 가스레인지가 켜졌을 리는 만무하다. 혹시 휴대폰을 놓고 와서 그런가? 두 번 다시없을 그와의 시간을 그 어느 누구한테도 방해받고 싶지 않아 일부러 휴대폰을 방에 두고 나왔다.

골목에서 민지가 소꿉장난을 하고 있다. 은수는 민지에게 뭔가를 말하려다가 그만 둔다. 그녀는 서둘러 박연우의 아틀리에로 간다. 그녀가 도착하자 박연우는 차에 화구들을 가득 싣고 떠날 채비를 서두른다. 그들은 경포대를 향해 출발한다. 차 안에서 그는 뚱, 하니 아무 말이 없었고 그녀 역시 별로 할 말이 없어 잠자코 창밖만 바라보았다. 시속 70킬로에서 좀체 내려오지 않는 속도계의 바늘은 마치 펜싱선수의 칼날같이 파르르 떨고 있었다. 그녀는 그와 저 사이에 가로놓인 침묵의 무게에 등이 휠 것만 같아 괜히 손이 시린 듯 쓱쓱 비벼도 보고, 헛기침을 큼큼 하기도 한다.

차 안은 피아노 연주곡이 부드럽고도 감미롭게 흘렀다. 피로해서인지 불현듯 그의 눈꺼풀이 뜻밖의 애무를 받았을 때처럼 하르르 떨리며 꿈틀, 하는 게 느껴진다. 무슨 말을 할까? 어떤 말이 좋을까? 은수는 생각하고 또 생각해 보았지만 적당한 게 떠오르지 않아 그만 둔다.

경포대에 거의 다다랐는지 창밖 오른편에 짙푸른 바다가 시야를 가득 메운다. 차에서 내리자마자 느껴지는 소금기 어린 비릿한 바닷바람에 가슴이 수런거린다. 그녀는 이렇게 소금기 어린 비릿한 바닷바람에 강박적인 알레르기가 있었다. 그녀에게 바다는 낭만적이거나 멋있는 곳이 아니었다. 그냥 가까이 가기도 싫은, 절대로 기억의 예민한 비위를 건드리고 싶지 않은, 그 옛날 자기가 버리고 뛰쳐나온 통영의 어느 갯마을 선술집을 문득문득 떠오르게 하는 아프고 아픈 곳이었다. 그러나 오늘만큼은 괜찮다, 그냥 바다로 보자, 그렇게 스스로를 몇 번이고 타이른다.

바람 끝에 얼음조각이 꽂힌 듯한, 매서운 겨울 바닷바람에 축 늘어져 흐물거리던 감각이 문득 화들짝 깨어나는 듯하다. 인적이 없는 적당한 모래사장에 자리를 잡고 그림을 그릴 준비를 끝마친 그가 어떤 무언(無言)의 지시라도 내리듯 은수를 똑바로 응시한다. 그 시선과 부딪치는 순간, 그녀는 무엇인지 알 수 없는 게 제 가슴팍을 으드득, 쥐어오는 듯 해 가슴이 뻐근하다. 그에게 고개라도 끄덕여 제 의사를 전하려 했지만 긴장된 안면근육은 더욱 더 팽팽히 당겨질 뿐이다.

"꽤 춥겠는걸."

그가 퉁명스레 한마디 툭 던진다.

"그래도 한 겨울이라 사람이 없어서 그나마 다행이지."

은수는 그의 사인이 떨어지자마자 모래사장 위에서 옷을 벗기 시작한다. 괜스레 눈시울이 뜨거워진다. 그녀는 아랫입술을 질끈 깨문다. 날아오는 얼음조각을 그대로 맞듯 차가운 겨울바람이 온몸을 칭칭 휘감고 뼈 속까지 후비고 들어와 소름이 오소소 돋는다. 이윽고 그녀는 아무것도 걸치지 않은, 태고의 나체가 된다. 한 겨울, 눈 내리는 에덴동산에서 뛰놀던 순수한 이브가 된다.

순간, 그의 시선이 은수의 어깨에서 멈칫한다. 그녀의 어깨에 자그맣게 그려진 흑장미 문신. 그는 그것을 처음 보는 사람처럼, 그러나 낯설지 않은 눈빛으로 한참을 바라보았다.

"보기 드문 로즈타투군."

그는 쓸쓸하게 툭, 던지듯 무심하게 뇌까렸다.

"그 문신을 효과적으로 살려야겠어. 내가 문신을 잘 볼 수 있도록 옆으로 조금 돌아앉아봐. 참, 스타킹을 한번 신어보라고. 아니다 아냐. 부츠를 신는 게 낫겠어."

은수는 그의 열정적인, 그러나 뜬금없는 주문공세에 어안이 벙벙하여 그를 멍한 눈길로 바라본다.

"이유를 알고 싶나? 어차피 모델도 알아두어야 할 게 있으니까. 실오라기 하나 걸치지 않은 완전한 나체보다 모자를 쓴다든지, 아님 스타킹을 신었다든지, 혹은 부츠를 신었다든지 하는 게 더 에로틱하고 신비한 효과를 주지. 서양화가 중 앵그르작가의 샘이란 작품을 보면 누드모델이 물병을 들고 있거든. 완벽한, 역사상 최고의 누드화지. 그런 게 가미되어야 누드화의 제 맛이 나지. 자네 어깨 위에 새겨진 그 로즈타투도 잘 살리면 묘한 매력을 내는 도구가 될 것 같아. 자, 이제 가볼까."

천생 학생들한테 강의하는 선생의 말투다. 그녀는 그가 주문하는 대로 검정색 롱부츠를 신고서 짙푸르게 넘실거리는 파도를 배경으로 해서 몸을 살짝 돌려 포즈를 취한다. 혹시 누군가가 지나가지나 않을까, 혹시 누군가 자기 나체를 애욕에 불타는 눈빛으로 음흉하게 바라보지나 않을까, 불안하고 초조했지만 그녀는 어떤 행동도 할 수가 없다. 그가 그림을 마치기 전까지, 그녀는 그의 작품을 위해 하루 고용된 모델에 불과하니까.

은수는 마치 산산이 부서진 얼음조각이 온통 발가벗은 저에게 쏟아지는 것처럼 거세게 휘몰아치는 바닷바람을 맨몸 하나로 지탱한다. 충전용 간이 히터마저도 별 도움이 되어주진 못했다. 얼얼한 추위에 전신이 마비된 것처럼 감각이 둔해져서 나체의 부끄러움도 이제 더 이상 느낄 수 없다.

시간이 얼마나 지났을까? 무뚝뚝한 표정으로 스케치에 몰두하고 있는 그의 손놀림이 점점 바삐 움직인다. 순간, 세상의 모든 것이 아스라이 지워지고, 대신 그 스산한 바닷가에 한 폭의 정물화 같은 그들만 그렇게 머문다. 은수의 뒤에서 겨울바다는 짙푸른 껍질을 뒤척이며 마치 욕망에 굶주린 짐승처럼 사납게 울부짖는다.

바닷가에 땅거미가 슬슬 내려앉을 무렵, 그가 드디어 오랜 침묵을 깨고 입을 연다.

"오늘은 이쯤 접지."

그의 말이 떨어짐과 동시에 은수는 문득 이제껏 제 몸을 지탱하고 있던 무언가가 썰물처럼 일시에 빠져 나가 모래밭에 그대로 털썩 무너져 주저앉고야 만다. 그녀의 몸은 추위에 온통 파리하다. 그가 안쓰러웠는지 말없이 그녀의 어깨에 담요를 걸쳐주고 무뚝뚝하게 앞서 걸어간다. 은수는 정신을 추스르고 옷을 주섬주섬 껴입고서 몇 미터 간격을 두고 그의 뒤를 따른다.

호텔로 가는 길은 제법 운치 있는 소나무 숲이다. 마치 세상과 등진 상처받은 이들을 치유하기 위한 수도원에 이르는 숲길 같은. 그들은 내내 굳은 표정으로 엄숙하기까지 한 그 오솔길을 따라 걷는다. 이윽고 깔끔한 경관의 호텔 건물이 눈앞에 모습을 드러낸다.

"고객님, 죄송합니다. 저희가 일본인 단체 관광객 때문에 객실이 하나밖에 남지 않아서요. 괜찮으시겠습니까?"

카운터지기의 말에 연우는 당황스럽고도 난감해 한다.

"근처에 다른 호텔은 없습니까?"

"죄송합니다만, 외진 곳이라서 없는 걸로 알고 있습니다."

카운터지기의 대답에 그는 잠시 고개를 돌려 은수의 의중을 살핀다. 은수는 아직 추위가 가시지 않아 어깨 위에 걸친 담요를 빈틈없이 꼭꼭 여미며 다른 곳을 바라본다. 연우는 별 수 없다는 얼굴로 카운터지기를 향해 알 듯 모를 듯 어렴풋이 고개를 끄덕인다.

"예. 고객님, 915호실입니다. 편안한 시간 보내십시오."

연우가 키를 받아들자, 말쑥한 유니폼 차림의 벨보이가 짐을 들고서 정중히 에스코트한다. 아마도 저희를 불륜의 내연사이로 생각했을 지도 모른다고 생각하자, 그녀는 순간 구두 속의 발이 작게 오므라들어 걸음을 멈칫했다. 그동안 이름도 알지 못하는 사내들과 함께 셀 수 없이 드나들었던 호텔과 여관방에 대한 기억이 마치 이 순간 깨끗이 소멸된 듯, 그녀는 지금 이 순간 제가 세상에서 가장 순결한 여인인 것처럼 생각된다. 아무도 범하지 않은, 오로지 순결한 그만의 여자, 그만의 마돈나가 될 수 있기를 갈망한다.

연우는 그녀의 갈망을 아는 듯 모르는 듯 덤덤한 얼굴로 엘리베이터에서 내려 태연하게 긴 객실 복도를 걸어간다.

객실은 깔끔하게 정돈된 침대와 바다가 훤히 내려다보이는 통유리로 된 창문, 그리고 푹신해 보이는 소파 두 개가 원형탁자를 사이에 두고 잘 배치되어 있다. 빼어난 주위경관과 더불어 하루쯤 쉬어가기에는 더없이 좋은 객실이다. 그들은 15층에 있는 스카이라운지에서 저녁식사를 마친 후 다시 객실에 머문다.

어느덧 침묵은 그들 대신 방주인 행세를 하며 진득하게 내려앉아 결코 자리를 내주지 않았다. 상대방의 침 삼키는 소리마저도 선명히 들릴 정도다. 박연우는 소파에 앉아 이젤에 놓인 그림에 색을 입히느라 손이 꽤 바빠 보인다. 이따금씩은 상념에 빠진 듯 먼 바다에 시선을 주고 와인을 홀짝이며 줄담배를 피워 물었다.

은수는 창가 가까이에 서서 파도가 일렁이는 밤바다를 우두커니 바라보며 따끈한 상그리아를 마신다. 처음 마셔보는 상그리아의 맛에 은수는 단번에 매료된다. 행여 감기에라도 걸릴까봐 연우가 카운터에 특별히 부탁한 것이었다. 그런 연우의 배려 깊고 세련된 매너에 그녀는 감격했다.

잠시라도 그와 함께할 수 있다면, 그가 내 곁에 있어준다면 진정 난 행복할 수 있을 것 같았는데, 살면서 한 번도 느껴보지 못한, 남들이 말하는 행복이라는 의미를 이해할 수도 있을 것 같았는데, 이렇게 어색하고 이렇게 허전하고 이렇게 조마조마하고 이렇게 가슴이 타들어갈 듯 초조한 게 사람들이 말하는 행복일까? 어제까지만 해도, 아니 오늘 아침까지만 해도 그는 분명 내 노스탤지어였다. 내가 천 번을 윤회해서 산다 해도 영원히 가질 수 없을 것 같은, 그래서 평생 그리워만 하다가 점점 잊히고 말 노스탤지어. 하지만 언제나 그랬듯 나라는 바보는 지금 내 노스탤지어가 곁에 있는데도 그걸 움켜쥘 수가 없다. 그럴 용기조차 내겐 없다.

은수는 갑자기 마음이 허허로워 마치 끈 놓친 풍선처럼 온몸이 허공으로 둥실 떠오를 것만 같아 괜히 발에 힘을 준다. 까만 창문에 어스레하게 비치는 그녀의 얼굴이 문득 어두워진다. 밤은 벌써 이슥해진 지 오래다.

"나이가… 서른 전이라고 했던가? 아직 젊군… 이십대. 그래. 참 좋은 때지."

누구에게랄 것도 없이 그가 무심코 한마디 툭 던진다. 그때껏

방 안 구석구석을 부유하던 침묵의 무거운 입자들이 문득 한꺼번에 걷히는 듯하다.

은수는 그저 잠자코 창가에 서서 밤바다만 망연히 바라본다.

"뭘 해도 자유로운 나이, 자신만만해서 아무 것도 두려울 게 없는 나이. 이십대는 그런 때지. 나도 그 때는 그랬지. 이젠 기억조차 희미해졌지만. 가진 것 하나 없어도 세상이 온통 내 것 같았어."

그는 마치 자동으로 감아지는 태엽인형처럼 계속 혼자서 나직이 중얼거린다. 그녀는 마치 모노드라마 속 배우의 대사에 귀 기울이듯 그의 넋두리를 말없이 듣고만 있었다.

"아직 젊고 아름다우니, 서툰 사랑이라도 몇 번 해봤겠군. 나도 그랬지. 한 여자를."

"…사랑이요? 글쎄요. 저는 모르겠어요."

은수는 얼결에 그 말을 하고는, 금세 자신이 바보같이 느껴져 후회한다.

"누구나 다 그렇지. 사랑은. 연애는 다 그런 거야. 내 이십대도 그랬네. 한 여자에 대한 무지한 열망과 함께 시작됐고 그 여자와 함께 찬란히 져버려 결국 빈껍데기만 남아버렸지. 허기사 지금 생각하면 그 친구가 한없이 고맙긴 해. 안 되는 줄 알면서도 무모했지. 아니 오히려 그래서 더 무모하게 집착했는지도 몰라. 지금은 기억조차 잘 나지 않지만 젊은 한때나마 내 전부였던 그 친구를 품에 안을 때마다 깨끗하게 피어난 한 다발의 프리지아 위로 엎어지는 듯한, 그런 느낌이었어. 그런 사랑을 해봤다면 이해할 수 있을 게야. 돌이켜보면 내 이십대는 치명적인 독을 품은 그녀의 사랑에 맥없이 출렁였고 끝내 그 독에 중독되고 말아 나머지 인생도 엉망이 됐지. 나라는 놈은 벌써 그 때에 그리 대단하지도 않았던 그 여자 때문에 행복과 환희와 비탄과 허무를 온통 골고루 맛보았어. 남들은 십 년 남짓한 청춘의 고통을 나는 아직도 앓고 있다네. 참 우습지? 그 어린 나이에 벌써 인생을 다 살아버린 중늙은이처럼 더 이상 희망할 것도 좌절할 것도 없이 무료했다네. 자네, 이해하겠는가? 나는 그날 이후 그 누구도 사랑하지 못하는 불감증 환자가 되어버렸어. 그 좋은 때에 말야. 그 아름다운 시절에 말야. 사랑은 고작 그런 거야. 아름다우면 아름다울수록 따라가기조차 숨 가쁜 청춘과 함께 출발하여 정신없이 흐르고, 어지러이 출렁이다가 끝내 와락 부서져 흔적 없이 사라지는 게 사랑이야. 그게 사랑이란 것의 속성이라네."

다시 침묵이 그들 사이를 비집는다. 누구도 그 침묵을 쉬 깨뜨릴 수 있을 것 같지 않다. 깊고도, 무거운, 어둡고도 슬픈.

"내가 자네한테 해주려고 하는 말은, 아직도 사랑을 믿는다면 그러지 말게나. 사랑, 그건 에덴동산의 사과 같은 거야. 처음에는 눈이 부시도록 찬란하고 먹음직스럽지. 그러나 결국 마지막에는 더럽고 추한 욕망만 남는 게 사랑이야. 세상에 남녀 간 아름다운 사랑은 없다네."

그는 목이 타는지 와인 잔을 달게 비운다.

"그런데 말야. 참 이상한 건 자네가 그 친구를 아주 많이 닮았다는 거야. 자네를 처음 보는 순간, 다시는 돌아가고 싶지 않던 내 이십대가 문득 떠올라 그 악몽 같은 시절로 다시 돌아가는 것 같아서 괴로웠어. 어깨에 있는 장미 문신조차 그 여자와 똑같아 순간 아찔했네. 하긴, 이십 년 전에 죽어버린 여자가 어떻게 여겼겠어? 김하영이 오은수로 환생이라도 한 건가?"

그는 입꼬리를 움직여 비웃듯 피식 웃고, 다시 와인을 잔에 채운다.

"그녀를, 그녀의 어깨에 새겨진 신비한 블루로즈를 내 이 손으로 단 한 번만이라도 화폭에 담아보는 게 내가 그 여자한테 마지막으로 원한 거였는데 그 여자는 그것마저도 허락지 않고서 나를 떠났지. 아주 나쁜 사람이야. 사랑이란 이름으로 그 여자를 완전히 내 것으로, 영혼마저도 내 유일한 것으로 소유하고 싶었지만 난 그럴 수가 없었네."

그는 단호하게 말을 맺고서 은수를 충혈 된 눈으로 잠시 아득하게 바라본다. 은수는 그의 말뜻을 알 듯 모를 듯 해 그를 망연히 돌아보다가 조심스럽고도 절실하게 대꾸한다.

"그럼 저를 그리세요. 그래도 된다면 교수님의 그분에 대한 마음이 사라질 때까지 제가 그분을 대신할게요. 그래도 된다면."

은수는 그의 곁으로 가만히 다가가 마치 위로하듯 그의 목을 끌어안고 머리칼을 애무한다. 빨갛게 충혈 된 연우의 눈에서 뭐라 형언할 수 없는 감정의 소용돌이가 지나간다.

연우는 제 격한 감정을 어찌지 못한 채 벌떡 일어나 그녀의 팔을 억세게 잡아당겨 그녀를 침대 위에 쓰러뜨린다. 그리고 그녀의 옷을 거친 손놀림으로 벗긴다. 순간, 모든 시간이 정지된 절대적 중압감이 그녀를 짓누른다. 그녀는 갑자기 숯불 위에 얹힌 고등어처럼 제 육체가 타는 듯한 갈증을 느낀다.

제 육체를 걸신들린 하이에나처럼 탐닉하는 그에게, 이건 아니라고 소리쳐야 한다고, 그의 손길을 냉정하게 뿌리쳐야 한다고, 제가 그에게 원했던 것은 결코 이런 게 아니었다고 부다듯한 그녀의 자아가 내면 깊숙이 소리치지만 뭔가에 목말라하는 듯한 그의 굶주린 눈을 보는 순간 차마 그럴 수가 없다. 이글거리는 그의 화마에 저도 흔적 없이 사그라질 것만 같다. 은수는 그만 전신이 물에 흠뻑 젖은 솜마냥 축 늘어지고야 만다.

이윽고 그는 격렬하게 밀려오는 파도처럼 그녀 안으로 파고들어 그녀와 한 몸뚱어리가 된다. 영원히 헤어날 수 없는 정글의 늪처럼 그는 집요했다. 그들은 서로 아낌없이 주고 동시에 탐욕스럽게 빼앗았으며 서로를 쉼 없이 갈망하고 탐한다.

그녀의 품안에서 그는 어쩐지 많이 낯설었지만 진정 행복해 보인다. 박연우, 이 남자가 제 마지막 남자이기를, 은수는 진정 갈망한다.

그러나 이제 곧 그 모든 것은 마지막으로 치달으리라는 걸 그들 서로는 이미 예감한다. 한차례 격렬하고도 숨 가쁜 격정이 지나간 후, 은수는 침대 위에 주검처럼 싸늘하게 누워 있었고 연우는 창가에 서서 까만 밤바다에 시선을 주었다. 그의 뒷모습은 마치 애욕에 이끌려 사랑하지도 않는 여자와 그저 그런 섹스를 한 남자처럼 본연 그대로 한없이 허전하고 쓸쓸해 보인다.

은수는 생각한다. 대체 저 사람에게 나는 어떤 존재일까. 내가 저 사람에게 말하고자 한 사랑은 이렇게 가볍고 치사하거나 구차한 게 아니었는데. 지금 이 순간 문득 호텔 앞 도로변에 늙은 콜걸처럼 서 있던 자판기가 떠오르는 건 왜일까. 갑자기 눈물이 울컥 쏟아지려는 걸 꾹 참는다. 당신, 나를 조금 전의 그 순간만큼이라도 사랑했나요? 나는 아직 사랑을 믿고 싶어요. 당신이 나를 아주 조금은 사랑한 거라고, 그래서 나를 안은 거라고 믿고 싶어요.

은수는 그저 모든 게 혼란스러웠다.

"남녀 간의 사랑은 커피와도 같아. 식으면 비릿내가 나서 마실 수가 없거든. 우리에게 오늘 밤은 아무 의미도 없어. 네 몸에 새긴 문신이 블루로즈가 아니고 천박한 레드로즈인 것처럼 너는 그녀를 대신할 수가 없어. 혹시 날 사랑한다면 그러지 마. 결국 너만 다치게 돼."

그는 그렇게 나직이 말하고 떠날 채비를 서두른다.

눈을 감은 채로 주검처럼 모로 누워있었지만, 은수는 자기를 등진 채 무뚝뚝하게 코트를 입는 그를 바라보며 생각한다. 이게 저 사람과의 마지막이겠구나.

연우가 말없이 방문 앞으로 다가가자, 은수는 반사적으로 그에게 달려들어 뒤에서 와락 끌어안는다. 그러나 이미 그는 십여 분 전의 그가 아니었다. 그녀를 아예 모르는 사람처럼 차갑고 냉정하게 식어 있었다. 은수는 낯설고 두려워 그를 안았던 팔에 힘을 거둔다.

날이 새려면 아직 멀었건만, 이른 새벽 서리를 맞으며 그는 그렇게 홀홀히 그녀를 떠난다. 그녀는 더 이상 그를 붙잡지 않는다. 어쩐지 붙잡아선 안 될 사람 같았다.

아무런 미련 없이 세상을 등지고 싶어서 그 작은 영혼은 그렇게 심한 몸살을 앓았나 보다. 지혜는 그렇게 한 마리의 어린 새가 되어 하늘로 다시 돌아갔다. 너무나 급박하고 갑작스런 일이었기에 미처 손을 쓸 틈도 없이 한 송이 들꽃처럼 그렇게 그 애를 떠나보내야 했다. 힘겨운 세상살이에서 할퀸 서로의 상처를 보듬어주었던, 마치 어느 미치광이의 변덕과도 같은 삶을 독하게 끝까지 살아내도록 서로에게 용기와 힘을 부여하는 인큐베이터 안 같았던 이 작은 방조차 지혜는 조금의 미련도 없이 떠나버렸다. 아이가 가장 좋아했던 장난감 토끼는 주인의 온기를 아직 간직한 채 북을 치며 저 혼자 텅 빈 방 안을 맥없이 돌고 있다.

-오은수의 일기 중에서-

사흘 밤 내내 같이 괴로워하던 형광등은 막 낚싯줄에서 잡아 올린 갈치의 비늘처럼 아직도 처연히 빛난다. 아침은 창문 너머로 눈부시게 고운 햇살을 내려주고 있다. 아침은 누구에게나 오는 것이지만, 그러나 누구에게나 찬란하지는 않는 것. 은수는 그 햇살이 싫어서 신경질적으로 빈틈없이 커튼을 친다. 한 모금쯤 남아 있는 맥주를 마지막 한 방울까지 핥듯이 비우고 주먹에 힘을 준다. 그러자 캔은 차츠측, 금속성 소리를 내며 형체를 잃고 구겨진다. 그것은 속엣것을 다 베어 먹히고 대가리와 꽁지만 남은 사과 뼈다귀 같은 모양이 된다. 방 안에는 그런 모양을 한 맥주 캔들과 소주병들이 한데 뒤엉켜 뒹굴고 있다.

그녀의 만 사흘을 어떻게 말해야 할까. 그녀는 술과 줄담배만으로 만 사흘, 그러니까 72시간을 간신히 버텨내고 있는 것이다.

그랬다. 어쩌면 이 날이 오기를 제가 가장 오래 전부터 기다렸는지도 몰랐다. 아니 솔직히 그랬다. 지혜가 어느 날 갑자기 자기 삶에서 멀찌감치 사라져 주기를, 자신이 지혜로부터 진정 자유로워지기를 내심 바랐다. 그리고 이제 모든 게 그녀 뜻대로 됐다. 이제 그 누구도 더 이상 자신의 삶을 옭아매지 못할 것이다. 그런데 뭐가 문제란 말인가. 차라리 일어나서 덩실덩실 춤이라도 추어야 하지 않을까. 자신은 이제 꿀릴 것 하나 없이 처녀 행세하며 제 몸 하나만 잘 간수하면 되는 것이다. 그래. 그러면 되는 것이다. 그 외엔 아무것도 없다. 지혜는 자신을 지긋지긋한 과거와 결합시키고 연결시켰던 뫼비우스 띠 같은 것이었지만 이제 그 질긴 악연의 끈마저 잘려 나갔는데 도대체 뭐가 문제냐 말이다. 그러나 가슴 밑바닥에서부터 불어오는 이 시린 바람의 정체는 뭘까.

가슴이 너무 시려서 자꾸만 몸에 한기가 든다. 가슴 밑이 온통 시퍼렇게 날이 선 비수에 베인 것처럼 쓰리다. 이 고통을 정(情)이나 내내 부정했던 모성애라 이름한다면 그녀는 아이한테 너무 큰 죄를 짓는 것이 된다.

자신으로부터 도망치듯 표연히 떠난 박연우와 그렇게 끝내고, 그녀는 날이 밝자마자 가슴에 상처 하나를 새로 새긴 채 휘청거리며 집으로 돌아왔다. 그러나 대문 안에서는 엄청난 비극의 냄새가 풍겼다.

"있잖아요, 누나. 누나 조카가 어제 죽었대요."

은수가 대문을 열고 들어서자마자 주인집 아들이 제 방에서 한 걸음에 달려 나왔다.

"으이구, 어디 갔다 인제 와. 난리 났어 난리. 집의 조카 어제 낮에 큰길에서 중국집 배달 오토바이에 치어 시방 다 죽어간디야. 주인아주머니가 아무리 전화를 하고 호출을 해도 이 놈의 게 연락이 돼야 말이지. 세상에 이런 날벼락이 또 어딨어. 얼른 병원에 가 봐. 까딱 잘못하믄 애 송장 치우게 생겼어."

옆방에 새들어 사는 여자가 은수를 보자, 슬리퍼도 신는둥 마는둥 뛰쳐나와 숨넘어가게 입술을 나불거렸다. 당황한 은수는 그들의 말의 뜻을 제대로 이해하지 못했다. 마치 다른 나라의 언어를 듣고 있는 듯 생소했다.

"뭘 꾸물거리고 있어? 얼른 가보라니깐. 시방 한시가 급한 판인데. 어서 퍼뜩 가. 퍼뜩."

옆방 여자가 자꾸 등을 떠밀며 급하게 다그쳤다. 그때서야 마치 일시 정지돼 있던 뇌가 어떤 강한 자극에 문득 깨어나는 듯한 느낌이었다. 그제야 상황 파악을 한 은수는 정신없이 그 길로 뛰쳐 나가 택시를 잡아타고 한달음에 병원으로 갔다.

중환자실에 있는 아이는 온몸이 온통 고무호스로 칭칭 감겨져 있었다. 산소마스크가 씌워져 있었고 이마도 붕대로 칭칭 감겨져 있었다. 아이의 몸과 연결된 기계에서 내는 신호음 또한 기분 나쁘게 귀를 자극했다. 언뜻 보기에 아이는 꾀병이라도 부리는 듯 평온하게 잠들어 있었다.

순간, 은수는 간질병 환자만이 느낄 수 있다는 몇 초 동안의 투명 상태를 문득 경험했다.

"으이구, 이 사람아. 인제 나타나면 어떡혀. 의사 선상이 그러는디 뇌출혈이 심해서 오늘을 넹기기 힘들거라는디…"

은수를 보자마자 주인여자가 옆에서 호들갑을 떨었다.

"아줌마는 애가 저 지경이 되도록 대체 뭘 했어요?"

은수는 갑자기 부아가 부글부글 끓어올라 몸에 힘을 바짝 주고 소리를 버럭 질렀다.

"난 그냥… 애가 하도 얌전하고 밖에 나갈 줄도 모르고 해서 잠깐 똥 좀 싸러…"

여자는 그새 기가 팍 죽어 말끝을 얼버무렸다. 은수는 온몸이 나무막대처럼 굳어진 채 그 자리에 맥없이 꼬꾸라져버렸다.

"애기가 왜 갑자기 큰길까지 나갔는지 통 알 수가 없네, 지 고모는 뭐 맨날 나돌아댕기는 사람이니께니 따라갔을 리는 없구…"

주인여자는 고개를 몇 번 갸우뚱거리고 아이를 보면서 혀를 끌끌 찼다.

은수의 멍한 머릿속으로 고양이 생각이 문득 예리하게 스쳤다. 그러자 은수는 참으로 어이가 없었다. 그 재수 옴 붙은 도둑고양 이새끼를 집안에 들여놓지만 않았어도 이런 일이 없었을 것을.

그날 밤, 지혜는 한 송이의 이름 없는 들꽃처럼 끝내 시들고야 말았다. 그러나 은수는 울지 않았다. 아니, 울 수가 없었다. 엄마라 는 이름으로 불리는 것조차 허락하지 않았던, 따뜻하게 한 번 품 안에 안아준 적도 없는, 이제는 돌이킬 수도 없이 딸 지혜와의 마 지막 기억이 돼버린 그날 아침조차도 입에 담기 민망한 험한 막말 을 퍼부었던, 그리고 아이가, 그 어린 것이 죽음의 강을 넘나들 때 남자의 품속에서 성희에 도취되어 있었던 제가 무슨 염치로 아이의 넋 앞에서 처연히 눈물이라도 흘릴 수 있을까. 차라리 아 이에게 여태까지의 모습 그대로 독하고 모진 엄마로 남는 편이 어쩌면 더 양심적일 것 같았다.

그래. 엄마 참 나쁜 엄마였어. 엄마 절대 용서하지 마. 다음 세상 에 태어나려거든 삼신할머니한테 너를 맘껏 사랑해 줄 수 있는, 너한테라면 뭐든 다 해주는 부잣집의 좋은 부모 밑에서 건강하고 똑똑하게 태어나게 해달라고 해. 나쁜 엄마한테 못 받은 사랑 다 음 세상에서 두 배, 세 배로 받으렴. 지혜야. 꼭 그렇게 하렴. 너한 테 미안하다는 입에 발린 말 같은 거 못하겠어.

은수는 입관 전, 처음이자 마지막으로 아이의 싸늘한 시신을 품 에 꼬옥 끌어안았다. 아직도 아이의 따스한 체온이 손끝에 느껴지는 듯했다. 왠지 그렇게 하지 않으면 평생토록 그 아이를 기억에서 놓지 못할 것만 같았다. 문득 눈시울이 뜨거워졌다. 그러나 은수는 울지 않기 위해 이를 더욱 악물었다. 뜨거운 걸 그렇게도 싫어해 뜨거운 음식을 주면 식을 때까지 보채던 아이, 그런 지혜를 뜨거운 불길 속에서 화장을 해 한 번 가본 적도 없는 어느 이름 모를 강에 뿌리고 온 날의 그 낯설음이란 마치 제 실핏줄 하나하나가 날카로운 바늘이 되어 살갗을 뚫고 모조리 붉거져 나오는 듯했다.

그날 밤 내내 은수의 온몸으로 굵은 빗줄기가 쏟아져 내렸다. 그녀의 눈에는 보이는 모든 것이 그녀 대신 울고 있었다. 이윽고 은수는 그때까지 참았던 감정에 북받쳐서 변변찮은 제 삶의 누추한 살점을 물어뜯으며 그 자리에서 짐승 같은 울음을 꺽꺽 토했다. 그리고 다시 거짓말처럼 해가 뜨고 지기를 반복했다. 마치 주인공은 아무 변화 없이 그대로인데, 배경만 달라지는 영화를 보고 있는 것 같았다.

따르르릉- 전화벨이 오랜 침묵 속에서 울린다. 오은수입니다…

부재전화의 메시지가 뭐라 한참을 지껄인다. 제 음성이 남의 것처럼 귀에 괴이쩍게 들린다. 삐이-

"나 최 감독인데 대체 어떻게 된 거꼬? 몇 날 며칠이 지나도 코빼기도 안 뵈고. 니 도대체 일을 할끼고, 말끼고. 야, 이 가시나야, 니 또 언놈이랑 붙어 댕기느라 연락이 이리 통 안 되노, 웅? 이 문딩이 가시나가 지금 배때기가 불러 터져서 일하기 싫은가

본디 그래 좋다, 알았다. 니 말고도 내 영화에 나오고 싶어 환장질을 하는 애들이 얼마든지 널렸거덩. 이걸로 우리 얘기 없었던 것으로 싹 지우고 빨빨하자. 현재부터 니랑은 끝이다 끝."

어두컴컴한 방 안에 최 감독의 비아냥거림만이 가득하다. 그러나 은수는 그저 우두커니 앉아 전화기를 노려본다. 그렇게 한참을 노려보다가 은수는 문득 허한 웃음을 풀쩍 짓는다. 지혜의 울음소리가 어디에선가 들리는 것만 같다. 은수는 두려움에 어깨를 부들부들 떨면서 손으로 귀를 틀어막는다.

대체 무슨 미련으로 내가 이곳에 있는 것일까? 이제 어디로든, 어떻게든 떠나야 한다. 죽든, 살든 아무튼 여기를 떠나야 하는 것이다.

그러나 아무리 생각해 봐도 자신이 갈만한 곳은 이 세상 아무데도 없었다. 은수는 막막함에 눈을 질끈 내려 감는다. 망각의 늪에 켜켜이 쌓아 두었던 기억들, 그러나 빠르기는 하루처럼 빨랐던 지난 8년 동안의 아스라한 기억들이 뱃전에 끌려 올라오는 초라한 그물처럼 기억 너머로 문득 고개를 내민다.

지혜는, 제 딸 지혜는, 까치처럼 까만 눈동자에 웃는 얼굴이 유난히 희고 예뻤던 지혜는, 그러나 그렇게 예쁘게 웃었던 날보다 울었던 날이 더 많았다. 무엇 하나 변변히 가져보지도, 먹어보지도 못한, 한마디 말조차 못해봤던 그렇게 세상에서의 좋았던 기억 하나 없이 불상한 아이로 여덟 해를 살다 가버렸다.

긴 세월 동안 지혜에 대한 기억은 제 몫의 죄와 한이 되어 그녀의 삶을 오래도록 단죄할 것이다. 그녀는 이제야 가슴이 타는 듯한 절망 속에서 깨달았다. 지혜는 제 인생에서 처치 곤란한 봇짐덩이가 아니었음을, 그녀 자아의 갑옷이었음을, 그것을 벗기면 저는 이렇게 처참히 마른 모래처럼 형체도 없이 허물어진다는 것을. 그때서야 은수는 살을 찢는 듯한 고통에 어깨를 들썩이며 오열한다.

"고모, 택배 왔어."

방문 밖에서 주인여자의 목소리가 들린다. 하지만 은수는 못 들은 척 미동도 하지 않는다. 방문이 확 열어 젖혀진다. 문이 열리자 일순간에 쏟아져 들어오는 햇빛에 눈이 부셔 은수는 미간을 찡그리며 고개를 옆으로 돌린다.

"으이구, 이 방 꼬라지 좀 보게나. 이 사람아. 슬퍼할 것 하나도 없어. 오히려 잘 된겨. 그런 혹덩이 있으면 아무리 조카래도 좋은 자리로 시집가는 건 애시당초 꿈도 못 꿔. 그리고 막말로 지혜도 지금은 어리니까 그래도 낫지만 남중에 커봐. 사람구실도 제대로 못하고 고모만 애먹일 게 불 보듯 뻔할 뻔잔데. 애그, 그걸 어떻게 감당헐겨. 내 모진 말 같지만, 지를 위해서도 지 고모를 위해서도 잘 된 일인겨. 하나 미안해 할 것 없다구. 세상에 어떤 고모가 그만큼 혀. 안 그려?"

눈치도 없이 여자는 제가 하고 싶은 말을 남김없이 다 쏟아낸다. 아무리 교양의 교자도 모르는 천박한 여자라고 해도 제 말에 칼과 독이 들어 있다는 걸 여자는 정녕 모르는 것일까.

"저승에 있는 지 부모가 구만리 같은 동생 앞길 생각혀서 데려 간 것이다, 그러코롬 생각혀. 내 미안하긴 골백 번 미안혀. 나도 고모 얼굴 보면 속이 갑갑하니까 이러는 거지. 그나저나 이게 뭐 데? 보매도 크고."

여자는 포장지에 쌓인 제법 큼지막한 물건을 은수 앞에 내려놓 고 가스에 빨래를 삶고 있는 중이라며 그만 일어난다.

"간 사람은 간 사람이고, 산 사람이나 제대로 살아야지. 너무 상심 말고 몸조리나 잘 혀."

여자는 쾅, 문을 닫고 사라진다.

택배 겉 포장지에는 보낸 이의 이름이 적혀 있지 않았지만 은수 는 그게 곧 그림임을 직감적으로 예감한다. 박연우가 보낸 거라는 것도.

그녀는 수전증 환자처럼 덜덜 떨리는 손으로 포장지를 들추어 낸다. 거기에는 두 폭의 누드화가 들어 있다. 은수를 닮은 여자의 누드화가.

그밖에는 아무것도 들어 있지 않았다.

그가 나를 모델로 해서 그린 그림 전부를 보낸 이유는 대체 뭘 까, 그녀는 아무것도 생각나지 않는 머리로 생각하고 또 생각한 다. 지금쯤 그의 전시회에 걸려 있어야 할 그림인데.

순간, 며칠 전부터 꽃잎처럼, 눈송이처럼, 벼락처럼 귓전을 맴 돌던 그의 말이 문득 떠오른다. 우리에게 오늘은 아무 의미도 없 어. 사랑은 그저 비릿한 식은 커피 같을 뿐이야. 사랑을 믿진 마.

그럼 너만 다치게 돼.

박연우의 의중을 파악하는 데에는 그리 오랜 시간이 걸리지 않았다. 그녀와의 인연의 선을 분명히 긋겠다는, 곧 자기 때문에 마음이 잠시 흔들렸다면 지금이라도 독하게 마음을 정리하라는, 매달려 볼 일말의 여지도 없는 일종의 거부와 부정의 통보였던 것이다. 참을 수 없이 마음이 허하게 비워진다. 사랑이라고 믿고 싶었는데, 이것이 내가 꿈꾸었던 사랑이라는 것의 뒷면이란 말인가. 세상물정에 빠삭하고, 나름 속물근성도 어쩔 수 없이 쌓여가고, '남자'라는 것도 알만큼 안다고 생각했는데 나는 바보 천치처럼 얄팍하게 또 속고 당한 건가?

그녀는 한참을 허탈하게 웃는다.

한참만에야 웃음을 그친 그녀는 주방에서 과도를 손에 쥐고 와 다시 그림 앞에 앉는다. 군더더기 없이 깨끗이 처리된 여자의 옆 실루엣, 그녀의 어깨에 그려진 유난히 부각된 검붉은 장미꽃 문신. 그림 속 화려한 색감의 문신이 어쩐지 더 초라하게 색정적으로 느껴진다. 모텔 안 자판기 속에서 언제 팔려갈까, 기다리는 싸구려 콘돔처럼.

그 문신을 어깨 위에 새긴 날도 그랬다. 어느 이름 모를 사내에게 처녀성을 바쳤던 날, 그녀는 무작정 타투 집을 찾아가 바늘에 어깨를 내맡겼다. 한 땀 한 땀 살을 파고드는 찌릿찌릿한 통증 속에서 제 처녀성이 찢겨 나가는 고통을 되새김했다. 오늘부터 오수미가 아닌, 오은수로 사는 거야.

불현듯 은수는 격정적으로 그림 속 여자의 나체를 난도질한다. 한참을 그렇게 난도질하자, 두 개의 그림은 형체도 알아볼 수 없을 만큼 찢겨지고 부서진 채 방바닥에 어지럽게 나뒹군다.

은수는 그만 지쳐 꺼부러져 벽에 시선을 고정시킨 채 우두커니 앉아 있다. 문득 하나의 생각이 그녀의 명치끝을 툭 치고 지나간다. 바닷가 마을의 어느 선술집 안에 갇혀 있을, 나뭇등걸을 닮은 차가운 마음을 지닌 여자, 제 엄마라는 그 여자 생각이 어느새 거대한 나무가 되어 심연 깊숙이 뿌리내리는 것 같다.

은수는 문득 하나의 생각이 건듯 떠올라 플라스틱 서랍장을 열어젖히고 정신없이 안을 헤집는다. 잠시 빠르게 움직이던 그녀의 손놀림이 갑자기 멈칫한다. 그녀의 손에 끌려 나온 건 촌스런 피분홍색 손수건이었다.

"엄마…."

은수는 손수건을 쓰다듬으며 들릴 듯 말 듯 나직이 부른다.

그녀는 결심이라도 한 듯 트렁크에 옷을 주섬주섬 주워 담는다. 그리고 이곳으로 이사 온 이후, 처음으로 화장기 없는 얼굴로 집을 나서려다가 문득 방 안을 돌아본다.

정녕 이대로 모든 걸 접어두고 다시 떠나야 할까. 아니다. 이대로 떠날 수는 없어. 이대로 떠나버린다면 9년이라는 시간, 내 인생에서 처참히 찢겨나간 9년이라는 시간, 이제 막 한줄기 서광이 비치기 시작했는데 그 시간들을 어떻게 누구한테 보상받아야 할까. 조금만 더 냉정히 생각하면 그 아이의 죽음이 이렇게 내 인생 전부를 포기할 만큼 커다란 의미를 지니는 건 아닐 게다. 그래. 그건 결코 아닐 것이다. 내가 지금 쓸데없는 감상에 젖어 엄살을 부리고 있는 것일 게다. 지금이라도 최 감독을 찾아가 매달리면 그는 나를 못이기는 척 받아줄 것이다. 내가 그동안 얼마나 탐했던 여주인공 역할인데, 그걸 얻고자 얼마나 많은 걸 희생했는데.

아니야. 이제 와서 그런 것들이 내게 무슨 위안을 줄 수 있을까. 나는 오로지 쉬고 싶을 뿐이다. 단 하루 만이라도, 아니 단 한 시간 만이라도 마음 편하게 쉴 수 있는 안식처가 내게는 필요할 뿐이다. 내게 그런 안식처를 마련해줄 수 있는 사람은 그밖에 없다. 박연우. 그에게로 가고 싶다. 나는 그를 찾아가야 한다. 어떻게든 그에게 매달려야만 한다. 그에게로 가서 내 나머지 삶을 뿌리내리고 파릇파릇한 새싹을 틔우며 예쁘게 살고 싶다. 그의 여자가 되어 매일 아침마다 그를 위해 음식을 하며 매일 밤 그의 따뜻한 품안에서 내 상처투성인 영혼을 치유받고 싶다.

은수는 마치 자기가 열십자 갈레길 한복판에 서 있는 것처럼 모든 게 혼란스럽다.

하지만 혼란 속에서도 머릿속에 명확하게 보이는 하나의 길이 떠올랐다. 자신이 진정 가야 할 길은 그 길 하나뿐인 듯싶다. 어둡고 비탈진 길, 소금기 묻은 바람이 알싸하게 불어오는, 제 어미의 숨결이 있는 바닷가 어느 마을의 선술집.

하늘은 그새 눈발이라도 날릴 듯 잔뜩 찌뿌드드해 있다. 찬바람이 맨얼굴을 할퀴고 지나가자 금방이라도 안면이 흉측하게 오그라들 것만 같다.

은수는 등 뒤에 자신의 과거를 쓰레기처럼 버려둔 채 트렁크를 끌고 쓸쓸히 걸어간다. 마치 임종을 앞둔 사람이 숨이 금방이라도 끊길 것 같은 아슬아슬한 고통 속에서 제 인생을 추억하듯이.

이슥한 골목을 빠져 나와 막 큰길로 접어들려는데 '성자슈퍼' 안에서 귀에 익은 웃음소리가 들린다. 은수는 창문 너머로 시선을 돌려 안을 유심히 살핀다. 혹시나 했더니 역시나 직감이 맞아떨어졌다. 3개월 전 어느 날엔가 보았던 바로 그 장면이 마치 비디오 되감기 버튼을 클릭한 듯 다시 재생되고 있었다. 민지는 가게 집 청년의 무릎 위에 앉아서 뭐가 그리도 간지러운지 몸을 베베 꼬며 키득거린다. 아이는 손에 막대사탕 대신 오늘은 과자봉지를 들고 있다. 가게 집 아들의 한 손은 민지의 치마 안에 있는 듯 보인다. 이보다 더 확실한 증거가 또 있을까.

은수는 저도 모르게 분개해서 주먹에 힘이 고인다. 마침내 총알처럼 가게 안으로 튕겨 들어간 은수와 맞닥뜨리자, 청년은 갑작스러운 타인의 등장에 소스라치게 놀라 아이의 치마 속에 들어가 있던 제 손을 황급히 뺀다.

"저… 저… 그게 아니고…"

당황한 빛이 역력한 그는 어쩔 줄 몰라 말을 더듬는다.

"이런, 후레자식, 어디서 배워먹은 개수작이야. 어린 아이한테 이게 뭐하는 짓이야. 너 내가 오늘은 가만 안 놔둬."

그녀는 민지의 팔을 막무가내로 잡아끌고 밖으로 나온다. 영문도 모르는 채 끌려 나온 아이는 까치눈처럼 둥글고 까만 눈으로 은수를 멀뚱멀뚱 쳐다보며 트렁크처럼 끌려온다. 은수는 민지를 인적이 뜸한 큰길 담벼락 밑에 몰아세운다. 홧김에 은수의 손바닥은 허공을 가르고 아이의 뺨에 정확히 착지하면서 철썩, 소리를 낸다. 금세 뽀얀 볼이 빨갛게 부풀어 오른다.

"민지, 너 언니가 왜 때렸는지 한 번 생각해봐."

아이는 눈물이 그렁그렁 맺힌 두 눈만 동그랗게 뜨고 깜빡일 뿐, 아무 말도 하지 않는다.

"아까 가게 오빠가 민지 몸 만졌지? 그거 아주 나쁜 짓이야. 너 감기 걸리면 머리도 아프고 배도 아프고 그렇지? 나쁜 오빠가 니 몸을 만지면 나쁜 병균이 민지 몸속에 들어가서 막 아프게 돼. 죽을 때까지 그 나쁜 세균들은 민지 몸속에서 살 거야. 병원에 가도 소용없어. 무섭지? 감기 걸렸을 때보다 훨씬 많이, 오래 아플 텐데 그래도 나쁜 오빠한테 과자나 사탕 얻어먹는 게 더 좋아?"

은수는 민지의 손을 꼬옥 쥔 채, 아이와 눈높이를 맞춰 또박또박한 말투로 꾸짖는다.

"아까 그 나쁜 오빠가 네 몸을 만지려고 하면 안 된다고 막 울고 소리쳐. 알았어? 그래야 나중에 민지가 백설공주처럼 예쁜 공주님이 되는 거야. 나쁜 오빠가 그런 나쁜 짓하면 세균들이 몸속에 들어가 민지 얼굴을 못생기게 만들어서 예쁘고 착한 공주님도 못 되고, 멋지고 훌륭한 사람도 못 돼. 멋진 왕자님도 못 만나고. 너 언니 말 무슨 말인지 알아? 혹시 그 나쁜 오빠가 너 귀찮게 굴면

할아버지한테 꼭 말해야 한다. 지금부터 그 가게에는 절대로 가지 마. 아주 나쁜 가게야. 민지는 착한 아이지. 절대 안 가기로 언니랑 약속하자. 약속."

은수는 그렇게 입안에서만 수백 번, 수천 번 곱씹었던 말을 한 꺼번에 와락 토해내니 가슴속이 텅 빈 것처럼 후련해진다. 민지는 양처럼 순해져서 말없이 앙증맞은 새끼손가락을 내민다. 은수는 그 작은 손가락에 제 손가락을 걸고서 엄지까지 뻗쳐 도장 찍는 시늉까지 해 보인다.

"자, 민지 너 언니랑 약속했다. 도장까지 찍었어. 언니랑 약속한 거 절대로 잊어먹으면 안 돼. 열 밤 자고 와서 언니가 확인해볼 거야."

은수는 민지를 가슴 깊숙이 안고 토실토실한 엉덩이를 가볍게 토닥인다. 딸 지혜의 냄새가 나는 듯 해 다시 눈시울이 뜨거워진 다. 단 한 번만이라도 지혜한테 이렇게 다정하게 굴었다면 아이는 떠나지 않았을까? 내 곁에 그대로 있어 주었을까?

그녀는 민지를 할아버지한테 데려다 주고 제가 본 자초지종을 이야기한다. 이제 민지는 그 가게에 가지는 않을 것이다.

은수는 다시 트렁크를 끌며 버스 정류장으로 힘없이 걸어간다. 때마침 터미널로 향하는 버스가 서 있다. 은수는 버스에 올라 맨 뒷좌석에 몸을 깊숙이 파묻는다.

버스가 출발하자, 은수는 가만히 눈을 감는다. 지난 9년 동안의 시간이 갈기갈기 찢긴 휴지조각처럼 너덜너덜 흩날린다. 9년! 그렇다. 딱 9년 만이다. 새파랗게 젊은 9년인데 그 모든 게 마치 오늘 아침에 있었던 일처럼 생생하다. 마치 세월이, 시간이 제 앞에서 시치미를 뚝 잡아떼는 것만 같다.

엄마. 아, 우리 엄마는 어떻게 살고 있을까. 내가 없는 그 시간 동안 얼마나 많이 늙고 초라해져 있을까. 아니, 절대 어미처럼은 살지 말라던 엄마가 이 못난 딸을 보면 뭐라 할까. 술 팔고, 몸 파는 엄마가 싫어 그 어린 나이에 집을 뛰쳐나갔던 딸이 다시 그 어미의 모진 삶을 윤회해서 살았다고 하면 엄마는 어떤 얼굴로 나를 바라볼까. 엄마와 똑같이 사는 게 최고 복수라 믿었던 나를 보며 얼마나 가슴이 아팠을까.

지난 9년 동안 단 한 번도 생각나지 않았던, 그 옛날 선술집을 떠나올 때 바지 주머니 깊숙이 들어 있었던 돈뭉치가 문득 기억의 수면 위로 떠오른다. 촌스런 피분홍색 꽃무늬 손수건에 둥글게 말려있던 돈뭉치. 한 10만 원쯤 됐을까. 그 돈은 저도 모르는 돈이었다. 아마도 엄마가 그 바닷가에서 벗어나고자 발버둥을 쳤던 딸의 의중을 눈치채고 넣어주었던 돈이 아니었을까, 그저 추측만 할 뿐이다.

그러나 아직 젊은 피로 팔팔 끓던 은수는 그 돈마저도 술 팔고 몸 팔아 번 돈이라는 이유로 불결하다며 거리의 앉은뱅이 동냥 바구니에 탈탈 털어주었다.

그때 엄마는 내가 머지않아 곧 당신 곁을 떠날 것이라는 것을 정말로 짐작하고 있었을까? 그렇다면 왜 나를 붙잡지 않았을까?

내가 지혜한테 그랬던 것처럼, 나한테 참 매정했던, 무뚝뚝하고 차가운 엄마여서 그때는 참 원망스럽고 세상에서 가장 미운 사람이었던 우리 엄마.

은수는 다시 가슴이 먹먹해진다.

터미널에 도착하자, 어느새 날이 저물어 어둑어둑하다. 오늘은 날씨가 별로 좋지 않아 달을 보지 못할 줄 알았는데 용케도 달이 까만 하늘에 박혀 있다. 그것도 만월이다. 마치 까만 융단에 노란 빛을 내며 반짝 박혀 있는 탐스런 호박 같다. 11월이라는 계절이 주는 스산함에도 불구하고 달은 제법 풍성하다. 모난 데가 한군데도 없이 풍성해서 전혀 부족함이 없을 것 같다. 은수는 터미널 광장에 서서 그 달을 오래도록 바라본다. 저 달처럼 혼자 떠 있을 수 있는, 혼자 떠 있어도 결코 외롭거나 춥지 않은 인생은, 혼자서도 능히 넘칠 수 있는 인생은 얼마나 행복할까. 적어도 저렇게 무르익은 행복에는 불행의 그림자가 드리울 틈조차 없을 것 같다. 은수는 그 행복한 만월을 아주 오래도록 바라본다.

유랑의 도시

거미 한 마리가 아침부터 텅 빈 허공에 부지런히 동심원을 작도해 놓고 사지를 잔뜩 웅크리고 그 중심에 점을 찍고 있다. 녀석은 허공에서 절대 떨어지지 않겠다는 굳은 집념인 듯 사지를 발끈 웅크린 채 발톱으로 거미줄을 억세게 움켜쥐고 있다. 불쌍한 녀석, 맛 좋은 먹이를 찾아 햇빛 한 점 들지 않는 이 습기 찬 지하방에까지 기어들었구나.

동복의 시선은 거미를 향해 좁다랗게 모아진다. 이 지하 쪽방에는 햇빛이 조금도 들지 않는다. 동복이 이곳에 처음 발을 들여놓았을 때에도 그랬고, 삼 개월이 지난 지금도 마찬가지이다. 아마 이 방이 존재하는 한 앞으로도 줄곧 그럴 것이다. 지하 창고를 대충 개조해 만든 탓에, 따스한 한줄기 빛마저 통과시킬 만한 작은 창조차 이 방은 갖고 있지 못하다. 이 싸늘한 무덤 같은 방.

"이것들 다 어디 갔어. 기생충 같은 것들 주제에 농땡이를 쳐?"

저주 섞인 목소리에 화들짝 놀란 동복은 황급히 자리에서 일어선다. 이어 계단을 급히 뛰어내려 오는 굵직한 발소리가 귓전에 점점 가까워지더니 마침내 문짝이 금세 떨어져 나가기라도 할 듯 순식간에 덜컹 열린다.

"여기서 뭣들 하고 있어? 가게 문 열 시간이라서 할 일이 태산 인데."

역시 예상대로 오 주방장이었다. 그의 서슬 퍼런 칼날과 같은 엄포에 동복은 잽싸게 몸을 움직여 방 안을 빠져나간다. 오 주방 장은 동복을 여전히 못 마땅하게 노려보다가 시선을 거둬들인다. 그의 싸늘한 눈빛에 몸속을 흐르던 따뜻한 피가 급속히 냉각되는 것만 같다.

"오이 씻어서 가늘게 채 썰어 놓고 양파도 곱게 다져 놔. 빨리빨 리."

혼잡한 주방 안은 서서히 열기로 뜨겁게 달구어진다. 고급 접시 들이 서로 맞부딪치며 내는 청아한 음색, 싱크대에서 쉴 새 없이 떨어지는 물소리, 주방보조들의 수런대는 잡담소리.

그들의 잰 손놀림 속에서 음식들은 저마다 독특한 향기를 풍기 며 만들어지고 있다.

쟈니는 저만치 떨어져 한쪽 구석에 쭈그리고 앉아, 산처럼 쌓인 마늘 한 바구니를 끌어안고 곱게 다지며 연신 눈물을 닦아내고 있다. 마늘과 양파를 까며 눈물을 흘리는 것은 그녀가 처음 이곳 에 발을 들여놓았던 두 달 전이나 지금이나 여전하다. 순간, 동복 은 안쓰럽기도 하고 웃기기도 해서 웃음을 씩, 흘린다.

"여태 그것밖에 못 했어? 우리 집 음식은 다진 마늘이 절대 부족하면 안 된다. 게으름 피우지 말고 부지런히 얼른얼른 해라. 어떻게 된 게 깐 마늘도 제대로 못 다지냐, 너는."

오 주방장이 쟈니의 뒤통수를 손가락으로 꾹꾹 찌르며, 퉁명스럽게 핀잔한다. 갑자기 동복은 제 가슴이 먹먹해진다. 그 어떤 것으로도 형언할 수 없는 먹먹함이다. 쟈니를 보면 동복은 괜스레 육 개월 전 가구공장에서 일하던 아픈 시절이 선연히 되살아나곤 한다. 그 시절을 어떻게 말해야 할까. 서러웠다고? 아니면 비참했다고?

불현듯 기억의 편린들이 주마등처럼 떠올라 동복의 머릿속을 마구 휘젓고 달아난다. 그곳은 가구공장이라고 해봐야 소규모 가내수공업정도에 지나지 않았다. 직원은 예닐곱 남짓 했는데 한국인이 서너 명 정도였고 나머지는 모두 동복과 같이 외국국적을 가진 사람들이었다. 네팔에서 온 칸과 동복, 그리고 같은 중국교포인 리화 이렇게 세 사람이었다.

칸은 네팔에서 국립대학을 다니다가 학비도 넉넉히 벌고 기술도 배워갈 겸 겸사겸사 한국에 왔다고 했다. 그 역시 코리언드림의 부푼 꿈을 가슴 가득 품고 그렇게 고국을 홀홀히 떠나왔던 것이다. 남과 북이 갈라져 지구본에서 찾아보면 새끼손가락의 한 마디보다도 더 작은 땅 코리언은 언제부터인가 외국인들의 머릿속에서 부자나라, 잘사는 나라로 자리 잡아갔다. 미국이나 일본만큼 잘사는 나라로. 그래서 그들도 꿈을 좇아 허위허위 이곳까지 왔던 것이다.

칸은 의자며 책상 따위를 만드는 목수 일을 했다. 그는 사슴처럼 크고 슬픈 눈을 갖고 있었다. 조금이라도 건들기만 하면 투명한 눈물방울이 텀벙 떨어질 것 같은 그 눈.

한국인 동료들은 그 눈이 맹해 보인다고 저희들끼리 쑥덕거렸고, 삐쩍 마른 체구도 약해빠져 도무지 마음에 드는 구석이 없다며 내내 비아냥거렸다.

"야, 니네 나란 일자리도 없냐? 공장도 없어?"

"하여튼 저런 놈들 때매 우리는 월급 올려 달란 소리도 제대로 못 하고 죽은 듯이 살아야 한다니까."

그들을 향한 한국인 동료들의 불평과 조소는 하루도 끊이질 않았다. 마치 코리언의 일자리를 이주노동자들에게 모두 빼앗기기라도 한 것처럼.

그러나 칸은 차가운 그들의 시선 따위는 신경도 쓰지 않고, 침묵을 지킨 채 제 맡은 일을 성실히 할 따름이었다. 그래서 사장은 그를 나름 인정하는 것 같았다. 그러면 그럴수록 그들은 독기 오른 뱀처럼 얄궂게 굴었다.

어쩌다가 회식자리라도 마련되는 날이면 칸에게는 어떻게든 버텨내야 하는 순간의 연속이었다. 어느 날이었던가. 마침 그날 저녁에도 회식이 있었다. 일을 마치고 모두들 근처 단골집인 소곱창 요리집으로 갔다. 물론 물과 기름처럼 거친 그들과 절대 섞일 수 없었던 동복을 비롯해 리화도, 칸도 팀웍의 향상 차원에서 사장의 권유에 의해 어쩔 수 없이 합석했다. 소곱창 요리가 푸짐하게 두 접시 날라져 왔고, 한국인들에게 가장 사랑받는 술이라는 타이틀을 겨루며 쥔 소주도 물론 빠질 리 없었다.

"야, 한 번 먹어 봐. 이거 진짜 죽여준다."

소주를 연거푸 두 잔이나 들이킨 한 한국인 동료가 장난기 가득한 얼굴로 흐물흐물 웃으며 칸에게 소 곱창 한 점을 들고 대뜸 덤벼들었다.

"난⋯ 못 묵⋯어. 안⋯ 돼요. 안⋯ 돼."

칸은 움찔 놀라며 아직 서툰 한국말로 완강히 거부했다.

"너네들은 참 이상한 나라더라. 세상에 태어나서 이렇게 맛있는 걸 한 번 먹어보고 죽어야지 않겠냐? 안 그러냐?"

술기운이 달아올랐는지, 아니면 막 발동이 걸린 장난기에 온몸이 간지러웠는지 그는 자꾸만 칸을 집요하게 지분거렸다. 다른 동료들은 그저 멀뚱히 바라보며 간혹 가느다란 실소를 터뜨릴 뿐이었다.

"묵으면 우리⋯ 마마한테⋯ 혼⋯ 나요."

"이 자식, 이거, 알고 보니 순 마마보이였잖아. 하하."

칸의 어눌한 대답에 그들은 모두 부른 배를 움켜쥐고 박장대소했다.

공기 정화가 되지 않는 허름한 식당 안에는 매캐한 연기가 후텁지근한 공기, 그리고 비릿한 고기냄새와 함께 부유하고 있었다. 슬퍼 보이는 칸의 눈동자는 어디 한가운데 머무르지 못 하고 자꾸만 불안하게 허공을 휘적거렸다.

"로마에 가면 로마법을 따라야 하는 법이여. 니 이거 안 먹으믄 내일부터 일 못한다."

그는 다시 소주 한 컵을 날름 삼키고서, 칸을 향한 집착의 고삐를 늦추지 않았다. 그것은 어쩌면 팔딱팔딱 더 세차게 반항하는 물고기를 한 번 더 건드려보고 싶은 잠재된 잔학성에서 연유된 것일 것이다. 칸은 그 황당한 장난에 반항이라도 하듯 젓가락에 소곱창이 아슬아슬하게 걸쳐 허공에 떠 있는 그의 손을 확 밀쳐냈다.

"고마해… 안 돼."

순간, 동복의 가슴에서 먹물 같은 캄캄함이 순식간에 번져나갔다. 마치 온몸으로 질펀한 기름이 아주 천천히 흘러가는 듯했다. 그만들 하라고 소리를 치고 싶었지만, 그녀 자신도 이방인이라서 그저 무력하게 그 어이없는 상황을 바라보고 있을 수밖에 없었다. 미국이나 유럽에서 온 바이어들한테는 과잉친절을 베풀면서도, 유독 이주노동자들한테만큼은 일관되고도 굳세게 싸늘한 그들의 꼬락서니가 고까워 배고픔이 저절로 달아날 지경이었다. 그 무엇보다 자신의 곧은 신념이 다른 외부의 힘에 의해 무시당하고 모욕당할 때 자신에 대한 그 어떤 굴욕감보다도 더 인내하기가 힘들리라. 물론 단일민족으로 오래 살아왔던 사람들의 이방인에 대한 이질감과 두려움을 이해하지 못하는 건 아니었다.

"어허, 이 새끼 좀 봐. 그동안 많이 컸네. 근데 이게 누굴 뭘로 보고. 니가 대학물 쪼간 먹었으믄 다냐. 어차피 너나 나나 나무대기 깎으며 빌어먹는 똑같은 인생이여. 대학물까정 먹은 잘난 놈이 뭐가 아쉬워서 남의 나라까정 굴러 와서 사람 약 올려? 왜 굴러 온 돌이 박힌 돌 뺀다고 우리네 밥줄을 위협하냔 말이여. 그래 이 개자식 오늘 잘 만났다…"

그의 눈빛은 증오와 멸시로 이글이글 타올랐다. 이윽고 무섭게 돌진하면서 강제로 칸의 입을 벌리고 소곱창 한 점을 막무가내로 집어넣었다. 그리고는 통쾌감으로 얼룩진 달착지근한 미소를 얼굴 가득 흘리며 자리에 앉았다. 여기저기서 박수소리가 터져 나왔다.

돌연 동복은 비참한 기분으로 등이 휘어지는 기분이었다.

"그만들 해. 회식 자리가 아주 난장판이 됐네."

외국 바이어와 미팅 약속이 있다며 뒤늦게야 자리에 합석한 사장이 오자마자 소리를 꽥, 질렀다.

저렇게 형편없이 독선과 아집으로 일그러진 모습이 한국인의 진짜 모습이라면 난 차라리 한국 사람 되기를 거부하겠어. 그래. 내 국적은 중화인민공화국. 난 엄연히 중국 사람이야. 내 조부모와 부모만 이 땅의 피를 이어받았을 뿐, 난 이 사람들과는 아무런 상관이 없는 타국인인거야.

동복은 제 가슴속에 내심 그렇게 바리케이드를 치고 또 쳤다. 얼마 가지도 못해 거센 파도를 만난 모래성처럼 또다시 우르르 허물어져버릴 허망한 바리케이드를.

칸은 제 입속에 든 걸 뱉고서, 곧 밖으로 뛰쳐나가 버렸다. 그리고 그날 밤에는 다시 숙소로 돌아오지 않았다.

그날 밤에는 비가 내렸다. 여름을 재촉하는 비였다. 밤이면 늘 그렇듯 그날 밤도 동복은 허리와 어깨의 심한 통증으로 잠조차 편히 이룰 수 없었다.

하루 열 시간씩 노동을 했는데 완성된 제품을 사포로 문질러 다듬고 그 위에 다시 니스와 페인트까지 입히는 것이 동복과 리화의 일이었다. 하지만 명목상 정해진 근무시간이 열 시간이었지, 사실은 그보다 훨씬 더 많은 시간을 고된 작업에 참여해야 하는 형편이었다. 스물둘이라는 나이가 이해하고 받아들이기엔 너무 고단한 하루하루였다. 야근을 밥 먹듯이 해야 했고 허리를 펼 새도 없이 작업하다가 보면 끼니를 놓쳐버린 때도 한두 번이 아니었다.

동복이 지린성의 어느 작은 시골마을에서 꿈꾸었던 제 뿌리가 담긴 조부모의 조국은 결코 이런 곳이 아니었다. 꼭 다시 돌아가고 싶은 나의 조국, 다정하고 예의바른 사람들이 사는 따뜻한 곳이라고 독립운동을 하신 할아버지는 어린 동복을 무릎에 앉히고는 그리움에 젖어 내내 얘기해주셨다. 그래서 어느 순간부터 한국은 동복에게도 그런 곳이 되었다. 평화롭고 아름다운 곳. 할아버지처럼 친절하고 따뜻한 사람들이 사는 곳.

그래서 미화 이천 달러라는 거금까지 들여 이 기회의 땅에 발을 붙여보고자 간절히 소망했지만 지금 자신에게 남겨진 것은 정녕 실망과 회의뿐이란 말인가. 별안간 동복은 눈에 보이는 것들이 모두 일그러져 보였다. 그날 이후 닷새가 지나도록 칸의 모습은 그 어디에서도 보이질 않았다.

그러던 어느 일요일이었다. 그날도 역시 가구 주문이 많이 밀려 있어서 어쩔 수 없이 쉬지 않고 작업을 해야 하는 형편이었다. 아침부터 여기저기서 날카로운 기계톱질 소리와 둔탁한 망치질 소리가 귀에 이명 소리로 남을 만큼 시끄럽게 고막을 자극했다.

"이제 내 패스포트… 줘요. 밀린 월급도 모두… 주구요."

칸을 닮은 그림자가 거기 있었다. 밋밋하게 큰 키에 날랜 백정이 달라붙어도 살 한 점 떼 낼 수조차 없을 것 같은 깡마른 몸집의 칸. 칸이 돌아왔구나!

동복은 내심 그가 반가웠다.

"자, 자. 칸아, 진정하고. 앞으로는 애들이 너한테 장난 못 치게 내가 잘 말할게. 걱정 말고. 응. 응."

칸은 사장과 실랑이 중이었다.

"싫어요. 여기서 나… 일 못하겠어요. 고만할래요."

"허허. 좋은 말이 안 통하네. 여기가 뭐 네 맘대로 들어오고 나가고 하는 덴 줄 알어? 그리고 누구는 월급주기 싫어서 안 준대? 형편이 안 되니 고향 갈 때나 한꺼번에 계산해서 준댔잖아. 그리고 일주일간이나 무단이탈해놓고 무슨 얼어 죽을 놈의 월급타령이야. 일하기 싫음 관둬. 관두면 되잖아."

사장은 그에게 다짜고짜 삿대질까지 해가며 악의에 꽉 찬 어조로 독설을 퍼부어대고 있었다.

"이 닭대가리 놈아! 내 눈앞에서 당장 꺼져. 얌전하게 일하는 애들 괜히 선동하지 말고."

"내 패스포트 달라고요."

칸은 크고 슬퍼서 어쩐지 공허해 보이기까지 한 두 눈을 치뜨고 사장을 똑바로 노려봤다.

"아니 근데 이 망할 개새끼가 어디서… 야 임마, 너 불체자라 경찰에 전화 한 통화면 강제출국 당해. 그거 알아, 몰라. 이 닭대가리 같은 새끼. 여기에 더 있고 싶으면 잔말 말고 얌전히 굴어. 잘해 줬더니 어디서."

사장은 가시 돋친 폭언을 내뱉었고 그것으로도 성에 안차는지 구둣발로 칸의 정강이 부근을 사정없이 걷어찼다. 이윽고 칸은 시멘트 바닥에 무참히 널브러졌다. 주위의 시선이 모두 그에게 꽂혔고, 누군가가 킥킥 웃었다. 순간, 칸의 불끈 쥔 주먹에 고이는 분노의 힘이 멀리서도 가슴으로 느껴졌다. 바로 그때였다. 칸의 주먹이 누군가의 턱에 순식간에 날아가 정확하게 박힌 것은.

"아니 이 개자식이…"

삽시간에 작업실 안은 아수라장이 되었고 걷잡을 수 없이 일은 번져갔다.

동복은 그저 어리벙벙하게 한쪽 구석으로 피해 암담한 절망을 잘근잘근 깨물었다. 그 암담함이 마치 더러운 점액질처럼 가슴을 끈끈하게 채웠다.

한참만에야 싸움은 멎었고 칸은 얼굴이 온통 피투성이가 된 채 바닥에 죽은 짐승처럼 쓰러져 있었다. 그리고 그의 어디에선가 말 울음소리 같은 처절한 흐느낌이 애처롭게 동복의 귀에 통증처럼 떠돌았다. 칸을 떠올리면, 언제나 가슴 한편이 싸, 하게 비어지는 듯한 안타까움이 내내 동복의 마음 한 가운데에 자리했다. 그날 이후, 영영 칸을 보지 못 했다.

"어디에다 한눈을 팔고 있는 거야? 양파 다진 것 어쨌어?"

날카로운 목소리에 놀라 동복은 놓아버리고 있던 넋을 다시 불러들이듯 후닥닥 정신을 차린다.

"네…?"

"양파 다진 것 어딨냐고. 어휴, 갑갑해 죽겠네."

부주방장은 미간을 잔뜩 좁히며 신경질이 다분히 섞인 목소리를 낸다.

점심시간이 가까워지자 식당 안으로 말쑥하게 차려 입은 젊은 직장인들이 하나 둘씩 무리를 지어 들어온다. 시내 번화가, 그것도 대기업 빌딩들이 밀집해 있는 노른자 자리에 자리 잡고 있는 고급 식당이라 식사시간이 되면 언제나 사람들로 북적거렸다.

"한박 하나, 안스 둘."

"햄센 셋."

주방 안은 더더욱 바삐 움직인다. 마치 공장에서 공산품을 정확하게 찍어내는 기계 부속품들 같다.

불현듯 동복은 그 풍경 속에서 부르주아의 매스꺼운 비린내가 진동하는 것 같다. 겉으로는 짐짓 예의를 갖춘 듯 보이는, 하지만 돈 앞에는 개미보다도 나약한 저 사람들의 어디엔가 숨어 있을 두꺼운 속물근성을 갈기갈기, 아주 낱낱이 파헤치고 싶다.

간혹 그중에는 남자든 여자든 최고 인텔리처럼 맵시 좋게 치장했지만, 여전히 똑바로 보기엔 왠지 거부감을 느끼는 자신의 부인을 그럴싸하게 앞에 앉혀 두고서 아직 순수하고 생기발랄한 젊은 애인을 떠올리는 듯한 무료하고 떨떠름한 얼굴의 중년사내들도 있었다.

또 그중에는 아침 출근길에 눈이 시퍼렇게 멍든 채 울먹거리던 초라한 아내를 집에다 내팽개치고 나와 이십대 미모의 직장 후배와 하하호호 하고 있을 성싶은 번지르르하게 기름기가 좔좔 흐르는 사내들도 있을 것이었다.

동복이 보고 느끼기에는 그들의 얼굴은 가면 같다. 감정도, 이성도, 그 어떤 삶의 개념도 모두 빠져나가 버린 허망한 빈껍데기뿐인 저 얼굴들. 저들이 진정 중요하게 생각하고 진정 지키고 싶은 것은 뭘까? 사랑? 돈? 가정? 평화? 성공? …

동복은 갑자기 두꺼운 비닐을 겹겹이 뒤집어 쓴 것처럼 답답하다. 문득 주방에 단 하나뿐인 작은 창문 너머로 언뜻 보이는, 파란색 보자기 같은 하늘이 숨 막히게 아름답다. 사뭇 행복한 공주의 아름다운 드레스라도 지었으면 좋을 성싶은 비단 같은 하늘이다. 그 하늘만큼은 그녀의 고향 하늘과 너무도 많이 닮아 있었다. 순간, 그리움이 가슴속에 가득 고여 출렁인다. 떠나올 때, 가지 말라며 그토록 가슴 아파했던 늙으신 어머니와 아버지는 모두 안녕하신지, 한국에 와 여태껏 첫 달 월급밖에 송금하지 못 했는데 혹시 빚쟁이들이 잔뜩 몰려와서 난동이나 부리지 않았는지 그저 모든 게 궁금하고도 죄송할 따름이었다. 그리고 순태 씨는? 아, 순간, 가슴이 철렁 내려앉는다. 고향을 그리움 속에 간절히 떠올릴 때마다 그 안에서 더욱 더 큰 간절함으로 다가서서 끝내는 뜨거운 눈물로 젖어버리게 하고 마는 아련한 그 모습, 아련한 그 이름.

동복은 머릿속에 담긴 모든 생각들을 떨쳐내기라도 하듯 그만 고개를 절레절레 흔든다.

"언니! 배… 안 고파요?"

어느 틈에 왔는지 쟈니가 곁에 와 서 있다. 동복처럼 한국어가 입에 붙지 않은, 쟈니의 말투는 마치 삭은 고무줄처럼 툭툭 끊어지곤 한다.

"배고프면 아주머니들 보고 밥 좀 달래서 먹어. 언제 끝날지도 모르니까."

하지만 쟈니는 손까지 휘저으며 노골적으로 난색을 드러낸다.

"또 매니저… 아저… 씨한테… 혼나요… 밥알 묻은… 손가락으로 반찬… 집어 먹는다고."

쟈니는 아직 젓가락질이 익숙지 못해 식사 때마다 손이나 포크를 사용했다. 동복은 쟈니를 향해 씩, 웃는다.

"거기 두 사람, 하던 일 끝났으면 이리 와서 불판 좀 닦아. 깨끗이 싹싹."

한 아주머니가 동복과 쟈니 쪽을 향해 소리친다.

일은 해도 해도 끝이 보이질 않는다. 마치 무엇이든 보이는 대로 머릿속에 야금야금 집어삼키는 허기같이 밀려드는 고향에 대한 그리움처럼.

"하핫! 내 이럴 줄 알았어. 이 망할."

순식간에 오 주방장은 사나운 맹수처럼 달려들어 쟈니의 발목을 걸어찬다.

"네가 간 마늘에서 머리카락이 두 개나 나왔단 말야. 마늘을 갈으라 했더니 지 머리카락까지 갈았어. 내가 꼼꼼히 살펴보지 않고 그냥 음식에 곧바로 넣었으면 어떻게 됐겠어? 대량 환불 사태 일어나고, 인터넷 블로그 게시판에 머리카락을 서비스하는 음식점으로 소개돼야 시원하겠냐. 응? 이런 것들하고 무슨 일을 해? 내가 미치지."

그는 파르르 진저리를 치며 독설을 짓씹듯 뱉어낸다.

"너 이리 와 봐. 이거 안 보여? 너 눈 뜬 봉사냐? 요것 니 머리카락 맞지? 이거 안 보이냐고. 며칠 전에도 손님이 불결해서 식사 못 드시겠다고 나갔다는데 다 이유가 있었군? 우리 식당 식사비 2인 정식 기준 최하가 5만 원이다, 그거 아냐? 중처럼 머리를 빡빡 밀고 오든지, 머리를 단정히 묶고 아줌마들처럼 모자를 쓰든지 머리카락 한 올까지 아예 안 보이게 꽁꽁 싸매고 일을 하란 말야."

아닌 게 아니라 그가 엄지와 검지 사이에 든 것은 불행하게도 쟈니의 머리카락처럼 길고 까만 것이었다. 그녀의 초췌한 낯빛이 더욱 더 빳빳하게 굳어간다. 주방장은 일부러 그녀를 확 밀치고 지나간다. 그 바람에 그녀는 순간적으로 몸의 균형을 잃어 바닥에 넘어지고 만다.

동복은 순간 가슴에 암울한 감정이 먹물처럼 번져 그만 두 눈을 질끈 내리감는다. 미세한 슬픔과 우울의 층이 번갈아 쌓이고 이어 그것들이 다시 정수리로 흥건히 고이는 것 같다.

"안 다쳤어?"

동복은 쟈니를 일으켜 세운다. 그녀의 눈빛에서 덫에 걸린 어린 짐승의 눈빛을 보는 것 같다. 그 눈빛에는 두려움과 부끄럼이 응어리져 있음을 동복은 감지한다.

"왜 다들 멍청히 쳐다보고 있는 거야? 일들 해. 매니저님이 눈치주고 가는 것 안 보여? 일들 해 일들."

누구에게랄 것도 없이 주방장은 금속성 소리를 내며 독기 오른 고함을 내지른다. 제자리로 돌아가는 아주머니들의 따가운 시선이 쟈니를 자꾸만 힐끗거린다.

그러는 사이 시간은 지나 창가로 주황빛 황혼이 장중하게 스러져 갔고, 길에는 어느덧 어둠의 뭉텅이들만이 제멋대로 굴러다니고 있다. 홀 안 통유리창 너머로 보이는 도심의 휘황찬란한 밤거리는 마치 절지동물의 너덜거리는 다리 같다.

현자들은 고통 속의 삶도 결국 자기 삶이므로 이해해야 한다고 쉽게 말하지만 어쩌면 삶은 이해하는 것이 아닌지도 모른다. 이해하고 싶고 제 숙명을 있는 그대로 받아들여야 마땅하지만, 아니 때때로는 어른스럽게 모든 것을 이해하고 받아들였다고 생각하지만 그것은 삶을 이해한 게 아니다. 이해하지 못해도, 받아들이지 못했어도 어차피 삶은 그냥 하루하루 살아가야 하는 지겨운 의무와 책임 같은 것일지도, 그렇기 때문에 그에 따르는 고통이나 좌절이 익숙해질 때마다 한 번씩 건드려 넘어뜨려도 별 수 없는 일인지도 모른다. 아픔과 고통에 길들여질 때까지 아프면 아픈 대로 슬프면 슬픈 대로 그냥 살면서 버티는 것이다.

자정이 되어서야 하루의 모든 일과를 마치고 나면 언제나처럼 뒷목과 어깨, 다리 할 것 없이 삭신이 쑤시고 결리는 통증이 피로와 함께 동복을 그대로 삼켜버린다. 처음 한국에 와서는 그 통증을 도저히 감당할 수 없어서 매일 밤 약국에서 파스를 사다가 붙이며 숨죽여 울먹거리기도 했다.

하지만 이 년이 지난 지금, 그 지독한 통증은 그나마 동복에게 작은 위안이 되어 주는 것이다. 지나친 패러독스 같지만, 자신이 하루하루 열심히 최선을 다해 살면서 아직 이 세상에 살아 있다는 걸 느낄 수 있는 유일한, 가장 확실한 증명이라고나 할까.

지하의 방 안에 들어서자, 어둠과 습기가 눅진하게 깔려 있다. 불빛이라고는 촉수 낮은 백열전구 한 개가 고작이다. 이 방에 들어서면 어쩐지 음습하고도 퀴퀴한 좌절의 냄새가 풍긴다. 뿐만 아니라, 이 세상의 모든 소리와 모든 문명과 아주 멀리 동떨어져 있는 것 같은 느낌을 쉬 지워버릴 수가 없다. 단절! 그렇다. 이 방은 너무도 완벽하게 세상의 모든 것과 단절의 높다란 벽을 쌓고 있었다. 지독히 철저하게 단절된, 밀폐된 공간으로 영원히 남고 싶은 듯이. 그렇기 때문에 이 방을 지나쳐 간 젊은이들은 좌절과 절망의 화석을 가슴 깊이 끌어안고 사는지도 모른다.

"괜찮아?"

잠자리에 들 준비를 하고 있는 쟈니를 향해 동복은 나지막하게 묻는다.

하지만 쟈니는 그저 고개만을 끄덕여 보일 뿐, 더 이상 아무 말도 하지 않는다. 그녀의 얼굴에 더욱 깊이 아로새겨진 피로와 외로움이 헐거운 가슴을 날카롭게 할퀴고 지나간다.

"불 끄자. 잘 자."

마침내 불이 꺼지자, 세상이 온통 어둠 속에 놓인 것 같다. 깊이 심호흡을 하자 눅진한 어둠 한 덩어리가 몸 안 깊숙이 차갑게 스며든다.

"언니… 자요?"

얼마 지나지 않아, 쟈니가 두터운 침묵을 깨고 입을 연다.

"아니."

"갑자기 마마랑 브라더가 보고… 싶어, 생각나 못… 참겠어."

"어머니랑 동생은 다 필리핀 고향에 계셔?"

"아아니. 마마… 재팬에, 브라더 싱가포르에 있어… 우리 가족… 콩같이 흩어져 월드난민이 됐어. 울 파파… 죽고, 파파가 마니 아파서… 빚이 많아. 조금 있다가… 만날 거야… 한 사람이 사천 달러씩만 모으면… 다시 집으로… 돌아와 기다려… 집 떠날 때 손가락 이렇게 걸구… 약속했어."

순간, 동복은 쟈니의 말 한마디 한마디가 제 가슴팍을 꽉 움켜쥐는 듯하다. 문득 가슴이 후두둑 떨려 온다.

"쟈니는 그럼 사천 달러 다 모은 거야?"

동복의 질문에 쟈니는 잠깐 한숨을 쉬며 소리 내어 웃고는, 아직은 서툴지만 뜸직하게 말을 이어간다.

"아아니, 그동안… 월급만 제대로 받았… 더라면 벌써 작년에… 돌아갔을 거야… 마마랑 브라더가… 집에서 날 기다리고… 있을지도 모르겠어. 며칠 전에도, 어제도 꿈에 마마가 보여… 나보고 여태 안 오고 거기서 뭐하고… 있느냐고 막 뭐라 해… 셋이 만나면… 돈으로 빚도 갚고… 예쁜 집도 사고, 우리 브라더 장가도 보내줄래… 식당도 할 거야. 우리는 해피해질 거야… 이곳에 오는 사람들같이 우리도… 많이 웃으며 맛있는 것도 먹고 해피하게 돈 많게 살 거야…"

"응. 꼭 그렇게 될 거야. 그렇게 너도 나도 집으로 돌아가 해피해질 거야."

"응. 언니… 나도 여기 오느라… 빚이 많아… 일자리 많은 코리아에 와 돈도 벌고 기술… 좀 배우려구… 산업연수생?… 오기 전에 신청했어. 어떤… 사람이 코리안 잡 소개해… 준다 했어… 이천 달러 돈 줬어… 빚 얻었는데 나쁜 코리안 사람이 그 돈 몽땅… 가지고 튀었어… 도둑놈! …코리아 구경할 거라 거짓말했어… 패스포드해서… 배타고 와서… 막 뛰어서 도망갔지… 마닐라 한국어학당서… 코리아 말을 배웠어… 잘 모르겠어. 어려워. 많이 힘들었어."

동복은 쟈니의 어두운 한숨 소리를 듣는다. 깊고, 무거운. 그래서 가슴 한편이 푹 꺼질 듯한 침울한 한숨 소리를.

쟈니의 목소리도 어둡고 축축하다. 울먹이는 것 같기도 하고, 그렇지 않은 것 같기도 하다. 마치 감당하기 어렵고 고단한 자기 삶의 무게에 온통 짓눌린 사람의 통한 섞인 넋두리처럼.

"처음 내가 힘들게… 들어간 곳은 플라스틱을 만드는 공장이었는데 한 달에 돈… 사십오만 원씩 주기로 했어… 한 주일은 낮에, 한 주일은 밤에 일하는 스타일로… 하루 절반 일했어… 거기는 나같이 외국에서… 온 애들이 많이 있었어. 지키는… 경비아저씨 때문에… 외국서 온 애들은… 몸이 아파도 절대 못 나갔어… 우리는 그 안에서 플라스틱 녹는 지독한 냄새 맡으며… 수돗물이랑 빵 먹으면서 살았어. 배가 이렇게 부른 사장은… 패스포드도 일 스타트한 날 갖고 가 안 줬어… 도둑놈처럼 첫 번째… 월급도 나갈 때 한 번에 주겠다고… 보증금?… 그걸로 빼앗아갔어. 인도서 온 친구 메논은 카레라이스가 먹고 싶다고… 날마다 밤에 잉잉거리고 울었어… 쟈니는 지금 여덟 번 일을 바꿨어… 쟈니 돈 떼먹고 도둑질해간… 나쁜 사장이 넷이야… 도둑놈들이 다 도둑놈 같아 보여. 크크."

쟈니는 슬픔이 가득 배인 웃음으로 허탈하게 웃는다. 그 서글픈 웃음소리에 동복은 제 가슴이 서늘하다. 마치 구멍 뚫린 돌담에 기댄 듯. 구멍 속에서 결이 센 바람이 숭숭 불어오는 듯한 기분이다.

"여기가 제일 좋아. 밥 맛있어. 일 편해. 돈도 잘 줘… 주방장님 조금 무서워… 그래도 좋아. 그런 건 하나… 힘든 게 아니야. 난 조금 이따가 마닐라로… 갈 거야. 지금 마마가… 가장 보고 싶어… 마마가 해준… 아도보 먹고 싶어… 언니, 아도보… 뭔지 알아?… 마마가 만든… 룸피아도… 맛있어… 아도보는… 울… 마을… 최고"

쟈니의 가녀린 숨결이 더욱 서글프게 와 닿는다. 그녀의 목소리는 더욱 더 힘이 없어 마치 음지에서 죽어가는 식물마냥 생기가 도통 느껴지지 않는다.

동복은 누운 채로 손을 뻗어 어둠 속에서 그녀의 가냘픈 손을 꼭 쥔다. 그녀의 손이 부들부들 떨리고 있다. 손뿐이 아니라, 엎드린 그녀의 어깨며, 등이 조금씩 들썩이더니 기어코 파도처럼, 풍랑처럼 거세어진다. 참을 수 없는 갈증처럼 밀려오는 그리움으로, 더 이상 견딜 수 없는 짙은 향수로 둑이 무너지듯 그렇게, 여태껏 질기게, 독하게 참아냈던 모든 울분과 슬픔을 비로소 이제야 터뜨리는 게다. 간헐적으로 폐부를 찌르는 듯한 처절한 흐느낌이다.

동복은 그녀의 손을 더욱 더 힘주어 잡는다. 그러자 파도 같은 무언가가 제 안으로 거세게 밀려오는 것만 같아 숨조차 쉴 수 없을 것처럼 가슴팍이 바짝 오그라든다. 뭐라 따뜻한 위로의 말이라도 해주어야 할 텐데.

동복은 마른 입술을 비벼도 보고 달싹여도 보지만 끝내 아무 말도 할 수가 없다. 머릿속에 먹구름이 잔뜩 낀 듯 의식이 온통 모호하여 허공이 헝클어지는 것 같은 현기증이 문득 몰려오는 것 같다. 그저 안타까운 갈증만 가슴 가득 일 뿐이다.

잠 속으로 흡수되기 이전, 멀어지는 의식 속으로 가늠할 수 없는 시간이 흐르고 있다.

쟈니야, 산다는 것. 살아간다는 것은 비에 젖은 축축한 옷을 억지로 껴입는 것처럼 힘든 일이래. 하지만, 하지만 말야. 그 젖은 옷은 우리의 따스한 체온과 햇볕에 더불어 언젠가는 감쪽같이 마를 거야. 아마 우리가 지금 여기서 겪은 절망도 오래지 않아 망각의 강물에 의해 깨끗이 씻겨 내려갈 거야. 사람의 기억이란 건 기억할 필요가 있다고 판단되는 것, 소중하다거나 아름답다거나 하는 것들만을 골라서 편리하게 저장한다니까. 설사 그것이 오류라 해도 언젠가는 이 아픔도, 힘듦도 시간 속에서 자연스레 잊힐 거야.

입속에서 맴돌기만 하던 말들이 비로소 새어나왔지만 동복은 그냥 목 안으로 삼켜버린다.

쟈니는 그새 잠이 들었나 보다. 동복은 모래를 한 수저 떠서 입 안에 가득 넣고 있는 것처럼 마냥 서걱거리는 마음을 애써 다듬기라도 하듯 음울한 어둠뿐인 허공을 세세히 훑어본다. 그러나 아무것도 시선에 확연히 닿지 않는다. 그저 방 안 가득히 들떠 있는 희끄무레한 기류들이 그녀를 중심으로 마구 소용돌이 치고 있을 뿐이다. 막 잠이 들려던 찰나, 불현듯 기억의 한곳이 명료하게 밝아온다.

철썩거리는 파도 소리가, 갈매기의 애달픈 울음소리가 아득하게 귓전에 내려앉는다. 마침내 몸부림쳐 포효하며 끝없이 덤벼드는 짙푸른 파도가 하얗게 눈 속으로 밀려온다.

"내 돈이 많으면 핸드폰이라도 하나 사주면 좋겠는데."

순태는 염치없는 웃음으로 히죽 웃었다. 그 웃음이 너무나 서늘하여 동복은 그만 온몸에서 힘이 쭉, 빠져나갔다.

"아주 영영 헤어지는 것도 아닌데요 뭘."

동복은 눈을 잔잔한 바닷물에 떨어뜨린 채 독백하듯 낮게 중얼거렸다.

"동복 씨, 신발 바꿔 신음 그날로 나 총각귀신 돼서 당신 꿈에 밤마다 나타날지도 모르오."

그는 또 서늘하게 웃었다.

배는 부지런히 서해의 비취색 물살을 가르고 가르며 자꾸만 앞으로 뻗어나갔다. 시간이 얼마 남지 않았구나.

모래알처럼 푸석푸석 무너져 내리는 그녀의 애잔한 마음 위로 바다가 수면에 잘디 잔 파문을 일구며 출렁였다.

비릿한 냄새를 품은 바닷바람이 춤추는 무희처럼 한껏 살랑댔다.

"당신은 혼자가 아니오. 늘 나와 함께 한다는, 그것을 어디에 있더라도 부디 잊지 말아 주길 바라오."

이윽고 두 사람의 눈길이 허공에서 부드럽게 엉겼다. 난 또 이 사람을 얼마나 오래 해바라기 하며 살아야 되는지, 우리가 정말로 몸성히 이 모습 그대로 다시 만날 수나 있을는지.

동복은 그저 불안하기만 하였다. 그에게서 사랑한다는 고백은 아직 단 한 번도 들어본 적이 없었어도, 그녀 역시 그에게 어떤 마음을 전한 건 아니었지만 며칠 보지 않으면 문득문득 보고 싶고 안부가 궁금한 사람이었다. 게다가 두 사람은 양가부모의 허락을 이미 받아 놓은 약혼자 사이였다. 어릴 적부터 같은 마을에서 자랐고 부모끼리도 친한 친구 사이라서 둘은 갓난아이였을 때 이미 어른들끼리 정혼한 사이였다. 공과대학을 졸업한 후, 변변한 일자리도 얻지 못한 채 전전긍긍하던 그는 기술도 배우고 사업 밑천을 벌어와야겠다며 그녀와의 결혼을 뒤로 미루고 한국행 배에 몸을 싣기를 간절히 원했다. 마침 할아버지들끼리 사촌인 아주 먼 친척이 운영하는 경상도 어느 공장에 취직을 했다. 순태는 자신의 두 발을 고향 땅 깊숙이 묻기를 바랐고, 물과 거름을 주어 잎을 틔우고 아름다운 열매를 풍성하게 맺길 아주 간절히 원했다. 그러기 위해서는 무엇보다도 경제적 자립이 절실했던 것이다.

그런 순태의 다부진 속마음을 알고 있는 까닭에 동복도 그의 경제적 자립을 조금이나마 돕고 싶었다. 그리고 동생들이 많아 집안형편이 그리 넉넉지 못했던 그녀는 장차 결혼자금이 크게 걱정이 되었다. 제아무리 중국에서는 결혼비용을 남자 측에서 전부 부담하는 게 관례라고는 하지만 순태에게 전적으로 모든 걸 떠맡길 수는 없었다. 그래서 그녀 역시 순태와 함께 한국에 오기로 결심했다. 마침 한국에 아버지의 먼 친척이 살고 있어서 친지 방문 명목으로 하면 꽤 쉽게 들어갈 수 있을 것 같았다. 처음에는 순태도, 부모님도 모두 만류했지만 결국 그를 따라나서고 말았다. 그가 잎을 틔우고 탐스런 열매를 맺는 데 작은 밑거름이라도 되어주고 싶어서, 그리고 그와 한 하늘 아래에 머물고 싶어서.

서해의 희뿌연 하늘은 비를 무겁게 이고 있었다. 금방이라도 한 바탕 비가 쏟아질 것 같았다. 그 비가 내리고 나면 자연은 가을을 거둬들이고 흰 눈과 독한 냉기뿐인 겨울을 은근슬쩍 세상에 내밀 것이었다.

동복은 자꾸 애꿎은 손목시계만을 들여다보았다. 얼마 남지 않았다. 정말 얼마 남지 않았다. 이대로 이렇게 헤어지면 일 년을, 아니 그보다 더 오랜 시간을 그로 인해 가슴을 졸이며 살아야 할지 모른다.

동복은 애달픔에 가슴이 옥죄여왔다. 시간이 손이 되어, 당신들의 인연은 여기까지라며 가슴에 하얀 깃발 하나를 꽂고 달아나는 것 같았다. 순간 그녀의 눈에 어두운 그늘이 드리워졌다. 겨우 다독여 둔 감정의 한편이 맥없이 툭, 풀려나갔다.

멀리 배들이 늘어선 인천의 항구가 선연하게 눈길을 끌어당겼다.

"건강하게 잘 지내고, 견디기 힘들면 그냥 고향으로 돌아가오. 인편 있음 내 소식 전할 테니. 그리고…"

순태는 결국 말을 잇지 못하고 말았다. 동복은 마땅히 둘 곳 없는 외로운 시선을 신발부리에 꽂은 채 그저 고개만을 몇 번이고 끄덕였을 뿐이다. 벌써부터 같은 일행들은 짐을 챙기고 옷을 추스르며 배에서 내릴 채비를 서둘렀다. 이렇게 저 사람과도 헤어지는구나. 난 이제 철저히 혼자구나…

싸리비처럼 똘똘 뭉쳐진 채 맴을 도는 걷잡을 수 없는 회오리가 심연 속으로 눅진하게 스며들었다.

가슴이 얇은 스웨터 안에서 후둑후둑 떨렸다. 화기로 가득한 액체가 곧 폭발해버릴 것 같은 극도의 위기감을 안은 채 가득 찰랑이는 것 같았다. 눈앞에서 하늘이, 허공이, 바다가 아스라이 헝클어졌다. 이윽고 그들을 태운 여객선은 정해진 여정을 마치고 인천의 한 부두에 당도했고 사람들은 짧은 인사말을 남기고, 하나 둘씩 희망에 부푼 가벼운 걸음걸이로 멀어져 갔다.

동복은 일부러 그의 시선을 피했다. 순태는 나란히 걷고 있는 동복에게서 시선을 떼지 못했다. 그는 동복의 손을 덥석 잡아 꼭 쥐었다. 그녀는 처음으로 그의 손의 투박함을, 축축이 젖어있음을 느꼈다.

"아무쪼록 건강하게 잘 지내세요. 많이 생각날 거예요."

동복은 순태의 눈을 오래오래 기억해두려는 듯 그윽하게 바라보며 더듬더듬 말했다. 그에게 할 수 있는 말이라곤 고작 그 말밖엔 없었다.

마침내 하늘에서 굵은 빗방울이 떨어지기 시작했다. 살갗인지, 마음인지가 아릿한 통증에 아팠다. 그들은 그렇게 꼬투리에서 튕겨져 나간 강낭콩처럼 흩어졌다. 아무런 기약도 하지 못한 채.

한동안 그녀는 발밑에 땅이 느껴지지 않았다. 순태를 얼마간 보지 못 한다는 생각보다, 낯선 곳에서 혼자라는 생각과 함께 어쩐지 자신의 인생을 고향땅에 두고 온 것만 같았다. 그저 모든 게 다 극도의 불안과 공포로 다가설 뿐이었다. 내가 잘 살 수 있을까? 내가 잘해나갈 수 있을까?

빗줄기는 마치 세상을 비웃는데 익숙한 힘센 사내의 오줌발처럼 점점 굵어갔다.

그녀의 눈에 비친 코리아는 TV에서나 종종 보았던 북경이나 상해처럼 그야말로 하늘을 향해 가파르게 선 거대한 빌딩들의 숲 같았다. 목을 뒤로 젖히고 바라보는 것조차 눈이 아팠다.

늦가을 서울의 거리풍경은, 마치 노란 물감을 온통 엎지른 것처럼 샛노란 단풍잎들이 시리게 눈 속으로 왈칵왈칵 뛰어들어 왔다. 그녀는 젖은 단풍잎들의 시체들을 발로 툭툭 쳐내며 터덜터덜 걷고 또 걸었다. 낯선 거리, 낯선 사람들, 낯선 생각들… 아, 이제 나는 완전한 혼자가 돼버렸구나. 사막보다 황량한 땅 한가운데에 이제 정말 외톨이로 남겨졌구나.

가슴 밑에서부터 냉랭한 바람이 자꾸 불어와 서 있는 것마저 힘들 정도였다. 그 찬바람에 풍선처럼 자신의 몸이 자꾸 허공으로 떠오를 것만 같았다.

동복이 이 미지의 땅에 가까스로 도착한 후, 처음으로 발을 들여 놓았던 곳은 할아버지의 옛 고향의 먼 친척뻘인 사람의 소개로 알게 된 경기도의 한 양말 공장이었다. 그곳에서 그녀는 완제품을 손질하는 일을 했는데 작업환경도 무척 열악했고, 숙식도 거의 해결이 안 되는 형편이었다. 더더욱 견디기 힘든 것은 같은 동료들끼리의 이질감, 겉으로 보이는 외모는 너무도 똑같았지만 자신은 그저 스쳐 지나가는 이방인일 수밖에 없다는 소외감을 스스로 떨쳐버릴 수 없도록 만드는 그 완강한 경계심이 견디기 힘들어 삼

개월 뒤에 여권만 겨우 빼내 가지고서 휘적휘적 나와버렸다. 하지만 오래지 않아 그 위화감에도 자연스레 적응이 되었고, 그것을 아예 체념해버리기까지 했다.

그 위화감이나 상실감이 얼마나 허황된 동족의식이고, 사치스런 감정이었는가를 그때서야 명확하게 깨달았던 것이다.

깨어날 일밖에 남지 않은 설디 선 꿈을 꾼 듯 머리를 옥죄는 듯한 두통에 비로소 동복은 정신을 차린다. 시간이 꽤 흐른 것 같은데 그 사이 몇 시나 되었는지는 감이 오지 않는다.

쟈니는 옆에서 여전히 곤하게 자고 있다. 동복은 상체를 일으켜 더듬거리며 머리맡에 놓아두었던 주전자를 찾아 물 한 모금을 들이키고서 다시 자리에 눕는다. 깊이 심호흡을 하자, 퀴퀴한 곰팡내가 음울한 밤 냄새에 섞여 가슴속으로 눅눅하게 스며든다. 곧이어 그녀의 고단한 심연의 태엽이 차츰 풀어지고, 층계를 내려가듯 점점 더 깊이 아련한 잠 속으로 함몰되어 간다.

가려진 시간의 엷은 장막 속으로 아무도 모르게 금빛 모래알이 스르르 스르르 소리 없이 굴러 떨어져 내렸다. 대체 그 모래알이 몇 만 개나 흘러내렸을까. 동복은 가위에 눌린 듯 소스라치게 놀라 눈을 퍼뜩 뜬다. 누적된 피로가 아직도 덜 가셨는지 눈꺼풀이 자꾸만 무겁게 밑으로 내려앉는다. 천 근 같은 몸을 간신히 뒤척여 머리맡에 놓아뒀던 손목시계를 바짝 눈 가까이에 갖다 댄다. 벌써 아침 여덟 시다. 동복은 지체할 겨를도 없이 자리에서 튕기듯 벌떡 일어난다. 쟈니는 아직도 한밤중처럼 곤하게 잠들어 있다.

"쟈니, 일어나."

그녀는 쟈니를 가볍게 흔들어 깨운다.

순간, 그녀의 몸뚱어리가 불덩이처럼 뜨겁다는 것을 알아차리고 깜짝 놀란다.

"쟈니, 어디 아파? 쟈니야… 아키노, 왜 그래? 무슨 일이야?"

다급한 마음에 동복은 그녀의 이름과 성을 혼동해서 뒤범벅으로 부르며 그녀를 마구 흔들어 깨운다.

그러나 쟈니는 이마와 목덜미에 식은땀 범벅이 된 채 꼼짝도 하지 않는다. 속수무책으로 안절부절못하다가 동복은 무엇이라도 퍼뜩 생각난 듯 공처럼 튕기듯 밖으로 정신없이 뛰어나간다. 날은 밝았지만 이렇게 이른 시간에 문을 연 약국을 발견하기란 쉬운 일이 아니었다.

순간, 그녀의 머릿속으로 오 주방장의 독설을 내뿜는 신경질이 가득한 얼굴이 스쳐 지나간다. 큰일이다. 아픈 사람을 배려할 줄 아는 그가 아니잖은가. 그가 이 사실을 알면 또 주방 안이 시끄러워질 게 빤했다.

불현듯 그녀는 시커먼 먹물을 끼얹듯 눈앞이 온통 캄캄하다. 사방을 제아무리 둘러봐도 굳게 내려진 셔터를 올린 약국은 도무지 보이지 않는다. 행여 눈이라도 내릴 듯 날이 선 시퍼런 하늘만이 그녀의 머리 위로 광활하게 펼쳐져 있을 뿐이다.

"야, 너 지금 제정신이야? 문 활짝 열어 놓고 어딜 갔다 와? 뭐라도 없어지면 어떻게 책임질려고 응? 미쳐도 한참 미쳤어요. 간이 배 밖으로 튀어나와가지고."

마침 정시에 출근한 오 주방장이 침울한 표정으로 막 들어서는 그녀를 향해 고함을 친다.

"내 이럴 줄 알고 한 번 일찍 나와 봤지. 니들 여태 청소도 안 해 놓고 지금 뭐하는 거야? 브런치 손님 들이닥치려면 두 시간도 채 안 남았는데. 진짜 내가 미친다니까. 이런 것들이랑 무슨 일을 하겠다고. 빨리 서둘러."

"쟈니가 많이 아파서 약 좀 사러…"

"뭐? 아파? 어디가 어떻게 아픈데? 혹시 그것 꾀병 아냐? 공짜로 하루 농땡이 치려고. 어림도 없어."

오 주방장은 미간을 잔뜩 찌푸린 채 여전히 그 특유의 짜증 섞인 금속성 목소리를 낸다.

"의식도 없고, 끙끙 앓는데요. 열이 펄펄 끓어요."

"뭐? 약해 빠져서. 골치깨나 아프겠군. 알았어. 넌 일단 매니저님 오시기 전에 얼른 청소를 끝내놔."

그는 시큰둥하게 대꾸하며 뒷짐을 진 채 지하계단 쪽으로 발걸음을 옮긴다.

동복은 그가 시킨 대로 청소를 시작한다. 마구 더럽혀져 있는 주방과 화장실, 홀과 유리창 등을 있는 힘을 다해 쓸고 몇 번씩 닦는다.

그런데 웬일인지 오 주방장은 쟈니가 병든 어린 짐승처럼 누워 있는 습기 가득 찬 지하실 방에 다녀와서 줄곧 침묵만을 두껍게 지킨 채 가타부타 말이 없었다. 왜 저 사람은 아무 말이 없는 걸까? 병원에 데리고 가라든지, 아니면 최소한 약국에라도 가서 약이라도 지어 오라든지 무슨 대책이 있어야 마땅하지 않을까. 사람이 의식 불명인 채로 끙끙 앓고 있는데.

동복은 잠시 어리둥절해 머리를 갸웃대다가 마른침을 꼴깍 삼키고서 용기를 내어 겨우 입을 열었다.

"셰프님, 쟈니는 어떻게 하면 좋겠습니까?"

"뭘 어떻게 해. 상비약통에 아스피린 몇 개 있을 거야. 그거나 한 알 먹이고 그냥 하루 푹 자게 놔둬. 감기인가 본데 땀이나 쭉 빼고 나면 언제 그랬냐 나아질걸. 아직 젊은데 뭘."

그는 둥근 밀가루 반죽을 두 손으로 힘껏 주무르며 퉁명스럽게 짚이라도 씹어 뱉듯 톡 쏘아붙인다.

"그러다가 더 심해지면…"

"뭐가 그러다가야? 두고 봐. 내 말이 틀리나. 몸살 안 나본 사람 있어? 괜히 감기로 병원 갔다가 돈만 왕창 깨진다. 너네들은 보험도 없잖아."

그는 정색을 하고 턱을 완강히 치켜들었다.

"너는 상관 말고 네 일이나 해. 청소 다 했어? 머리에 새 냅킨 쓰고 거기 있는 피망 좀 모양 좋게 썰어. 정성스럽게. 내 요리는 그냥 음식이 아니고 하나의 예술작품이야. 명심, 또 명심해 둬."

또 시작이다. 그가 시도 때도 없이 고약한 입버릇처럼 뱉어내는 저 예술 타령. 동복은 문득 귓속에 벌레라도 들어간 듯 귀가 몹시 간지럽고 따갑다.

출근시간이 가까워지자 일하는 사람들이 하나, 둘 식당 안으로 들어섰고, 또 다른, 하지만 어제와 조금도 다를 바 없는 하루가 다시 시작된다.

"오늘 아마 사장님이 잠깐 들르실 거야. 그동안 바빠서 못 오셨다고 오늘은 한 번 살펴보고 가신다니까 모든 걸 확실히 정리해놓고, 주방도 깨끗하게 정돈해 놔. 오늘도 친절하게, 상냥하게. 손님 앞에서 나는 아무것도 아니다. 큰 소리로!"

노란색 나비넥타이가 눈에 띄는 흰 셔츠에, 검정색 정장 차림의 매니저는 직원들을 일렬로 세워 두고서 내무사열이라도 하듯 아침조회를 한다.

"한 명이 보이지 않는 것 같은데. 어디 갔어?"

"몸이 안 좋아 별 수 없이 오늘 하루 쉬라고 했습니다."

"누군데?"

"쟈니 아키노라고 필리핀 앱니다."

매니저와 주방장 사이에서 쟈니에 대한 이야기가 잠시 오간다. 동복은 그들 사이에서 오가는 대화 내용에 귀를 기울인다. 사람 좋다고 평판이 난 매니저는 주방장과는 달리 무슨 뾰족한 대책이라도 내주겠지, 하고 내심 기대해 보지만 그런 예상은 여지없이 빗나간다.

"그래? 손이 모자라서 오늘 큰일이네. 오늘도 단체모임이 꽤 되는데. 암튼 오 셰프가 알아서 요령껏 잘해봐. 참, 쟈니인가 걔는 결핵 같은 병은 확실히 아닌 것 같지? 자, 오늘 아침조회는 이상 끝."

어젯밤만 해도 멀쩡했던 사람이 하룻밤 사이에 갑자기 의식불명이 된 채 저렇게 열에 들끓고 있는데.

동복은 화가 치밀어 원망 가득한 눈으로 그들을 바라본다. 가슴 속에서 화드득거리며 날던 분노의 불티들이 앙금이 되어 가슴 밑바닥에 내려앉는 것 같다. 문득 콧잔등이 시큰하다.

장난감 병정처럼 일렬로 늘어선 사람들은 어느새 제 위치로 흩어졌고 늘 하던 대로 손들이 바삐 움직였다. 아, 쟈니, 제 셋째 동생 같은 쟈니는 조금 전보다 나아졌을까? 아쉬운 대로 얼음찜질이라도 해 열을 떨어뜨려줘야 할 텐데. 그보다 약을 먼저 먹여야 하지 않을까? 그저 안타까운 상념들만이 꼬리를 물고 길게 일어설 뿐이다.

동복은 마치 비가 올 듯 무겁게 가라앉은 하늘에서 영원히 보이지 않을 별을 찾는 안타까운 심정이다.

창밖은 온통 회색이다. 중국에서도, 여기에서도 십일월은 언제나 회색빛으로 가득하다. 절제되고 음울하지만, 그러나 어쩐지 아름다운 분위기. 그것은 어쩌면 십일월만이 갖는 일종의 페이소스일지도 모른다. 마치 인생을 다 살아버린, 길바닥에 나뒹구는 낙엽 같은, 더 이상 기대할 것도, 희망할 것도, 절망할 것도, 좌절할 것도 없는 죽음을 앞둔 사람의 슬프고도 덤덤한 마음 같다. 그 슬프고도 처연한 평화로움 안에 페이소스가 깃들어 있다고 동복은 과일을 손질하다가 문득 생각한다.

이윽고 사장으로 보이는 한 중년 사내가 매니저와 나란히 주방 안으로 들어선다. 시끌시끌하던 주방 안은 갑자기 조용해졌다. 문득 호기심이 발동한 동복은 사장을 곁눈질로 흘깃 바라본다. 네가 여기 사장이란 말이지? 네가 돈이 그렇게 많단 말이지?

사십 줄에 막 접어든 듯, 생각보다 젊어 보이는 그는 이기적이고 냉소적인 인상을 물씬 풍긴다.

그는 사람들과 주변을 사려 깊게 둘러본다.

"안 씨 아주머니는 나갔나?"

"예. 사장님. 며칠 됐습니다."

이윽고 사장의 시선이 동복에게 머무른다.

"내가 너무 오랜만에 왔나보군. 저 아가씨는 못 보던 사람 같은데, 새로 들어왔나?"

"예. 요즘 사람 구하기가 워낙 어려워서 별 수 없이 중국교포 한 명과 필리핀 사람을 하나 고용했습니다."

매니저는 무슨 중대보고라도 하듯 또박또박한 어조로 제법 진지하게 대답한다. 사장은 고개를 끄덕이고 나서 밖으로 쌩, 나가버린다.

"저렇게 돈 많고 세상 부러울 것 하나 없어 뵈는 사람이 글쎄 여태 아이가 없다니 그 속이 어떻겠어. 쯧쯧쯧."

"그러게 말야. 누군 자식이 애물인디. 그러고 보믄 세상 참 공평

한 것 같으당게…"

일하는 아주머니들이 자기들끼리 무리를 지어 수군댄다.

동복은 바람 빠진 풍선처럼 힘없는 손놀림으로 탐스럽게 잘 익은 배를 깎다가 별안간 따끔한 통증을 느낀다. 손을 벤 것이다. 엄지손가락으로 피가 조금 흘러내린다. 수도꼭지 아래에 손을 대자, 피가 씻겨 사라진다. 처음 한국에 발을 들였던 어느 초겨울 날, 그날 저녁에는 첫눈이 함박눈으로 내렸다. 과일 가게 앞을 지나치던 동복은 한아름씩 쌓여 있는 크고 탐스러운 열대과일들을 보고 무언가에 감전된 듯 깜짝 놀랐다. 물론 수입산이라는 것도 곧 알아차렸다.

여기 식당에서 사시사철 새콤달콤한 열대과일들이 손님들의 후식으로 보기 좋게 올라갔지만 후식 따위는 입에 대어보지도 않은 채 자리를 털고 일어서는 손님들이 의외로 많다는 사실에 다시 한 번 놀랐다. 할머니와 어머니한테 어려서부터 먹는 걸 버리면 안 된다는 가르침을 내내 받고 자란 동복으로서는 식탁에 한 번 올라갔다는 이유로 그것들을 쓰레기더미로 폐기처분해버리는 것에 대해 무엇보다 반발심이 컸다.

모든 게 다 그랬다. 폭설이 풀풀 내리는 한 겨울에도 싱싱한 야채들을 항상 볼 수 있었고, 살인적인 폭염이 쨍쨍 내리쬐는 한 여름에도 불그스름하게 아주 잘 익은 사과도 흔해 보였다. 이 땅의 사람들에게 계절에 대한 참을성과 기다림을 가르쳐 줄만한 것은 아무것도 없었다. 동복은 그런 경험을 할 때마다 종종 고향에서 대물림된 뼈저린 가난으로 고생하시는 부모님과 하루 고작 국수 한 그릇과 만두 몇 개로 허기진 배를 채울 어린 동생들의 얼굴이 무심코 떠올라 남몰래 눈시울을 뜨겁게 적시곤 하였다.

홀로 지내는 시간이 길어질 만큼 사랑하는 사람들에 대한 그리움의 나이테가 가슴 벽에 겹겹이 새겨졌다. 그것이 셀 수 없을 만큼 무수하게 새겨질 때마다 오랜 입버릇처럼 이제 그만 여기를 떠나자고 수없이 자신에게 다그쳤다.

하지만 언젠가부터 의식을 무겁게 압도해오는 것은 '돈'이었다. 빳빳하고 매끈매끈한 지폐뭉치들이 자꾸만 눈앞에서 청색 깃발처럼 어른거렸다. 몇 년 되지도 않았건만, 한낱 종잇조각에 불과한 돈의 위력이 자신의 의식까지 이렇게 순식간에 집어삼킬 줄은 꿈에도 생각하지 못했다. 일을 해 돈을 벌려고 왔을 뿐인데, 자신이 마치 '돈'의 노예가 되어가는 것 같았다. '돈'에 의해 속박당하고 있다는 생각을 할 때마다 동복은 자멸감에 문득 우울해지곤 했다.

그러나 그녀는 돈이 필요했다. 것도 아주 절실히. 가난한 고향 땅에서도 사람답게 살아남기 위해서는 돈이 물처럼, 산소처럼 필요했다. 고국에서조차 외면받는 어느 이름 없는 독립운동가의 후손으로서 지긋지긋한 가난과 환영받지 못한 소수민족이었기에 더욱 뼈저리게 사무칠 수밖에 없는 괄시와 소외를 떳떳하게 이겨내기 위해서는 돈이 절대적으로 필요했다. 동생들한테만큼은 가난을 절대로 물려주고 싶지 않았다. 돈이란 그렇게 좋은 것이었다. 그녀에게는. 아니 어쩌면 부유한 이 도시의 모든 사람들에게는.

짧은 늦가을 해가 저물자, 바람은 더욱 청승맞게 분다. 환기를 목적으로 열어 둔, 바깥으로 통하는 문을 통해 들어오는 독한 냉기가 도둑처럼 옷 사이를 비집고 몸 구석구석에까지 차갑게 스며든다. 그 문 너머 휘황찬란한 도시의 야경과 어둠에 잠긴 한강 산책로가 보인다. 그러나 동복의 눈에는 그 눈부시게 화려하고 아름다운 야경이 어쩐지 음흉해 보이기까지 하다. 마치 천사의 가면으로 위선적인 모습을 철저히 감춘 악마와도 비슷해 보인다.

지금쯤 쟈니는 좀 나아졌을까? 오후에 한창 바쁜 점심시간이 지나고 한숨 돌릴 때에 걱정이 되어 지하방에 내려가 보았다. 주방장이 시킨 대로 오전에 아스피린 두 알을 갈아 수저로 떠먹였다. 쟈니는 여전히 그대로 창백한 낯빛으로 누워 있었다. 가시처럼 삐쩍 말라 가냘픈 몸을 열과 오한으로 후들후들 떨면서.

"괜찮아?"

동복은 쟈니의 희멀건 얼굴을 걱정스럽게 들여다봤다.

"언니가… 나 아까… 약 입에다… 넣고 갔지?… 이제 조금 안 아파… 근데 너무… 마니 추워."

동복은 제 이불까지 덮어주고, 마침 만일을 몰라 중국에서 준비해 가져왔던 청심환이 자기의 가방 안에 몇 알 있다는 걸 퍼뜩 떠올렸다. 일거리가 갑자기 없어졌을 때 생계를 위해 별 수 없이 역 광장에 쭈그리고 앉아 가판을 열고 청심환과 말린 약재들을 팔기도 했었다. 대부분의 사람들이 못 믿겠다면서 가짜가 아니냐며 몇 번이나 귀찮게 물어대는 걸 보면서 이 사람들은 평생 속고

만 살았나, 하는 생각이 들기도 했다. 언젠가는 우락부락해 보이는 사내들로부터 장사를 하려면 자릿세를 내야 한다면서 등골이 오싹할 만큼 협박을 당하기도 했고, 또 두세 번쯤은 불법 판매라며 경찰에 연행되는 수모를 겪기도 했다.

동복은 청심환 한 알을 꺼내 쟈니의 입속에 넣어 주었다.

"이것 먹으면 조금 나아질 거야. 내가 이따가 기회 봐서 밖에 나가 약도 지어 올게. 푹 자."

"나… 괜찮아…"

"괜찮긴. 괜찮지 않아 보여. 이것 좀 먹고 쉬어."

동복은 주방에서 가져온 접시를 쟈니의 머리맡에 놔준다. 점심시간이 지나고 남은 음식인데, 한 아주머니가 아픈 애한테 갖다 먹이라며 롤밥 몇 개와 함께 오렌지 몇 조각을 챙겨주었다. 쟈니는 경직된 뺨으로 자신의 희미한 미소를 흉내내 보려 했지만 그럴수록 그녀의 핼쑥한 얼굴은 뻣뻣하게 굳어졌다.

"객지에서 혼자서 몸 아픈 게 제일 서러워. 빨리 나아."

동복은 쟈니의 목까지 이불을 꼼꼼히 덮어준다. 언제나 맑고, 깊이를 측정할 수 없을 정도로 깊던 그녀의 큰 눈망울조차도 하룻밤 사이에 생기를 잃었다. 그녀의 초췌한 모습에 동복의 마음도 짠했다.

"야, 쟈니는 아직도 그래? 내일도 못 나온데? 이거 미쳐 환장하겠구만."

주방장은 동복을 날카롭게 쏘아보며 목청을 높인다.

"제 몸 하나 제대로 간수도 못 해갖고 그 꼴이라니. 애가 왜 그 모양이야. 처음 올 때부터 비실비실해서 맘에 안 들더니 끝까지 아주 애를 먹이네."

주방장의 지청구에 동복은 말없이 잰 손놀림으로 젖은 그릇을 마른 행주로 부지런히 닦았을 따름이다. 작업시간은 거의 다 끝나가고 있었으나 지금 이 시간까지 근처 약국 문이 열려 있을지 걱정스러웠다.

어느새 벽시계의 시침과 분침이 서로 손을 맞잡고 열한 시의 어두운 고개를 넘어선다. 따뜻하게 마음을 적셔주던 감미로운 피아노와 바이올린의 연주도 멈췄고, 도란거리던 사람들의 이야기 소리도 멎어버린 홀 안은 마치 오래된 동굴처럼 적막하다. 문득 허리와 어깨에 뻐근한 통증이 느껴진다.

"뒷정리랑 문단속 잘해."

주방장을 끝으로 모두들 퇴근하고 이제 동복 혼자 남겨졌다. 하루 내 열심히 일하고 나서 돌아가 편히 쉴 수 있는 집이 있고, 사랑하는 가족들이 곁에 있다는 것은 얼마나 행복한 삶인가. 얼마나 축복받은 삶인가. 살아오면서 때로는 그런 일상적이고도 평범한 삶에 왠지 모를 권태를 느낀 적도 있었지만 지금 이 순간만큼은 정말 그런 평범한 삶이, 그런 수수한 들꽃 같은 하루하루가 그립다.

동복은 울적한 마음을 애써 달래며 별 하나 없는 까만 밤하늘을 오도카니 올려다본다. 큰길가 골목 귀퉁이에 있는 약국은 다행히 아직 문을 닫지 않았다.

새벽 미명이 조금씩 차오를 무렵, 동복은 잠에서 깨어난다. 밤새 앉아서 꾸벅꾸벅 졸았던 탓에 뒷목이 뻑적지근하다. 조금만 움직여도 목 어딘가 어긋나 금방이라도 녹슨 쇳소리가 들릴 것만 같다.

쟈니는 밤새 열이 심해 주방 냉동고 속 얼음을 모조리 다 쓰고 나서야 겨우 열이 내렸다. 약을 먹였는데도 별 효과가 없었다.

아마 몸보다 마음이, 상처받은 가엾은 영혼이 더 심하게 앓고 있기 때문일 것이다. 똑같은 부피의 절망이나 상처에도 이미 돌멩이처럼 단단하게 굳어진 영혼은 그저 흔들리며 젖기만 하는데, 꽃가지처럼 온순하고 연약한 영혼은 비바람을 견디다 못해 결국 툭, 부러지고야 만다.

동복은 밀린 빨랫감을 대충 돌돌 말아 가지고 화장실로 간다. 빨래를 마음 놓고 할 시간이라고는 이런 새벽녘이 가장 안성맞춤이었다. 살갗에 닿는 찬물의 싸한 촉감이 전신의 피로를 말끔히 걷어내 버리는 듯하다.

방 안에 대충 매단 빨랫줄 위에 비누냄새가 싸하게 코끝으로 전해지는 젖은 옷가지들을 가지런히 널고 보니, 제 마음까지도 희고 맑게 개어지는 기분이 든다.

동복은 오도카니 벽에 기대어 앉아 그것들을 물끄러미 바라본다. 빨랫줄에 위태하게 매달려 있는 양말조각들 끝에서 대야로 똑똑 떨어지는 물방울 소리가 쓸쓸한 감정을 불러들였다. 고여서, 맺혀서, 떨어지는. 그 물방울과 함께 제 자신도 같이 떨어지는 느낌이다. 똑. 똑. 똑…

"언니!"

언제 깼는지, 쟈니가 나직이 부른다.

"응. 깼어? 몸은 어때? 괜찮아졌어?"

"응. 언니… 때문에 마니마니… 나았어… 내일부터 일… 해도 돼. 언니가… 우리 마마…같아."

쟈니는 힘없이 허옇게 웃는다. 동복도 그녀를 향해 따뜻하게 웃어준다.

"쉬어. 나 나갈게. 시간 맞춰 약 잘 먹고. 약 먹기 전에 식빵도 조금씩 뜯어먹고."

밤새 홀 안에는 어둠과 침묵의 뭉텅이들만이 부유한 듯 음울하고 싸늘한 기운이 감돈다. 어둠의 부유물들이 걷힐 때 즈음 창문들을 푸르스름하게 물들이며 어느덧 동이 트고 있다. 창문 너머로 멀리 한강이 보인다. 이른 새벽녘의 잔잔한 강물을 지켜보며 동복은 잠시 미동도 하지 않은 채 가만히 서 있다.

문득 생각해보니 오늘이 어머니의 생신이다. 점심시간이 끝나고 나서 짬을 내 집으로 전화를 해볼까? 어젯밤 꿈자리가 영 뒤숭숭한 탓에 고향집에 무슨 변이 생기지나 않았는지 걱정이 된다. 한국에 온 이후, 고향에 전화를 한 것은 딱 두 번이었다. 그저 무소식이 희소식이지, 싶었다. 더욱이 집에는 아직 전화가 없었으므로 옆집을 통해서만이 통화가 가능했다. 그래서 기다리는 시간이 어머니와 통화하는 시간보다 더 길었다.

동복은 홀 안 계산대 가까이 다가가 수화기를 들어보지만 여전히 시내전화만 가능했다. 그러나 동복은 그 사실을 까맣게 잊은 듯 버튼을 천천히 누른다. 그리고 수화기를 귀에 바짝 밀착시키고 독백하듯 낮게 중얼거린다.

"엄마, 나야. 나 동복이. 나 잘 있어. 아버지 건강은 좀 어떠셔? 동생들은 다 공부 열심히 하고 있지?…"

갑자기 코끝이 찡하게 아린다. 목 안에 자꾸만 해파리 같은 것이 달라붙어 있는 듯 더는 말을 이을 수가 없다. 수화기에서는 여전히 기계음만 메마르게 들릴 뿐이다. 어느새 눈물 한 줄기가 뺨 위로 흘러내린다. 수화기를 내려놓은 동복은 울적한 기분을 애써 털어내고 씩씩하게 홀을 청소한다. 언제쯤 이 생활에 마침표를 찍고 고향으로 돌아갈 수 있을지, 무슨 미련으로 자진신고 기간을 알고도 두 번이나 넘겼는지 스스로도 납득이 되지 않는다. 그렇다고 돈을 생각보다 많이 번 것도 아니었다. 언제부터인가 제 인생에 대해 골똘히 생각하면 그저 물음표와 꼬리를 잇는 말줄임표만이 머릿속을 허망하게 맴돌 뿐이었다.

언제나처럼 다시금 긴 하루가 두껍게 가려진 베일을 벗는다.

"야. 쟈니 걔는 오늘도 의식불명이야? 젊디나 젊은 것이 왜 그리 골골거려? 저거 봐라. 브런치 메뉴 할인한다니 손님들 줄 서 있다. 바빠 미치겠는데 좀 좋아졌으면 나와서 뭐라도 좀 거들라고 해라. 아니, 됐다. 괜히 아픈 애 데리고 일하다가 무슨 덤터기를 쓰려고. 아무튼 여긴 자선단체가 아니니 내일까지 안 나오면 경찰

보고 데려가라고 할 테니까 그리 알아. 우린 그렇게 놀고먹는 애
는 필요가 없어요."

주방장은 아침부터 못마땅해서 다시 한바탕 독설을 쏟아낸다.

"동복 씨, 나 좀 잠깐 봐."

매니저가 주방문을 열고 얼굴을 보일락 말락 내밀고 동복을 찾
는다.

"예? 저요?"

동복은 순간 가슴이 철렁 내려앉는다. 나를 왜? 혹시 내가 잘못
한 일이라도 있나? 아무리 생각해도 그의 비위를 거슬릴만한 일
을 한 적이 없는 것 같은데. 동복은 고개를 갸웃거리며 엉거주춤
매니저의 뒤를 따라나선다.

혹시 고향집에 무슨 안 좋은 일이라도 생긴 것일까? 지난 몇
달 동안 나를 이렇게 따로 부른 적이 없었는데, 이 사람이 무슨
일로 나를 이렇게 따로 보자는 것일까?

동복은 불길한 예감에 입술이 바짝바짝 타들어간다. 매니저는
홀을 지나 뚜벅뚜벅 걸어 밖으로 나갔다. 그리고 모퉁이를 지나
마침내 한적한 옛날 다방 같은 커피숍으로 들어간다. 동복은 몇
걸음을 사이에 두고 그의 뒤를 따라 들어간다. 그는 커튼으로 따
로 분리가 돼 있는 맨 끝자리로 가 앉았다. 동복이 걸음을 멈칫하
며 망설이는 눈치를 비치자, 그는 부드럽게 웃으며 맞은편 자리에
앉으라는 시늉을 한다. 썩 내키지는 않았지만 별 수 없이 동복은
맞은편 자리에 앉는다.

"무슨 일이에요? 제가 무슨 잘못이라도…"

"우선 차부터 시키고."

그는 생강차 두 잔을 주문한다.

그리고 담뱃갑에서 담배 한 개비를 꺼내 입에 문 채 잠시 뜸을 들인다.

"말씀하세요. 주방이 한창 바쁠 시간이라 어서 들어가 봐야 해요."

그가 담배 한 개비를 다 태울 때까지 뜻 모를 침묵을 지키고 있자, 동복은 그를 다그친다.

"그건 내가 주방장한테 말해 놨으니 주방은 신경 안 써도 되고, 우선 차부터 마시고 찬찬히 얘기합시다. 이 집 생강차 맛이 괜찮아."

그는 종업원이 갖다 준 생강차를 한 모금 달게 들이키고서 마침내 운을 뗀다. 무슨 밀담이라도 하듯 그는 목소리를 평소와는 달리 나직하게 내리깔았다.

그는 떨떠름한 태도로 그녀에게 고향의 부모형제 얘기와 학교는 어디까지 다녔는지 등등의 그런 시답잖은 질문을 한다.

"그런 걸 물어보려고 부르셨어요? 들어올 때 다 자세히 써서 드렸는데요."

동복은 묘한 기분이 들어 뜨악하게 묻는다.

"아, 아니 아니. 그건 아니고…"

매니저는 손사래까지 치며 뭔가 다른 중요한 할 말이 있다는 걸 암시한다.

"이것 참 나로서는 말하기가 참 난감한데… 사실은 사장님이 우리 친형님이거든. 부모님 일찍 여의고 맏이라는 이유로 젊어선 안 해 본 게 없을 정도로 고생 고생해 살아오다가 형수 만나 결혼도 하고 이제 어느 정도 이 바닥에서 기반도 닦아 놓고 그랬지. 근데 문제는, 불행하게도 결혼한 지 햇수로 십 년이 넘었어도 아직까지 아이가 없어. 시험관 아기다 뭐다 해 노력도 많이 해본 모양이지만 다 허사야. 장남인데다가 집안 종손이니 애를 포기할 수도 없고, 그렇다고 피 한 방울 섞이지 않은, 뉘 집 종자인지도 모르는 생판 남의 애를 어디서 데러와 키울 수도 없는 노릇이고."

불현듯 매니저의 목소리가 상대의 양해나 이해를 구하는 사람처럼 부드러워진다. 동복은 그가 왜 저를 앞에 앉혀두고 제 형의 가정사까지 털어놓는지 그저 어안이 벙벙할 따름이다.

"자식 하나 없다는 걸로 지금까지 내조 잘한 형수와 이혼을 하는 것도 우리로서는 감수해야 할 위험부담이 너무 크거든. 무엇보다 경제적으로 많이 도와준 형의 처가에서도 가만히 안 있을 테고. 해서 말인데, 에이, 내가 괜히 악역을 맡아갖고서는 답답해 미치겠네. 동복 씨도 갑갑하기는 마찬가지일 텐데, 말 뺑뺑이 안 돌리고 단도직입적으로 말할게."

그는 다시 생강차 한 모금을 꿀컥 넘기고서 방글방글 웃으며 말을 계속 잇는다.

"보상은 섭섭지 않게, 충분히 할게. 물론 여자 입장에서, 그것도 아직 결혼도 안 한 처녀 입장에서 쉬운 일이 아니란 것도 알아. 너무 잘 알아. 역지사지로 생각하면 나도 무섭고 끔찍할 것 같아. 이해해. 특히나 우리 동복 씨 같이 모범생 스타일은 이런 말도 안 되는 소리를 듣는 것도 불쾌하고 섭하겠지. 알아. 아는데. 물론 여기서도 원하는 액수만 주면 지원자는 많아. 요즘 젊은 것들 돈이면 다 돼. 안 되는 게 어딨어. 여긴 대한민국 서울인데. 제 간에 신장도 떼다 팔아. 청부살인도 해. 근데 여기 애들은 나중에 어떤 식으로든 뒤통수칠 위험이 있어서 통 믿을 수가 있어야지. 그래서 우리 형님 말씀이 자기 아이에게 그런 과거를 남겨주고 싶진 않대. 철저히 자기 부부의 애로 만들고 싶다는 것이지. 물론 살면서 자식이 꼭 필요한 건 아니야. 근데 이 많은 돈 생판 뉘인지도 모르는 남한테 물려줄 수 있어? 동복 씨는 여기서 평생 살 사람도 아니고, 골치 아프게 그런 문제 일으킬 사람도 아닌 것 같고, 막말로 딱 우리 형이 원하는 조건이지. 그래서 말인데 대리모를 좀… 어떻게 안 될까?"

순간, 동복의 낯빛이 허옇게 질린다. 그리고 찻잔을 움켜쥔 손이 갈피를 못 잡고 부들부들 떨리더니 결국은 손에서 미끄러져 나가 쨍그랑 소리를 내고야 만다. 별안간 머릿속이 텅 비어버린 듯 막막함이 떠돈다. 종업원이 청소 도구를 들고 다가와 바닥에 널브러진 찻잔 파편들을 익숙한 손놀림으로 쓸어 담아 들고 사라진다. 이 모든 움직임들이 마치 진공유리관 속의 풍경을 바라보고 있는 듯 의식에 확연하게 와 닿지 않는다. 두 사람 사이에 다시금 무겁고도 서늘한 침묵이 이어진다.

"물론 쉬운 일 아니지. 동복 씨도 집안 맏이라니까 고향에 돌아가서 동생들도 돌봐야 하고, 결혼도 해야 할 테고. 그런데 솔직히 살다 보면 더 나은 미래를 위해 한 번은 독하게 자신을 내던져야 할 때가 있더라고."

매니저는 설득조로 어름어름 말을 했지만, 동복의 귀에는 그 말이 마치 늘어진 테이프에서 빽빽대는, 차마 들어주기 고약한 기계음 같았다.

동복의 등줄기로 싸늘한 진저리 같은 것이 확 쏠려 내려간다. 가슴 안에서 크고 무거운 바윗덩이가 천길 벼랑 아래로 구르는 듯했고, 신경이 칼끝처럼 날카로워졌다. 나는 지금 이 자리에서 무슨 소리를 들은 것일까. 머리가 멍해 아무것도 기억할 수 없었다.

"그냥 아무 말도 못 들은 걸로 하겠습니다. 무슨 말 같지도 않은…"

동복은 그만 일어서려고 했지만, 몸에 힘이 주르륵 빠진 상태라서 탁자 위를 짚은 손에 온 힘을 주고서야 간신히 일어섰다.

"사실 나도 별로 안 내켜. 자식 없음 어때? 나도 있고 조카들도 있는데. 근데 우리 형님 마음은 그게 아닌 것 같아. 인간적으로 서운하긴 하지만 뭐 어쩌겠어. 그 마음 이해는 돼. 우리 형님이 자식을 그리 원하니 모르는 척 할 입장도 아니고. 내 생각엔 동복 씨도 그렇게 펄펄 뛸 일만은 아닌 것 같은데."

그가 다시 입가에 엷은 미소를 띠고 동복을 집요하게 설득하려

한다. 동복은 순간 섬뜩하다.

"한 번 생각해 봐. 수태한 후, 낳을 때까지 완벽하게 모든 게 지원돼. 애를 낳고 중국으로 가버리면 어느 누가 알겠어? 그리고 아들이면 다섯 장, 그러니까 오천이지, 딸이면 석 장 정도 준다니까 그 돈에다 월급까지 고스란히 가져가면 중국 가서 평생 먹고 살 돈 아니겠냐고. 동복 씨가 막말로 뼈 빠지게 일한다고 한들 그런 큰돈 만져보기 쉬울 줄 알아? 아닐 것 같은데. 그냥 기회라고 생각해. 우리 형님같이 개처럼 벌어서 정승처럼 쓰는 거야. 자본주의에서는 돈이면 안 되는 게 없다고. 돈이면 최고라고. 우리 형이 애도 없고 사랑하지도 않는 여자한테 왜 그렇게 극진한데? 다 돈 때문이잖아. 혼자만 입 다물고 있으면 우리가 다 알아서 감쪽같이 처리할게. 걱정할 게 하나도 없다고. 형수랑도 얘기 끝났어. 병원에서 날짜 잡아서 하루 이틀만 고생해 시술하면 되잖아. 내가 이런 말까지 했는데 자기가 노해버리면 같이 일하기가 서로 껄끄럽지 않겠어? 자긴 보기 드물게 영리한 여자라서 눈치도 빠르고 말귀도 잘 알아먹어서 좋아. 생각할 시간을 줄게."

제 할 말을 다 마친 듯 그는 일어서서 밖으로 뚜벅뚜벅 걸어 나간다. 그 뒷모습에서 단단한 얼음조각 같은 찬 기운이 뚝 뚝 떨어지는 듯하다. 문득 자신이 진공팩 속에 들어 있는 것처럼 정신이 아득하다. 동복은 발을 뗄 힘조차 없어서 그냥 그 자리에 주저앉아 미동도 하지 않은 채 무연히 앉아 있다. 손가락으로 한 번 툭 치면 그대로 그녀의 몸뚱어리가 비스킷처럼 잘게 부스러져 흩어져 내릴 것만 같다.

그녀는 그 자리에 그대로 앉아 생각에 잠긴다. 난방기로 미지근하게 데워진 실내공기가 거미줄처럼 얼굴에 께름칙하게 걸리적거리는 느낌이다.

정녕 세상은 아이마저도 공산품처럼 찍어내는, 이제 모성의 상징이었던 자궁조차도, 생명조차도 맘대로 사고파는 그런 시장바닥이 된 것일까? 자신이 아이 만드는 공장의 잡부처럼 하찮게 느껴져 모욕감으로 치가 떨렸다.

한마디로 어이가 없었다. 가슴속에서 뜨거운 불길 같은 게 용솟음치며 뭉클 맺혔고, 그것이 다시 치받쳐 얼굴이 화끈 달아오른다.

매니저가 자리를 뜨고 나서도 동복은 한참을 넋 나간 사람처럼 오도카니 앉아 있다가 겨우 정신을 추스른 후, 그 자리를 터덜터덜 걸어 나온다.

눈을 품은 회색빛 하늘이 빌딩 뒤편마다 비에 젖은 신문지 조각처럼 축, 축 늘어져 있다.

늦가을의 독한 냉기가 체온을 금세라도 앗아갈 듯 온몸으로 달려든다. 뜨뜻미지근하게 달아오른 뺨을 한 자락의 매운 북풍이 날카롭게 할퀴고 달아난다. 문득 억제할 수 없는 울화가 치밀어 저도 모르게 울컥 눈물이 쏟아진다.

속 시원히 지나가는 누구라도 붙잡고 허심탄회하게 묻고 싶다. 이 세상이 어떻게 내게 이럴 수 있느냐고, 아무리 돈이면 살인도, 온갖 더럽고 비열한 짓도 마다하지 않는 물질만능 시대, 황금이상 시대를 살고 있다고는 하지만 다른 곳도 아닌 내 조부모의 조국인 이곳이 어떻게 이렇게도 모질게 나를 내칠 수 있느냐고, 나름 모범적으로 잘 살아왔노라고 자부해온 인생이건만 한 순간에 내 인생 전부가 뿌리째 흔들리고 있다고, 별안간 아이 찍어내는 기계가 돼버린 도저히 참을 수 없는 이 치욕과 모멸을 나는 도대체 어떻게 감당해야 하느냐고 마음속에서 메아리쳐 울부짖는다.

동복은 반사적으로 아랫입술을 질끈 깨문다. 그리고 허탈하게 피식, 웃는다. 역시 그랬구나. 그랬어. 나는 이곳에서 철저히 외면당하고 무시당해도 좋을 이방인이었구나. 가난하고 굶주려 돈밖에 보이지 않는 이방인. 해서 돈만 쥐어주면 더럽고 귀찮은 일이든 뭐든 다 처리해줄 것 같은 이방인.

문득 가슴 안에 '이방인 출입금지'라는 경고 문구가 쓰인 빨간색 표지판이 세워지는 것만 같았다.

동복은 식당으로 다시 돌아가는 게 무섭고 섬뜩했지만 그렇다고 딱히 갈만한 곳도 없었다. 거리의 난잡한 간판 글씨들이 눈을 찌르듯 날카롭게 달려든다. 24시 늘 편의점, 청솔모텔, 밀라노패션, 카페 빈…

"너는 이 바쁜 골든타임에 어딜 갔다 지금 와? 대체 한 시간씩이나 어디서 농땡이를 치다가. 하여튼 지 멋대로야."

주방장의 금속성 목소리가 뜨거운 불화살이 되어 동복의 날이 선 신경에 날카롭게 튀어 박힌다. 그것은 마치 호기심 많고 심술궂은 일벌 한 마리가 귓속으로 날아들어 날카로운 독침 한 방을 쑥 꽂아 놓는 것과 같은 통증이었다.

그러나 동복은 그 말에 어떤 대꾸도 없이 설거지더미 앞으로 걸어간다. 세제를 듬뿍 풀어 넣은 설거지더미에서는 사람들의 빨갛고 뾰족한 입들이 하얀 거품들 사이에서 정신없이 나불거리는 것 같은 환각이 문득 보인다.

순간, 힘없이 들고 있던 무언가가 손에서 쭉 미끄러져 나가는 듯했고 그때서야 비로소 자신의 왼손과 오른손의 움직임이 전혀 이질적이었음을 깨닫는다. 왼손은 분노의 힘으로 오른손은 울분의 힘으로 각각 제멋대로 움직이고 있었다. 그러나 그걸 깨달았을 때에는 이미 너무 늦어버렸다. 접시는 이미 단단한 시멘트 바닥에서 형체를 잃은 채 산산조각이 나버린 후였다. 정신이 아찔하다. 다시금 동복의 표정이 차갑게 일그러진다.

"에이씨. 야, 너 지금 뭐하는 거야? 이게 정신을 어디에 팔아먹고. 이게 얼마짜리 접시인 줄이나 알아? VIP고객한테만 특별히 내놓는 접시라고. 이태리 세공 장인한테 특별히 주문해 구운 거라서 식기세척기에도 안 넣는데. 네가 이걸 기어코 깨 드시네요. 아주 간땡이가 부어도 아주 단단히 부었구만. 너 이것 네 월급 한 달치야. 월급에서 깔 거야. 정신 똑바로 차려."

주방장은 구둣발로 동복의 발목을 사정없이 걷어찬다. 그러자 그녀의 무릎이 그만 힘없이 꺾여 바닥에 픽, 쓰러진다.

"뭐야 뭐. 왜 그래?"

이윽고 매니저가 몹시 당황한 낯빛으로 황급히 뛰어 들어온다.

사태를 금세 파악한 매니저는 갑자기 사람 좋은 미소로 빙그레 웃는다.

"무슨 그깟 일로 불같이 화를 내고 그러실까? 오 셰프님. 접시야 많잖아. 음식 좀 하신다는 분이 그 성깔 좀 죽이세요. 애들한테는 각별히 신경 써서 따뜻하게 대해주구려. 우리 식당이나 나아가 나라 이미지를 위해서도 좋은 일이잖소. 사람 참 까칠하긴."

매니저는 대수롭지도 않은 일에 괜히 시끄럽게 군다는 뜻으로 주방장한테 가볍게 눈치를 주고는 곧 밖으로 나가버린다. 그러나 동복은 매니저의 미소를 보자 갑작스레 위에서 경련이라도 일으키듯 구역질이 올라왔다. 별안간 웃고 있는 그 얼굴에 침이라도 실컷 뱉어주고 싶은 욕망이 그녀를 집어삼킨다.

주방장은 전기 나간 선풍기마냥 풀이 죽은 채 프라이팬에 스테이크 고기를 얹는다. 동복은 일어서 옷매무새를 가다듬고서 바닥에 널브러진 접시 파편들을 주워 쓰레기통에 몰아넣는다. 문득 손가락에 따끔한 통증이 느껴지더니, 피로 범벅이 되어 있었다. 그녀는 손가락을 입으로 빨며 생각한다. 이젠 정말 이 땅을 떠나야 할 때가 왔나 보다고.

창밖에는 추적추적 늦은 가을비가 내린다.

겨울을 재촉하는 비는 왠지 더 서글프고, 아련하게 사람의 마음을 적신다. 특히 기댈 곳 하나 없는 낯선 이방인에게는 더더욱 그러했다. 어둠에 잠긴 밤거리가 비에 젖어 더욱 살풍경하게 보인다.

그래. 계절과 계절 사이에는 언제나 비가 있었지. 늘. 때로는 이 세상을 모두 집어삼킬 듯 무섭게 쏟아지는 폭우가, 때로는 아주 연약하고 처량 맞은 가랑비가.

동복은 차가운 빗줄기 속에서 자꾸만 커져가는 감정의 뭉텅이들을 아프게 되씹는다.

어두워질수록 점점 더 선명해지는 불빛을 무수한 점들로 연결해 놓은 듯한 야경이 창문 너머에서 화려한 모습을 드러내며 흐물흐물 웃고 있다. 동복은 그 농밀한 어둠이, 그 축축한 야경이 한껏 눈에 거슬린다.

시선을 멀리 밀어내자, 한강 너머 젖은 불빛에 이미 천년만년을 산 듯 태어나는 고통, 살아가는 고통, 죽는 고통, 고통에 고통이 모든 감각을 타고 세차게 밀물져 온다. 자신의 몸뚱어리가 형편없이 무기력해 물에 젖은 나일론 스타킹처럼 축축 늘어져 캄캄한 지하세계로 끝없이 추락하고 있는 것만 같다. 동복은 곧 쓰러지고 말 것 같은 육체를 부여잡고 불빛도 없는 홀 안 어두운 창가에 그렇게 마냥 서 있었다.

"언니… 뭐 해?… 넘 어두워… 암것도… 안 보여."

낯익은 음성에 화들짝 놀라서 뒤를 돌아보니, 어둠 속에서 쟈니가 실루엣으로 보인다.

"잠잘 시간… 됐는데… 언니 안 와서."

쟈니의 실루엣은 동복에게로 천천히 다가온다.

"생각할 게 있어서. 쟈니는 이제 안 아픈가 보네."

"응. 언니… 약 먹고… 마니마니 나았어… 괜… 찮아. 주방장
님… 오늘도… 나보고 화… 마니마니 냈어?"

동복은 대답 대신 피식 웃는다.

"추운데 그만 들어가자."

동복은 쟈니의 어깨를 다정하게 감싸 안고, 계단을 또각또각 착
실하게 밟아 내려간다.

방 안에는 60와트 백열전구만이 덩그러니 켜져 있을 뿐, 살갗에
먼지와 습기가 눅눅히 내려앉는다.

"언니… 무슨… 일 있어?… 얼굴이…. 캄캄해."

"얼굴이 캄캄해가 아니라 얼. 굴. 안. 색. 이. 안. 좋. 아. 보. 여.
이렇게 말하는 거야."

동복이 또박또박한 어조로 천천히 말하자, 쟈니는 멋쩍게 웃으
며 따라 말한다.

전구를 끄자, 세상이 다시 칙칙한 어둠 덩어리뿐이다.

이윽고 겨우 다독여 둔 마음이 다시 갈피를 못 잡고 헝클어진다.

그건 매춘과 다를 바 아니다. 시장 바닥에서 사람을 마치 개새
끼나 소새끼처럼 팔고 사는 것과 무엇이 다를까. 직업적이 아니더
라도 보수를 받고 이뤄지는 자궁 대여가 아닌가? 하늘이 주는 생
명체를 공산품처럼 돈을 주고 사고팔고 하겠다는 착상이 그저 기
막힐 따름이었다. 항간에는 가난하고 아름다운 미모를 가진 중국
여인들이 미국에 가서 원정 대리모를 한다는 소문이 대학가를 중
심으로 파다하게 나돌았다. 세상 물정에 통 무관심했던 동복은 그

런 것들이 그저 사람들 사이에서 오고간 실체 없는 헛소문인 줄로
만 생각했다.

결혼을 약속한 사랑하는 남자 순태한테조차 여태 입술 한 번
내주지 않았던 자신인데 어떻게 그런 끔찍한 짓을 할 수 있을까.
순태를 위해서라도 차마 그럴 수는 없는 것이다. 동복은 마음이
걷잡을 수 없이 먹먹하다.

하지만 조금 열린 생각으로 다르게 생각하면 못할 것도 없을
것 같다. 그 아이는 나와 사장의 아이가 아니지 않는가? 그들은
아이가 아홉 달 동안 무사히 자랄 수 있는 튼튼한 자궁만 필요로
할 뿐이다. 단지 그뿐이다.

그 일을 한다 해도 자신에게 돌팔매질을 할 사람은 아무도 없을
것이다. 매니저의 말대로 자신은 이 땅을 곧 떠날 사람이고, 그렇
게 되면 그 일은 자신만이 아는 그야말로 영원한 비밀로 묻히게
되는 것이었다. 적어도 자신이 살아 있는 한에서는.

무엇보다도 동복에게는 그만큼의 큰돈이 필요했다. 넷씩이나
되는 동생들의 학비를 충당하기 위해서라도, 그리고 가난한 순태
의 자립을 조금이나마 돕기 위해서라도 딱 그만큼의 돈이 필요했
다. 그런데 그렇게 큰돈이 단 몇 달 사이에 생기는 일이라면. 더욱
이 힘 들이지 않고, 땀 흘리지 않고 벌 수 있는 뭉칫돈이라면, 죽어
도 못할 짓은 아니었다. 정말 할 수도 있을 것 같았다. 뭣 모르고
이 땅에 와서 겪은 온갖 치욕과 설움, 그리고 고향에서 겪어야만
했던 뼈저린 가난과 소외, 소리 내어 울고 싶어도 숨죽여 울 수밖

에 없었던 지난 기억들로부터 조금이나마 자유로워질 수 있고, 또 그런 쓰라린 경험들을 다시 되풀이하지 않게 된다면, 그게 정녕 돈으로 보상이 가능하다면 자신의 자궁과 산고를 기꺼이 화폐화할 수도 있을 것 같았다. 때로는 모래성 한 귀퉁이가 밀물져 온 파도에 쏴, 하고 무너지듯 굳건히 다잡은 마음 한편이 어쩔 수 없이 스르르 자신의 통제를 벗어나겠지만, 때로는 아홉 달 뱃속에서 키운 정으로 그 아이가 문득 생각나기도 하겠지만, 때로는 남편 순태를 보며 죄스러운 마음이 들기도 하겠지만, 곧 문득문득 잊어버리고, 다시 문득문득 생각나고, 그러다가 차츰 잊어버리게 되는 것이 아닐까? 살면서 기억이란 대개 그렇게 해서 잊는 것이다. 영원히, 완전하게 기억할 수 있는 것은 결국 한두 기억들뿐이다. 시간이라는 묘한 비책과 함께, 얼굴에 주름살이 하나, 두 개씩 늘어감에 따라 자연스레 잊혀지고, 망각하고, 말소되는 것이다. 동복은 그것이 우리네 기억이라고 굳건히 믿고 싶다.

동복은 쓰디 쓴 웃음을 어둠에 묻힌 허공을 향해 허허롭게 터뜨린다. 아, 나도 이제 별 수 없이 이 타락한 땅에 굴러다니며 속물이 다 된 건가. 속물이라… 속물.

그녀는 그 어감이 주는 느낌을 자꾸만 곱씹는다.

헛헛한 마음이 자꾸만 허공으로 비눗방울처럼 날아오를 것만 같다. 이제껏 힘들게 지내 온 지난날들이 하나씩 되살아나 눈앞에서 어지럽게 흩어진다. 마치 눈앞을 가리는 무더운 여름날의 하루살이떼처럼.

426

순간, 눈물이 눈꼬리를 타고 베개를 적신다. 오직 뭐든 할 수 있으리라는 파룻파룻한 젊음 하나만을 믿고서 꿈을 안은 채 설레는 가슴으로 한국행 여객선에 몸을 실었는데, 이 년이 지난 지금 그 젊음은 어느새 남루한 누더기가 되어갔고, 부푼 꿈으로 설레던 마음 역시 도저히 메울 수 없는 상실감으로 체념해버린 지 오래였다.

마음이 사납게 휘몰아친다. 어디 튼튼한 나무기둥이라도 있어서 바람 부는 대숲처럼 마구 휘몰아치고 흔들리는 마음을 그 곳에 꽉 붙들어 맬 수 있었으면 좋겠다.

두꺼운 어둠의 각질 속에 갇힌 동복은 무한으로 긴 시간 속을 정처 없이 헤매는 듯 답답하다. 난 정말이지 이렇게 하찮아지고 싶지 않았는데, 정말 다른 이한테 부끄럽지 않고 좋은 사람이 되고 싶었는데. 돈이란, 힘의 논리란, 참 사람을 이렇게 하찮게도 비굴하게도 만들 수 있는 것이구나.

동복은 제 거역할 수 없는 절대적인 운명이 어디엔가 꽁꽁 숨어 느글느글하고 장난기 가득한 웃음을 흘린 채로 저를 지켜보고 있는 것만 같다.

마침내 잠이 밀물처럼 천천히 의식을 적시고 들어온다. 이어 눈꺼풀 안쪽에 아련한 환영을 본다. 갓난아이의 울음소리가 멀리서 까마득하게 들려온다. 자지러지는 듯한 갓난아이의 울음소리! 순간, 무엇인가 동복 자신의 발목을 콱, 움켜쥔 채 놓아주질 않는다. 있는 힘껏 발길질을 해도 소용없다. 그게 대체 무엇인지 살피려 발버둥을 쳐도 그 형체는 칠흑 같은 어둠에 가려 도무지 아무것도 보이지 않는다. 갓난아이의 울음소리는 점점 더 가까이 들려온다. 처절한 울음소리가 메아리처럼 사방에서 울려 퍼진다. 발목은 여전히 무언가에 붙들린 채 한 발짝도 움직여지지 않는다. 갑자기 몸서리가 쳐진다. 이윽고 아이의 울음소리는 바로 그녀의 발밑에서 나고 있다는 걸 깨닫는다. 곧 그 형체가 어렴풋이 보이기 시작한다. 한 아이가 거기 쪼그리고 앉아 동복의 발목을 꽉 움켜쥐고 있다. 생전 보지도, 알지도 못 하는 아이다. 그러나 그녀의 손이 닿으려는 순간, 아이는 한 줌의 먼지처럼 형체도 없이 흐물흐물 녹아버린다. 아이의 울음소리만이 더욱 더 처절히, 그러나 아주 또렷하게 들릴 뿐이다.

동복은 소스라치게 놀라 눈을 퍼뜩 뜬다. 섬뜩하다. 목덜미가 식은땀으로 축축하게 젖어 있을 뿐 아니라, 팔다리가 경련을 일으키듯 후들후들 떨린다. 허공이 아스라이 헝클어지며 문득 벼랑 밑으로 추락하는 것 같다.

방 안은 아직 까만 어둠이 진득하게 앉아 자리를 비켜주지 않는다. 이 밤이 어서 지나갔으면, 형편없이 질척이는 이 독한 계절이 어서 지나갔으면.

이 밤이 다 가기 전에 동복은 어떤 식으로든 한 가지만을 선택해야 한다. 날이 밝으면 매니저는 그녀를 다시 밖으로 불러낼 것이다. 그 자리에서 동복이 단호하게 거절해버린다면 일자리를 잃고 거리로 내몰릴 것이다. 아니, 그보다 먼저 교묘하게 갖은 협박과 설득을 줄기차게 해올 것이다. 최악의 경우, 불법체류자라는 걸 경찰에 신고해버릴 수도 있으리라. 행여 임금을 몽땅 체불당한들 어디에다 마땅히 하소연할 데도 없고 그냥 벙어리 냉가슴을 앓듯 또 다른 일자리를 찾아 후여후여 거리를 얼마간 헤매야만 할 것이다. 그것이 코리아에서의 이방인들의 거역할 수 없는 운명인 것이다.

미명으로 인해 어둠의 농도가 점점 눈에 띄게 옅어진다.

동복은 누운 채로 야광 손목시계를 바라본다. 어느새 시계는 일곱 시 삼십 분을 가리키고 있다. 동복은 피곤한 육신을 가까스로 일으켜 이부자리를 한쪽 구석에 얌전히 개어 두고 슬그머니 방을 빠져나간다.

밖은 벌써 날이 부음하게 밝아 있다. 늘 그렇듯 도심의 아침거리는 분주하다. 그렇게 또 다른 하루가 빗장을 열었다. 모든 이들의 아침이 찬란하지 않듯 동복에게 그 아침은 아주 특별한 의미로 다가선다.

언제나처럼 일이 시작되고, 사람들의 손놀림도 한층 더 빨라지고 있다. 이윽고 동복의 예상대로 매니저가 주방문을 열고 들어선다. 여전히 호인타입의 너그러운 미소를 띤 채로.

"오 셰프님, 많이 바쁘죠? 헌데, 나 동복 씨한테 새로 시작하는 중국 진출 건으로 조언 구할 게 있어서. 좀 양해해 줘. 시간 오래 안 걸릴 거야. 바쁜데 쏘리."

말이 끝나기가 무섭게 그는 동복에게 밖으로 나오라는 눈짓을 은근슬쩍 보낸다. 그녀는 그의 뒤를 따라나선다. 이미 그녀의 선택은 끝난 후다.

매니저는 어제 동복과 얘기를 했던 그 커피숍을 지나쳐 다른 커피숍으로 들어간다. 아마도 비밀을 유지하기 위한 약삭빠른 술책일 것이라는 생각에 그녀는 문득 쓴웃음이 피식 새어 나온다.

"그래. 동복 씨, 생각은 해봤어?"

자리에 앉자마자 그는 동복을 다그친다.

어둡고 다소 침울한 표정으로 몸을 한껏 웅크린 채 앉아 있던 동복이 그제야 매니저의 눈을 똑바로 응시한다. 그녀의 눈빛은 어떤 열의로 반짝, 빛을 발했다.

"예."

그녀는 아주 짧고 명료하게 대답했다. 그는 얼굴에 흡족한 미소를 담뿍 흘리며 그녀를 느긋하게 바라보고 있다. 아마 그는 동복이 자신들의 제안을 받아들이지 않을 이유가 없다고 생각하고 있을 것이리라. 저 오만하고 가증스러움! 그녀는 가슴속에서 무언가가 푸들거려 비위가 상한다.

동복은 상한 비위를 다스리려 마른침을 꿀꺽 삼킨다.

"그렇게 하겠어요."

순간, 동복은 의식의 저편에서 절망의 안타까운 소리를 듣는다. 그것은 패배이고, 굴욕이고, 자기기만이고, 어리석고도 바보 같은 짓일 뿐이라고. 남은 세월 후회만 남을 일이라고.

동복은 극심한 갈등을 느끼며 아랫입술을 잘근잘근 깨문다.

"그래. 잘 생각했어. 뒤처리는 우리가 알아서 잘해줄게. 걱정 말고."

매니저는 코에 주름살을 만들며 만족한 듯 크게 웃는다. 그가
동복의 손을 잡았을 때 그녀는 마치 독사가 기어오르는 것 같아서
깜짝 놀라 손을 뺐다.

"대신 조건이 있어요. 계약서 확실하게 만들어 주세요. 물론 사
장님의 인감까지 완벽하게 찍어서요."

동복은 무표정 이상의 그 어떤 감정도 내보이지 않으며 사무적
인 어조로 말한다.

"그래, 그래. 원한다면 사장님께 한 번 말씀드려 볼께."

그는 또 힘없이 바보처럼 웃는다. 자기를 신랄하게 비웃는 듯
한, 그 웃음을 더 이상 곱게 봐줄 수가 없어 동복은 자리에서 벌떡
일어선다.

"더 하실 말 없죠?"

마침내 동복은 그 커피숍을 단숨에 뛰쳐나와버린다.

함박눈이라도 한바탕 쏟아질듯 하늘은 온통 찌뿌드드하다. 겨
우 토닥여준 마음이 다시 세찬 파도가 이는 겨울바다처럼 어두컴
컴해진다. 자꾸만 자신을 지탱해주었던 게 바람이 되어 몸 밖으로
숭숭 빠져나가는 듯해 동복은 다시 살점이 패일 만큼 아랫입술을
질끈 깨문다. 주방에 들어서니 쟈니가 희멀겋게 웃고 있다.

사람들은 번쩍거리는 네온 아래에 자신을 닮은 그림자를 축 늘
어뜨린 채 어디론가 휘적휘적 사라진다.

나는, 내 미래는 이제 어떻게 되는 걸까? 어쩌자고 그런 엄청난 일을 하겠다고 덜컥 승낙했단 말인가.

순간, 어둠에 싸인 창문으로 아버지와 어머니의 초췌한 모습이 한 장의 낡고 허름한 영화필름처럼 스쳐 지나간다. 가난해도 남들한테 부끄럽게 살지는 말라고 강조하셨던 아버지, 당신의 배고픔보다 자식들의 배고픔을 더 마음 아파하시며 온갖 궂은일을 마다하지 않으신 어머니, 그리고 정직하고 순수한 청년 순태의 활짝 웃는 모습이 그 뒤를 잇는다. 그래. 이건 아니야. 이럴 수는 없어. 아무리 돈이 좋고, 필요해도 내 인생을, 내 삶 전부를 이렇게 똥구 정물통 속에 내던질 수는 없어.

"노력 없이, 성실한 노동 없이, 부끄러운 짓을 하며 쉽게 번 돈은 그만큼 쉽게 흘러나가게 되어 있단다. 얘들아. 어디서든 떳떳하거라. 너희는 아직 젊으니까 가난이 죄가 아니란다. 달라질 가능성이 있으면 언제든 기필코 일어서게 되어 있단다. 좋을 때도 있고, 안 좋을 때도 있고, 살면서 인생은 열 번도 더 바뀐다. 스스로에게 떳떳해야만이 기회가 와도 잡을 수 있다."

언젠가 설날 아침에 자식들의 세배를 받고 나서 덕담으로 해주신 아버지의 조곤조곤한 말씀이 별안간 가슴을 치고 열 개 스무 개의 메아리가 되어 사방으로 와글와글 울려 퍼진다. 동복은 금방이라도 의식이 곧 끊겨버릴 듯 심한 동요를 느낀다. 문득 혼수상태로 시퍼렇게 녹이 슬어 있던 뇌가 갑자기 강력한 자극을 받아 깨어나는 듯 명료한 기분이 든다. 오전의 자신의 선택은 그저 그동안의 좌절을 그렇게나마 보상받고 도피하고자 하는 허망하고도 어른스럽지 못한 몸짓에 지나지 않았음을 깨닫는다.

마침내 동복은 결심을 굳히고 지하방으로 힘차게 뛰어 들어간다. 쟈니는 어느새 곤하게 잠들어 있다. 동복은 트렁크에 자신의 옷가지들을 쑤셔 박듯 집어넣고서 쟈니의 머리맡에 작별인사가 담긴 쪽지를 한 장 남기고 트렁크를 끌고 서둘러 밖으로 나온다.

가슴 밑바닥까지 칙칙하게 가라앉았던, 잔뜩 찌든 절망의 찌꺼기들을 날려 보내듯 까만 밤하늘을 바라보며 큰 숨을 쉬고 나니, 싱싱한 밤공기가 가슴 밑바닥까지 관통해 아릴 듯 상쾌하다. 문득 그동안의 시간들이 앞뒤 순서 없이 단편적인 영상으로 떠오른다. 아, 모든 것이 기억난다. 꿈을 꾸듯 희미하게, 그러나 질펀한 악몽 같은 생생함으로. 그러나 이제 꿈에서 깨어났다. 이제 더 이상 꿈은 현실이 아니다.

동복은 상쾌하고도 자유로운 마음으로 까만 하늘을 올려다본다. 얼마 만에 느끼는 기분인지 모르겠다. 하늘에서는 오래전에 잊어버린 약속처럼 첫눈이 푸슬푸슬 흩날리고 있다.

찬란했던 도심의 밤은 이제 가뭇없이 사라졌고, 대신 그 자리에는 적막과 어둠만이 남아 죽어가는 어린 짐승 같은 약한 숨결을 토해낸다.

조금은 남루할지라도, 조금은 힘겹고 고단할지라도 세상은 지켜야 할 약속이 있기에 아직은 아름다운 곳이라고. 동복은 그렇게 믿고 싶다.

■ **홍지화**

전북 익산 출신.
원광대학교와 중앙대학교 대학원에서 문예창작학을 전공했으며, 한국 소설가협회와
문인협회 회원으로 활동 중이다.
이십대 초반에 열정 하나로 집필한 장편소설이 문예지에 당선되어 문단에 등단했으며
대학교 재학시절 〈고려대문학상〉을 수상했다. 이후 〈원광 젊은 작가상〉과 〈천강문학
상〉 등 다수의 문학상을 수상했다.
저서로는 첫 장편소설인 『첫사랑』과 『사랑꽃』, 인문에세이 『거장들의 스캔들』(2012년
문화체육관광부 우수교양도서)이 있다.
현재 소설가로 활발하게 활동 중이며 전업작가로서 여러 매체에 다양한 글을 기고하
고 있다. 뿌리가 넓고도 깊게 뻗은 울창한 아름드리나무처럼, 훌륭하고 대단한 작가라
는 수식어를 달기보다는 늘 한결같은 작가로서 독자들의 눈물과 상처를 보듬어주고
위로하는 진정성 가득한 이야기꾼으로 끝까지 남고 싶다.

드라이아이스
ⓒ **홍지화**, 2015

1판 1쇄 인쇄__2015년 10월 20일
1판 1쇄 발행__2015년 10월 30일

지은이__홍지화
펴낸이__양정섭
펴낸곳__작가와비평
　　　　등록__제2010-000013호
　　　　블로그__http://wekorea.tistory.com
　　　　이메일__mykorea01@naver.com

공급처__(주)글로벌콘텐츠출판그룹
　　　　대표__홍정표
　　　　편집__김현열 송은주 **디자인**__김미미 **기획·마케팅**__노경민 **경영지원**__안선영
　　　　주소__서울특별시 강동구 천중로 196 정일빌딩 401호
　　　　전화__02-488-3280 **팩스**__02-488-3281
　　　　홈페이지__http://www.gcbook.co.kr

값 13,800원
ISBN 979-11-5592-165-4 03810